BASTEI
LÜBBE
TASCHENBUCH

Kristina Lloyd
Mathilde Madden
Portia Da Costa

DUNKLE VERFÜHRUNG

Erotische Vampirstorys

Aus dem Englischen von
Marietta Lange

BASTEI
LÜBBE
TASCHENBUCH

BASTEI LÜBBE TASCHENBUCH
Band 16 710

1. Auflage: Juli 2012

Dieser Titel ist auch als E-Book erschienen

Vollständige Taschenbuchausgabe

Bastei Lübbe Taschenbuch in der Bastei Lübbe GmbH & Co. KG

Deutsche Erstausgabe

Titel der englischen Originalausgabe: »Lust Bites«
Published by Arrangement with Virgin Books LTD.,
London, England
Dieses Werk wurde vermittelt durch die Literarische Agentur
Thomas Schlück GmbH; 30827 Garbsen

Titelillustration: © getty-images/James Cotier
Umschlaggestaltung: Tanja Østlyngen
Satz: Urban SatzKonzept, Düsseldorf
Gesetzt aus der Palatino
Druck und Verarbeitung: CPI – Ebner & Spiegel, Ulm
Printed in Germany
ISBN 978-3-404-16710-4

Das Herz des Vampirs

Kristina Lloyd

Prolog

In den Sekunden, bevor Esther auf diese Welt zurückkehrte, schleppte sich Billy Dresner III. zum Kai hinunter. Er ging vorbei an verfallenden Mietskasernen, schmalen Gassen und Huren, und neben ihm trottete ein gestohlener schwarzer Labrador. Laut der Plakette an seinem Halsband hieß er Maxie. Aber das bedeutete ihm nichts.

An den heruntergekommenen Lagerhäusern am Hudson kniete Billy nieder und tötete den Hund mit einem einzigen Biss. In einem mit Bedauern vermischten Rausch trank er, während in der Ferne Züge vorbeirumpelten, bis er spürte, dass etwas an ihm zupfte. Ein Sog, das Gefühl einer Bewegung weit jenseits der Stadt und auf der anderen Seite des kalten, dunklen Ozeans.

War das möglich?

Billy stand auf und hob das Gesicht dem Himmel entgegen. Ja, so musste es sein. Es war geschehen. Der Mond übergoss ihn mit einem silbernen, engelhaften Schein, in dem sein kurz geschorenes Haar aufleuchtete, und er starrte in die Nacht. Ein blutbefleckter männlicher Engel, der kaum an sein Glück zu glauben wagte.

Über dreitausend Meilen weit weg, nördlich des Londoner Stadtviertels Maida Vale, wurde ein Mädchen geboren, das mit den Worten der Hebamme »zwei Arme, zwei Beine und einen Kopf« hatte. Als das glitschige, bläulich angelaufene Kind seinen ersten rasselnden Atemzug tat, wusste Billy, dass die Welt eine andere geworden war.

Er stand an den baufälligen Docks und sah zu hunderttausend Millionen Sternen auf.

Sie war zurück.

Irgendwo auf der Erde war sie wieder da. Jahrhunderte voller Sehnsucht näherten sich ihrem Ende; eine Aussicht, die ihn mit Glück und Furcht zugleich erfüllte. Tränen glitzerten in seinen Augen. Er blinzelte, ließ sie rinnen und gelobte sich, dass er dieses Mal gut zu ihr sein würde.

1

Die Eisdecke glitzerte im Licht der Sterne. Das Team war das einzige Zeichen von Leben hier: sechs Halogen-Kopflampen, deren Schein auf den Schnee fiel, und das Schleifen der Schlitten. Dougs Atem ging schwer, und seine Hustenanfälle behinderten ihr Fortkommen. Sie hingen ihrem Zeitplan hinterher und würden das Lager erst in einer Stunde erreichen.

»Bist du okay?«, erkundigte sich Esther. Die Frage schien kaum der Mühe wert zu sein, weil sie seine Augen nicht erkennen konnte. Stattdessen sah sie nur ihr eigenes Spiegelbild in der silbrigen Oberfläche seiner Schneebrille.

»Alles prima«, gab Doug mit heiserer Stimme zurück. »Hör auf zu fragen, ja?«

Eine Pelzkapuze umrahmte sein zur Hälfte verhülltes Gesicht, und sein Bart war mit Eiskristallen überzogen, die wie Diamanten blitzten. Esther stapfte wortlos neben ihm her und setzte ihre Skistöcke in den Schnee. Eine halbe Meile vor ihnen bewegten die anderen sich in vollkommenem Gleichklang; kleine bunte Gestalten auf dem dunklen Eis. Sie schämte sich bei dem Gedanken, dass sie vielleicht ihr Geheimnis erraten hatten.

»Gib mir von deiner Wärme«, hatte Doug letzte Nacht gesagt. Seine Hand war in ihre Thermounterwäsche geglitten, worauf sie leise aufgestöhnt hatte. Beider Atem hatte dichte weiße Wölkchen in der Luft gebildet. Sie erinnerte sich an seine Stimme, die leise zwischen zusammengebissenen Zähnen hervorkam. Die anderen durften sie nicht hören.

»Du bist nass. Du willst es doch«, hatte er beleidigt hervorgestoßen. Seine Finger, die zuerst grausam kalt waren, bewegten sich in ihr. Ihre Schlafsäcke zischten, als sie sich auf rutschigen Lagen aus Karibu-Fellen und Synthetikstoffen bewegten. Dougs Stimme kratzte an ihren Nerven, genau wie sein Bart auf ihrer Haut scheuerte.

Selbst in einem beheizten Zelt war es zu kalt für Sex. Doug war zu kalt für Sex. Esther war sich nicht einmal mehr sicher, ob sie einander noch leiden konnten. Aber sie wusste, dass sie dasselbe Bedürfnis teilten und sich verzweifelt danach sehnten, diesem Grauen vor dem Nichts, das einem diese grenzenlose, mondbeschienene Welt einflößte, etwas entgegenzusetzen.

Und ja, sie *hatte* es gewollt. Aber sie wollte es so, wie ein Tier es braucht, und das war nicht Grund genug.

Stellen Sie sich einen Ort vor, an dem Ihre Gedanken frei sind und die eisige Luft frisch und rein. Denken Sie sich blendend weiße Landschaften, Eisbären und Robben und treten Sie in die Fußstapfen der großen Entdecker der Geschichte. Stellen Sie sich die Arktis vor, die Herausforderung. Mit White Sky Adventures ist alles möglich.

Diese Expedition war kein Urlaub. Sie wurde teils gesponsert und teils von White Sky finanziert und ihr Ziel war, Routen und Reisewege für eine neue Form von Abenteuerreisen zu etablieren. Doug, ein gesunder Büroangestellter mit Spaß am Abenteuer, repräsentierte die Zielgruppe des Unternehmens. Wenn er mit den Anforderungen zu kämpfen hatte, waren sie wahrscheinlich zu hoch.

Esther musste ihre Geschwindigkeit drosseln, damit er mithalten konnte, und die Langsamkeit frustrierte sie. Ihre Schenkel und Arme wollten weiter und wie üblich mit voller Muskelkraft arbeiten, und dieses Schneckentempo zerrte an ihren Nerven. Wenn sie wirklich als Expeditionsleiterin eingesetzt werden wollte, musste sie sich mehr Geduld zulegen.

Ihr Schweigen zog sich in die Länge und nur das Schleifen ihrer Skier war zu hören. »Mir tun die Füße weh«, quengelte Doug schließlich. »Verstehst du das? Mir tun verdammt noch mal die Füße weh.«

»Wir sehen sie uns später an«, sagte Esther und dachte daran, wie Shackleton vor vielen, vielen Jahren die Stiefel ausgezogen und gesehen hatte, wie ihm das erfrorene Fleisch von den Zehen fiel und die Knochen freigab.

Vor den Geschichten über diesen Ort gab es kein Entrinnen. Manchmal war er ein mythisches Land, in dem Forscher aus alter Zeit durch pfefferminzgrüne Meere segelten, Eisberge für riesige Schwäne und Narwale für schwimmende Einhörner hielten. Im Lauf der Jahrhunderte hatte es vielerlei Berichte gegeben: über geisterhafte Berge, falsche Sonnen und Nächte, die von bunten, phosphoreszierenden Lichtteppichen erzählten. Dann wieder war es eine gefrorene Wüste, die Menschen zu törichten, heldenhaften Unternehmungen herausforderte. Ihre Geschichten hingen in der Leere; Erzählungen von Überleben und Verlust, von Grauen und Wahnsinn, von Menschen an der Grenze zwischen Leben und Tod. Und natürlich blieben auch viele Geschichten unerzählt, weil niemand mehr übrig war, um von seinen Erlebnissen zu berichten.

»Gib mir von deiner Wärme«, hatte Doug gesagt.

Jetzt zuckte Esther peinlich berührt zusammen, als sie daran dachte, wie seine Hand letzte Nacht zwischen ihren Beinen gelegen hatte. Hier draußen, wo sich Hände größtenteils in Handschuhen versteckten, erschien das außerordentlich intim. Es hieß, man solle zuerst die Hände entfernen, wenn man jemanden essen wollte. Hände machen uns zu Menschen. Und hatte es bei Franklins letzter Expedition nicht Gerüchte über Kannibalismus und abgetrennte Hände gegeben? Wo mochten die Hände geblieben sein? War es möglich, dass es da draußen noch geheime Lager gab, wo sie vollkommen erhalten unter dem Schnee vergraben lagen?

Nein, es war nicht gut, so etwas zu denken. Aber wenn man lange genug auf dem Eis blieb, bekam irgendwann jeder verdrehte Gedanken.

»Hey!«

Eine Stimme hallte über das Eis heran.

In dem vom Schein der Sterne erhellten Halbdunkel erkannte Esther Bird, ihren Teamleiter, der mit einem Skistock durch die Luft wedelte. Er wies nach Osten, um ihre Aufmerksamkeit auf etwas in dieser Richtung zu lenken. Esther sah auf die Armbanduhr, um sich zu orientieren. Es sah nach einem kleineren Umweg aus, möglicherweise, um etwas Ungewöhnliches zu untersuchen. Höchstwahrscheinlich ein totes Tier. Alles, was diese Monotonie unterbrach, war willkommen. Sie ließ Doug hinter sich und stieß sich schneller ab.

Heute Nacht würde es besser gehen. Sie würden die Hütte des Hundeschlittenführers erreichen, eine isolierte Blockhütte, wo alle sechs in einem Raum schlafen würden. Während der letzten drei Nächte hatten sie zwischen Schneewällen kampiert, und das Team hatte sich auf Vier- und Zweimannzelte aufgeteilt, eine Übung zur Teamentwicklung, mit der Bird experimentierte. Sogar das Ehepaar, Margret und Johannes Kappel, musste getrennt schlafen. Esther hatte die meisten Nächte in dem großen Zelt neben Adrian, dem Landschaftsfotografen, oder Margaret, die im Schlaf Deutsch sprach, verbracht. Aber letzte Nacht hatte man sie mit Doug zusammengesteckt.

»Ich habe nicht mehr geschlafen, seit wir hergekommen sind«, hatte er verbittert erklärt, als Esther gerade fast eingeschlafen war. So, wie er es sagte, klang es, als wäre sie daran schuld, und Esther, die warm in ihren Schlafsack eingemummelt dalag, antwortete nicht. Wenn er jetzt zu reden anfing, würde er nie schlafen.

»Ich hasse diesen Ort«, fuhr er, an das gewölbte Zeltdach gerichtet, fort. »Ich hasse die Dunkelheit. Die Sonne geht niemals auf. Keine Abenddämmerung und kein neuer Tag. Ich hasse es. Nur verdammte endlose Nacht.«

Esther wälzte sich auf den Rücken. Jetzt lagen sie da wie zwei dicke Larven. »Bald wird es anders. Wenn die Sonne kommt, werden die Tage sehr schnell länger.«

»Das ist alles zu groß«, sagte er. »Ich kriege es nicht in den Kopf. Zu viel freier Raum.«

»Ich weiß«, murmelte Esther.

»Und zu kalt. Zu kalt zum Schlafen.«

»Versuch es«, sagte Esther. »Versuch einfach zu schlafen.«

Schweigend lagen sie da. In dem orangefarbenen Zelt herrschte diffuses Licht vom Glanz der Sterne, der vom Eis zurückgeworfen wurde. Schneelicht, nannte Esther es bei sich. Sie liebte das Eis über alles. Es war faszinierend und erschreckend und strahlte eine Heiterkeit aus, die ebenso oft verräterisch sein konnte. Man konnte es nicht zur Gänze erfassen. Auf Grönland gab es immer noch weiße Flecken auf der Landkarte. Und selbst wenn das Terrain auf Karten erfasst war, so machte das kaum einen Unterschied. Man drang nie bis in sein Innerstes vor.

»Du genießt es, mich von oben herab zu behandeln, stimmt's?«, flüsterte Doug. Sein Atem stand in orangefarben angehauchten Wolken über ihnen.

Esther seufzte leise. »Bitte, Doug. Ich möchte nicht ...«

»Du genießt es«, wiederholte er anklagend.

Sein Schlafsack raschelte, als er näher an sie heranrückte. Er sprach jetzt in ihr Ohr, und sein Atem kitzelte sie. Esther wandte sich ab und wollte ihn ignorieren, weil er sich wie ein Idiot benahm, aber Doug war schnell. Rasche Bewegungen, ein Rascheln von Stoff, und dann knipste er eine Taschenlampe an. Halogengespeistes künstliches Licht erfüllte das Zelt.

In dem grellen weißen Licht sah Esther alle Einzelheiten seiner karamellbraunen Augen, die Poren auf seiner Nase und die einzelnen Härchen am Rand seines Bartes. Sie erinnerte sich, wie sie ihn zusammen mit einem Haufen anderer Leute in einem billigen, lärmigen Pasta-Restaurant kennengelernt hatte. »Hmmm, nett«, hatte sie gedacht, denn sie wusste, dass er ein Kandidat für das Team war. Und dann »hmmm, noch netter«, als er ihr später am Abend einen Abschiedskuss auf die Wange gegeben hatte. Sein Bart hatte sie angenehm gekratzt und seine Hand mit leichtem Druck auf ihrer Hüfte gelegen.

Von Anfang an hatte es zwischen ihnen geknistert, aber sie hatten immer professionelle Distanz gewahrt, selbst wenn sie flirteten.

»Wenn diese Expedition nicht wäre«, hatte Doug einmal scherzhaft gemeint, »würde ich glatt versuchen, bei dir zu landen.«

Esther hatte sich einzureden versucht, dass ihre Gefühle sich in Luft auflösen würden, sobald sie einmal auf dem Eis waren, doch stattdessen sah es aus, als würden Dougs Empfindungen sich in eine andere Richtung entwickeln. Er schien sich zunehmend über sie zu ärgern. Ihr war klar, dass er mit den Anforderungen der Expedition zu kämpfen hatte, aber sie war sich nicht sicher, wie schlimm das wirklich war. Vielleicht war er bloß mürrisch. Oder er verlor ernstlich den Verstand.

»Was ist los, Doug?«, fragte sie. »Warum benimmst du dich so?«

Lange sah er auf sie herab. »Ich will dich«, erklärte er dann. Seine Stimme klang kühn und stark und ließ die Worte so unkompliziert wirken, und Esthers Begierde regte sich. Verwirrt erwiderte sie seinen Blick. Einen Moment lang hatte sie das Gefühl, mit dem Doug von zu Hause zusammen zu sein, dem Mann, den sie mochte; nicht mit Doug, dem Teamkollegen, der sich wie ein Schwachkopf benahm. Doch so etwas war zu gefährlich. Sie hatten noch drei Wochen auf dem Eis vor sich, und die Folgen könnten die Hölle sein, die Auswirkungen auf das Team verheerend. Esther fragte sich, ob Bird die Spannungen zwischen ihnen bemerkt und sie in der Hoffnung, damit das Problem zu lösen, in einem Zelt zusammengesteckt hatte.

»Bitte, Doug«, sagte sie. »Lass uns einfach schlafen.«

Doug runzelte die Stirn, und ehe Esther wusste, wie ihr geschah, küsste er sie heftig. Seine Bartstoppeln bohrten sich in ihre Haut, als er ihren Mund mit seiner erschreckend heißen, feuchten Zunge erfüllte. Mit der Faust packte er in ihr langes dunkles Haar und riss ihre Wollmütze ab. Wider Willen reagierte Esther, obwohl sie noch schwach protestierte, als sie sich küssten.

Sie roch ihn, ein Hauch von abgestandenem Schweiß und ungewaschenem Haar, aber sie wusste, dass sie selbst auch nicht allzu toll duftete. Wenn ein Bad bedeutete, halbnackt im Schnee herumzuspringen, badete man nicht allzu oft. Es erregte sie, dass sie beide ein wenig schmuddelig waren. Es fühlte sich primitiv und unzivilisiert an, vollkommen im Einklang mit ihrer Umgebung.

Ach, warum hatte das nicht vor Monaten passieren können? Warum hätte er sich nicht im Auto an sie pressen und die Hand unter ihren Rock schieben können? Wieso hatte er sie nicht nach einer ihrer Teamsitzungen auf den großen Tisch werfen und ficken können? Wieso hatten sie nicht alles tun können, was sie sich in ihren Fantasien ausmalte? Dann hätten sie es vielleicht einfach hinter sich gebracht und sich davon befreit.

Esther wich zurück. »Nicht, Doug«, flüsterte sie. Ihr Atem kondensierte vor seinem Gesicht.

Wieder ignorierte Doug sie, und sie ließ ihn erneut gewähren. Er zog am Reißverschluss ihres Schlafsacks, dessen metallisches Sirren durch die Stille klang, bis der Kokon sich öffnete und Esther in ihrer Thermounterwäsche enthüllte.

Sie drehte sich zur Seite, um ein Karibu-Fell über sie zu ziehen, und Doug schob die Hand in ihre Unterwäsche. Seine Finger waren so kalt, dass Esther erschrocken aufkeuchte, als er zwei davon in sie hineinschob.

»Du bist nass. Du willst es doch«, hauchte er und beobachtete ihre Miene, während er sie stimulierte.

»Du Mistkerl«, flüsterte sie und schloss die Augen.

»Gefällt es dir etwa nicht?«, murmelte er. Er küsste ihren Hals, sodass seine Zähne über ihre Haut kratzten und sein Backenbart sie kitzelte.

Esther genoss es über alles, aber es enttäuschte sie, wie rasch es Doug gelungen war, sie aus dem Gleichgewicht zu bringen. Herrgott, war sie wirklich so schwach? Ein paar Tage in der Arktis, und jeder Mann fing an, gut auszusehen? Aber nein, sie mochte ihn. Aber nicht so gern. Ach, reiß dich zusammen, sagte sie sich. Denk an morgen und den Tag danach: sechs Menschen mitten im Nirgendwo, und der Teamgeist würde an ihrem schmutzigen kleinen Geheimnis zerbrechen.

Aber es war schwer aufzuhören, denn seine Finger fühlten sich so gut an. Körperliche Genüsse waren hier selten, und das jetzt war himmlisch. Ihre warmen Säfte flossen, während er sie masturbierte.

In einem plötzlichen Aufwallen von Willenskraft stieß sie gegen seine Brust. »Lass das, Doug. Das können wir nicht machen.«

Er krümmte seine Finger in ihr und sah sie unverwandt an. »Wir können«, erklärte er, und Esther begann seiner Meinung zuzuneigen.

»Du willst das schon genauso lange wie ich«, fuhr Doug fort.

»Aber die anderen«, hauchte Esther.

»Sie brauchen es ja nicht zu erfahren«, gab Doug zurück und stieß mit den Fingern tief und langsam in sie hinein.

Esther stöhnte und unterlag ihm schnell. Sie musste ihn unbedingt in sich spüren, brauchte seinen Schwanz, der in ihre weiche, nasse Wärme hämmerte. Sie wollte sich stark und lebendig fühlen, und bald konnte sie nur daran denken, dass es jetzt eigentlich auch egal war.

»Ach, fick mich doch einfach«, keuchte sie und schob ihre Thermounterhosen bis auf die Knöchel hinunter.

Doug wirkte überrascht und ein wenig enttäuscht über ihr schnelles Nachgeben. Vielleicht hatte er gehofft, dass sie ihm einen Kampf liefern würde. Schnaufend und stöhnend kniete er sich hin und hantierte an seiner Unterwäsche herum, während Esther die Knie weit spreizte und ihm suchend die Hüften entgegenhob. Doug zog tastend ein Fell über seinen halbnackten Hintern. Seine Schwanzspitze stieß an ihren Eingang, und dann drang er tief in sie ein und drückte mit seinem dicken Schwengel ihre Hautfalten auseinander, sodass Esther aufstöhnte.

»Pssst«, warnte er sie, denn das andere Zelt stand dicht neben ihrem. Er stützte sein Gewicht auf den Armen ab und glitt mit einer Reihe beherrschter Stöße in ihr ein und aus.

»Ah, ah«, wimmerte sie, obwohl sie sich die größte Mühe gab, still zu sein. Immer drängender klatschten ihre Geschlechter in einem ungeschickten, wilden Fick aufeinander. Stoffschichten und Pelz rutschten um sie herum, Nylon zischte und das Außenzelt flatterte, während sie keuchten und schnaubten und einander wild aufbäumend vögelten.

»Los, komm schon«, hatte Doug gemurmelt, als er sich seinem Höhepunkt näherte.

Dann waren sie jeder für sich zum Orgasmus gekommen, waren jeder für sich erschauert, mit fest geschlossenen Augen und abgewandten Gesichtern. Am Morgen war Esther verlegen aufgewacht und hatte es bereut. Wahrscheinlich empfand Doug genauso.

Den größten Teil des nächsten Tages hatte er seine Schneebrille getragen, obwohl es dunkel war. »Meine Augen brennen«, hatte er gekrächzt, als Adrian sich danach erkundigt hatte. »Meine Augen und meine Füße, okay?« Er verfiel in krampfartiges Husten. »Ach, und hatte ich meine Halsschmerzen erwähnt?«

Wahrscheinlicher war, dass er Esther nicht in die Augen sehen wollte. Er musste sich hinter großen verspiegelten Gläsern verbarrikadieren, so ungefähr die einzige Möglichkeit, sich hier irgendwo zu verstecken. Jedes Mal, wenn Esther ihn ansah, schaute sie nur in ihr eigenes Spiegelbild.

Bird rief über das Eis. »Hey, sieht nach einem Tierkadaver aus!«

Der Wind frischte auf, und im Halbdunkel strudelten Schneeflocken. Esther setzte ihre Stöcke fester auf und zog kräftig an ihrem Schlitten. Sie beeilte sich, Bird zu erreichen, der näher an die Masse auf dem Eis heranfuhr.

»Ein Fuchs«, erklärte er, als Esther näher kam. »Was für ein schönes Tier.«

Schneeflocken huschten durch die Lichtbündel ihrer Kopflampen, als sie das Wesen untersuchten. Das weiße Fell war steif vor Eiszapfen, und der Mund stand offen, sodass das Zahnfleisch und die gelben Zähne zu sehen waren. An seinem Bauch war Schnee angeweht, und in seinem Hals klaffte eine tiefe Fleischwunde. Wo das Blut herabgesickert war, war der Schnee rosig und löchrig.

»Komische Art einen Fuchs zu reißen«, meinte Esther. »Was für ein Tier hat das getan?«

»Keine Ahnung«, sagte Bird. »Merkwürdig. Er ist kaum angerührt.« Er stieß den Fuchs mit der Stiefelspitze an. »Und auch nicht viel Blut.«

»Es muss schon eine Weile her sein«, sagte Esther. »Die Spuren sind inzwischen zugeschneit.«

»Hmmm. Vielleicht«, meinte Bird.

Johannes kam näher. »Mein Gott«, versetzte er fröhlich. »Genau in den Hals! Das sieht aus wie ein Vampirbiss.«

Esther lachte, doch gleichzeitig spürte sie ein ungutes Gefühl. Sie wandte sich um und sah Doug, der allein weiterzog. Seine Kopflampe leuchtete in der verschneiten Dämmerung. Eine einsame Gestalt, die sich wie ein Krüppel zusammenkauerte und sich nicht in ihre Unterhaltung ziehen lassen wollte.

Und sie sah wieder den Fuchs an und erinnerte sich an eine weitere Geschichte über zwei gestrandete Entdecker, die wochenlang überlebt hatten, indem sie vom Blut des anderen tranken. Ein Mann und ein Junge, meinte sie sich zu erinnern, die an der Küste festgesessen hatten. Ja, genau, sie hatten das Blut aus einem Schuh getrunken.

Halogenlicht tanzte über den toten Fuchs. Seine Kehle glänzte wie verschüttete Rubine, und der angefärbte Schnee glitzerte wie zerstoßenes rosa Glas. Esther dachte an die zwei Männer, die auf das gefrorene Meer hinausgesehen und das Blut dick und warm im Mund geschmeckt hatten.

Sie presste die Augen zusammen und wünschte sich, ihr kämen nicht ständig solche Gedanken. Schneeflocken fielen auf ihre Wangen, die sich wie von Eis getüpfelt anfühlten. Wenn sie doch nur ihre Gedanken wegwischen und all diesen Geschichten entrinnen könnte! Hier draußen kamen sie einem immer viel zu real vor.

Für das ungeübte Auge war *Hope's End* nichts als ein winziger Punkt in der Landschaft, ein Schneehaufen in einer Eiswüste. Die den geschwungenen Linien eines Iglus nachgebildete Station war ein Überbleibsel des Kalten Krieges und in die Hände der Vampire gefallen, als ein, zwei bedeutende Karten neu gezeichnet und ein, zwei bedeutende Persönlichkeiten getötet worden waren. So etwas fiel leicht, wenn Vampire hohe Positionen innehatten. Die Sterblichen wären erstaunt darüber gewesen, wie viele Monster im Pentagon arbeiteten.

Nein, niemand hätte ahnen können, dass sich die Station hier befand. Ein Spalt in einer Schneewehe führte im Zickzack zu dem Gebäude selbst hinunter, einer riesigen Hightechkuppel mit bequemen Wohnräumen, zwei überflüssigen Forschungslaboren, einem Fitnessraum, einem Wintergarten und jeder Menge Stauraum. Die inneren Wände verliefen in geschwungenen Linien, was etwas mit Seilnetzkonstruktionen und isolierten Leichtbausteinen zu tun hatte. Billy hatte keine Ahnung, wie das Ganze funktionierte. Er wusste nur, dass es so war, dank der Milliarden Dollar, die das Militär in die Wissenschaft investierte.

Diese ganze hochentwickelte Technik stand jetzt im Dienst der Vampire, aber Suzanne hatte fast alles vermasselt. Billy kochte vor Wut. Seine Springerstiefel polterten, als er, einen toten Fuchs in der einen und einen toten Hasen in der anderen Hand, den Korridor hinunterging. Die Muskeln unter seinem weißen T-Shirt wölbten sich, und hinter ihm schmolzen pudrige Schneeflocken.

Warum zum Teufel hatte sie hier aufkreuzen müssen? Monatelang hatten Simeon und er allein hier gelebt, und alles war in Ordnung gewesen. Kaum taucht Suzanne auf, und das Chaos bricht aus. Ein verdammtes Chaos.

Im Hauptraum der Kuppel, einem spärlich möblierten Areal, wo Kerzen Schatten an geschwungene weiße Wände warfen, lag Suzanne nackt auf einem Eisbärfell. Ihre honigbleichen Glieder und honigblonden Locken schimmerten im Licht des falschen Kamins. Das Maul des Eisbären war aufgerissen, seine Kiefer für immer in stummem Gebrüll erstarrt. Neben Suzanne lag ihre gemeinsame Hauskatze Renfield, eine flauschige, von Vampiren gezüchtete Rasse, und schnurrte zufrieden, als Suzanne ihm einzelne Haare aus seinem silberblauen Fell zupfte.

Billy schleuderte die Kadaver quer durch den Raum. Die beiden Körper rutschten über den imitierten Steinboden auf das Eisbärfell zu und hinterließen dabei blutige Schleifspuren. Die Katze maunzte laut und huschte davon, und dann lagen die Tiere mit glasigen Augen da. Getrocknetes Blut klebte klumpig in ihrem weißen Fell wie Pflaumenmus.

Suzanne fuhr zurück. »Igitt«, schrie sie, schlug sich die Hand vor den Mund und wälzte sich davon. »Bah, das stinkt!«

Billys Miene war gleichmütig, doch in seiner Stimme klang eine leise Drohung. »Deine Beute«, sagte er.

»Oh, nimm das weg«, jammerte Suzanne. »Tut mir leid, okay? Und jetzt bring das weg.«

Die Hand immer noch vor dem Mund, drehte sie sich zum Kamin um und wandte Billy ihren straffen kleinen Hintern zu. Das rührte ihn nicht im Mindesten, nicht heute.

»Du musst hinter dir aufräumen, Suzanne«, warnte er sie.

»Ich hab's vergessen«, sagte Suzanne.

»Da draußen laufen Trekking-Touristen herum. Da braucht nur ein blöder ...«

»Ich weiß, ich weiß«, gab Suzanne zurück. »Es kommt nicht wieder vor.«

»Da bin ich mir sicher«, sagte Billy. »Denn wenn so etwas noch einmal passiert, kette ich dich im Spielzimmer an und es gibt weder Sex noch Blut. Du wirst solche Qualen leiden, dass du dir wünschen wirst, du wärst sterblich.«

Billy fuhr sich mit der Hand über den Kopf. Seine Handfläche strich über seinen beigeblonden Irokesenschnitt. Mit seiner breiten Brust und der leichten Sonnenbräune gab er in Cargohosen, eng anliegendem T-Shirt und abgeschrammten Armeestiefeln eine punkig angehauchte militärische Gestalt ab. Manche Vampire fanden ihn Furcht erregend. Suzanne, verdammt sollte sie sein, gehörte leider nicht dazu.

Sie wälzte sich wieder auf den Rücken und ließ die Knie weit auseinanderfallen. »Willst du ficken?«, gurrte sie und spreizte ihre Schamlippen mit den Fingern. Schatten tanzten auf ihrer Haut, und unter ihrem kurz geschnittenen goldblonden Schamhaar schimmerte ihre Ritze scharlachrot.

»Nein.« Das war Billys Ernst. Sie war zu direkt und langweite ihn bereits.

»Komm schon, Billy Boy. Hier gibt es nichts zu tun. Nur ein kleiner Fick.« Suzanne drückte ihre Brüste zusammen und ließ lüstern ihre spitze Zunge spielen.

Billy ignorierte sie und holte sich die Kadaver. In diesem Moment trat Simeon in den Raum. Er hielt drei große Ampullen in der Hand. Mit seiner Blässe und der schlaksigen Gestalt, den knochigen Zügen und dem langen schwarzen Haar strahlte er diesen gewissen Hauch von transsylvanischem Adel aus, auf den Billy total stand.

Simeon entdeckte die Kadaver. »Oh, müssen wir wirklich Abfall hierher schleppen?«, fragte er langgezogen.

Er warf den Kopf zurück, sodass sein schwarzes Haar schwang, eine theatralische Geste, die Billy zur Weißglut trieb. Die beiden Männer waren – wenn auch mit Unterbrechungen – seit Jahrhunderten ein Paar, und kannten, da sie kein Spiegelbild warfen, das Gesicht des anderen besser als ihr eigenes. »Ich weiß nicht, wo du endest und ich beginne«, pflegte Simeon im neunzehnten Jahrhundert zu sagen, als sie unsterblich ineinander verliebt waren, wie es damals Mode war.

Auf mancherlei Art würde sich nie etwas daran ändern, dass die Grenzen zwischen ihnen verschwammen. Billy hatte oft das Gefühl, sich nur durch Simeons Augen sehen zu können. »Du hast eine absolut perfekte gerade Nase«, sagte Simeon. »Deine Augen sind ganz blassgrün mit schwarzen Ringen um die Iris. Seltsam strahlend, so durchdringend. Und doch, wow, fast transparent.« In letzter Zeit hatte er erklärt, Billys Augen seien so wild und leuchtend wie die eines Huskys. Immer versuchten sie, einander ihre Augen zu beschreiben. »Veilchen«, sagte Billy stets zu Simeon und strich mit der Zunge über seine geschlossenen Augenlider. »Und Amethyste. So verdammt gefährlich.«

Billy schnappte sich die Kadaver an den Hinterläufen. »Deine Cousine ist eine Schande«, sagte er.

»Er tyrannisiert mich«, jammerte Suzanne gekünstelt. »Mach, dass er damit aufhört.«

Die Zunge des toten Fuchses baumelte aus seinem Maul, als Billy ihn über die Schulter warf und ihn zusammen mit dem toten Hasen nach draußen trug, zu der Grube, die sie im Schnee angelegt hatten. Als er zurückkehrte, stellte er fest, dass Renfield Blutschlieren vom Boden leckte und Suzanne und Simeon jeder eine Flasche Blud in der Hand hielten. Jemand hatte die Billardkugeln auf dem Tisch aufgebaut.

»Blud?« Simeon warf Billy eine Flasche zu, die er geschickt auffing. Längs über die Flasche verlief ein weißer Schriftzug, der sich vor dem roten, flüssigen Inhalt abhob: BLUD – FÜR VAMPIRE MIT HERZ.

Billy hatte ein Herz. Bis auf eine Ausnahme hatte er seit sechsundzwanzig Jahren kein menschliches Blut mehr gekostet, und auf Tierblut verzichtete er seit zehn. In dem Moment, als Esther wiedergeboren worden war, war er auf kalten Entzug gegangen, weil er sie zur Gänze auskosten wollte. Er wollte, dass ihr warmes Blut seine Kehle hinabpulste und ihr Herzschlag ihn mit Leben erfüllte, während ihres erlosch. So wie beim ersten Mal in einem Hof in Konstantinopel. Sie hatte damals so gut geschmeckt, ihr Blut war so köstlich geflossen, und ihr Hals war weich wie ein Pfirsich gewesen.

Fast dreihundert Jahre später war ihr Tod noch immer das Schönste, was er je erlebt hatte. Wenn er nicht aufhörte, sich von Menschen zu ernähren, würde sie entweder ziemlich schnell wieder tot sein, oder er würde sie zum Vampir machen. So oder so wäre sie für ihn verloren, und keins von beidem war die Tat eines Liebenden.

Billy öffnete sein Blud und kippte es auf einen Schluck hinunter. Er versuchte, ein Schaudern zu unterdrücken, als die Flüssigkeit seine Speiseröhre hinunterrann, dann warf er die Flasche ins Feuer. Kurz röhrten die Flammen und leuchteten grün.

»Hmmm, na schön«, sagte Simeon beleidigt. »Zum Wohl allerseits.« Er und Suzanne hoben ihre Flasche, und Suzanne nahm drei Stück Zucker von der Zinnschale, die auf dem Kaminsims stand, warf sie in ihr Blud und trank es dann mit einem Strohhalm.

Simeon und Suzanne tranken Blud zusätzlich zu ihrer normalen Ernährung. Auf dem Eis war die Ausbeute nicht groß. Manchmal ging Simeon an die Küste und kehrte mit Geschichten über Eisbären und den ganzen Robbenspeck, durch den er sich hatte durchbeißen müssen, zurück. Aber Billy wusste, dass er sich von Eskimos nährte. Er sah dann seine geröteten Wangen, und es erregte ihn. Wenn Simeon von Sterblichen getrunken hatte, dann hätte Billy ihm am liebsten das Gehirn herausgefickt.

»Igitt«, sagte Simeon.

»Baaah«, meinte Suzanne. »Ich stimme dafür, dass wir diese Trekking-Leute töten. Heute Nacht.«

Zweimal flammte das Kaminfeuer smaragdgrün auf.

»Könnt ihr nicht einmal trinken, ohne zu meckern?«, sagte Billy.

»Ah, um Gottes willen, entspann dich«, fauchte Simeon und ging zu den CDs hinüber. »Ich bin das leid, so total leid. Eine kleine Hure aus deiner Vergangenheit taucht auf, und du ...«

Billy stürzte sich augenblicklich auf ihn. Er bewegte sich mit so übernatürlicher Geschwindigkeit, dass er einen Kondensstreifen hinter sich herzuziehen schien. Simeons pechschwarzes Haar wehte, und er schaute wie vom Donner gerührt drein, als Billy ihn gegen eine Wand schleuderte und in den Schwitzkasten nahm.

»Herrgott!«

Simeons rechte Wange wurde gegen die Wand gequetscht, und Billy flüsterte ihm langsam und drohend in das andere Ohr. »Sag so etwas nie wieder. Nie wieder.« Die beiden Vampire standen still und atmeten schwer. An Simeons großer aristokratischer Nase blähten sich die Flügel, und Kerzenlicht warf einen silbrigen Fleck auf sein schwarzes Haar.

»Ihr Name ist Esther«, murmelte Billy. »Sag es. Sag Esther.«

Simeon schwieg, bis Billy seinen Arm noch weiter drehte. »Esther, Esther«, sagte er.

Billy versetzte ihm einen heftigen Stoß und stolzierte dann davon.

»Esther«, wiederholte Simeon, reckte die Schultern und trat beiseite. »Erzähl mir noch mal, warum aus euch beiden nichts geworden ist. Ach ja. Du hast sie zufällig umgebracht. Wie konnte ich das nur vergessen?«

Blitzschnell drückte Billy ihn wieder an die Wand und verdrehte ihm erneut den Arm. Simeon jaulte vor Schmerz auf.

»Du hast eben nie geliebt«, warf Billy ihm vor.

Empört keuchte Simeon auf. »Hah!«, sagte er. »Hah! Und weswegen bin ich dann wohl hier? Lust auf einen Tapetenwechsel? Oder die Menschen sind mir langweilig geworden, und deswegen dachte ich, dass ich mal ganz was anderes mache und … verdammte arktische Lemminge aussauge? Und von verfluchtem Synthetik-Blut lebe?«

Billy verdrehte ihm den Arm noch höher. »Nie geliebt!«, zeterte Simeon weiter. »Was mache ich dann in diesem Loch? Liegt es vielleicht daran … dass ich dich irgendwie okay finde? Irgendwie niedlich? Oder dass ich … Autsch! Gott weiß warum … du so heiß drauf warst herzukommen. Aber weißt du was? Ich finde das ziemlich großzügig von mir. Ich hasse es, hasse es hier. Ich tue das nur für dich, weil mir an dir liegt. Und ich leide darunter.«

»Du leidest doch gern«, zischte Billy.

»Herrgott, Mann, manchmal bist du so ein Dreckskerl.«

Wieder knallte Billy Simeon gegen die Wand. Seine Erektion wuchs, und er presste sie gegen Simeons Hintern.

»Sie ist noch nicht einmal dieselbe Frau«, meinte Simeon anklagend. »Das war vor ein paar hundert Jahren. Noch nie gehört, dass man sich irgendwann woanders umsehen soll?«

»Es ist dieselbe Seele«, hauchte Billy.

»Und das geilt dich auf, was?«

Billy packte mit der ganzen Hand in Simeons Haar und riss seinen Kopf nach hinten, sodass sich sein Hals wölbte. Sein Adamsapfel ragte lüstern aus seinem bartstoppeligen Hals heraus, ein Anblick, bei dem Billy von Erinnerungen überwältigt wurde. »Ach, wenn du sterblich wärst …«

»Und dann, was?«, entgegnete Simeon mit gepresster, näselnder Stimme. »Würdest du mit mir tun, was du ihr angetan hast? Mich zu Tode lieben? Oder das, was du mit mir gemacht hast? Mich zum Vampir machen, mich in Besitz nehmen und zu deinem Eigentum machen?«

Billy zerrte Simeons Kopf noch weiter zurück und griff fester in sein Haar.

»Du lässt einem keinen Raum zum Atmen«, stieß Simeon mit pfeifender Stimme hervor. »Du liebst mich nicht, du erstickst mich.«

Billy riss Simeon von der Wand weg, hielt ihn am Arm und am Haar fest und schob ihn quer durch den Raum. Er drückte ihn auf den Billardtisch und presste seinen Kopf auf das grüne Tuch. Die weiße Kugel rollte davon und prallte von der Bande ab.

»Du bist eifersüchtig«, murmelte Billy. Er zog Simeons Reißverschluss auf und schob seine Kleider hinunter, sodass sein blasser, schlanker Arsch enthüllt wurde. Schwarze Härchen umrahmten seine Falte. Simeons Erektion wippte frei im Raum, und Billy beugte sich über ihn, schlang die Finger um den dicken, kräftigen Schaft und wichste ihn sanft. »Eifersüchtig«, spottete Billy. Seine Lippen lagen hinter Simeons Ohr.

Simeon lag still, atmete schwer und sagte nichts, als Billys Faust auf seinem Schwanz auf- und abfuhr und Billys Erektion sich in seinen Hintern drückte. »Ja«, flüsterte Simeon nach einer Weile geziert, »ich bin eifersüchtig. Und?«

Eine Woge von Respekt und Lust stieg in Billy auf und raubte ihm den Atem. Eilig zog er seinen Reißverschluss auf und ließ die Hosen bis auf die Knie rutschen. »Zieh dein Hemd aus«, befahl er ruhig, und Simeon gehorchte. Er stöhnte, als Billy Speichel in seine gekräuselte Rosette rieb und sie mit den Fingern massierte, um ihn zu öffnen. Billy schob die Finger vor und zurück und betrachtete die sich bewegenden Sehnen auf Simeons Rücken, seine Schulterblätter und die Art, wie Kerzenlicht und Schatten über seine elfenbeinfarbene Haut glitten.

Er hatte einen perfekten Rücken. Billy zog sich zurück und packte seinen eigenen Schwengel, der steinhart in seiner Faust lag. So liebte er Simeon: unterwürfig nach einem Streit, geil, liederlich und weit ausgebreitet. Er spuckte auf seine

Finger und befeuchtete sich, bevor er mit seiner dicken, geröteten Eichel gegen Simeons Muskelring stieß.

»Du Mistkerl«, sagte Simeon zärtlich. Langsam arbeitete er sich vor, traf auf den Ring des Schließmuskels und überwand den Widerstand, während Simeon jubelte und fluchte und die Fingernägel in das grüne Tuch krallte. Beide Vampire stöhnten tief auf, als Billy seinen Schwanz in die engen, seidigen Tiefen im Hintern seines Liebsten schob.

Billy hielt die Luft an, stützte die Hand in Simeons Kreuz und genoss den heißen Druck um seinen geschwollenen Schwengel.

»Oh Mann«, stöhnte Simeon. »Du machst mich erst vollständig.«

Billy begann ihn langsam und behutsam zu vögeln. Die Männer atmeten tief konzentriert, bis Billy einen scharfen Fingernagel über den Rücken seines Liebhabers zog und Simeon damit zum Ächzen brachte. Blut stieg an die Oberfläche und breitete sich auf Simeons Alabasterhaut aus. Gott, was für ein herrlicher Anblick. Billy pumpte härter und schneller.

»Oh Mann«, sagte Simeon und onanierte heftig.

»Eifersüchtig«, keuchte Billy.

»Ich liebe dich, verdammt«, stöhnte Simeon, und dann spritzte er ab.

»Ach, verdammt«, murmelte Billy und rammte in ihn hinein wie ein Presslufthammer.

Die Katze streckte alle Viere von sich und rieb sich mit dem Bauch auf dem Kaminvorleger zum Orgasmus. Suzanne hatte die Beine weit gespreizt und masturbierte mit beiden Händen. »Ich liebe es, wenn ihr beide es treibt«, meinte sie. »Ich werde hungrig davon.«

2

In der von Laternen beleuchteten Blockhütte grinste Margret in die Kamera, und in ihrem rosig angelaufenen Gesicht bildeten sich Grübchen. Mit den Ohrenklappen und Quasten ihrer blauen Wollmütze, die ihre Wangen umrahmten, erinnerte sie an eine fröhliche Holländerin aus dem Mittelalter.

»Wenn ich mir in diesem Moment etwas wünschen könnte«, erklärte sie, »dann hätte ich gern ein heißes Schaumbad.«

»Ein Glas Bier«, sagte Johannes, als Esther auf ihn schwenkte. »Und ein paar Küsse von meiner jungen, schönen Geliebten, die mir sehr fehlt.«

Margret tat empört, und alle lachten. Bird quetschte sein Spielzeug-Akkordeon und erhöhte damit den Lärmpegel.

»Und gute Musik«, setzte Johannes hinzu und schwenkte den erhobenen Zeigefinger.

»Er will Wagner«, schrie Adrian.

»Hey, du willst Wagner?«, fragte Bird. »Ich könnte es probieren.«

»Ohhh!«, lachte Johannes. »Bitte erspar uns diesen Versuch. Das wäre zu schrecklich.«

Esther schwenkte zum Kopfende des Tisches. Der Camcorder nahm Kaffeebecher und Brandygläser auf und richtete sich kurz auf die Karten, die Doug vor sich zu einer Patience ausgelegt hatte.

»Dougie?«, sagte sie fröhlich. »Hast du etwas zu sagen?«

Aus zusammengekniffenen Augen warf Doug einen Blick

in die Kamera und wandte sich dann schnell ab. »Nein«, krächzte er, hob die Hand und hielt sie vors Gesicht. »Bitte.«

Esther zuckte zusammen. Herrje, wie ungeschickt von ihr.

Johannes versetzte Doug einen Klaps auf den Rücken. »Morgen wirst du dich besser fühlen, mein Guter«, erklärte er. »Aber jetzt solltest du deinen Fuß, deinen Hals und auch deine Seele ausruhen.«

Esther schwenkte weiter. Ihr wurde klar, wie scheußlich es sein musste, wenn ein Haufen Leute versuchte, einen mit ihrer guten Laune anzustecken, obwohl man sich schlecht fühlte.

»Anscheinend ist Doug ein bisschen kamerascheu«, sagte sie leichthin. »Und seine Stimme hat sich abgemeldet. Ganz anders als bei Bird hier, der heute Abend den Alleinunterhalter gibt.« Bird, ein dünner Mann mit schütterem Haar und großer Hakennase, zwinkerte in die Kamera. »Birds großer Ehrgeiz ist es, ins *Heat*-Magazine zu kommen.«

»Ah, Hitze«, sagte Margaret. »Etwas Hitze hätte ich jetzt gern.«

Bird stellte einen Fuß auf die Bank. »Summ mir vor, was du willst, und ich spiele es, Schätzchen.«

Mit ihren Holzwänden, den Kojen und Bänken sah die Hütte zwar wie eine Sauna aus, aber es wurde nur langsam wärmer. Propanlampen baumelten von der Decke und spiegelten sich glitzernd in Töpfen und Kochutensilien, die im Küchenbereich hingen. Drei kleine Fenster gewährten einen Ausblick auf die Eisfläche, wodurch das Innere der Hütte noch gemütlicher wirkte. Mehrere Kocher brannten stetig, und der Duft von Kaffee, Essen und Benzin hing in der Luft. Sie hatten gut gegessen, ein Gericht aus Pilzen, Hähnchen und Nudeln, gefolgt von Plätzchen, die Bird gebacken hatte, und zum krönenden Abschluss ein paar Gläser Brandy, um Margrets zweiunddreißigsten Geburtstag würdig zu begehen.

»Hat jemand Lust, nach den Schneemobilen zu sehen?«, fragte Bird. »Macht doch eine kleine Spritztour übers Eis. Nur um festzustellen, ob alles picobello in Ordnung ist.«

»Oh ja«, meinte Margret begeistert. »Ich würde meinen Geburtstag vielleicht gern mit einem kleinen Rennen feiern.«

»Cool«, sagte Adrian. »Ich würde auch gern ein paar Langzeitbelichtungen aufnehmen. Der Himmel ist heute Nacht irgendwie besonders.«

»Ach nein«, begann Johannes. »Ich würde lieber hier ...« Er fing einen warnenden Blick von seiner Frau auf und unterbrach sich. »Eine wunderbare Idee. Ich hoffe nur, dass wir nicht wegen Alkohol am Steuer angehalten werden.«

»Essie?«, sagte Bird. »Willst du Doug hier Gesellschaft leisten?«

Bird hatte eine geschickte Art, Befehle wie Vorschläge klingen zu lassen.

»Ja, gut.«

Doug schaute von seinem Kartenspiel auf und warf Bird einen mürrischen Blick zu.

Die anderen vier zogen sich dick an und gingen zu den Schneemobilen, die in einer einfachen Garage bereitstanden. Ohne sie wirkte es in der Hütte unangenehm still. Die Gaslampen summten leise, und Dougs Karten knackten wie Plastik. Esther schrieb an ihrem Expeditions-Blog und tippte ihren Eintrag mit dem Stift in ihren Palm. »Als wir heute Morgen das Lager abbauten, wehte ein starker Wind, und Adrians Isomatte flog davon. Er versuchte, sie einzufangen und alle mussten lachen.«

Doug brach das Schweigen. »Ich hätte nicht herkommen sollen«, sagte er mit kratziger, angespannter Stimme. »Ich glaube nicht, dass ich das packe.«

Er sah Esther an, und sein nervöser, musternder Blick schien etwas von ihr zu verlangen. Sein Bart verlor schon die Form und wucherte wild, und sein Auftreten wirkte zunehmend ungehobelt. Dass Doug jetzt schon Anzeichen von Instabilität zeigte, war besorgniserregend. Es war bekannt, dass die Einsamkeit im Eis Menschen um den Verstand bringen konnte, und Beklemmungen, Aggressionen und Depressionen waren nichts Ungewöhnliches. Diese ganze Leere hatte ihre Auswirkungen auf einen Menschen.

Das Lange Auge nannten sie das, oder den Tausend-Meilen-Blick. Esther hatte Fotos von Entdeckern gesehen, die direkt durch die Kamera und den Betrachter hindurchsahen. Ihr Blick war leer, und ihre Miene sah aus, als sähen sie dahinter etwas unaussprechlich Grauenhaftes. Sie hatte davon gehört, dass ihre Gedanken sich verwirrten und von der Realität ins Abstrakte abdrifteten. Aber auf den Bildern sahen sie nicht einmal aus, als hätten sie Gedanken, sondern ausgehöhlt, wie lebende Tote.

Aber so etwas passierte nur unter extremen Bedingungen, für gewöhnlich in der Antarktis. Diese Expedition dagegen hatte gerade erst begonnen, und sie waren mehr oder weniger am Ende der Polarnacht eingetroffen. Bald würde die Sonne aufgehen. Aber es war schwierig. Niemand wusste, wie die Teilnehmer reagieren würden. Wenn man psychische Probleme hatte, würde ein arktischer Winter immer schwierig werden – wie sollte man diese Dunkelheit vertreiben?

»Hey, keine Sorge«, sagte Esther. »Jeder hat mal diesen Punkt. Wahrscheinlich wirst du dich anpassen. Der heutige Tag war ziemlich heftig, aber bald …«

»Nein«, krächzte Doug. »Ich werde es vermasseln, das weiß ich. Und ich werde es auch allen anderen verderben. Ich …«

»Nein, das wirst du nicht. Das lassen wir nicht zu. Das Einzige …«

»Weißt du, was mich in den Wahnsinn treibt?«, unterbrach Doug sie. »Der Lärm. Das Klappern von dem ganzen Zeug, das an meinem Parka hängt. Kompass, Messer, Schnallen. Lampe. Reißverschlüsse. Dieses Flattern. Alles flattert herum. Und raschelt. Bei jedem Schritt. Lärm, Lärm, nichts als Lärm. Ich höre es immer noch. Den ganzen Tag lang hat es mich verrückt gemacht. Es ist in meinem Kopf. Scheppern, Klirren und Rascheln.« Doug schlug sich an die Brust und wischte darüber, als wolle er Insekten vertreiben, die dort saßen. »Es ist wie ein … grauenhaftes Metallorchester. Folter. Eine spezielle Folter, um …«

»Beruhige dich, Doug«, sagte Esther. »Du musst deine Stimme schonen. Ich schwöre, du schlägst dich großartig. Du musst nur eine Nacht gut …«

»So wie gestern Nacht? Im Zelt? Du und ich?«

Draußen starteten ein paar Schneemobile. Die Motoren husteten und erwachten dann zum Leben. Esther wünschte, Bird hätte sie nicht mit Doug allein gelassen.

»Das letzte Nacht hätte nicht passieren dürfen«, sagte sie. »Können wir vielleicht zu vergessen versuchen …«

»Treib keine Spielchen mit mir, Essie.« Doug fuhr mit der Hand über den Tisch und verstreute seine Karten. »Erzähl … mir nicht diesen Mist. Sag nichts von Bedauern. Nicht jetzt. Nicht hier.« Er sprang auf und trat dann, die Hände in den Taschen, vor eines der kleinen Fenster.

Esther ließ eine Weile vergehen, bevor sie sein Spiegelbild ansprach. »Tut mir leid. Hör zu, ich wollte dich nicht verletzen, indem …«

»Du hast mich nicht verletzt«, sagte Doug. »Aber fang nicht an, so zu tun, als wäre es meine Schuld gewesen, und als hättest du es nicht …«

»Das tue ich ja gar nicht«, gab Esther zurück. »Ich sage nur, dass wir es, du weißt schon, eine Weile auf sich beruhen lassen sollten. Es ist nicht richtig. Das sind nicht wir. Wir sind auf dem Eis. Das ist ein merkwürdiger Ort. Emotionen laufen aus dem Ruder. Letzte Nacht haben wir nicht wirklich klar gedacht, oder? Wir waren dumm, so dumm. Schließlich haben wir noch Wochen hier draußen vor uns. Ich weiß, das ist ein mieses altes Klischee, aber ... können wir nicht einfach Freunde bleiben? So weitermachen wie vorher?«

Lange gab Doug keine Antwort. Draußen wurden noch ein paar Schneemobile angelassen, und die Motoren heulten auf, um dann bald in der Ferne zu verklingen. Jetzt waren sie ganz allein. Der Rest des Teams fuhr unter einem weiten Himmel, an dem ein Hauch grünlicher Phosphoreszenz flackerte, über die Eisfläche.

»Hör mal«, sagte Esther, »wenn dich etwas bedrückt, rede mit mir oder einem der anderen. Friss es nicht in dich hinein.« Sie stand auf und wollte zu ihm treten. Doch dann überlegte sie es sich anders und räumte einen Teil der Tischplatte frei. Sie setzte sich, stellte die Füße in den Softboots auf die Bank und betrachtete seinen Rücken.

»Und was könntest du dagegen tun?«, fragte Doug. Seine Stimme wurde leiser, und er brach in einen leisen Hustenanfall aus.

Esther zuckte die Achseln. »Zuhören vielleicht?«

Doug wandte sich zu ihr um. Seine Augen wirkten aufgewühlt und wild. Esther fragte sich, ob das der Blick war, den er den ganzen Tag hinter seiner Schneebrille verborgen hatte.

»Ich habe nichts zu sagen«, erklärte er heiser. »Nichts.«

»Bitte, Doug«, sagte Esther. »Lass es nicht an mir ...« Sie verstummte, weil ihr klar wurde, dass sie verzagte. Sie wollte keinen Streit vom Zaun brechen.

»An dir auslassen?«, wiederholte Doug. »Wolltest du das sagen? Lass es nicht an mir aus? Was? So wie gestern Nacht?« Er unterbrach sich, um zu husten, und atmete pfeifend, bis sein Husten beinahe nicht mehr zu hören war. »Ich dachte, das hätte dir Spaß gemacht. Dachte, du hättest es genossen, als ich …«

»Jetzt entspann dich mal, Doug«, sagte Esther. Ärger schwang in ihrer warnenden Stimme. »Ich werde dieses Gespräch nicht führen, okay? Und du musst still sein, um deiner Gesundheit willen.«

Doug drehte sich wieder zum Fenster um, entweder um sein eigenes Spiegelbild anzusehen oder um in die Nacht hinauszuschauen. Esther hätte es nicht sagen können. Eine lange Zeit schien zu vergehen. Es war so ruhig, und nichts als das leise Zischen der Gaslampen durchbrach das kalte Schweigen. Esther dachte schon, es sei vorüber, und dass sie jetzt vielleicht weiter an ihrem Blog schreiben könnte. Sie wollte gerade vom Tisch steigen, als Doug herumfuhr und mit ein paar schnellen Schritten auf sie zukam. Er blieb an der Bank stehen, auf die sie die Füße gesetzt hatte, und drückte ihre Knie weit auseinander.

Esther fuhr sofort zurück und hielt dann ganz still und unterdrückte ihren Instinkt, der ihr befahl, entweder zu kämpfen oder zu fliehen. Doug rührte sich nicht, ließ die Hände auf ihren gespreizten Knien liegen und sah ihr prüfend ins Gesicht. Auf seinen aufgesprungenen Lippen lag ein unangenehmes Lächeln.

»Ich sollte meine Stimme schonen«, krächzte er.

Esther erwiderte seinen Blick. »Du solltest mich in Ruhe lassen«, sagte sie nach kurzem Schweigen.

Doug schob ihre Knie noch ein Stückchen weiter auseinander und verspottete sie mit seiner Herausforderung. Sein Lächeln verwandelte sich in ein trotziges, höhnisches Grinsen.

Hier draußen war Doug von einer Dunkelheit umgeben, von einem Gefühl der Bedrohung, das Esther verstörte und, wenn sie ehrlich war, schrecklich attraktiv fand. Doch sogar während sie sich von ihm angezogen fühlte, stieß dieser Riss in Dougs Persönlichkeit sie ab, diese Bedürftigkeit und Unberechenbarkeit.

Es ist dieser *Ort*, sagte sie sich. Das ist nicht wirklich er.

Esther war verängstigt und doch schon halb erregt. Sie gab sich die größte Mühe, klar zu denken. Zwei Aspekte musste sie bedenken: dieses unmittelbare Problem zwischen ihr und Doug, und die wichtigere Frage der Auswirkung auf das Team. Ihre Priorität war das Team, immer das Team. Wenn die anderen nicht gewesen wären, hätte sie sich gewehrt. Aber wahrscheinlich war es besser, wenn sie es nicht tat, weil sie bestimmt besser fuhr, wenn sie dafür sorgte, dass Doug ruhig blieb.

»Regen wir uns ab, ja?«, schlug sie vor. »Vielleicht könntest du die Hände von meinen Knien nehmen und ein Stück zurücktreten.« Esther trug dicke Schichten isolierender Kleidung und fühlte sich dadurch geschützt und eingeengt zugleich.

Doug drückte ihre Knie noch ein wenig auseinander. Immer noch beobachtete er sie und lächelte unbestimmt. Esthers Herz begann heftig zu pochen. Er gab nicht auf. Sie wusste nicht, was sie tun oder wie sie mit der Situation umgehen sollte. Vor Angst schluckte sie hart. »Bitte, Doug. Lass uns nicht streiten. Komm schon. Wir kochen uns einen Tee und setzen uns.«

Es passierte so schnell. Doug machte einen Satz auf sie zu, stellte ein Bein auf die Bank, und dann kletterte er auf den Tisch und stieß sie zurück. Esther schrie auf und versuchte ihm auszuweichen. Glas zerbrach, Plastiktassen fielen zu Boden, und Esthers Palm flog davon.

»Doug! Runter von mir!«

Er war über ihr, mit wildem Blick und stark, und ihr fielen all die verschiedenen Brauntöne in seinem Bart und die winzigen roten Punkte auf seiner Haut auf. Mit seinen großen Händen, die auf ihren Unterarmen lagen, hielt er sie nieder und beugte sich über sie. In seinen Augen glühten Bosheit und Lust. Sein Atem ging hart und schnell, und ihrer ebenfalls.

Esthers Gesicht war rot angelaufen, und das Blut pochte ihr in allen Körperteilen. Sie wusste kaum, welches Gefühl stärker in ihr war; Zorn oder Erregung.

»Komm schon, Essie«, flüsterte er rau. »Gib schon auf. Ich muss meine Stimme schonen. Reden hat keinen Sinn.«

Esther schüttelte den Kopf. »So funktioniert das nicht, Doug. Ich schwöre, ich kann dich hier herausbringen. Ich gehe zu Bird. Wir können die Basis anfunken. Die schicken ein Flugzeug, und das war's. Du hast es hinter dir. Alles vorbei.«

Dougs Lächeln wurde breiter. »Klingt großartig«, keuchte er. »Wann landet es?«

»Doug«, sagte Esther so gleichmütig sie konnte. »Geh verdammt noch mal von mir runter.«

Er zog sich ein Stück zurück, nahm die Hände von ihren Armen und legte sie auf den Tisch. Esther hätte sich frei bewegen können, doch sie tat es nicht. Sie lag unter ihm, denn diese halbe Freigabe machte sie misstrauisch. Außerdem wollte sie nicht wirklich, dass das hier vorbei war.

Sie sahen sich in die Augen, und Dougs Haltung veränderte sich, vielleicht weil Esther sich nicht wehrte. Ein verwirrter Ausdruck huschte über sein Gesicht, und das harte Glitzern in seinen Augen wich einem weicherem Blick.

Er runzelte die Stirn. »Essie«, flüsterte er. »Was ist los?«

Esther schwieg weiter. Sie traute weder seiner Stimmung noch sich selbst.

»Habe ich dir Angst gemacht?«, fragte er.

Esther schlug die Augen nieder und konnte nicht antworten. Ja, dachte sie, ja, das hast du. Aber nicht so, wie du glaubst. Ich fürchte mich nicht vor dir, sondern davor, welche Gefühle du in mir weckst; davor, dass ich mir wünsche, dass du mich niederhältst und fickst, gedankenlos und unkompliziert.

»Essie«, sagte er, und seine Stimme klang zärtlich und schwach. Er fasste unter ihr Kinn, sodass sie wieder zu ihm aufsehen musste. Er hatte so tiefe Augen, und der zottige Bart verbarg seine Züge und verlieh ihm etwas Geheimnisvolles. Er war Doug und doch wieder nicht. Seine Lippen waren aufgesprungen und trocken, und unter seinen Augen lagen Schatten, als hätte er eine Nacht auf dem Fußboden geschlafen. Auch das gefiel ihr; diese Art, wie er groß und bedrohlich und doch verletzlich wirkte. Am liebsten hätte sie seine wunde Unterlippe zwischen ihre Lippen genommen, wäre mit der Zunge über seine Schrunden gefahren und hätte sie mit ihrer Feuchtigkeit beruhigt.

»Essie.« Doug streckte die Hand aus, um ihr Gesicht zu berühren. Seine Finger strichen an ihrer Wange entlang, und Esther wandte den Kopf ab, weil das gefährlich war und sie so etwas nicht tun durften.

Das Letzte, womit sie gerechnet hatte, war ein Augenpaar am Fenster. Aber da waren sie, grüne Augen, die zu ihnen hereinspähten. Dann bewegten sie sich rasch, schneller als alles, was sie je gesehen hatte, und waren verschwunden. Sie hinterließen nur das Nachbild eines Gesichts, das an der Fensterscheibe zerschmolz.

Esther schrie, und ihr Körper krampfte sich unter Doug zusammen.

Doug sprang zurück und drehte begütigend die Handflächen nach oben.

»Tut mir leid, tut mir leid«, krächzte er. Jetzt stand er vor dem Tisch.

Aber Esther schrie weiter. Sie waren viele Meilen von jeder

Ansiedlung entfernt, und doch hatte da etwas gestanden und sie beobachtet. Sie sah das Bild immer noch vor sich: ein wie von innen leuchtendes, blassgrünes Augenpaar.

»Da draußen ist etwas«, hauchte sie.

»Wie bitte? Was meinst du?«

Sprachlos schüttelte Esther den Kopf. Kein Tier besaß so lebhafte Augen, und ein Mensch war es ganz bestimmt nicht gewesen.

»Ganz ruhig«, sagte Doug. »Du hast Halluzinationen, Essie. Beruhige dich.«

Wieder schüttelte Esther den Kopf. »Da ist etwas.«

»Unmöglich. Da kann nichts sein«, gab Doug zurück. »Es ist dieser Ort. Er ... er bringt dir den Kopf durcheinander. Falls dir das hilft, Esther, ich weiß genau, wie du dich fühlst.«

In *Hope's End* war es still, zu still. Billy brauchte Gesellschaft. Er hatte etwas Dummes getan. In diesem Geisteszustand allein zu sein, war nicht gut. Es war gefährlich.

Aber bei Gott, sie war schön. Eine starke, große Frau mit schneeweißer Haut, einem rosigen Hauch auf den Wagen und Haar, das ihr bis über die Schultern fiel. Bis heute Nacht hatte er sie noch nie in ihrer Inkarnation als Esther gesehen, obwohl er, ganz gleich, wie sie aussah, immer gespürt hatte, dass seine Liebe zu ihr sie beide verzehren würde. Oder, um es weniger hochtrabend auszudrücken, er wollte sie aussaugen, bis sie tot war.

Billy hatte ihre Präsenz im Moment ihrer Geburt gespürt und auf der Stelle geschworen, das Töten aufzugeben. Obwohl er sich auf der anderen Seite des Atlantiks befand, hatte er gefühlt, wie sie herangewachsen war, und gegen seinen Blutdurst gekämpft. Über zwanzig Jahre war er nicht in

Europa gewesen, weil er fürchtete, in ihrer Nähe könne seine Willenskraft erlahmen. Und das war ein großer Jammer, weil Simeon und er Europa immer geliebt hatten. Zu Billys schönsten Erinnerungen gehörte es, wie sie zu Beginn des zwanzigsten Jahrhunderts durch Paris geschlendert waren. Sie hatten edelsteinbesetzte Spazierstöcke in den Händen gehalten, und ihre Rockschöße waren hinter ihnen hergeflattert. »So viel Kultur«, hatte Simeon gern gesagt und ihre Umgebung mit einer weit ausholenden Handbewegung umfasst.

Als Esther zu menstruieren begonnen hatte, war Billys Hunger so stark geworden, dass es ihn fast zerstört hätte. Er hatte ihr Blut in der Luft geschmeckt, sein Prickeln auf der Zunge gespürt. Es hatte ihn dazu getrieben, sich ein Jahr lang einer Blutorgie hinzugeben und Tiere zu töten, ein Wahnsinn, der damit endete, dass er in einer schmierigen Gasse seinen Schwur brach, indem er zusammen mit einem Vampir, den er kaum kannte, einen lateinamerikanischen Bodybuilder aussaugte.

Das war die dunkelste Nacht seiner Seele gewesen. Danach hätte sein Weg in zwei Richtungen führen können. Entweder er hätte den Kampf aufgegeben und sich wieder von Menschen genährt. Dann wäre er wieder der alte, gewalttätige Vampir geworden. Oder er konnte professionelle Hilfe suchen, ein paar seiner »Baustellen«, bearbeiten und ein bisschen Buddhismus light lesen.

Er hatte sich für Letzteres entschieden, mehr um Esthers willen als für sich selbst.

»Ich heiße Billy, und ich bin ein Vampir.« Sie hatten es alle laut aussprechen müssen. Er hatte eine ganze Reihe Behandlungsmethoden ausprobiert; Meditation und diverse Therapien. Doch erst die Entwicklung von Ersatzblut in den 1990er Jahren hatte ihn von der Lust am Töten befreit. Moralisch fühlte er sich dadurch besser, aber, Herrgott, das war nicht wirklich ein Leben.

Billy sprang auf und ab, klemmte das Kinn auf die Brust und rannte kräftig auf der Stelle.

Sag einfach nein. Blut tötet. Sag einfach nein.

Er boxte in die Luft, schlug auf einen unsichtbaren Feind ein und sehnte sich danach, dass der Adrenalinstoß seinen Heißhunger auf mehr stillte. Er war ein Kämpfer in weißem T-Shirt und Khakihosen. Seine Muskeln schimmerten im Halbdunkel, sein kurz geschorenes Haar ließ ahnen, wie hart sein Schädel war, und an seiner Schläfe pochte eine dicke Vene.

Komm schon, Billy Boy! Mach schon, du alter Mistkerl! Du kannst das. Kämpf gegen das Blut. Kämpfe dagegen an.

Aber zum Teufel, vielleicht war es auch Zeit, Schluss mit der Tugend zu machen. Vielleicht war es ja Schicksal. Als Esther ihre Unschuld verloren hatte, war Billy von Sehnsucht zerrissen worden. Am liebsten hätte er die ganze Welt gefickt und getötet. Sein Drang, sich von dem künstlichen Blut abzuwenden und dem Hunger nachzugeben, hatte ihn fast vernichtet. In der Hoffnung, dass ihn das bei der Stange halten würde, war er freiwillig ins arktische Exil gegangen, weit weg von allen Menschen und der quälenden Versuchung. Seitdem folgte er jedes Jahr dem Winter über den Globus und verbrachte die Hälfte des Jahres im Norden und die andere Hälfte im Süden, weil die Länder der Mitternachtssonne auch die des Nachmittagsmonds waren, und dort gehörte er angeblich hin.

Und jetzt schaue man sich an, was passiert war: Sie war auf der Eisfläche aufgetaucht und direkt an seinem verborgenen Zufluchtsort vorbeimarschiert. Es war so vorherbestimmt. Sie war sein Schicksal.

Oder, genauer gesagt, er war ihres. Ach, das arme schöne Weibsstück.

Simeon schlenderte in die weiße Kuppel und sah in seinem

schlichten Schwarz selbstzufrieden, schlank und heiß aus. »Du bist also wieder da«, sagte er zu Billy. »War's schön?«

Vor dem Feuer streckte Renfield, der Kater, seine Gliedmaßen weit aus und begann gemächlich, den Kaminvorleger zu bespringen. Renfield war eine arktische Rassekatze, die Hunderte von Dollar kostete, und der geilste, selbstgenügsamste Vierbeiner, den man sich nur vorstellen konnte.

»Wo ist Suzanne?«, fragte Billy keuchend und sprang auf der Stelle hoch.

Simeon zuckte die Achseln. »Ausgegangen.«

»Wohin?«

»Ins Kino«, sagte Simeon. »Ich schätze, nachher holt sie sich noch einen Big Mac und einen Shake und ...«

»Ich traue ihr nicht.«

Simeon strich sich sein langes schwarzes Haar hinter ein Ohr und enthüllte mehr von seinem kantigen Kiefer, seinen perfekten Brauen und seiner androgynen Arroganz. Das tat er absichtlich, denn bei diesem Anblick sah Billy ihn auf den Knien vor sich, wie diese schmalen Lippen fest um seinen Schwengel lagen und die seidigen Haarsträhnen um Billys Fäuste fielen. Doch beinahe so schnell, wie dieses Bild auftauchte, verwandelte es sich: Esthers üppigeres, dichteres Haar in Billys Händen, Esthers süßere, weichere Lippen auf seinem Schwanz, und ihre Augen weit aufgerissen, als er bis tief in ihre Kehle hineinstieß.

Ausschweifungen wurden nach ein paar hundert Jahren langweilig, und im Vergleich zu seinen üblichen Ficks würde Esther unverdorben und leicht schockierbar sein und danach gieren, sich korrumpieren zu lassen, genau wie beim ersten Mal. Ihrem ersten und letzten Mal. Sein Schwarz verhärtete sich bei der Erinnerung, und er überlegte sich, dass er später am Abend Simeon benutzen und seinen Mund und seinen Hintern mit seinem großen, brutalen Schwengel füllen würde.

»Klug von dir, ihr nicht zu trauen«, meinte Simeon. »Sie ist böse und unmoralisch. Aber Mann, ich liebe sie; du nicht auch?«

»Ich habe dir gesagt, du sollst sie im Auge behalten. Lass sie nicht ...«

»Alter, so kann man heute nicht mehr mit Frauen umspringen. Sie haben die Regeln geändert, weißt du noch? Ziemlich ärgerlich, aber hey, was soll man machen?«

Simeon schlenderte näher auf Billy zu und schaute verschmitzt drein. Er verschränkte die Hände hinter dem Rücken, neigte den Kopf und lächelte verdächtig interessiert.

»Was?«, fragte Billy.

Simeon grinste weiter. Renfield miaute erregt, schlug die Klauen in den Kaminvorleger und rieb sich. Eine blaue Katze, die alle Viere von sich streckte und einen riesigen weißen Bär fickte.

»Du weißt etwas, nicht wahr?«, sagte Billy. »Wo steckt sie? Wo ist Suzanne? Was ist hier los? Herrgott, ich werde sie holen müssen, was? Es ist mir ernst. Wenn sie auch nur in die Nähe dieser Trekking-Leuten kommt, werde ich ...«

»Ähem ...« Simeon strich mit dem Daumen über sein Kinn und legte den Kopf schief, um anzudeuten, dass Billy an dieser Stelle etwas hatte.

Verlegen tupfte Billy über seine Lippen.

»Ähem ... tiefer«, sagte Simeon. Es gelang ihm nicht, seine Belustigung zu verbergen. »Kinn. Genau da, eine kleine ... Feder.«

Billy wischte über sein Gesicht, und eine blutige weiße Feder schwebte zu Boden. Wütend und beschämt rieb er über seine Haut.

»Ach, du meine Güte«, versetzte Simeon. »Egal, vegetarische Ernährung ist dir noch nie bekommen. Hast dann immer grauenhaft schlechte Laune.«

Billy drehte sich auf dem Absatz um und ging in Richtung Fitnessraum. »Es war nur ein Schneehuhn«, erklärte er. »Ein nutzloser kleiner Vogel, okay?«

Billy zog einen Pflock aus der Bankdrückmaschine.

»Ein nutzloser kleiner Vogel«, wiederholte Simeon. »Ist sie nicht genau das?«

Johannes wälzte sich im Schlaf stöhnend herum. Doug, der sich bückte, um seine Isolierstiefel zu schnüren, erstarrte und lauschte. Er wollte niemanden wecken, daher wartete er, bis Johannes wieder schnarchte und pfeifend Luft durch die Nase einzog, ehe er weitermachte. Seit fast einer Stunde lag er mit voller Blase da. Von allein würde das nicht weggehen.

Er setzte seine Kopflampe auf, schloss leise die Tür hinter sich und ging eilig zur Außentoilette. Zum Teufel, es war so kalt, dass sein Schwanz fast völlig eingeschrumpft war. Zitternd stand er da und wünschte sich, er wäre wieder in England, wo er nicht ständig Schmerzen litt, wo seine Kehle nicht ausgedörrt war und seine Zehen sich nicht morsch und verbrannt anfühlten. Und er verzehrte sich nach Tageslicht. Gott, wie er sich nach einem Sonnenaufgang sehnte! Er hatte ja keine Ahnung gehabt, dass die Dunkelheit seinem Verstand solche Streiche spielen würde. Für diese Expedition hatte er monatelang wie ein Irrer trainiert – Laufen, Radfahren, Krafttraining –, aber mental war er ganz offensichtlich nicht gut darauf vorbereitet.

In ein paar Tagen würde sich zum ersten Mal in diesem Jahr die Sonne gegen Mittag kurz zeigen; oder besser gesagt, ihren glühenden goldenen Rand. Doug vermutete, dass er sich dann besser fühlen würde, viel besser, obwohl Sonnenauf- und Sonnenuntergang mehr oder weniger kurz aufeinanderfolgen würden und der Tag nur Minuten währen würde. Momentan bestand der Tag, wie sie ihn kannten, daraus, dass der Winterhimmel die Farben der Dämmerung bewahrte wie einen dicken Bluterguss, der sich indigofarben, violett und schwarzblau am Horizont ausbreitete. Den Rest der Zeit lebten sie im Dunkel, das für gewöhnlich von Sternen beleuchtet wurde. Es war Wahnsinn, aber manchmal hätte Doug glauben können, dass die Sonne für immer fort war. Sie war gestorben, und alles, was übrig blieb, war diese gefrorene Ödnis. Die Sonne bedeutete Leben. Und Leben gab es hier keines.

Er machte seine Hose wieder zu und war auf dem Rückweg zur Hütte, als ihn mit einem Mal eine Woge von Emotionen überrollte. Doug blieb stehen und sah über das Eis hinaus, schlang die Arme um die Brust, schlug sich mit den Händen auf die Arme und stampfte mit den Füßen. Wie er das hasste. Das hier war ein ödes Höllenloch, das einem die Energie aussaugte. Wütend starrte er in die Leere, denn er wollte sich nicht einschüchtern lassen, wollte sie und alles, was sie ihm antat, besiegen.

Nach einer Weile hörte er auf, sich zu bewegen und stand einfach zitternd still. Auf dem Eis glitzerten Lichtpunkte. Es war so schön, so unendlich schön und furchteinflößend zugleich. Man kam sich vor, als sähe man in die Ewigkeit hinein. Hier konnte ein Mensch spurlos verschwinden.

Kein Wunder, dass er ausrastete. Er musste in kleinen Schritten denken. Ja, das war es. So klein, dass man damit umgehen konnte. Aber die kleinen Dinge machten ihn ebenfalls verrückt: Margrets Gehuste am Morgen, Birds blödes Akkordeon und sein Beharren auf Pasta, obwohl ein gut gewürzter Eintopf viel besser gewesen wäre. Chili. Ein Essen mit scharfen, würzigen Chilischoten. Feuer in seinem Bauch.

Doug hatte gehört, dass man hier draußen Geschichten dringender brauchte als Nahrung. Er konnte es beinahe glauben. Geschichten, um gegen die Einsamheit zu kämpfen, um die Leere zu füllen. Aber er wollte auch etwas zu essen.

Und Essie. Herrgott, nach der letzten Nacht im Zelt begehrte er sie mehr denn je. Es war so geil gewesen, zu hören und zu sehen, wie sie gekommen war. Sie wirkte ganz verkrampft, halb schmerzlich, halb schockiert, und das war so ein schmutziger, sexy Anblick gewesen. Er hätte sich schon in London an sie heranmachen sollen, wo alles einfacher, wärmer, zivilisierter war. Abendessen, Gespräche, ein Fick, Frühstück am nächsten Morgen. Er stellte sich vor, wie sie seinen Bademantel trug, und sie sah großartig aus, so sanft und wie zu Hause.

Hier draußen, allein im Dunkel, konnte er besser denken. Er musste sich in den Griff bekommen. Wie ein Idiot führte er sich auf. Wenn er sich nicht zusammenriss, würde Essie ihn am Ende hassen. Morgen würde er alles herunterspielen und versuchen, etwas bei ihr gutzumachen. Versuchen, nicht daran zu denken, wie nass und weich sie sich angefühlt hatte, als er sich in ihrer Pussy vergrub. Gott, sein Schwanz zuckte sogar bei diesen Minustemperaturen. Zeit, dass er zurück in die Hütte kam. Dort würde er sich in seinem Schlafsack schnell einen runterholen. Danach schlief er immer sofort ein.

Er wollte sich gerade in Bewegung setzen, als er ein leises Knirschen im Schnee hörte. Mist. Er hatte keine Waffe dabei. Nie unbewaffnet gehen, hieß es. Er hatte nichts.

Doug fuhr herum. An der Hütte bewegte sich etwas. Er hatte Essie nicht geglaubt, hatte gedacht, dass sie schrie, damit er von ihr abließ. Aus den Schatten trat eine lächelnde junge Frau; schlank und schön, goldblondes Haar, das üppig um ihre Schultern fiel, eisblaue Augen. Und sie trug ein Sommerkleid aus limonengrüner Baumwolle mit lila Punkten.

Doug taumelte rückwärts. Das war ein Traum. Er versuchte

zu schreien, brachte aber nichts Überzeugendes heraus, nur ein heiseres Krächzen und Atemwolken. Dann versuchte er zu rennen, aber mit seinem Parka und den Stiefeln war er langsam und kam ins Stolpern.

Das fröhliche Lachen der Frau hallte perlend durch die Nacht. Sie begann ihm zu folgen und tollte neben ihm her. Ihre kleinen Brüste hüpften, als sie Sprünge machte, auf ihn zu tänzelte und dann wieder davonwirbelte. Doug atmete schwer, keuchte und hatte ein Gefühl, als stächen Eiszapfen in seine Kehle. Seine Lungen standen kurz vor dem Platzen. Sein Körper funktionierte kaum noch. Er rannte wie in Zeitlupe, lief in die Leere hinein und drehte sich nach der Frau um.

Dann fiel er. Sein Körper sank in einen Haufen Pulverschnee, unter dem sich eine glatte Eisschicht befand. Während er sich wieder hochhievte, huschte die Frau um ihn herum. Ihr Sommerkleid wehte, das Pünktchenmuster tanzte. Doug dagegen hatte das Gefühl, keine Gelenke mehr zu besitzen. Er bestand nur noch aus Füllung. Wohin konnte er laufen? In die Unendlichkeit? Er musste zurück zur Hütte. Er begann abzuschwenken, aber sie trieb ihn zurück und zwang ihn, weiterzulaufen. Und nicht ein einziges Mal wich das fröhliche, spöttische Lächeln von ihren Lippen.

Sie trug Sandalen, braune Riemchensandalen, und ihre Zehennägel waren rot lackiert. Wieso hatte sie keine Erfrierungen? Doug konnte nur rennen. Er hatte das Gefühl, gleich vom Rand der Welt zu fallen und sich in alle Ewigkeit mit den Schneeflocken und Sternen zu drehen. Rennen, rennen. Aber das war in dieser Kleidung unmöglich. Er war fett und ungelenk. Er war Fleisch.

Die Wangen der Frau waren gerötet, und als Doug einen verängstigten Blick in ihre Richtung warf, öffnete sie den Mund zu einem breiten, triumphierenden Lachen. Doug sah seinen Tod direkt vor sich; dort, wo das Mondlicht ein Paar weiße Fangzähne aufblitzen ließ. Ihr Rachen war wie eine samtige rote Höhle, und er wurde größer, bebte von ihrem Lachen und wogte von feuchten, gespannten Sehnen.

Wenn ich einfach weiterrenne ... nur weiter ...

Aber es gab nichts, wohin er laufen konnte, und dann roch und spürte er sie. Ihr blondes Haar verfing sich in seinem Bart. Und dann sah er nichts mehr außer ihrem offenen Mund, und alles wurde nass und rot.

3

Esther war einst Selin gewesen, Dienerin in einem der großen, hölzernen Yalis, den Sommervillen an den bewaldeten Ufern des Bosporus. Mit dem Niedergang des osmanischen Reichs verrichtete sie nur noch dumpfe Sklavenarbeit. Billy dagegen verschlief seine Tage geschützt vor der Sonne hinter den Fensterläden der Gemächer von Kasim Nadir, der sein vampirischer Mentor und Betreuer und ein Mann von äußerster Grausamkeit war.

Damals wusste Billy noch nicht, dass er ein Schneevampir war. Rastlos und einsam hatte er seine sächsische Heimat in Europa verlassen, wo er ein niedriger Adliger gewesen war und sich nach Frieden und Kameradschaft gesehnt hatte. Er hatte keine Ahnung, welche Macht ihn gebissen und verwandelt hatte. Ein Seemann war es gewesen, mehr wusste er nicht. Mit den Vampiren aus den Karpaten, denen er begegnet war, hatte er sich nicht verstanden, und nachdem er erfahren hatte, wie die Türken unter Vlad Dracula, der seine Opfer zu pfählen pflegte, gelitten hatten, wandte er sich nach Osten, weil er sich sagte, dass die Antwort vielleicht im Land von Vlads Feinden lag. Es sollten noch Jahrzehnte vergehen, bis Billy begriff, welche Macht er besaß, und die Vampirlinie fand, der er angehörte.

Konstantinopel bezauberte ihn. Es war eine magische Stadt, ein Ort schrecklicher Schönheit, die auf Lust, Poesie und Unbarmherzigkeit ruhte. Nadir, ein Mann, der so brutal war wie das Land, das ihn hervorgebracht hatte, war hocherfreut gewesen, Billy unter seine Fittiche zu nehmen. Gemeinsam hatten sie die Gassen und Gärten der Stadt heimgesucht, im Schatten von Moscheen gelauert oder Wasserpfeife geraucht, wobei Billy sein blondes Haar unter einem Turban verbarg. Manchmal waren sie am dicht bewaldeten Ufer auf die Jagd gegangen und hatten sich in fleckigem Mondlicht unter dem Blätterdach an ihren Opfern gelabt. »Nimm den hier«, hatte Nadir befohlen, oder, »ignoriere diese Bäuerin, ihre Haut sieht rau aus.«

Doch seit Billy Selin gesehen hatte, war alles anders geworden. Sie saß in der Abenddämmerung allein am Bosporus und hielt die blassen Füße ins Wasser. Verwegen hatte sie ihre Schleier zurückgeschoben und üppige schwarze Locken, ein sanftes Gesicht und einen schlanken Hals von köstlicher slawischer Blässe enthüllt. Seit Billy in die Türkei gekommen war, hatte er von Frauen wenig mehr gesehen als ihren scheuen Blick über dem Rand ihrer Yashmaks.

»Nimm sie«, befahl Nadir.

Billy beobachtete sie noch ein paar Sekunden und wandte sich dann zu Nadir um. »Nein«, sagte er ruhig und deutlich.

Das war das erste Mal, dass Billy ihm trotzte. Nadir, der genauso dunkelhäutig wie die von ihm verachteten Bauern war, zog eine Augenbraue hoch, und seine schmalen, sinnlichen Lippen zuckten amüsiert.

»Wilhelm«, neckte er ihn. »Du bist verliebt.«

Während der nächsten paar Monate schien die Frau ihnen bei ihren nächtlichen Streifzügen immer wieder zu begegnen. Immer wieder traf Nadir zufällig auf sie, wenn sie sich die Füße wusch, am Fenster ihr Haar flocht, an einem Brunnen einen Wasserkrug füllte oder in einem Garten Blumen pflückte. Nach ihren prächtigen Kleidern zu urteilen war sie eine hoch geschätzte Dienerin oder sogar eine Favoritin. Billy wagte sich den Grund gar nicht vorzustellen.

Einmal hatten die beiden Vampire in einem von Laternen erhellten Garten hinter einer Marmorsäule gestanden und beobachtet, wie sich das Mädchen an einer Rosendorne stach. Sie hatte den Kopf geschüttelt, und die Edelsteine, die an dem Schal um ihren Kopf baumelten glitzerten in dem weichen Licht. Billy hielt seinen Blick auf ihren Daumen gerichtet und konnte zusehen, wie sie die Fingerspitze drückte, um einen Blutstropfen an die Oberfläche zu quetschen. Das Tröpfchen schimmerte wie ein Rubin, und dann hatte Selin ihren Yashmak heruntergezogen, ihre süße kleine Zunge ausgestreckt und ihn aufgeleckt.

Billys Schwanz pulsierte heftig und wuchs rasch. Am liebsten hätte er sie angesprungen und genommen; die Zähne in ihren Hals geschlagen. Er stellte sich vor, dass ihr Hals so weich wie feinstes Ziegenleder sein würde. Und gleichzeitig wollte er seinen Schwengel in ihrer Möse versenken und sie ficken, bis sie um Gnade flehte. Er wollte sich Einlass in ihren Mund erzwingen und seinen Schwanz in sie hineinstoßen, bis ihr die Tränen in den Augen standen. Sie verderben, bis sie mit zerfetzten Schleiern liederlich vor ihm auf den Knien lag und um seinen Schwanz bettelte. Kurz gesagt, er wollte ihre Schönheit zerstören, weil nichts auf der Welt erregender war, als Tugend und Perfektion zu korrumpieren.

»Sagst du immer noch nein?«, fragte Nadir gedehnt, und irgendwie gelang es Billy noch immer.

Aber Nadir war zu gewitzt für Billy. »Du bist ein Vampir, Wilhelm. Kämpf nicht dagegen an«, pflegte er zu sagen.

Hätte Billy seine Gelüste besser beherrschen können, er hätte sie gleichzeitig ficken und beißen können. Er sehnte sich danach, ihren Orgasmus in sich einzusaugen und zu spüren, wie ihre pure, ganz eigene Ekstase durch seine Adern strömte. Aber er bezweifelte, ob er aufhören könnte, nachdem er von ihr gekostet hatte, denn er brannte auch darauf, den letzten Pulsschlag ihres Lebens durch seine Kehle gleiten zu fühlen.

»Der Tod ist für uns das Leben«, sagte Nadir stets. »Sie ist nichts, nur ein hübsches kleines Ding. Was macht es schon, wenn du sie tötest? Du findest schon ein neues Spielzeug. Schließlich hast du ein unsterbliches Leben vor dir.«

Nach und nach hörte Billy auf Nadir und beugte sich ihm, so wie in allem, was mit dem Leben als Vampir zu tun hatte. Schließlich jagten sie gemeinsam, und so geschah es, dass sie in einer dunklen, wolkenlosen Nacht beschlossen, es zu riskieren. Auf diese Weise wollten sie Billys Beherrschung auf die Probe stellen. »Nähre dich klug«, riet ihm Nadir. »So wird sie alles vergessen, und wir können sie wieder und wieder nehmen. Entführe sie und bring sie in meine Gemächer. Ich erwarte euch im Hof.«

Wäre Billy erfahrener und weniger gierig gewesen, hätte er sie einfangen können, indem er sie hypnotisierte und willenlos machte. Aber er war ungeduldig, geil und nervös, und als er sie an ihrer üblichen Stelle am Ufer sah, schlich er sich hinter ihr an und hielt ihr den verschleierten Mund zu. Sie quietschte und zappelte. Ihr Atem drang heiß durch den Stoff, und ihre Füße ließen Wasser hochspritzen wie ein Fisch an der Angel. Aber Billy war so stark wie drei normale Männer, und sie bereitete ihm keine Probleme, nur Vergnügen.

Er hatte sie direkt zurück zu Nadirs Yali bringen wollen, aber ihre Schönheit, der Duft ihrer Haut und ihre Gegenwehr brachten ihn schier um den Verstand. Auf dem grasbewachsenen Steilufer riss er ihren Yashmak herunter, hielt ihre Arme fest und drückte ihr gewaltsam einen Kuss auf die Lippen. Er kostete ihre unterdrückten Protestschreie aus und spürte, wie sich ihr Körper aufbäumte und wand. Billy legte die hohle Hand zwischen ihre Beine und erkundete sie durch ihre Kleidungslagen mit einer Grobheit, die ihn später beschämen sollte. Als er sich zurückzog, stand sie beinahe still da, schaute wie betäubt zu ihm auf und hatte den Mund auf eine liederliche Art geöffnet, die verriet, dass sie mehr wollte.

Sie hatte sich alles selbst zuzuschreiben. Er hatte nicht einmal versucht, seinen Vampirbann über sie zu werfen.

Billy kannte die Sprache gut genug, um das Mädchen nach ihrem Namen zu fragen.

»Selin«, sagte sie und ließ das Wort wie ein Geschenk klingen.

Bis er sie in Nadirs Hof brachte, war sie schon wieder einigermaßen ernüchtert; eine Frau, die mit der Qual kämpfte, es zu wollen und dann wieder nicht. Empört über ihre Entführung und doch fasziniert von ihren Empfindungen.

Billy schob sie weiter, und sie stolperte vor Nadir hin, der auf einem Diwan voller Kissen ruhte und mit jedem Zoll aussah, wie er war: ein zynischer alter Wüstling. Das von seinem Turban befreite schwarze Haar hing ihm in einem Pferdeschwanz über eine Schulter, und auf seinem nackten Oberkörper, schlank und dunkel wie Mahagoni, prangte eine silbrige Narbe, die wie ein gezackter Blitz geformt war.

Steinerne Säulen umgaben den Hof, und an den Wänden schimmerten Kacheln in sattem Blau und Türkis; verziert mit einer Bordüre aus kalligrafierten Koranversen. Eine Platane beherrschte die eine Ecke, und in der Luft schwang der berauschende Duft von Nachtblumen. Ein Pfau wanderte müßig hinter einer Säulenreihe her und ließ seinen zusammengeklappten Schweif hinter sich herschleifen wie ein schillerndes Gewand, und Motten flatterten um Kupferlaternen. In der Mitte stand ein sanft plätschernder Marmorbrunnen.

»Zeig sie mir«, sagte Nadir. Auf dem Boden neben Nadirs Diwan stand ein leerer Kelch, und Billy vermutete, dass er vorhatte, ihn mit Blut zu füllen.

Selin, die vor dem Diwan stand, wand sich widerstrebend,

als Billy sie auszuziehen begann. Er berührte sie kein einziges Mal, aber als ihre Brüste entblößt waren und sie nur in ihren pludrigen Shalwar-Hosen und Pantöffelchen dastand, wimmerte sie atemlos vor sich hin, und ihr Rücken bog sich, als sie sich, gierig nach einer Berührung, nach vorn reckte.

Nadir lächelte, und Billy, der seinem Mentor gefällig sein wollte, spielte mit den Nippeln des Mädchens und demütigte sie, indem er eine Lust in ihr erweckte, die sie lieber verborgen hätte. Er zog die Finger über ihre Haut, fasste unter ihre Brüste und malte Spiralen auf ihren Rücken. Schamrot schloss Selin die Augen, und ihr Zwiespalt erregte Billy noch mehr.

»Sie ist ein Naturtalent«, meinte Nadir. »In einem Harem würde sie sich gut machen. Oder kommst du genau dort her, schönes Mädchen? Bist du eine Konkubine, die man vor die Tür gesetzt hat, weil sie ihre Rolle zu sehr genoss?«

»Ich bin keine Konkubine«, hauchte Selin und schien nicht zu merken, dass sie lustvoll die Hüften schwenkte.

»Zeig ihr deinen Schwanz«, befahl Nadir. »Dann wollen wir sehen, wie sie sich schlägt.«

Doch Billy war ihm schon zuvorgekommen. Er hielt einen von Selins Schals in den Händen und riss ihn in zwei Teile, sodass ein Stoffstück entstand, das genau richtig war, um Gliedmaßen zu fesseln. Er drückte ihre Hände hinter ihrem Rücken zusammen, und sie klagte nicht, sondern stieß nur leise, genüssliche Laute aus, als er sie fesselte. Als Billy seinen Brokatkaftan hob und seinen großen Schwanz befreite, öffnete sie hungrig den Mund. Immer mehr unterlag sie seinem hypnotischen Einfluss.

Billy legte die Faust um seine Erektion. »Dann komm«, keuchte er. »Hol ihn dir.«

Das brachte Nadir zum Lachen, was Billy gefiel. Selin fiel auf die Knie und rutschte vorwärts. Sie riss den Mund auf wie ein kleines Vögelchen und jagte seinem Schwengel nach.

»Bitte«, flehte sie. »Bitte, *Efendi*.«

Efendi. Herr.

Das Wort überstieg fast Billys Vorstellungsvermögen. Er hatte die respektvolle Anrede nicht verdient, nicht im Geringsten; aber sie erregte ihn, weil sie so geil war, dass sie sich erniedrigte, indem sie sie gebrauchte. Und so gab er ihr, was sie wollte. Sie nahm ihn in sich auf und bog den Kopf zurück, als er in ihre Kehle hineinstieß. Ihr Nacken wölbte sich, und ihre Muskeln öffneten sich, um seinen Schwanz zu umschließen.

»Dieses heiße kleine Weib«, sagte Nadir. »Schick sie zu mir, wenn du fertig bist.«

Selin befand sich in Billys Gewalt, verzückt und ihrer Hemmungen entledigt, und es schien ihr gleich zu sein, dass ein anderer Mann zusah. Noch Jahrhunderte später konnte Billy taktile Erinnerungen daran heraufbeschwören, wie sein Schwanz durch ihre warme, weiche Mundhöhle geglitten war, wie ihre Lippen über ihn strichen und ihre Zunge tanzte, und immer noch hörte er das unverdiente Wort: *Efendi*.

Ein Zyniker hätte wahrscheinlich von einem fachmännischen Blowjob gesprochen, aber Billy wusste, dass es Liebe war. Und er hatte noch viel mehr Liebe zu geben. Er zog sich aus ihr zurück, stellte sie auf die Füße, umschlang ihre Taille und bückte sich, um an den harten Spitzen ihrer kleinen Brüste zu saugen. Ihr schwarzes Haar wallte auf den Boden zu, und ihr blasser Rumpf wölbte sich köstlich, als sie ihr Geschlecht an seinem muskulösen Schenkel rieb.

»Geh behutsam mit ihr um«, warnte ihn Nadir, doch Billy hörte ihn kaum.

Er entblößte seinen Oberkörper und zog aus dem Schwertgürtel, den er um die Hüfte trug, sein Kilij hervor, einen Kurzsäbel mit bösartig gekrümmter Klinge. Selin protestierte kaum, als er ihren Shalwar aufschlitzte, sodass sie bis auf ein

Kettchen an ihrem Knöchel und die Armbänder an ihrem Handgelenk nackt dastand. Ihre Haut war cremeweiß, und ihr Venushügel und ihre Achselhöhlen enthaart, wie es ihre Religion vorschrieb.

Metall klirrte auf Stein, als Billy sein Messer fallen ließ. Mühelos trug er die Frau zum Brunnen, wo er sie auf den breiten Marmorrand legte. Sie stützte sich auf ihren hinter dem Rücken gefesselten Armen ab, spreizte die Beine weit auseinander und zeigte ihm den angeschwollenen Schlitz, der zwischen ihren Schenkeln schimmerte. Das Mädchen war wirklich ein Kunstwerk, und der Drang, sie zu besudeln, indem er sie zu lüsternem, zügellosem Begehren anstachelte, war erregend und abstoßend zugleich. Größtenteils aber erregend. Billy war hart wie Stein.

Sie hob ihm ihre Hüften entgegen und warf den Kopf hin und her, bot sich ihm dar wie eine lasterhafte Wassernymphe. Ihr schwarzes Haar schwamm in dem Wasserbecken und wiegte sich mit seinen Luftblasen und dem glatt über die Marmorstufen des Brunnens rinnenden Wasser, das in dem Laternenlicht des Hofs schimmerte.

Billy fiel auf die Knie und saugte sich an ihrer hübschen kleinen Möse fest. Sie schmeckte göttlich, so salzig wie der Ozean, und er saugte und leckte und hörte, wie ihre Lustseufzer lauter wurden und sich mit dem Plätschern des Brunnens vermischten.

Der Drang zu trinken war stark, und als sie kam und in ihrer Ekstase an seinem Mund zitterte, war Billys Grenze erreicht. Hastig schlüpfte er aus seinem Shalwar und sah zu, wie das Mädchen die Beine breit machte wie eine Dirne. Er beugte sich über sie und brachte sich in Stellung. Die Lippen an ihrem Eingang fühlten sich an wie ein schmelzender Kuss auf die Kuppel seines Schwanzes. Als er tief in sie hineinstieß, schrie sie auf und schrie weiter, als er sich wieder und wieder in sie versenkte und sich in ihrer weichen, geschmeidigen Nässe verlor.

Billy wollte seinen Biss sorgsam einteilen und fürchtete, er könne die Beherrschung verlieren, wenn er zu früh damit begann. Er erinnerte sich an Nadirs Worte: *Nähre dich klug, und wir können sie wieder und wieder nehmen*. Doch je mehr sie keuchte, je stärker ihre wunderhübsche kleine Pussy sich um seinen Schwanz zu verflüssigen schien, umso unmöglicher erschien es ihm, sich zu mäßigen. Am liebsten hätte er seine Zähne in ihren Hals geschlagen und so fest gesaugt, dass es ihr die Haut aufriss. Nadir griff ein, obwohl seine Motive alles andere als uneigennützig waren. Aber darauf kam es schlussendlich nicht an.

Nadir hatte Billys Dolch. Er stand neben den beiden und hielt die krumme Klinge an den Hals der Frau. »Willst du es?«, wollte Nadir von Selin wissen.

Zur Antwort keuchte Selin nur, und Billy stieß ein paar Mal langsam in ihre schlüpfrige Nässe hinein, sodass bei jedem Stoß ihr lilienweißer Körper bebte. »Sag es«, knurrte er. »Sag, dass du mich willst.«

»Sei nicht schüchtern«, setzte Nadir hinzu. »Es ist ziemlich offensichtlich, dass du es willst, und wir haben nicht die ganze Nacht Zeit.«

»Ja«, keuchte Selin. »Ja, ich will Euch.«

Nadir lachte leise. Behutsam zog er die Klinge über die Seite ihres Halses. Blut quoll in einer dünnen Linie an die Oberfläche.

»Trinken, nicht beißen«, meinte er warnend, und Billy fiel über ihren Hals her und schloss den Mund über der Wunde, die so schmal und gerade wie ein Schnitt war, den man sich manchmal an einem Stück Papier holt. Ihr Blut rann auf seine Zunge, süß und warm, aber unbefriedigend. Billy saugte fester, schob die Zunge in den Schlitz und weitete ihn. Ein kräftigerer Blutfluss belohnte ihn. Während er trank, stieß er in sie hinein, und als er sie mit den Fingern stimulierte, spürte er, wie sie sich dem Orgasmus näherte.

Und dann kam sie, und zwar so heftig, dass Billy vollkommen die Kontrolle verlor. Ihre Muskeln zuckten um seinen Schwanz, und ihre Lust ergoss sich in seinen Mund. Noch nie hatte Billy so etwas empfunden. Er hatte andere Frauen gekannt, viele, aber Selin hatte etwas an sich, das einen tieferen Teil seiner selbst anrührte. Er wollte mehr von ihr und schlängelte seine Zunge tiefer in den pulsierenden Riss hinein. Ehe er wusste, wie ihm geschah, hatte er sie gebissen, und das Blut sprudelte in heißen, kupfrigen Strömen aus ihr heraus.

Sie schmeckte gut, unerträglich gut, fleischiger und üppiger als jedes Blut, das er bisher getrunken hatte. Tief sog er es ein und sagte sich dabei, dass er jeden Moment aufhören konnte, konnte und wollte. In ein paar Stunden würde ihre Wunde geheilt sein, und man würde nur noch einen blauroten Bluterguss sehen, einen Liebesbiss. Er schluckte heftig und spürte, wie ihr Orgasmus ihn durchströmte und dann zu einem sanften Pochen verklang. Er trank weiter. Den Punkt, an dem er aufhören musste, schob er vor sich her; immer noch ein paar Sekunden.

»Hör auf«, fauchte Nadir. »Du bringst die Schlampe noch um.«

Billy hörte ihn kaum. Er war auf der Jagd nach einem neuen Puls, dem Puls von Selins schwächer werdendem Herzschlag. Er gierte nach ihrem Tod; und dann kam ihm ein neuer Gedanke. Das war ja gar nicht nötig! Er würde sie zum Vampir machen, sie fast bis zum Tod aussaugen und ihr dann sein eigenes Blut zu trinken geben. Sie würden für immer zusammen sein, und seine ewige Suche nach sich selbst wäre vorüber.

Ja! Sie würde in alle Ewigkeit ihm gehören! Ihr Blut floss

schnell und ließ seine Mundwinkel überlaufen, und dann begann er zu kommen, als er ihn spürte, den langsamen, dumpfen Herzschlag, mit dem er sie näher an den Tod heranführte. Manche ergaben sich dem Tod schnell; andere klammerten sich ans Leben, und dann war ihr Ende umso süßer.

Selin war eine Kämpfernatur. Als Billy in ihr zum Höhepunkt kam, hallte ihr Herzschlag durch seine Adern, ein primitives Pochen, das an einen dunklen Drang in ihm rührte und ihn mit der Seligkeit gestohlenen Lebens nährte, während er sich in einem wahnsinnigen, stürmischen Orgasmus verlor. Und dann wurde der Rhythmus langsamer, und die letzten Pulsschläge verhallten, als Billy, völlig ausgezehrt von der Macht seines Höhepunkts, nach Luft rang. Er hob den Kopf. Jetzt war der richtige Moment gekommen. Nun würde er sie zu seinem Eigentum machen.

Er zog sich zurück, und Selins Kopf fiel kraftlos nach hinten. Ihr Blut rann klebrig über den Rand des Brunnens, floss ins Wasser und färbte es rosig. Das Licht der Laternen spiegelte sich auf der Oberfläche und schimmerte auf feuchtem Stein. Billy schnappte sich seinen Kilij, der auf dem Boden lag, und schnitt sich das Handgelenk auf. Sein Blut spritzte zuerst und kam dann in regelmäßigen Stößen, und er stützte Selins Kopf und drückte seine aufgeschnittenen Pulsadern an ihren Mund.

Sie trank nicht.

»Trink!«, befahl Billy.

Nichts. Sein Blut sprudelte über ihre Lippen hinweg.

Sie würde es schon bald schmecken. Jeden Moment jetzt.

Billy hatte es zwar noch nie selbst vollbracht, aber er hatte schon gesehen, wie andere Vampire Menschen verwandelten. Ihre Opfer wirkten wie im Koma, bis etwas sie anrührte und sie saugten.

Aber Selin hatte viel Blut verloren. Der Springbrunnen war jetzt tiefrot gefärbt, von ihrem und von seinem Blut. Rosafarbenes Wasser fiel über die Marmorstufen. An Selins Kopf drehten sich scharlachrote Rinnsale in den sprudelnden Tiefen.

»Trink!«, schrie er noch einmal, aber sie rührte sich nicht. Ihr Mund war wie tot, ihre Haut kalt und grau.

Panisch wandte er sich an Nadir. »Hilf mir«, flehte er. »Ich verliere sie.«

Nadir lag gefasst und still auf den Kissen seines Diwans. Die Narbe auf seiner Brust schimmerte wie eine silbrige Fettader in Hammelfleisch. »Zu spät«, erklärte er. »Sie ist tot.«

»Nein«, hauchte Billy. Er tauchte Selins Kopf ins Wasser, hielt sie an ihrem Haar, das wie Seetang war, fest und drückte sie immer wieder unter die Oberfläche und holte sie hoch, um sie wieder zum Leben zu erwecken.

Das Rosa des Springbrunnens wurde satter, bis er brodelte wie ein Topf mit Borschtsch.

»Wach auf!«, kreischte Billy.

»Sie ist tot«, wiederholte Nadir. »Ich wusste, dass das passieren würde. Dir mangelt es an Selbstbeherrschung.«

Billy hievte Selins durchnässten Körper hoch und drückte sie an seine Brust. Blut und Wasser rannen in kleinen Rinnsalen über seine Haut. Sie war schlaff und schwer, ihr Puls nicht mehr zu fühlen.

Aus Billys Mund entrang sich ein Laut, der ihm nicht zu gehören schien. Er legte den Kopf in den Nacken, sah in den mit Sternen übersäten Himmel und heulte wie ein Wolf in höchster Qual. Er hatte nicht gewusst, dass er in der Lage war, einen solchen Schrei hervorzubringen, aber er hatte auch noch nie solch herzzerreißenden, bodenlosen Schmerz empfunden. Er hatte sie getötet. Sie war tot. Er hatte das Wesen, das er liebte, vernichtet.

Schluchzend starrte er Nadir an. »Du hättest mich aufhalten können. Oder mir helfen. Du hättest sie retten können, sie zum Vampir machen.«

Selins Kopf lag an Billys Schulter, und er streichelte ihr Haar so zärtlich und tröstend, als könne sie die Liebkosung spüren.

Nadir zuckte die Achseln. »Das hätte ich, ja.«

»Aber du hast es nicht getan«, versetzte Billy anklagend. »Du hast es nicht getan.«

»Nein«, gab Nadir ungerührt zurück. »Die besten Lektionen lernt man immer auf die harte Art. Der Brunnen sieht in Rosa wunderschön aus, findest du nicht?«

4

Ein Blizzard hatte eingesetzt, schlimmer, als sie erwartet hatten. Feuchter Schnee huschte durch den Strahl von Esthers Kopflampe. Die Sicht war so gering, dass es war, als befände sich jeder in seinem eigenen, privaten Schneesturm. Sie würden Doug niemals finden; außer er entdeckte sie und konnte sich bemerkbar machen, oder sie stolperten direkt über ihn. Oder seine Leiche.

»Wir müssen systematisch vorgehen«, schrie Bird. »Wir brauchen bessere Ausrüstung.« In dem lilagrauen Halbdunkel trat er auf Esther zu. Schneeflocken huschten durch das Halogenlicht, das ihn kugelförmig umgab.

»Okay«, rief Esther, denn sie wusste, dass er recht hatte. »Nur noch ein paar Minuten.«

Sie hatte ein schlechtes Gewissen und Angst. Die Schuldgefühle hatte sie wegen der Situation zwischen ihr und Doug. Sie hatte ihn an dem Tag, nachdem sie Sex gehabt hatten, zurückgewiesen, und wahrscheinlich befand er sich in einem geistigen Zustand, in dem er mit solch widersprüchlichen Signalen nicht gut umgehen konnte. Ihr war nicht klar gewesen, wie verletzlich er geistig und emotional war, und sie wäre behutsamer vorgegangen, wenn sie das erkannt hätte.

Und Angst hatte sie, weil da draußen etwas war, ein grünäugiges Wesen, das sich schneller als irgendetwas auf Erden bewegte. Was immer es war, es hatte keine erkennbaren Spuren hinterlassen, nur ein paar verwischte Abdrücke im Schnee vor dem Fenster. Doug hatte sie als Spuren eines kleinen Säugetiers oder Vogels abgetan.

Er glaubte nicht, dass Esther etwas gesehen hatte, so viel war klar. Wie ärgerlich. Falls er glaubte, sie wäre eine Frau, die solche steinzeitlichen Manöver einsetzte, um sich zu verteidigen, dann kannte er sie überhaupt nicht. Im Allgemeinen zog sie es vor, sich deutlich auszudrücken; und wenn Worte ihren Zweck verfehlten, war Esther durchaus dazu in der Lage, ihre Argumente mit einem wohlplatzierten Tritt in die Weichteile zu unterstreichen. Doch leider war Esther sich in diesem Fall selbst nicht sicher, was sie wollte, und daher hatten sie jetzt den Salat.

»Komm schon, Essie! Adrian!«, brüllte Bird. »Zurück nach drinnen.«

In der Hütte war es ruhiger, und die Laternen strahlten weißes, sanftes Licht aus. Johannes ging nervös in dem engen Raum auf und ab, während Margret ihr Satellitentelefon, dessen dicke Antenne ausgefahren war, umklammerte.

»Nichts«, erklärte Esther und stampfte mit den Stiefeln auf, um den Schnee abzuschütteln.

»Wir werden es weiter versuchen«, sagte Johannes. »Margret und ich.«

»Hallo, macht mal halblang. Lasst uns erst mal nachdenken«, gab Bird zurück. »Es hat doch keinen Sinn, wenn wir uns gegenseitig vor die Füße laufen. Weit kann er ja nicht gekommen sein. Ich vermute, er ist verletzt. Wir müssen einen Plan schmieden, Essen einpacken und mit ein paar Schneemobilen hinausfahren. Und weiter versuchen, die Basis zu erreichen, sie informieren. Für die nächsten paar Tage ist unser Programm ausgesetzt. Wenn wir ihn finden, wird er in keinem Zustand sein, in dem er weiterkönnte. Und bei diesem Wetter kann hier kein Hubschrauber landen. Esther, du bleibst hier für den Fall, dass er zurückkommt.«

»Bird«, sagte Esther. »Ich glaube nicht, dass ich die geeignete Person bin, um auf ihn zu warten.«

»Doch, bist du, Essie«, entgegnete Bird. »Ich diskutiere nicht darüber. Falls dir das hilft, stell dir vor, dass er sowieso nicht wiederkommt. Nicht aus eigener Kraft jedenfalls.«

Eine Viertelstunde später waren die vier unterwegs. Esther versuchte vergeblich, das Hauptquartier zu erreichen, spülte die Töpfe von ihrem Frühstück – Porridge mit Preiselbeeren – und schmolz auf dem Ofen etwas Eis, um Tee zu kochen. Es kam ihr zwar dekadent und verschwenderisch vor, Brennstoff für nur eine Person zu verschwenden, aber falls Doug zurückkam, würde er etwas Heißes brauchen. Wenn Doug wiederkam, verbesserte sie sich. Sobald er wieder da war.

Das leiseste Geräusch zerrte an Esthers Nerven; das Pfeifen des Windes um die Wände der Blockhütte, das Klappern einer Tür oder das Knarren von Holz aus der Hütte oder von den Nebengebäuden. Letzte Nacht war sie überzeugt davon gewesen, ein Gesicht am Fenster zu sehen, aber jetzt war sie sich nicht mehr so sicher. Bird meinte, es hätte jemand sein können, der zufällig vorbeikam. Ganz abwegig war das nicht, denn schließlich befanden sie sich auf einem alten Schlittenführer-Pfad. Aber es gab keine Spuren im Schnee.

Eine Spiegelung, war Adrians Erklärung gewesen. Das war ein Argument. Schwaches Nordlicht hatte am Himmel gespielt, ein blassgrüner, hauchdünner Lichtschleier, der sich langsam und graziös entfaltete. Vielleicht hatte er ja einen merkwürdigen Schein geworfen.

Esther begann zu glauben, dass sie sich alles nur eingebildet hatte. Und sie hatte in der Nacht so merkwürdige Träume gehabt, eine verworrene Geschichte, die Nachbilder in ihrem Kopf hinterlassen hatte: ein Pfau und ein rosafarbener Springbrunnen; verschleierte Frauen und Männer mit Turbanen, ein Fluss, auf dem Fischerboote schaukelten, und ein Mann mit leuchtend grünen Augen, der so schön und so real erschien, dass sie nass gewesen war, als sie aufwachte. Doch ihre Lust war mit Einsamkeit und Sehnsucht vermischt gewesen, so intensiv, wie sie es noch nie empfunden hatte. Sie war den Tränen nahe gewesen.

Sie war in ihrem Schlafsack liegen geblieben und hatte darauf gewartet, dass die anderen aufwachten. Zu ihrer Beschämung war sie fast erleichtert gewesen, als sie entdeckten, dass Doug fehlte. Die Panik hatte sie wenigstens aus ihrem Schmerz gerissen.

Esther kochte Tee, setzte sich an den Tisch und wartete. Bird hatte recht: Weit konnte er nicht gegangen sein. Aber je nachdem, wie er gekleidet und ob er verletzt war, konnte er bei den Minustemperaturen nicht lange überleben.

Dies war Esthers dritte größere Expedition. Einmal hatten zwei Teammitglieder sich schwere Erfrierungen zugezogen und mussten ausgeflogen werden, aber größere Tragödien hatte Esther noch nicht erlebt. Doch die Drohung hing immer über einem. Andernfalls hätte es keine Herausforderung gegeben, keinen Grund gegeben, so etwas zu tun, und nicht Ruhm und Ehre, wenn man es schließlich geschafft hatte.

Manchmal fragte sich Esther, was sie mit ihrem Leben anfangen würde, wenn sie nicht das Eis hätte. Sie hatte kaum laufen können, als sie schon auf Skiern gestanden hatte, und ihre Eltern hatten ihr Abenteuerlust und das Gefühl des Staunens eingeflößt. In der Arktis wurde sie zu einer anderen. Sie liebte es, hier zu sein. Es war ruhig und ungezähmt zugleich und durch den Klimawandel eine so instabile, zerbrechliche Landschaft, eine Blase, die kurz vor dem Platzen stand. Das Packeis schmolz, Küstendörfer waren bedroht, Menschen würden ihr Auskommen verlieren und die Eisbären könnten aussterben.

Herrgott, wo zum Teufel steckte Doug?

In dem Gedanken, dass sie ihren Blog aktualisieren könnte, schloss Esther ihren Palm an das Satellitentelefon an. Dann wurde ihr klar, wie dumm das war. Sie hatten keine Verbindung. Der Traum von letzter Nacht ging ihr im Kopf herum. Sie war schon halb entschlossen, darüber zu bloggen, und fragte sich, wer das wohl lesen würde, als sie von draußen ein Geräusch hörte.

»Hallo! Hall...ooo...ooo?«

Ein Mann, und ihr erster Gedanke galt Doug, obwohl es nicht seine Stimme war. Eilig lief sie zur Tür und dachte an Bird oder Adrian, obwohl es auch nicht nach ihnen geklungen hatte. Kein deutscher Akzent; Johannes war es also auch nicht.

»Hallo?« Die Stimme ertönte direkt vor der Tür. Esther riss sie auf, und ein ganzer Schneesturm fegte in die Hütte. Inmitten des Gestöbers stand eine hochgewachsene Gestalt auf Skiern, deren Gesicht hinter einer Sturmhaube und einer Schneebrille verborgen war. Um seinen Kopf schlang sich ungefähr dreißig Zentimeter dicker grauer Pelz wie ein Heiligenschein.

»Hi«, rief er und hob einen Skistock zum Gruß. »Was dagegen, wenn ich hereinkomme?«

Esther trat schon beiseite, um ihn einzulassen, denn unter solchen Umständen fragte man Besucher nicht, ob sie sich ausweisen konnten. Der Mann trat aus seinen Skibindungen und polterte herein. Seine Ausrüstung klapperte, als er in einer Ecke stehen blieb. Esther knallte die Tür zu, um den Sturm auszusperren.

»Puuuh!«, sagte er und zog rasch Kopfbedeckung und Schneebrille aus. Glattes schwarzes Haar quoll unter seiner Sturmhaube hervor, und seine schwarzen Augenbrauen, die so wohlgeformt und elegant wie sein feinknochiges Gesicht waren, hoben sich von seinem blässlichen Teint ab. Als er den Kopf hob und lächelte, stellte Esther verblüfft fest, dass er ein vollkommen gewöhnliches blaues Auge und ein violettes besaß. Nicht violett in dem Sinn, wie man behauptete, Elizabeth Taylor hätte veilchenblaue Augen gehabt. Ein strahlender Purpurton wäre eine bessere Beschreibung gewesen.

»Geht es Ihnen auch gut?«, fragte Esther alarmiert. »Wo ist Ihre Gruppe? Ein Mitglied unseres Teams wird vermisst. Haben Sie …?«

»Simeon«, stellte der Mann sich vor. Mit seiner behandschuhten Hand vollführte er eine Geste. »Ich bin mit einem Freund unterwegs. Wir wurden getrennt. Wie dumm von uns. Wir befinden uns auf einer gesponserten Skitour.«

Esther runzelte die Stirn. Da war so viel, was ihr Rätsel aufgab. Er war so blass, dass er die Sonne wahrscheinlich monatelang nicht gesehen hatte, was verständlich war, wenn er sich seit einer Weile hier aufhielt. Aber wie war das möglich? Er wirkte viel zu schwächlich, um einen arktischen Winter durchzustehen.

»Wir sind nach Norden unterwegs«, fuhr der Mann fort. »Zum Pol. Wir sammeln Spenden. Für die … ähem … Hämophiliehilfe. Und Sie sind …?«

»Esther«, sagte sie. Immer noch starrte sie diese Augen an; eins violett und eins blau.

Simeon lächelte breit. Seine Zähne waren weiß und kräftig. »Was für ein hübscher Name«, meinte er. »Esther.«

Er zog die Handschuhe aus und warf sie auf den Tisch. »Wie geht es Ihnen, Esther?«

»Gut, danke.«

»Sie sind Engländerin, stimmt's?«

Esther fühlte sich leicht benommen. »Ja«, sagte sie.

»Hören Sie, wir haben Ihren Freund gefunden. Er ist in Ordnung. Mein Partner, mein Teamkollege, bringt ihn mit.«

Esther riss sich aus ihrer Versunkenheit. »Wo?«, verlangte

sie zu wissen. »Wir müssen zu ihnen. Wo sind die beiden? Wie geht es Doug? Braucht er medizinische Versorgung? Ich kann versuchen, Kontakt zu meinem Team aufzunehmen, und sie können …«

»Hey, keine Panik«, sagte Simeon. »Er ist cool, echt. Hat nur etwas Blut verloren. Sind Sie allein hier?«

»Ja«, antwortete Esther, aber sie fühlte sich durch die Frage bedroht, denn ihr fielen das Gesicht am Fenster und die leuchtenden grünen Augen ein. »Ja, ich bin allein.«

Dieses violette Auge übte eine seltsame Wirkung auf sie aus. Wenn sie hineinsah, wirbelten Bruchstücke aus dem Traum von gestern Nacht durch ihren Kopf: der rosa Springbrunnen, die verschleierte Frau, der Mann, der sie nass vor Begehren hatte werden lassen. Sie konnte sich vage daran erinnern, ihm einen geblasen zu haben. Das Gesicht am Fenster musste in ihrem Schlaf aufgetaucht sein; aber seine Anwesenheit schien eher ein Nachhall der Ereignisse vom Tag gewesen zu sein. Sie fühlte sich ihm verbunden und vermutete in ihrem laienhaften Wissen über Traumanalyse, dass es für jemanden oder etwas anderes stand; vielleicht für einen Exfreund oder Heimweh.

Sie wandte den Blick von Simeons Auge, aber es fiel ihr schwer, denn sie wollte die Emotionen aus ihrem schmutzigen Traum bewahren. Vielleicht hatte Doug ja darunter gelitten; einer Virusinfektion, zu deren Symptomen leichte Halluzinationen sowie übersteigerte sexuelle Erregbarkeit gehörten.

»Wo ist Ihr Freund?«, fragte Esther, und die Frage kam ihr gewichtiger vor als eigentlich angemessen. »Was ist Doug zugestoßen? Sind die beiden weit weg? Ich habe mich die letzte halbe Stunde mit dem Satellitentelefon und dem Funk herumgeschlagen. Vielleicht der Blizzard. Haben Sie …«

»Billy kommt gleich«, erklärte Simeon zuversichtlich. Er

öffnete den Reißverschluss seines Skianzugs und zog sich bis zur nächsten Kleidungsschicht aus.

Esther begann sich zu sorgen. »Ist Ihnen denn nicht kalt?«

Simeon kniff in sein schwarzes Sweatshirt. »Wir experimentieren mit neuen Funktionsstoffen. Das hier ist bis jetzt das dünnste, was sie herstellen können. Revolutionär. Aus wie vielen menschlichen ... Leuten besteht denn Ihr Team?«

»Sechs«, antwortete Esther. »Vier sind da draußen und suchen nach Doug. Sie kommen sicher jeden Moment zurück.« Daran glaubte Esther selbst nicht. Sie würden immer noch nach Doug suchen, weil sie nicht wissen konnten, dass er gefunden worden war.

Sie hatte das Gefühl, weitere Fragen stellen und sich nach Doug erkundigen zu müssen, aber eigentlich wollte sie nur in den seltsamen, weichen, bizarren Empfindungen schwelgen, die dieses merkwürdig gefärbte Auge in ihr auslöste.

»Mein Freund und ich ...«, begann Simeon. »Unterwegs hatten wir das eigenartige Gefühl, dass da draußen etwas war, etwas im Eis, das uns beobachtete.« Er kam einen Schritt näher. »Ist Ihnen so etwas auch schon einmal passiert?«

»Ja!«, stieß Esther hervor. »Nun, vielleicht eher mir als den anderen, aber ich hatte ein Gefühl, als ob da ... etwas wäre.«

»Macht es Ihnen gar nichts aus, hier allein zu sein?«, fragte Simeon. »In dieser kleinen Hütte?« Er machte noch einen Schritt auf sie zu. Seine schmalen, langen Glieder wirkten geschmeidig und schlangenartig.

Esther wich nicht von der Stelle. Sie zuckte die Achseln. »Da bin ich aus härterem Holz geschnitzt. Außerdem müssen wir Doug finden. Das hat jetzt Priorität.«

Der Mann neigte den Kopf, musterte Esther und verzog die Lippen zu einem anzüglichen, spöttischen Lächeln. »Sie sind hübsch«, meinte er. »Haben Sie eigentlich einen Freund?«

»Ihr Auge«, sagte Esther. »Warum ist es so? Wieso ist es violett?«

Simeon wirkte ertappt. »Ach«, gab er zurück. »Meine Kontaktlinsen. Ich muss eine verloren haben. Tschuldigung.«

Er neigte den Kopf, und seine schmalen weißen Finger huschten kurz über das blaue Auge. Als er den Kopf wieder hob, waren beide Augen violett und leuchteten durchscheinend wie Edelsteine. Esther wusste nicht, ob er eine Linse eingesetzt oder eine herausgenommen hatte. Sie fühlte sich wie abgehoben und auf merkwürdige Weise von diesem Mann angezogen, dessen Haut nicht ausgetrocknet und wund war, der weder hustete noch röchelte und dessen hochmütiges Porzellangesicht vollkommen frei von offenen Stellen war. Er sah aus, als hätte die Kälte keinerlei Wirkung auf ihn.

»Freund?«, wiederholte er.

»Nein«, sagte Esther. »Dafür habe ich gar keine Zeit.«

Simeon glitt noch näher an sie heran und strich mit langen Fingern sanft an ihrem Kiefer entlang. Esthers Geschlecht schwoll an, als hätte er sie an einer viel intimeren Stelle berührt.

»Was machen Sie da?«, fragte sie benommen.

»Ich untersuche dich«, erklärte Simeon mit einer neuen, munteren Stimme.

Mit beiden Händen zog er den Polokragen ihres Pullovers herunter. Ein paar Sekunden lang betrachtete er prüfend ihren nackten Hals, bis Esther besorgt zurückzuweichen begann. Mit einem selbstgefälligen Grinsen folgte Simeon ihr, wobei er sich in den schmalen Hüften wiegte, bis sie sich am Fuß der Etagenbetten mit dem Rücken an die Baumstämme drückte, aus denen die Wand der Blockhütte bestand.

»Was soll das?«, verlangte Esther zu wissen.

»Lust«, sagte Simeon und zog mit einer einzigen, schnellen Bewegung den Reißverschluss ihres Fleecepullovers auf.

»Schmutzige, gierige Lust zu ficken. Blutdurst. Lust auf heiße kleine Huren namens Esther.«

»Nein«, hauchte Esther. Ihr Herz raste, als ihr klar wurde, wie dumm sie gewesen war. Sein ganzes Gerede über Dougs Rettung war ein Schwindel, natürlich. Sie waren im Umkreis vieler Meilen die einzigen Menschen hier, nur er und sie in einer Hütte auf dem Eis. Die Einsamkeit, die Esther empfand, war so durchdringend, dass sie sich fragte, ob Menschen im Moment ihres Todes so fühlten.

»Doch«, gab Simeon munter zurück. Durch ihre Schichten von Thermounterwäsche hindurch betastete er ihre Brüste und rieb sein großes, angeschwollenes Geschlecht an ihr. »Und sie ist ganz allein auf dem Eis.«

»Die anderen kommen wieder«, sagte Esther. Sie versuchte ihn wegzuschieben, aber ihr Körper und ihr Geist waren schwach, und ihr ganzes Expeditionstraining löste sich in Luft auf. Er war schuld daran, dass sie sich schwach und verwegen fühlte. Sie wusste, dass er gefährlich war, doch obwohl ihre Vernunft ihr riet, ihm zu widerstehen, drängte ein stärkeres Bedürfnis sie, alles loszulassen.

Simeon fingerte an den Verschlüssen ihrer Isohosen herum, und als er dann die Hand an ihrer Vorderseite hinabgleiten ließ, zerschmolz Esther fast vor Lust. Der schmutzigen, gierigen Lust zu ficken, die er ihr mit einem Mal einflößte.

»Oh mein Gott«, hauchte sie, als seine Finger ohne Umstände in sie eindrangen, und gab auf.

Er lächelte sie an. Seine violetten Augen ließen ihr Hirn schwimmen, genau, wie seine Finger ihr Geschlecht zum Brodeln brachten. »Gut?«, fragte er selbstgefällig. »Willst du meinen Schwanz lutschen?«

Esther wimmerte zustimmend. Sie gehörte ganz ihm, und er stellte etwas Magisches mit ihr an – wahrhaftig ein Zauber, denn ihr war nicht kalt, obwohl ihre Kleider auf Halbmast hingen. Tatsächlich fühlte sie sich wohler als je zuvor, seit sie hergekommen war. Es war vollkommen unlogisch, und trotzdem war es in Ordnung.

»Meinen großen, harten Schwanz?«

»Ja, oh ja.«

Am liebsten wäre Esther auf die Knie gefallen, hätte die Lippen um ihn gelegt und seine Kraft in ihrem Mund gespürt.

»Tja, das geht aber nicht«, gab der Mann zurück. »Vielleicht lässt Billy dich ja an seinen, wenn er kommt. Würde dir das gefallen? Ja, hättest du Lust darauf?«

Simeons Finger bewegten sich jetzt schnell auf ihrer Klit.

»Ja«, keuchte sie. »Oh ja.«

»Nett«, meinte Simeon. »Ich kann dich mir ganz genau zwischen Billy Boy und mir vorstellen, mit einem Schwanz an jedem Ende.«

Simeons schimmerndes schwarzes Haar strich an Esthers Kiefer entlang, als er sich vorbeugte, um an der Haut unter ihrem Ohr zu knabbern. Er schob den Pullover hinunter und leckte und saugte an ihrem Hals, während seine Finger sie auf einen Orgasmus zusteuerten. Das stetige Saugen an Esthers Hals gab ihr das Gefühl, ein Schulmädchen zu sein und verliebt in einen ungeschickten Halbwüchsigen, der versuchte, ihr einen Knutschfleck zu verpassen. Aber ihre Gedanken waren alles andere als schulmädchenhaft, denn sie nahm das Bild an, das Simeon heraufbeschworen hatte, und schmückte es zu einer Vorstellung von sich selbst aus, wie sie nackt zwischen zwei harten, geilen Männern steckte.

In der Realität küsste der Fremde ihren Hals und hatte die Hand tief in ihrer Unterwäsche vergraben, doch in ihrer Fantasie lag sie auf allen Vieren und Simeon fickte sie, während sie die Hüften eines anderen Mannes umklammerte und an seinem harten Schwanz sog. Oh, was für eine geile Fantasie.

Billy. Sein Name war Billy. Simeons Freund. Und er war auch der Mann aus dem Traum, das Gesicht am Fenster, eine Mischung aus Furcht, Rätselhaftigkeit und Begehren. Er besaß unirdische Augen, einen starken Körper, und er packte in ihr Haar und beherrschte sie, während er in ihren Mund stieß und Simeons Worte wiederholte. *Willst du meinen Schwanz lutschen?*

Esther war am Rande ihres Höhepunkts, und dann wurde er von einem scharfen Schmerz an ihrem Hals ausgelöst. Sie konnte beinahe spüren, wie sich der Bluterguss unter Simeons Lippen bildete, all die zerrissenen Äderchen, die sich unter ihrer Haut ergossen.

»Ich komme«, keuchte sie und rutschte an der Wand hinunter, als die Schauer sie überwältigten.

Simeon saugte fester an ihrem Hals, und ihr Orgasmus dehnte sich gleichsam in die Breite aus und hielt sie auf einem Plateau der Glückseligkeit fest. Esther sah über Simeons Schulter hinweg und ließ sich mit dem prickelnden Gefühl treiben. Sie fühlte sich schwindlig und schwach, und die Hütte verschwamm vor ihren Augen.

Und dann huschte ein Schatten vor einem Fenster vorbei, demselben Fenster, durch das die Augen sie angestarrt hatten.

»Nein«, wimmerte sie, während ihr Orgasmus verebbte, und sie versuchte sich zu konzentrieren und zusammenzunehmen. »Nein.« Sie versuchte Simeon wegzustoßen, aber ihre Glieder waren zu schwer. Am liebsten hätte sie ihm gesagt, sie seien in Gefahr, aber sie brachte nur ein »nein« heraus, und jedes Mal, wenn sie es aussprach, wurde der Schmerz an ihrem Hals stärker.

Ein Schatten fiel über das zweite Fenster und verdunkelte den Raum. Einen winzigen Moment lang leuchtete ein phosphoreszierendes grünes Augenpaar aus dem violetten Halbdunkel des Schneesturms.

Dann flog mit einem allmächtigen, krachenden Knall die Tür auf. Der Blizzard wehte herein, gefolgt von einem Mann, der wie ein Soldat wirkte. Der Hüne trug T-Shirt und Tarnhosen und stolperte unter Dougs Gewicht, den er über der Schulter trug. Er hatte sich einen Irokesenkamm rasiert, er war leicht gebräunt, groß und muskelbepackt, und seine Haut glänzte feucht. Sein weißes, vom Schnee durchnässtes T-Shirt klebte an den Konturen seiner Brust, sodass seine straffen Nippel sich unter dem Baumwollstoff abzeichneten. Er warf Esther einen Blick zu, und seine Augen waren so eindringlich grün wie das Nordlicht, das hier manchmal den Himmel erhellte.

Esther schrie.

Simeon versetzte Esther einen Stoß.

»Lass mich los, du Schlampe«, zischte er. Blut tropfte von seinem Mund, und er fuhr sich mit der Hand übers Kinn und verschmierte es zu roten Schlieren. »Billy«, sagte er. »Das hier ist nicht, wonach es aussieht. Ich schwöre.«

Billy lud Doug auf einem Stuhl ab, wo er schlaff und wie vom Donner gerührt dasaß. Eisklumpen glitzerten in seinem braunen Bart. Verwirrt und stirnrunzelnd sah Doug Esther an. »Hallo, Lady«, murmelte er.

Sichtlich zornig marschierte Billy auf Simeon los, der regungslos und mit blutschimmernden Lippen dastand, als sei ihm klar, dass es kein Entkommen gab.

Esthers Herz schlug einen Salto. Sie kannte diesen Mann! Er war der aus ihren Träumen, und lieber Gott, er war sogar noch schöner. Sein Gesicht war so vollkommen, stark und attraktiv, und sein mit Schnee bestäubter Irokese hatte die Farbe von Nerz. Er lag auf seinem Kopf wie ein Streifen kostbaren Pelzes, und eine Vene an seiner Schläfe pochte so stark, dass sie wie ein dicker blauer Knoten wirkte. Am liebsten hätte Esther mit den Händen über seinen Kopf gestrichen, sein seidiges Haar liebkost, ihm die Feuchtigkeit von der Haut gewischt und die Spannung gelöst, die diese Vene pochen ließ.

Billy warf ihr einen kalten Blick zu und starrte dann Simeon finster an. Er spannte den Bizeps an, hob die Hand, deren Knöchel feucht schimmerten, und versetzte Simeon einen Kinnhaken. Simeons Kopf flog zurück, und er schrie auf, taumelte unter der Wucht des Schlags und hob eine Hand an sein Gesicht.

Er wäre vielleicht gefallen, hätte Billy ihn nicht am Oberteil gepackt und hochgerissen. Der Blizzard fuhr in die Hütte, wirbelte Papiere durcheinander und blies aufgehängte Kleidungsstücke und Seile durch den Raum. Die Gaslaternen schaukelten und warfen unheimliche Schatten, die durch die Hütte huschten.

Simeons Lippe war aufgesprungen, und sein Blut mischte sich mit dem, das bereits dort klebte. Billy küsste ihn heftig, gnadenlos gegenüber dem Schmerz, den er empfinden musste. Esther starrte die beiden wie vor den Kopf geschlagen an. Sie sahen so erregend zusammen aus; ein schlaksiger, verletzter Mann, der von einem brutalen, muskulösen Soldaten überwältigt wurde. Grausamkeit und Wut ineinander verschlungen. Schatten sprangen und schrumpften wieder zusammen, während der Schnee sie umwirbelte, auf ihrer Haut schmolz und Simeons Haar in fliegende schwarze Strähnen verwandelte.

Dann löste Billy sich von ihm, und Simeon blieb benommen zurück. An seinem Mund klebte jetzt kein Blut mehr.

»Oh Mann«, murmelte Simeon.

Billy bückte sich, umfasste Simeons Beine und lud ihn sich auf die Schultern. Er warf Esther noch einen harten Blick zu. *Ich komme wieder,* schien er zu drohen.

Dann drehte er sich um und marschierte, Simeon über der Schulter, in den Blizzard hinaus.

T-Shirt, dachte Esther, er trägt nur ein T-Shirt. Und dann fiel sie zum ersten Mal in ihrem Leben in Ohnmacht.

»Er hat mich noch nie geschlagen«, sagte Simeon. »Nicht ein einziges Mal.«

»Nie?«, fragte Suzanne. »Das kann ich kaum glauben.«

Sie schlenderte nackt in das Schlafzimmer unter der weißen Kuppel. Die blonde Mähne wallte ihr über die Schultern; sie hatte den gleichen Farbton wie ihr Schamhaar, das zu einem kurzen Flaum geschoren war. In jeder Hand trug sie ein Fläschchen Blud. In Hope's End, das hermetisch von der Außenwelt abgeriegelt war, brannte permanent ein weißblaues Licht, und darin wirkte Suzanne surreal: Ihr Haar glänzte zu hell, und ihre Haut nahm einen milchigen, leichenhaften Ton an. Simeon war das recht. Sie sah wie eine verrückte Wissenschaftlerin aus der Zukunft aus, die ihm Reagenzgläser voller Blut brachte.

Billy mochte er gern in wärmeren Farbtönen und gab sich große Mühe, die Kuppel in sanftes Licht zu tauchen und Kerzen anzuzünden, bis der Raum wie ein Gothic-Schrein in einem riesigen Iglu aussah. Billy wusste das natürlich nicht zu schätzen. »Bela Lugosi ist tot, weißt du«, spottete er gern. »Reiß dich zusammen, Sim.« Aber Simeon wollte sich nicht zusammennehmen. Er war altmodisch – oder, laut Billy, bourgeois und affektiert – und hätte viel lieber in einem Schloss auf dem Land gewohnt, mit einem Sarg zum Schlafen und einem Cape um die Schultern. Er war nicht für das moderne Leben geschaffen. Es verlangte so viel von einem.

»Mich hat er letzte Woche auch geschlagen«, erklärte Suzanne. Sie saß auf der Kante des Betts, auf dem Simeon in einem Bild schlaksigen Selbstmitleids ausgestreckt lag. »Hier«, sagte sie und reichte ihm ein Blud.

»Mann, das ist etwas anders«, gab Simeon zurück. »Das habe ich gesehen. Du hast gerufen ›schlag mich, Daddy‹, du fiese alte Schnepfe.«

»Hmmm, das war sexy«, meinte Suzanne und erinnerte sich.

»Es hat dir gefallen«, fuhr Simeon geziert fort. »Was ich meine, ist, dass er mich noch nie im Zorn geschlagen hat. Wir sind seit … seit 1726 zusammen, und er hat nicht einmal … Was ist das?«

Simeon sah seine Blud-Flasche an, die dick beschlagen war.

»Ich habe es eine Weile nach draußen gestellt«, erklärte sie. »Blud-Slush sozusagen. Nett, was? Ich habe meins noch gezuckert. Dachte mir allerdings, dass du es so nicht mögen würdest. Sauer ist eher dein Ding.«

Simeon zog einen Schmollmund. »Prost, Babe«, sagte er und spielte den Beleidigten.

Suzanne schüttelte ihr Fläschchen, öffnete es und kippte sich den eisigen roten Brei auf die Zunge. Simeon tat es ihr nach. »Igitt«, sagte er wie immer und ließ die Flasche dann teilnahmslos zu Boden fallen. Sein Haar floss wie schwarze Seide über einen Berg weißer Kissen, seine Lippe war geschwollen und von einem Ton wie zerdrückte Erdbeeren, und er stellte sich vor, dass er ziemlich schwindsüchtig aussah, wenn auch einen Hauch verderbter.

»Seit 1726«, fuhr er fort. »Das ist eine lange Zeit, verstehst du, Suze. Klar, wir hatten unsere Höhen und Tiefen, aber ich liebe den Kerl immer noch. Mann, in den letzten paar Jahrzehnten hat er sich wirklich wie ein Bastard benommen, ein totales Monster. Ich kann nicht glauben, dass er mich geschlagen hat. Du?«

»Es war doch nur ein kleiner Haken.«

»Hart genug, Suze«, erwiderte Simeon. »Und dabei hat er

mich verdammt noch mal gehasst. Er hätte mir den Kiefer brechen können. Und nur, weil ich ein bisschen an seiner Schlampe herumgesaugt habe. Bloß, weil ich ihm zuvorgekommen bin.«

»Wieso konntest du ihm zuvorkommen? Billy beißt keine Menschen.«

»Stimmt auch wieder«, meinte Simeon spöttisch. »Ich wette mit dir um einen Pinguin, dass er sie vögeln will. Findest du, dass wir ein schönes Paar sind?«

»In der Arktis gibt es keine Pinguine, Sim.«

»Siehst du? So egal ist mir diese Bruchbude. Ich habe nicht mal eine Ahnung, was auf der Speisekarte steht. Also, was meinst du?«

»Worüber?«, fragte Suzanne. »Ich habe keine Ahnung von Essen.«

»Nein. Findest du, dass Billy und ich ein schönes Paar sind?«

»Natürlich. Ihr seid toll zusammen. Hör auf, dir Sorgen zu machen.«

»Hmmm.« Simeon seufzte tief. »Manchmal frage ich mich, ob wir nur aus Gewohnheit zusammen sind. Das passiert in vielen Langzeit-Beziehungen. Ich schätze, für mich war er immer der Einzige – natürlich auf eine nicht ausschließliche, vampirische Art …«

»Lebenspartner, Reisegefährte und hauptsächlicher Bettgenosse«, ergänzte Suzanne.

»Ja«, sagte Simeon. »Und großartiger Sex. Aber zum Teufel, jetzt bin ich mir nicht mehr sicher. England im neunzehnten Jahrhundert. Das war unsere Zeit, Suze. Die ganze Gesellschaft frönte der Todessehnsucht. Ach, Mann, Billy sah mit Koteletten und Gehrock gut aus. So verdammt heiß. Berlin in den 1980ern war auch irgendwie cool. Du weißt ja, dass ich auf diese teutonischen Typen stehe. Aber im Grunde genommen ist er seit Königin Victorias Tod nicht mehr der Alte.«

»Komm, leg den Kopf in meinen Schoß«, gurrte Suzanne. »Ich erzähle dir eine Geschichte. Nein, du erzählst mir eine. Erzähl mir von Billy, wie ihr euch kennengelernt habt.« Sie kletterte weiter auf das Bett und verteilte die Kissen um, damit sie sich anlehnen konnte.

»Das weißt du doch«, sagte Simeon. Er rieb die Nase an ihr und legte, das Gesicht zu ihren Füßen gewandt, den Kopf in ihren nackten Schoß. Mit einer Hand fuhr er an einem ihrer schlanken Beine hinunter und zog dann müßig Kreise um ihr Knie. »Ich erzähle dir ständig davon.«

»Ja, aber ich höre es so gern«, gab Suzanne zurück. Sanft kämmte sie Simeon das Haar mit den Fingern und strich es aus seinem aristokratischen Gesicht. »Ich werde davon so nass. Komm schon. Wir haben 1720 oder so, und ihr seid in diesem Molly-Haus in London …«

»Miss Tilly's Molly House«, verbesserte Simeon müde.

»Yeah, cool«, sagte Suzanne. »Und Miss Tilly ist diese Super-Hure, die sich an Schwulen aufgeilt.«

»So ziemlich«, gab Simeon zurück. »Die Taverne war voller Gucklöcher. Sie klebte die halbe Nacht an so einem Loch und glotzte Schwule an, die sich einen blasen ließen.«

»Obwohl sie nur ein Auge hatte.«

»Ja«, sagte Simeon. »Sie trug eine Augenklappe.«

»Und warum?«, half ihm Suzanne auf die Sprünge. Sie wickelte sich eine Haarsträhne von Simeon um den Finger und zog stetig daran.

»Autsch. Weil eines Tages jemand Anstoß genommen und ein Schüreisen in das Guckloch gestoßen hatte.«

»Herrje«, meinte Suzanne und ließ die Locke los. »Ich liebe diese Geschichte! Und sie hat trotzdem weiter gespannt! Was für eine erstaunliche Frau.«

»Sie war sehr, sehr schmutzig. Eine richtige Schwulenmutti.«

»Yeah«, sagte Suzanne träumerisch und bewundernd. »Aber ich kann mich damit identifizieren. Total.«

»Mann, das waren wilde Zeiten«, fuhr Simeon fort. »Billy war halt Billy, du weißt ja, wie er ist. Ein einsamer Wolf, der auf der Jagd nach Blut durch die Straßen pirscht. Sah mich an der St. Paul's-Kathedrale herumlungern, fand, dass ich gut aussah, und folgte mir und einem anderen Typ, an dessen Namen ich mich nicht erinnere. Er ging uns zu Miss Tillys Haus nach. Verrückt ging es da zu, immer. Kerle in Frauenkleidern, Alkohol, Tanz. Ich weiß noch, wie ich auf Billys Schoß saß, in einem Rüschenkleid aus orangener und blauer Seide, und mir mit einem kleinen spanischen Fächer Luft zugefächelt habe.«

»Ha, du in einem Kleid«, murmelte Suzanne. »Hart, sich das vorzustellen.«

»Hmmm, also, *ich war* hart«, meinte Simeon gedehnt.

»Okay, lassen wir das«, sagte Suzanne. »Ich hab's mir nur gerade vorgestellt. Sieht dir sehr ähnlich. Was hat Billy gemacht?«

»Ach, Billy war in dieser Nacht ein Gottesgeschenk«, sagte Simeon. »Er hat sich wie ein richtiger Gentleman benommen, streng und cool, aber, wow, so schmutzig. Mann, sah er gut aus mit diesen strahlend grünen Augen und dem blonden Haar. Es hat so einen wunderbaren Farbton, wie Champagner. Eigentlich gar nicht blond. Ich wünschte, er würde es wieder wachsen lassen. Und er hatte die Hand in meinen Unterröcken und holte mir einen runter, und dabei sah er mir ins Gesicht, beobachtete mich richtig. Und all die anderen Kerle sprangen mit wehenden Röcken, quietschend und lachend, im Raum umher.«

»Hmmm, klingt gut«, sagte Suzanne. »Und dann hast du

abgespritzt. Können wir diesen Teil vielleicht überspringen? Erzähl mir, wie er dich zum Vampir gemacht hat.«

»Das weißt du doch«, seufzte Simeon.

»Ja, aber ich könnte es immer wieder hören, und es würde mich glücklich machen«, sagte Suzanne. »Du bist so etwas wie meine Lieblingssendung im Fernsehen, weißt du? Ich liebe Wiederholungen, und die besten Folgen werden jedes Mal nur noch besser.«

»Mir tut die Lippe weh, Suze. Das Reden strengt mich an. Später, ja? Streichle mir einfach weiter das Haar. Ich mag das. Es wirkt so beruhigend.«

»Hmmm, ich mache es auch gern. Wieso heilt deine Lippe eigentlich so langsam?«

»Das liegt am Blud«, antwortete Simeon. »Es schwächt einen und vermindert die Vampir-Kräfte.«

»Uhhh, ich hasse das Zeug. Schmeckt verkehrt und tut einem nicht gut. Wenn wir eine richtige Katze hätten, könnte ich die streicheln.«

»Hey, rede nicht schlecht über meine Katze«, sagte Simeon. »Renfield ist nur ungewöhnlich, sonst nichts. Soll ich schnurren?«

»Oh ja, bitte.«

Eine Weile blieben sie so liegen; Simeon lag mit dem Kopf in Suzannes Schoß und erzeugte kehlige Knurrgeräusche, während sie durch sein Haar strich.

»Wo ist eigentlich Renfield?«, fragte Simeon. »Ich habe ihn den ganzen Tag noch nicht gesehen.«

»Keine Ahnung. Vielleicht ist er draußen, auf Mäusefang oder wie ihr das hier oben nennt. Darf ich dir das Haar flechten?«

»Mach mit mir, was du willst, Baby«, murmelte Simeon.

»Schweineigel«, sagte Suzanne zärtlich.

Sie trennte dünne Strähnen aus seinem Haar und flocht

einen schmalen Zopf, der sich, weil Simeons Haar in so großartigem Zustand war, halb auflöste, sobald sie ihn losließ.

»Wenn du mich fragst«, sagte Simeon, »sollte es unsere Hauptsorge sein, dass wir eine Vampirkatze haben. Wenn uns etwas verraten wird, dann Renfield und nicht etwa der Umstand, dass du einen Sterblichen gefangen hast und ihn behalten wolltest.«

»Ganz meiner Meinung. Ich finde, Billy hat total übertrieben«, pflichtete Suzanne ihm bei. »Eine Person kann bestimmt nicht schaden. Und wir sind hier so gut versteckt. Sie würden uns nie finden«

»Ich weiß«, meinte Simeon mitfühlend. »Ach, und Doug war so ein attraktiver, haariger Bursche. Ich hätte ihn auch gern behalten. Unser ganz privater Sex- und Blutsklave.«

»Nicht, das ist nicht fair«, gab Suzanne zurück. »Er war geil. Und so ein leckerer Schwanz. Ich habe seit Ewigkeiten kein Frischfleisch mehr geschmeckt.«

»Du bist doch noch gar nicht lange hier!«, rief Simeon aus. »Autsch«, setzte er dann hinzu und hob die Hand an die Lippe.

»Ja, aber ich bin gierig«, antwortete Suzanne. »Und ich bin nicht an Blud gewöhnt. Zum Teufel, ich wünschte, Billy wäre nicht so ausgetickt. Doug war so süß. Mann, er hat mich gefickt wie besessen, so wie Billy, wenn er in Form ist.«

»Ich weiß. Das war toll. Gott, ich hätte mir so gewünscht, als Nächster dranzukommen.«

»Ich kriege Hunger«, sagte Suzanne. »Richtigen Hunger. Vielleicht sollten wir überlegen, ob wir weggehen, Sim. Bald geht hier zum ersten Mal die Sonne auf. Ist das nicht normalerweise euer Zeichen zum Aufbruch?«

»Ha«, schnaubte Simeon. »Als ob wir gehen würden, solange *sie* noch hier ist.«

Suzanne seufzte und strich mit der Hand über Simeons

Stirn. »Vielleicht sollten wir uns verdrücken und ihn sich selbst überlassen. Wir könnten uns an die Küste durchschlagen und dann nach Kangerlussuaq weitergehen. In ein paar Tagen könnten wir im Flieger sitzen und vielleicht bei Christophe und den Jungs in New York unterkommen. Dieser ganze Mist von wegen ›zurück zur Natur‹ sagt mir nicht viel. Ich meine, die Temperatur hier ist schon nett, aber das war's auch schon.«

Simeon drehte sich um und wand sich, bis er bequem lag und in Suzannes goldflaumiges Geschlecht sah. »Verlockend«, meinte er. Er schlängelte einen Finger zwischen die feuchten Lippen und schob ihn hoch, um ihre Klit zu massieren. »Aber bis zur Westküste ist es trotzdem ein Stück, weißt du.«

»Hmmm«, meinte Suzanne halb lüstern, halb zustimmend. »Wir könnten mein Schneemobil nehmen.«

»Die Sonne kann jetzt täglich aufgehen«, gab Simeon zu bedenken. »Wir müssten uns schützen.«

»Wir könnten ja eines der Lichtschutz-Zelte mitnehmen«, sagte Suzanne.

Nachdenklich sah Simeon auf Suzannes Klit. »Das ist eine ziemliche Reise, Babe«, meinte er. »Aber ja. Vielleicht könnten wir das.«

Suzanne spreizte ihre Schenkel ein wenig weiter. »Ganz bestimmt«, schnurrte sie. »Wir brauchen nur vorher etwas Ordentliches im Magen.«

Billy erkannte langsam, dass Blud seine Grenzen hatte. Wenn man bloß existieren und sich in einem Zustand vampirischer Stumpfheit bewegen wollte, dann war Blud super, kein Problem. Aber wenn man wirklich leben wollte, mit allen Höhen und Tiefen und alles kosten, dann war nur menschliches Blut das einzig Wahre.

Seit Esthers Geburt war Billy nur halb lebendig gewesen. Er hatte sich in den kältesten, einsamsten Teilen der Welt herumgetrieben und gegen seine Bedürfnisse gekämpft, um ihr zu widerstehen. Es wäre besser gewesen, sie wäre nie wiedergeboren worden. Und doch hatte er sich, seit er sie auf diesem Brunnenrand getötet hatte, sein ganzes Vampirleben danach gesehnt, dass sie zurückkehren würde.

Sie bereitete ihm Qualen. Es schmerzte ihn, dass er sie getötet hatte. Er hatte Schuldgefühle, weil er einmal vorgehabt hatte, sie zum Vampir zu machen; denn jetzt war er älter und weiser und begriff, dass ihn Egoismus und nicht Liebe getrieben hatte. Und dieser Schmerz verließ ihn nicht. Nach Selin hatte er viele Leute geliebt und gefickt, zu viele, um sie zu zählen. An manche erinnerte er sich gut, andere waren in seinem Gedächtnis verblasst oder daraus verschwunden. Aber Selin war die eine, die immer bei ihm war.

Jeden Tod verglich er mit ihrem; jeden Fick mit ihrem ersten und letzten; jeden seiner Orgasmen mit der reinen Vollkommenheit des Höhepunkts, der ihn ergriffen hatte und durch seine Adern gerast war, während Selins letzter Herzschlag seinen Körper erfüllte. Aber so sehr er es auch versuchte, er vermochte den Schmerz nicht wegzuficken.

Und jetzt hatte er Selin in Esthers Augen gesehen. Sie war es, kein Zweifel. Ein paar Äußerlichkeiten waren anders, sicher, aber das war bedeutungslos. Im Wesentlichen waren die beiden ein und dieselbe Frau; nur dass zwischen ihnen mehr als drei Jahrhunderte lagen. Da Billy wusste, wie selten Wiedergeburten vorkamen, hatte er nie zu hoffen gewagt, dass so etwas geschehen würde. Sterblichen war das nicht klar, aber eine Person kehrte nur wahrhaftig wieder, wenn eine Seele auf den richtigen Körper traf. Meist landeten die Seelen im falschen Körper, und deswegen litten die Menschen so. Sie steckten alle in den falschen Behältnissen und suchten nach dem richtigen; das war es, was sie so schön als »Suche nach Liebe«, beschrieben.

Billy nahm eine Hantel und hievte sie auf und ab. Er schwitzte und war müde, aber aufhören würde er noch lange nicht. Glücklicherweise war *Hope's End* gut mit Annehmlichkeiten für Körper und Geist ausgestattet, um den Menschen, die hier wohnen sollten – Forschern, Soldaten, Kriegsgefangenen – den Aufenthalt zu erleichtern. Vermutlich hatte das US-Militär einmal große Pläne mit der Basis gehabt. Im Gegensatz zu den Frühwarnstationen in der Arktis, die sowjetische Bomber entdecken sollten, war völlig unklar, wozu diese Kuppel gedacht war. Soweit Billy wusste, konnten noch Dutzende andere unter Bergen aus falschem Schnee begraben sein. Es gab sogar einen Wintergarten für die kalte Jahreszeit. Billy frischte dort seine Bräune auf. Er fand, dass dieser Look nach Vampirsarg ihm nicht stand.

Im Fitnessraum dankte Billy innerlich manchmal Gorbatschow. So sehr er die Abgeschiedenheit der Arktis liebte, wäre er doch ohne den Fitnessraum verrückt geworden. Das Training half, wirklich. Es machte ihn stark, körperlich und geistig. In letzter Zeit funktionierte er aus Sehnsucht nach Esther kaum noch. Er hatte sie seit dem Moment, in dem sie auf dem Eisfeld angekommen war, gespürt, und die letzten paar Wochen waren eine Qual gewesen. Und jetzt hatte er Idiot das getan, von dem er geschworen hatte, es nie zu tun: Er hatte von ihrem Blut gekostet.

Er hätte sich zurückhalten, widerstehen sollen. Aber als er in die Hütte hereingeplatzt war und Simeon dort gesehen hatte, mit ihrem Blut auf den Lippen und ihren Säften an seinen Fingern, war Billy ausgeflippt. Ein kurzer linker Haken, und zwei verschiedene Sorten leuchtend roten Bluts hatten an Simeons Lippen geklebt. Ihn sauber zu küssen und Esthers Geschmack frisch und stark zu spüren, war das

Beste, was Billy passiert war, seit er mit dem Töten aufgehört hatte.

Er wollte mehr, so viel mehr. Mehr von ihrem Blut, ihrem Körper, ihrem Herzen, ihrer Muschi, ihrer Liebe. Über die Jahrhunderte hinweg hörte er Nadirs Stimme. »Du bist ein Vampir, Wilhelm, kämpf nicht dagegen an.«

Wenn ich einfach weniger töten könnte, dachte Billy, vielleicht könnte ich lernen, damit umzugehen. Er nahm die Hantel in die andere Hand und arbeitete jetzt mit dem anderen Arm. Eigentlich hatte er vorgehabt, drei Sets mit zehn Wiederholungen zu absolvieren, aber ein Schrei aus dem Nebenraum unterbrach ihn.

Teufel, er hatte vergessen, hinter sich aufzuräumen. Billy war so fassungslos über das gewesen, was er getan hatte, dass er gleich in den Fitnessraum gegangen war.

Er legte die Hantel ab und lief in die Hauptkuppel. Sinnlos, seine Tat jetzt noch zu vertuschen. Simeon hatte die Hand an die Stirn gepresst und ging auf und ab; zwei Schritte nach links, zwei nach rechts. Ein paar Mal warf er einen Blick auf den Kaminvorleger und verzog angewidert das Gesicht.

Suzanne stand da, die Hand vor den Mund geschlagen und mit Tränen in den Augen. Auf dem Vorleger aus Eisbärfell lagen Renfields Überreste. Silberblaues Fell und sein Hals eine blutige, von verfilztem Fell umgebene Wunde.

»Oh Mann«, hauchte Simeon und starrte Billy an. »Du hast die Katze gegessen. Du hast verdammt noch mal die Katze gegessen.«

Billys Haut glänzte vor Schweiß. Er erwiderte den Blick, schob trotzig das Kinn vor und blähte die Brust auf.

»Ich hatte Hunger«, sagte er.

Simeon stürzte zu Suzanne und umarmte sie. »Ich habe es dir ja gesagt«, schluchzte er. »Er ist ein Monster.« Er drehte sich zu Billy um. »Ich habe *so* die Nase voll von dir.«

5

Esther träumte, sie befände sich in einem riesigen, möblierten Iglu. Nein, keinem Iglu, denn es bestand nicht aus Eis, und außerdem war es zu warm. Die Logik des Traums, und ein Traumiglu: eine eisweiße Kuppel mit einem kräftig knisternden Feuer, einem Eisbärfell als Kaminvorleger und Kerzenflammen, die wie ein Muster aus bernsteinfarbenen Blütenblättern wirkten. Nichts ergab einen Sinn.

Die Hände hinter dem Rücken gefesselt und das dunkle Haar zu einem dicken Zopf geflochten, kniete sie auf dem Fell. Sie trug nur ein Paar Boxershorts und hatte keine Ahnung, wie es zu diesem entblößten Zustand gekommen war. Ein Stück weit weg stand Billy und sah mit finsterer Miene auf sie herunter. Wahrscheinlich hatte es etwas mit ihm zu tun.

»Du machst mich schwach«, erklärte er in einem stahlharten Flüsterton. »Es ist nicht deine Schuld, aber du schwächst mich.«

Darauf wusste Esther keine Antwort. Sie war zu verängstigt, um zu sprechen. Dieser Mann beherrschte den Raum. Er war sein Reich, und sie schien seine Gefangene zu sein. Stocksteif stand er da und hatte die Daumen in die Gürtelschlaufen seiner Tarnhosen gehakt; eine angespannte Haltung, die nur so tat, als wäre sie lässig. Beherrschter Zorn. Grüner Tarnstoff, der für den Dschungel geeignet war, nicht der beigefarbene für die Wüste. Eng anliegendes weißes T-Shirt über einem breiten, muskulösen Oberkörper. Der Mann, der Doug gerettet hatte. Noch so ein verrückter Traum. Auf dem Eis hatte Esther so viele davon.

»Ich könnte dir wehtun«, sagte er. »Wirklich wehtun.«

Esther fühlte sich so entblößt. Ihre Brüste waren nackt und fühlten sich schutzlos und empfindlich an, weil ihre Hände hinter dem Rücken gefesselt waren. Sie wollte, dass er ihr wehtat, dass er ihre Nippel drehte oder sie so küsste wie der Mann in den Träumen, die sie kürzlich gehabt hatte, unerbittlich, hart und gierig. Und andererseits wollte sie es überhaupt nicht. Sie würde sich zu Tode schämen. Aber etwas brachte sie dazu, trotzig den Kopf zurückzuwerfen. »Dann machen Sie schon. Tun Sie mir weh.«

Billy lachte verächtlich. »Du weißt ja gar nicht, was das heißt.«

»Probieren Sie's aus«, sagte Esther und reckte mutig das Kinn. Sie war groß, stark und fit und hatte sich monatelang auf diese Expedition vorbereitet. Ihre Arme und ihre Schenkel waren aufs Schlittenziehen trainiert, ihr Verstand war konzentriert, und sie hatte das Durchhaltevermögen eines Ochsen. Es gab viele Männer, mit denen sie den Boden hätte aufwischen können, aber Billy gehörte nicht dazu. Gespielte Tapferkeit konnte ihr trotzdem nützen. »Weil ich Ihnen vielleicht genauso wehtun könnte.«

Wie töricht das klang, denn sie lag mit gefesselten Händen auf den Knien und war bis auf ein einziges Kleidungsstück nackt.

Billy verschränkte die Arme und warf ihr ein kurzes, herablassendes Lächeln zu. Er war muskelbepackt und grimmig, eine Statue voller kaum unterdrückter Wut. Seine Hüften wirkten kraftvoll, sein Bizeps wölbte sich, und seine Kampfstiefel waren heruntergekommen und abgetragen.

Esther senkte den Kopf und konzentrierte sich auf seine Stiefel. Schäbige Schuhbänder kreuzten sich lose über den ledernen Zungen, und vorn waren sie gerundet, als besäßen sie Stahlkappen. Es war gefährlich, diesem Mann in die Augen zu sehen, und doch zogen sie sie an wie ein Magnet. Es kostete sie Mühe, den Blick von ihnen abzuwenden. Aufzuschauen würde sie teuer zu stehen kommen. Aber ach, wie sie sich danach sehnte!

Esther spürte, wie sie sich auflöste. Diese grünen Augen machten sie zu einer anderen Person, einer üppigen, schmutzigen und freigebigen Kreatur. Es gefiel ihr, jemand anderes zu sein, und sie sehnte sich danach, die Beine weit zu spreizen und seinen Mund auf ihr Geschlecht zu ziehen, die Schenkel um diese kräftigen Schultern zu schlingen und sich an seinen Lippen zu reiben. Am liebsten hätte sie seinen kahl geschorenen Kopf gestreichelt, über seinen Irokesenkamm gestrichen und gestöhnt, während seine Zunge in ihr kreiste, sie heiß und feucht machte und auf den Orgasmus zutrieb. Der Gedanke reichte aus, damit sie erregt das Becken vorschob.

Sie löste den Blick von den Stiefeln.

»So ist es besser«, sagte Billy. »Wenn du die Stiefel noch einmal ansiehst, zwinge ich dich, sie zu küssen.«

Es beunruhigte Esther, dass sich bei dieser Drohung ihr Geschlecht aufzulösen schien. Sie wandte die Augen ab und warf einen Seitenblick zum Feuer, in dem leichte, gasartige Flammen tanzten.

»Was wollen Sie?«

»Wirklich?«, fragte Billy. »Das willst du wissen?«

»Ja.«

»Ich will dich töten.«

Esthers ganzes Inneres tat einen Satz, Herz, Magen und Kopf. »Bitte«, flehte sie, und ihre Stimme brach fast zu einem Schluchzen. »Bitte tun Sie mir nichts. Bitte.«

»Aber ich liebe dich«, erklärte er. Immer noch klang seine Stimme kalt und aggressiv.

Esther schüttelte den Kopf. Sie war zu verwirrt. Billy war wahnsinnig und furchteinflößend, und seine Hosen beulten sich vorn deutlich. Er war geil, gut bestückt und stark, und Esther stellte sich vor, dass er sie verdrehen würde wie eine Brezel, falls sie zusammen im Bett endeten. Sie schienen in einer beängstigenden Zwischenwelt aus Lust und Widerstand festzusitzen. Esther kannte ihre Zukunft nicht und wusste nicht, was er für sie bereithielt. Sie fragte sich, ob sein verrücktes Gerede von Liebe nicht dazu diente, sie zu unterwerfen, indem er ihren Verstand verwirrte. Entweder das, oder er hatte Wahnvorstellungen.

»Dann sollten Sie mich nicht töten«, antwortete sie in der Hoffnung, ihn zu besänftigen, indem sie ihm nach dem Mund redete. »Das ist keine Liebe.«

»In meiner Welt schon«, entgegnete Billy. »Ich bin ein Monster. Was ich liebe, will ich besitzen. Ich will es ganz und gar, und ich will es zerstören, um es zu bekommen.«

»Besitzergreifend«, meinte Esther. »Männern wie Ihnen bin ich schon begegnet.«

»Nein, monströs«, gab Billy zurück. Langsam und lauernd begann er Esther zu umkreisen. Sie hielt den Blick auf das Feuer gerichtet. »Wenn ich es nicht vernichte, quält es mich, bis ich wahnsinnig vor Begierde bin. Aber wenn ich es zerstöre, werde ich verrückt vor Trauer. Weil ich es verliere, nicht wahr? Indem ich es bekomme, verliere ich es. Und habe immer noch nichts.«

Esther wurde übel. »Was werden Sie mit mir machen?«, fragte sie.

»Ich weiß es nicht«, sagte Billy. »Ich kann nicht gewinnen. So oder so kann ich nicht gewinnen.«

Esther holte zweimal tief Luft und sah die Wand an, die mehrere Schritte entfernt lag. Sie sah aus, als bestünde sie aus gebogenem Leichtbeton, und an einer Stelle wurde das Licht von einer mit silbernem Reparaturband geklebten Stelle zurückgeworfen.

»Ich glaube, das ist Begehren«, meinte sie. »Dagegen kommen Sie nicht an, Billy. Es wird immer gewinnen, deswegen sollten Sie vielleicht versuchen, es zu akzeptieren. Geben sie es auf, der Boss sein zu wollen. Damit machen Sie sich nur verrückt. Sie müssen begehren, Billy. Jeder tut das. Es ist unvermeidlich. Sie müssen begehren und widerstehen und leiden, Billy. Der Tag, an dem Sie aufhören, etwas zu begehren, ist der Tag, an dem Sie sterben.«

Billy, dachte Esther. Ich muss ihn immer wieder mit seinem Namen ansprechen, wie die Polizisten im Film, wenn sie versuchen, einen Verrückten zum Aufgeben zu bewegen.

Billy stand vor ihr. Die Spitzen seiner schwarzen Stiefel waren zerkratzt und stumpf. Esther schaute auf, wollte ihn sehen. Sie erhaschte einen Blick auf aufblitzende grüne Augen, als er das T-Shirt über den Kopf zog. Sein gereckter Körper stellte Achselhaar, hellere Haut und seine Rippen zur Schau. Esther zerfloss beinahe.

Billy warf sein T-Shirt auf den Boden. Er war wunderbar breit und muskulös, aber ohne diese extremen Formen, die man sich aus Eitelkeit zulegt. Seine Bauchmuskeln waren flach, die Brustmuskeln angespannt und die leicht gebräunte Haut teilweise mit goldenem Körperhaar überzogen. Um den Nacken trug er an einem Lederband einen klobigen Anhänger aus dunklem orientalischem Silber; einen Krummdolch wie aus *Sindbad, der Seefahrer.* Aber am stärksten fiel Esther die breite Narbe auf, die sich diagonal über seinen Rumpf zog. Sie zuckte bei dem Anblick zusammen und war sich gleichzeitig sicher, sie schon einmal gesehen zu haben. Sie gehörte in eine Erinnerung oder in einen anderen Traum.

Billy zog seinen Reißverschluss auf. »Du redest zu viel«, sagte er. »Lutsch ihn.«

Sein Schwanz sprang heraus, prachtvoll und dick, und Esther nahm ihn willig auf und saugte heftig. Sie wollte ihm lieber einen blasen, als zu versuchen, die Gefühle dieses Mannes in Ordnung zu bringen. Das war weniger demütigend und einfacher zu verstehen, und führte schneller zum Erfolg. Wenn sie Billys leises Stöhnen richtig deutete, zog er es ebenfalls vor. »Du wolltest mich letztes Mal schon«, erklärte Billy, während Esther an seinem Schwengel auf- und abglitt. »Ich habe es gesehen. Du warst geil auf mich und hast mich mit den Augen angefleht wie eine gierige kleine Nutte.«

Esther erinnerte sich an den düsteren, drohenden Blick, den er ihr zugeworfen hatte, bevor er mit Simeon über der Schulter aus der Hütte gestürmt war. Hatte er es da gesehen? Aber das war ein Traum gewesen, oder? Konnte er in ihre Träume hineinschauen?

Billy packte rechts und links von ihrem Kopf in ihr Haar und zog sich aus ihrem Mund zurück. Er hielt sie fest, sodass sein großer roter Schwanz nur Zentimeter vor ihren Lippen auf- und abwippte.

»Leck ihn«, sagte er.

Esther reckte sich mit offenem Mund nach ihm, aber er ließ sie nicht herankommen.

»Komm schon, Mädchen, gib dir mehr Mühe«, spottete er.

Esther streckte sich, um ihn zu erreichen, aber er hielt sie so fest, dass ihre Kopfhaut schmerzte. Er reizte sie, indem er die Hüften wiegte, sodass der Kopf über ihre Lippen streifte und der kleine Schlitz in seiner Schwanzspitze sie höhnisch anzusehen schien. Und weil Esther ihn nicht haben konnte, begehrte sie ihn umso mehr.

»Bitte«, flehte sie.

Billy ließ ihr Haar los, tat einen Schritt zurück und umfasste seinen Schwanz. »Dann komm.«

Fluchend rutschte Esther mit weit aufgerissenem Mund

hinter ihm her. Ihre Knie rieben über das seidenweiche Bärenfell. Sie hatte ein merkwürdiges Gefühl, als überlappten sich ihre Träume.

»Komm schon«, hauchte Billy und rieb seinen Schwengel. »Hol ihn dir.«

Esther hatte ein Déjà-vu-Gefühl; erhaschte einen Blick auf einen rosafarbenen Brunnen und reich verzierte blaue Kacheln. Und dann kam von irgendwo her ein Wort, etwas, das sie nicht verstand, aber sie hörte, wie sie es aussprach. »*Efendi.*«

Stöhnend fiel Billy auf die Knie. »Oh Gott«, flüsterte er. »Es tut mir leid.« Seine Finger glitten über ihr Gesicht, und er ertastete ihre Züge, als sehe er sie auf einmal ganz neu. Sein Blick war eindringlich und schmerzerfüllt.

»Schau mich nicht an, sieh weg«, sagte er, aber das war unmöglich. Als Esther ihm in die Augen sah, hatte sie das Gefühl, in die Arktis zu stürzen, in phosphoreszierende Nächte und pfefferminzgrüne Ozeane.

»Ich schaue gern«, sagte sie und starrte ihn an. »Es fühlt sich gut an. Ich mag das.«

Billys Lippen verzogen sich zu einem kurzen Lächeln, und dann packte er ihren Zopf und küsste sie so heftig, dass sie kaum Luft bekam. Sein harter Oberkörper quetschte ihre Brüste, und ihre Haut wurde feucht von seinem Schweiß. Wie konnte er bei diesen Minustemperaturen schwitzen? Warum froren sie sich nicht zu Tode? Warum fühlte es sich so gut an, dass sie sich so klein vorkam?

Esther war weich und feucht, und als Billy sie jetzt sanfter küsste, begann sie seine Küsse zu erwidern, weil sie nach seiner Kraft gierte. Er reagierte mit einem kleinen Biss, nahm ihre Unterlippe zwischen die Zähne und kniff in das zarte Fleisch.

»Autsch«, sagte Esther, als Billy sich zurückzog.

Mit einem roten Fleck auf den Lippen sah Billy sie an, und Esther erwiderte seinen Blick und sog das Blut in ihren Mund. Seine Schultern hoben und senkten sich, und Esther sah an dem Beben seiner narbenbedeckten Brust, dass er sich bemühte, seinen schneller werdenden Atem zu beherrschen. Ihm gefiel das alles sehr. Esther glaubte das von sich auch, war sich aber nicht sicher. Immer wieder flackerte Furcht auf und warnte sie, sich zurückzuhalten, auf cool zu machen. Aber das wollte sie nicht, oder? Wollte nicht cool bleiben. Wollte nicht das verantwortungsvolle brave Mädchen sein. Sie wollte, dass dieser Mann mit ihr spielte, wollte ihn genau so: gefährlich, brutal und so geil wie ein Dutzend Kerle.

Esther sah ihn unverwandt an. »Tu mir weh«, sagte sie.

Billy lächelte zärtlich und zog ihren Kiefer nach. »Das mache ich doch«, wisperte er. Er ließ die Hand an ihrem Hals hinabgleiten, umkreiste ihre Brüste und stimulierte ihre Nippel.

»Was ist da passiert?«, fragte sie und wies auf seine Narbe.

Er fuhr mit dem Daumen unter der Rundung einer ihrer Brüste entlang und von dort aus hoch zu ihrer Schulter. »Ich lebte in einem anderen Land«, erklärte er. »Vor langer Zeit. Die Menschen dort, jedenfalls einige von ihnen, glaubten, man könne einen Vampir töten, indem man ihn vom Herz bis zum Unterleib aufschlitzt.«

Esther nickte. Sie verstand. »Aber das kann man nicht.«

Billy schüttelte den Kopf. »Nein«, antwortete er leise. »Leider nicht.«

Esther betrachtete die silbrige Linie. Sie setzte schräg unter einer Brustwarze an, verlief gezackt über seine Magengrube und dann quer über seinen Unterleib. Die Haut dort glänzte, und das Gewebe war rosig und höckerig, wo die Verletzung offensichtlich großflächig gewesen war.

»Die Wunde war tief«, sagte Billy. »Normalerweise heilen bei uns Verletzungen spurlos.«

»Sie haben dich ja fast in zwei Teile gehackt«, meinte Esther.

»Beinahe«, gab Billy zurück. »Aber ich hatte es verdient.«

Esther wollte das nicht glauben, aber sie wusste, dass es stimmte, und nahm es hin, genauso wie sie akzeptierte, dass er ein Vampir war. Benommen fragte sie sich, ob es den Tod bedeutete, mit ihm allein zu sein. Wahrscheinlich. Und doch hatte sie das eigenartige Gefühl, dass dieser Mann sie bedrohte und doch zugleich schützen konnte.

»Leck meine Narbe«, befahl Billy.

Esther lächelte. Wo er sie gebissen hatte, brannte ihre Lippe. »Zwing mich doch.«

Billy erwiderte ihr Lächeln und beobachtete sie aufmerksam, während er mit dem Anhänger an seinem Hals hantierte. Der Miniaturdolch war ungefähr fünf Zentimeter lang, und die Klinge sah scharf aus. Das Licht des Feuers blinkte auf der Schneide, die so dünn wie ein Rasiermesser war. Erneut wurde Esther nervös. Sie hatte sich vorgestellt, dass er sie vielleicht an den Haaren ziehen oder ihren Kopf an die Brust drücken und etwas Strenges sagen würde. Seine coole, machohafte Aggressivität erregte sie, aber Messer waren etwas ganz Anderes.

Mit einem Ruck riss Billy den Anhänger von der Lederschnur. Esthers Herz pochte schnell und noch rascher, als Billy einen Satz auf sie zu tat. Schreiend fiel sie auf die Seite und landete auf den Schenkeln. Billy packte ihre gefesselten Hände, stieß sie nach vorn und hob ihre Arme hinter dem Rücken hoch.

»Bitte tu mir nicht weh«, schluchzte Esther. Ihre Schultern pochten schmerzhaft, und sie wurde mit dem Gesicht in den Teppich gedrückt, sodass Fasern sich an ihre verletzte Lippe klebten. »Bitte!« Dann wurde ihr klar, dass er an den Schnüren herumschnitt, und Sekunden später war sie frei und benommen vor Erleichterung.

»Setz dich hin«, sagte Billy und kniete wieder ihr gegenüber nieder.

Esther gehorchte und schüttelte ihre Arme ein wenig aus. Sie war froh über ihre Freiheit und fürchtete sich jetzt weniger vor dem Messer. Sie betastete ihre Lippe, aber die Blutung hatte aufgehört. Nur ein winziger Biss. Er würde ihr doch nichts tun, oder? Besonders nicht jetzt, nachdem er sie gerade losgeschnitten hatte. Sie glaubte schon, sich langsam auf sicherem Boden zu befinden, doch zweifelte sie schon wieder, als er den Bund ihrer Shorts ergriff. Er hakte den Dolch in das Gewebe und schlitzte zuerst die eine, dann die andere Seite des Kleidungsstücks auf und warf dann die Fetzen beiseite.

Esther war nackt.

»Nimm die Hände hinter den Kopf«, befahl Billy.

Er befestigte das kleine Messer wieder an seinem Hals; ein Zeichen dafür, dass er ihr wirklich nichts antun wollte, dachte Esther. Und so gehorchte sie und verschränkte die Finger hinter dem Kopf. Sie fühlte sich schüchtern und unsicher und war sich furchtbar bewusst, wie entblößt sie in dieser Stellung war. Billy kniff ein paar Mal mit Daumen und Zeigefinger in ihre Nippel. »Leck die Narbe«, sagte er. »Von oben nach unten.«

Bei seinem Befehl stieg eine dunkle, schwüle Hitze in Esther auf. Ihr Geschlecht war angeschwollen und feucht, und sie fühlte sich innerlich leer und sehnte sich so danach, einen Schwanz in sich zu spüren. »Zwing mich doch«, wiederholte sie und begann sich verführerisch und kühn zu fühlen.

Billy zog die Augenbrauen hoch. »Wenn du es nicht machst«, erklärte er, »stehe ich auf und gehe weg.«

Esther wurde ärgerlich und fluchte lautlos. Seine Drohung schnitt tiefer als jede Fessel, und ihre Lust war stärker als seine Muskelkraft. Sie errötete vor Scham, weil sie wusste, dass sie ihn nicht zurückweisen konnte.

»Verschränk die Arme hinter dem Rücken«, sagte Billy. »Und leck sie.«

Esther versuchte ihm seinen Sieg nicht zu missgönnen. Sie tat wie ihr geheißen, beugte sich vor und berührte den Ausgangspunkt seiner Narbe mit der Zungenspitze. Sein flaumiges Brusthaar kitzelte leicht, aber darunter war die Narbe seidenglatt. Sie fuhr sie ohne Druck nach und glitt von einem flachen, dunklen Nippel bis zu der breiteren, vernarbten Gewebestelle unterhalb seines Brustbeins. Dort hielt sie inne und zog mit ihrem Speichel Spiralen. Sie konnte nicht anders, als an die Verletzung zu denken, an die Organe und die Knochen, die gleich unter der Haut, die sie mit der Zunge erkundete, liegen mussten.

Sie fragte sich, wie er selbst zu seiner Narbe stand. Sein Körper war schön, und ganz offensichtlich trainierte er, um diese Muskelmasse aufzubauen, aber die Narbe hatte ihm jemand anderer zugefügt. Sie zu lecken fühlte sich zutiefst intim an, besonders da sie nicht wusste, wie er zu dem Schnitt gekommen war. Oder, noch schlimmer, womit er ihn verdient hatte. Sie hatte das Gefühl, mit der Zunge in seine Geschichte einzudringen.

Esther leckte sich weiter abwärts und zog eine feuchte Spur über seinen harten, flachen Bauch bis zu seiner Hüfte. Er traute ihr, wenn auch mit einigen Vorbehalten; bat sie, ihn zu akzeptieren und nicht über ihn zu urteilen. Hier war die Narbe zu Ende, und instinktiv hätte Esther am liebsten seinen Schwanz gelutscht, der in seinem offenen Hosenschlitz zuckte, aber sie widerstand der Versuchung, da sie nicht wusste, ob ihr das gestattet war.

»Knie dich hin«, sagte Billy.

Nein, es war eindeutig nicht erlaubt.

»Hoch!«, verbesserte sie Billy, als sie sich auf die Fersen hockte. »Nimm die Hände wieder hinter den Kopf.«

Sein strenger Ton erregte Esther, und sie kniete in der Stellung, die er von ihr verlangte, nieder. Billy kniete mit in die Höhe gerecktem Schwanz nur Zentimeter von ihr entfernt. Er grinste schwach und fasste zwischen ihre Beine. Esther hielt die Luft an und hielt ganz still, während er die Innenseite ihres Oberschenkels massierte und ihr Fleisch sicher und stetig mit den Fingern bearbeitete. Er beobachtete ihr Gesicht und lächelte breit, als er mit einem Finger über ihre feuchten Falten fuhr und sie damit zum Aufstöhnen brachte.

»Schön?«, fragte er.

Seine Berührung war so leicht, dass es sie in den Wahnsinn trieb. Er spielte mit ihren Härchen, doch sie sehnte sich nach etwas Festem. Esther spreizte die Beine weiter, und Billy tat ihr den Gefallen, ihre Schamlippen auseinanderzudrücken, durch das nasse Tal ihres Geschlechts zu fahren, ihre Klit anzutippen und ihren Eingang zu reizen.

»Bitte«, flüsterte sie. »Gib mir mehr. Komm in mich. Das hier ... ist nicht genug.«

Billy lachte höhnisch und wissend auf. »Nicht genug?«, erwiderte er. »Immer das Gleiche.« Und er schob einen einzelnen Finger in sie hinein. Er krümmte ihn und tippte hier und da an die Wände ihrer Möse, und bald wimmerte Esther, und ihr wurden die Knie weich. »Bitte«, flehte sie noch einmal. Es fiel ihr schwer, die Hände hinter dem Kopf zu behalten. Am liebsten hätte sie sich nach vorn sacken lassen, sich an seine breiten Schultern angelehnt und an seiner salzigen Haut gesaugt.

Er sah sie unverwandt an, ignorierte ihre Bitten und lächelte selbstzufrieden über ihr Flehen. Viel zu lange reizte er sie mit kaum merklichen Berührungen, bis er schließlich zwei Finger in sie schob und mit dem Daumen auf ihre Klit drückte, sodass er ihr Geschlecht zwischen den Fingern hielt. So stimulierte er sie, rieb sie und ließ die Finger vor- und zurückgleiten. Ihre Säfte schmatzten in seinem Rhythmus und rannen reichlich über seine Finger, als sich ihre Lust immer stärker aufstaute. Und die ganze Zeit über beobachtete er sie mit halb geöffneten Lippen und gesenkten Augenlidern. Esther fühlte sich hin- und hergerissen; sie wollte diesem forschenden Blick entrinnen und sich zugleich in seiner Aufmerksamkeit aalen.

»Gut?«, murmelte er. Esther nickte. Ihre Gedanken waren zu verschwommen, um sie in Worte zu fassen; ihre Kehle zu zugeschnürt zum Sprechen.

Billy erhöhte sein Tempo und atmete ebenfalls schneller, und bald keuchte Esther schnell. »Ich komme«, keuchte sie am Rande ihres Höhepunkts. »Jetzt!«

Billy zog die Finger weg.

»Nein«, schrie Esther.

Als sie sich selbst anfassen wollte, hielt Billy ihre Hände fest. »Ich bin noch nicht soweit«, knurrte er mit zusammengebissenen Zähnen, als sie sich in seinem Griff wand.

»Aber ich!«

Billy starrte sie wütend an. Er rückte von ihr ab, und seine Nasenflügel blähten sich. »Dreh dich um. Bück dich«, fauchte er und packte sie, sodass sie auf allen Vieren landete.

»Bitte!«, kreischte Esther. Sie stützte sich auf die Ellbogen und schob ihr Gesäß nach hinten. »Fick mich! Lass mich kommen!«

Billy packte ihre Hüften und zog sie an sich heran. Sein Schwengel, dessen Kopf sich dick und schwer anfühlte, stieß gegen ihren Eingang. In Esther zog sich alles zusammen. »Oh bitte, bitte«, stöhnte sie.

»Na schön, wie du willst«, zischte Billy und trieb mit einem heftigen Stoß seinen Schwanz in sie hinein. Seine Finger gruben sich in ihr Fleisch, und er begann wild und zornig zu pumpen.

Esther schwamm der Kopf. Seine Stöße ließen ihren ganzen Körper erbeben, und sein Schwanz stieß bis in ihr Innerstes vor. Sie berührte sich selbst, nur ein paar winzige Stupser, und dann war sie wieder da, wo sie eben gewesen war, kurz vor dem Orgasmus.

»Ja, jetzt«, schrie sie. »Ich komme.«

»Dann mach schon«, knurrte Billy. »Komm.« Und er packte ihren Zopf und zog ihren Kopf höher. Die Finger auf ihrer Klit, bog Esther den Rücken durch, bis sie stöhnend und zitternd den Höhepunkt erreichte. Auf dem Gipfel packte Billy sie von hinten, riss sie, eine Hand auf ihrer Brust und eine auf ihrer Taille, nach oben; und dann schrie Esther auf, als an ihrem Hals ein greller, scharfer Schmerz aufflammte.

Farben explodierten hinter ihren Augenlidern, scharlachrote, schwarze und violette Flammen. Und dann verging der Schmerz, und ihr Hals zerschmolz in Billys Mund. Er saugte so wunderbar daran, dass Esther noch einmal kam, ein zweiter Orgasmus gleich nach dem ersten und mit seinem Schwanz immer noch in ihr.

Das Gefühl war wie nichts anderes auf der Welt. Die Wunde an ihrem Hals fühlte sich genauso weich und glitschig an wie ihre Möse. Billy zog das zarte Gewebe in seinen heftigen, festen Kuss. Esther kam so heftig, dass sie sich ganz schwach fühlte. Vor ihrem inneren Auge barsten die dunklen Farben, bis sich ein neues Traumbild vor ihnen auftat: Schnee und Eis, verschwommene, winzige Sterne; ein Windstoß und ein unendlicher Himmel, über den sich Farben in allen Variationen von Blutrot ergossen.

Und dann wachte sie mit einem Schluchzen auf und rang nach Luft. »Billy!«, keuchte sie. »Billy!«

Sie lag in ihrem Schlafsack in der dunklen Hütte. Kein Billy. Er war ein Traum gewesen.

Oh Gott, Billy, komm zurück.

Die Sehnsucht durchfuhr sie, und Tränen brannten in Esthers Augen. Ihre Schenkel waren glitschig und nass. Ein Traum. Aber wie war es möglich, dass er nicht existierte? Es war so echt, so sexy, so warm gewesen.

Die Hütte verschwamm vor ihr und bebte hinter einem Tränenschleier. Sie sehnte sich schmerzhaft nach ihm, verzehrte sich nach einem blöden Traumvampir, dem Mann, der Doug gerettet hatte und jetzt in ihrem überreizten Hirn herumgeisterte. Das war zu grausam.

Esther blinzelte und wischte ein paar Tränen weg. Komm schon, Essie, rief sie sich zur Ordnung. Es war nur ein Traum. Kein Grund zur Aufregung.

Sie schälte sich aus dem Kokon ihres Schlafsacks, während sich ihre Augen an das Halbdunkel gewöhnten. Die gegenüberliegenden Schlafkojen waren alle leer; die Schlafsäcke schlaffe, zerknautschte Hüllen. Sie sah auf die Uhr: Vormittag. Da stimme etwas nicht. Die anderen wären nicht einfach so weggegangen. Warum lag sie noch im Bett? Esthers Herz schlug schneller.

»Hallo?«, rief sie, obwohl sie mit bedrückender Sicherheit wusste, dass ihr niemand antworten würde. Dazu war der Raum zu kalt und leer. Sie waren fort; eilig aufgebrochen, wie es aussah. Sie spähte über ihre Bettkante in die Koje unter ihr und rechnete damit, Margrets leeren Schlafsack zu sehen.

Stattdessen sah sie Margret selbst. Ihre Augen quollen vor Entsetzen hervor, ihre Haut war von einem grausigen, teigigen Grau, und ihr Hals war aufgerissen, ein klaffende rote Wunde. Ihr Schlafsack war blutgetränkt, und auf dem Boden stand eine Blutlache.

Esther kreischte, strampelte mit den Beinen, rannte ins

Nichts. Dann holte sie Luft und schrie weiter, wieder und wieder, bis sich ihre Halsmuskeln schmerzhaft zusammenkrampften. Doch noch während sie schrie, wusste sie, dass es sinnlos war. Da war niemand, meilenweit nicht.

Billy wand sich in Todesqualen, Stahlklingen zerfetzten sein Inneres. Er schlief und durchlebte eine Erinnerung; träumte von den Türken, die versucht hatten, Selins Tod zu rächen.

Ein Diener hatte von einem Fenster aus, das auf Nadirs Yali hinausging, alles beobachtet. Billy war vogelfrei. Es war so schnell gegangen. Bei Nacht war er allein durch den säulenbestandenen Hof der Süleymaniye-Moschee geschlendert, wo Insekten zirpten. Und dann, mit einem Mal, waren sie über ihn hergefallen, nachdem sie sich lautlos wie der Tod angeschlichen hatten. Der Säbel blitzte im Mondlicht auf und wurde dann durch Billys Körper gezogen. Sie hatten ihn zum Sterben liegen gelassen.

Billy war ein Vampir, daher schlossen sich Wunden bei ihm schnell. Aber diese eine Wunde war nie ganz verheilt. Genau wie Nadir hatte er eine Narbe zurückbehalten. Vielleicht war etwas Wahres an dem Gerücht, dass man auf diese Art einen Vampir töten konnte. Billy hatte im Schatten einer Arkade auf dem Boden gelegen, seinen Leib umklammert und versucht, seinen Körper zusammenzuhalten. Blut quoll zwischen seinen Fingern hervor, und er blinzelte zu einem Minarett hinauf, das wie ein Pfeil in die sternenübersäte Nacht ragte, und setzte seine ganze Willenskraft daran, nicht das Bewusstsein zu verlieren. Vielleicht war das ja das Ende, und es war leichter, als er gedacht hatte.

Seine Gedanken drehten sich, und er fragte sich, ob er Selin im Tod wiedertreffen würde. Aber nein, das war unmöglich. Sie war bestimmt im Himmel, und er würde zur Hölle fahren.

Vielleicht hatte er noch Zeit. »Vergib mir, Vater, denn ich habe gesündigt. Ich habe ... ich habe ...«

Mit einem Ruck wachte Billy auf.

»Selin!«

Er lag auf dem Eisbärfell vor dem Kamin, in dem blasse Flammen züngelten. Seine Stirn war schweißnass. Herrgott, wie oft hatte er diesen Traum in letzter Zeit schon gehabt?

Billy drehte sich auf den Rücken und rieb sich mit der Hand übers Gesicht. Himmel, er drehte wirklich durch. Esther war ihm zu nahe, viel zu nahe. Billy fuhr sich mit der Zunge durch den Mund. Er fühlte sich vollkommen erledigt, und sein Mund war trocken und klebrig.

Verdammt, das war nicht gut. Jahrelang hatte er sich zusammengenommen, aber das hier trieb ihn bis an seine Grenzen. Er konnte nur noch an sie denken. Manchmal, wenn er aufwachte, konnte er kaum atmen, denn ihr nasser Körper lastete auf seiner Brust. Und gerade jetzt empfand er ihre Nähe so lebhaft, dass sie ebenso gut bei ihm auf dem Bärenfell liegen könnte. Er konnte beinahe ihr Blut auf seinen Lippen schmecken.

Er musste dringend von hier verschwinden, ehe er noch etwas anrichtete, was er nachher bedauern würde. Tausende und Abertausende Meilen weit fort. Er würde bald aufbrechen, sehr bald.

Der erste Sonnenaufgang des Jahres stand unmittelbar bevor. Täglich konnte es soweit sein. Suzanne und Simeon führten etwas im Schilde. Billy vermutete, dass sie das Eis verlassen und ihn hier allein schmoren lassen wollten. Vor ein paar Tagen wäre ihm das noch recht gewesen, aber jetzt nicht mehr. Er hatte genug. Seine Zeit hier war zu Ende. Er würde mit ihnen gehen und sein Bestes tun, um jede Erinnerung an Esther auszulöschen.

Sie verdiente ein anständiges Leben voller Liebe und

Glück. Wenn Billy noch länger blieb, würde ihr zweites Leben so enden wie ihr erstes, nämlich damit, dass ihr letzter Herzschlag durch seine Kehle pulste.

Ja, sie hatte etwas Besseres verdient. Sie hatte es verdient, alt und runzlig zu werden, den Verfall ihres Körpers zu spüren und das Leben in Ehren zu halten, weil sie den Tod fürchtete. Gott, wie Billy sie beneidete.

Er würde packen und fortgehen. Vergessen, dass sie jemals existiert hatte.

Für die Jagd hatte Suzanne sich ein himmelblaues Kleid ausgesucht, zu dem sie kurze Cowboystiefel trug. Der Stoff war mit Gänseblümchen bedruckt, deren gelbe Stempel wie kleine Sonnen leuchteten. Das Kleid war hübsch, aber jetzt, so blutüberströmt, sah es noch schöner aus.

Sie saß im Schneidersitz auf dem Eis und baute auf ihrem Knie eine Schneeburg. »Mir ist langweilig, Sim«, sagte sie. »Können wir jetzt gehen?«

Simeon lag da und stützte sich auf einen Ellbogen. Seine Kleider und sein Haar hoben sich schwarz von dem weißen Schnee ab. Zuerst hatte er noch seinen schwarzen Lieblingslippenstift getragen, aber der hatte sich schon lange abnutzt. »Hab Geduld«, gab er zurück. »Sie muss jeden Moment kommen, garantiert.«

»Du bist so grausam, weißt du das?«

»Ach, wirklich?«, fragte Simeon. »Mist, und ich hatte versucht, nett zu sein. Ich dachte, ich könnte dich beeindrucken.«

Suzanne lachte. »Ja, du hast ja recht. Das wird ein großer Spaß. Du, ich und Billys Schlampe. Hey, mir ist nicht mehr langweilig! Das ist cool.« Suzanne begann Schnee auf ihr anderes Knie zu häufen und formte ihn zu einer Pyramide. »Ich bin dafür, dass wir sie lange, lange foltern und dann erst töten. Weißt du, was ich am liebsten mag? Wie sie um ihr Leben flehen. Das ist so witzig, vor allem, wenn sie nicht einmal die Worte herausbekommen.«

»Oh Mann«, sagte Simeon, »das mag ich auch. *Bi... bi...*«

»*Bi... te!*«, setzte Suzanne hinzu und schüttete sich vor Lachen aus.

»Mann, darauf hab ich jetzt total Bock«, erklärte Simeon. »Diese Frau verfolgt mich seit Jahrhunderten.«

»Wie denn das, Babe? Die meiste Zeit davon war sie schließlich tot.«

»Ach, du weißt schon.« Simeon wedelte wegwerfend mit der Hand. »Billy ist absolut besessen von ihr. Kein Scheiß, Suze, es ist kein Spaß, wenn deine Rivalin einsfünfzig unter der Erde liegt. Sie ist immer vollkommen, nicht wahr? Ich hatte nie eine verdammte Chance.«

»Hey, Billy liebt dich«, sagte Suzanne. »Natürlich tut er das.«

»Ja, klar. Weiß ich. Aber ich bin immer nur zweite Wahl gewesen. Und jetzt, wo sie wieder auf der Erde ist, bin ich bloß ... sowas wie Dreck, der an seinen Schuhen klebt.«

»Aber ein ganz besonderer Dreck.«

Simeon zuckte die Achseln und schniefte. »Außerdem hat er Renfield gegessen.«

»Reg dich nicht auf, Babe.«

Simeon warf sein Haar nach hinten. »Mach ich gar nicht.«

Suzanne zog einen Schmollmund. »Machst du wohl.«

»Na schön, dann rege ich mich eben auf. Aber er hat mich zum Vampir gemacht, Suze. Wir waren in London wochenlang zusammen und so geil aufeinander. Wir haben bei Miss Tilly gefickt, und in seiner Pension. Ich war so glücklich. Und sogar als er mich zum Vampir gemacht hat, war ich immer noch glücklich. Es war diese ganze neue Ebene an ihm, die ich zu verstehen begann. Und ich habe es ihm nie übel genommen. Niemals.«

»Ich glaube, ich sehe sie.« Suzanne wies auf einen winzigen Punkt im Süden.

»Oh, cool«, meinte Simeon und schaute in die Richtung.

»Hunger?«, fragte Suzanne.

»Wahnsinnig.« Simeon wälzte sich auf den Rücken, zog die Knie an und streckte einen Arm aus. »Gib ihr noch ein bisschen Zeit, ja? Wir halten uns zurück. Es dauert noch Ewigkeiten, bis sie uns sehen kann.«

Suzanne legte ihre Fingerspitzen an die von Simeon. »Ich finde es toll, dass wir sie bis zuletzt gelassen haben.«

»Ja, ich auch.« Simeon grinste gemächlich und boshaft. »Das Dessert, und sie gehört mir, mir allein!«

»Hey, mir auch.«

»Okay. Was mein ist, soll auch dein sein.«

Simeon seufzte glücklich und sah zum sternenübersäten, mit Blau- und Purpurtönen gestreiften Himmel auf. Er schloss die Augen. In ein paar Tagen würden sie bei einem Haufen alter Freunde in New York sein. Simeon musste dringend ausspannen. Wenn er mit Billy allein war, wurde das Leben so anstrengend. Wenn Billy mitkommen wollte, gut. Aber Simeon würde ihn nicht anflehen, sich zu binden.

Vor fast dreihundert Jahren hatte Billy, dem Simeons Blut über die Lippen quoll, etwas gesagt. »Du gehörst mir. Ich gehöre dir.« In Covent Garden war das gewesen, in einer schmalen, verkommenen Straße. Damals hatte es dort von Bordellen und Tavernen gewimmelt. Dunkel und schmierig, genau wie Simeon es liebte.

Und obwohl sie seitdem einmal sogar jahrzehntelang getrennt gewesen waren, hatte Simeon diese Verbindung, diese Zugehörigkeit immer gespürt. Wahrscheinlich würde sich daran nie etwas ändern, ganz gleich, was geschah.

Suzanne stand auf. »Komm, ich bin soweit«, sagte sie. Sie klopfte sich Schnee vom Rock, streckte die Hand nach Simeon aus und zog ihn hoch. Sie grinsten einander breit zu, und ihre Augen glitzerten.

»Schnell?«, fragte Suzanne. Nachdem sie sich vorhin genährt hatte, sah sie mit ihren roten Wangen strahlend aus.

Simeon begann vor Aufregung zu zittern. Das hier wünschte er sich schon länger, als er denken konnte. Er holte tief Luft. »Schnell«, pflichtete er Suzanne bei. »Schneller als der verdammte Wind.«

Esthers Schneemobil kam stotternd zum Stehen. Damit hatte sie gerechnet.

Nachdem sie heruntergeklettert war, nahm sie ihren Helm ab, setzte die Pelzmütze auf und schlang sich ihr Gepäck über die Schulter. Sie hatte ihren Schlafsack mitgenommen, das Satellitentelefon, eine Signalpistole, ein paar überlebensnotwendige Artikel; außerdem ihren Pass, Hausschlüssel, ein paar dänische Kronen und ihre Kreditkarte. Aber wenn einem auf dem Eis das Benzin ausging, kam einem eine Kreditkarte wie ein makabrer Witz vor.

Sie machte sich in Richtung Südost auf den Weg und stapfte auf den Horizont zu, an dem ein Glühen den Sonnenaufgang ankündigte. Das Schneemobil ließ sie stehen; es wirkte wie ein Hightech-Autoscooter. Der Blizzard war Gott sei Dank vorüber, und heute Vormittag herrschte ruhiges Wetter.

Immer wieder sah sie Margrets Gesicht vor sich, und jedes Mal musste sie ein Aufschluchzen unterdrücken. Tränen kosteten Kraft. Wenn Esther weinte, würde sie es nie schaffen. Und doch konnte sie sich nicht dagegen wehren. Gleich nachdem das Schneemobil gestartet war, war sie in Tränen ausgebrochen und hatte hinter dem Visier geweint, während die Kufen des Mobils den Schnee aufwirbelten und ihr die Sicht verschwimmen ließen. In der Hütte hatte sie keine Tränen vergossen. Sie hatte geschrien und gezittert und von Grauen geschüttelt ihre Besitztümer zusammengerafft, und Margret hatte auf ihrem Bett gelegen, wachsbleich und mit hervorquellenden Augen. Bevor Esther ging, hatte sie einen Pullover über das Gesicht der Toten gelegt und sich gewünscht, sie könne würdiger mit dem Leichnam umgehen.

In ihrer Schneejacke marschierte Esther über das Eis und betete, dass sie die anderen finden würde. Die größten Sorgen machte sie sich um Doug. Seit die Skiläufer ihn meilenweit von der Hütte gefunden hatten, halluzinierend und ohne jede Erinnerung daran, wie er dorthingekommen war, ging es ihm schlecht. Bird hatte ihm ein Antibiotika verpasst und drohte, sie Esther ebenfalls zu verordnen. Genau wie Doug hatte sie merkwürdige Hauterscheinungen am Hals und war alles andere als fit. Sie hatte Einzelheiten über die beiden Skifahrer erfunden, weil sie sich kaum an sie erinnerte. Auf keinen Fall würde sie zugeben, dass sie ohnmächtig geworden war, oder ihre seltsamen Träume eingestehen. Sie wollte nicht, dass man sie für das schwächste Glied des Teams hielt.

Nach fünf Minuten auf dem Schneemobil begann Esther zu fürchten, dass sie das einzige Teammitglied war. Als Erstes fand sie Dougs Leiche. Sein kräftiger Körper lag zusammengekrümmt auf dem Eis. Er trug lange Thermounterhosen, Isolierstiefel und seinen Parka. Esther war an ihn herangefahren, da sie nicht wusste, in welchem Zustand er sich befand. Er war furchtbar schwer, doch es gelang ihr, ihn auf den Rücken zu drehen. Seine Augen waren glasig, in seinem Bart hingen Eisklumpen, und aus der Wunde an seinem Hals schwappte etwas Blut heraus.

Esther war geflüchtet, hatte das Schneemobil beschleunigt und gegen die Hysterie, die in ihr aufstieg, angekämpft. Bei Adrian und Bird, die sie nur an den Farben ihrer Jacken erkannte, hatte sie gar nicht angehalten. Wenn Bird tot war, dann galt das wahrscheinlich auch für Johannes. Und wenn nicht, dann wünschte er sich sicher, er wäre es, nachdem er Zeuge des Mords an seiner geliebten Margret geworden war.

Esther blieb nur übrig, weit, weit weg zu flüchten. Gott, was in aller Welt war das? Was machte Jagd auf sie, und welche Strecken konnte es zurücklegen? Und wie war es möglich, dass sie den Überfall verschlafen hatte?

Aber jetzt war nicht die richtige Zeit, über das Geschehene nachzugrübeln. Sie musste ihre Sinne zusammenhalten und sich auf das Hier und Jetzt konzentrieren. Wenn sie ein Inuit-Dorf an der Ostküste erreichte, wäre sie in Sicherheit.

Aber die Tankanzeige stand niedrig, und als das Schneemobil mit einem Jaulen und Husten stehen blieb, begann Esther an ihren Chancen zu zweifeln. Sie ging weiter. Weil sie wusste, dass es ihre einzige Möglichkeit war. Wenn sie blieb, war sie tot. Und sie hatte nicht vor, hier allein in dieser unwirtlichen Wüste zu sterben. Nein, das wollte sie nicht.

Nachdem sie bis dahin meilenweit gefahren war, klammerte sie sich an die Hoffnung, dass sie die unmittelbare Gefahr hinter sich gelassen hatte. Am bedrohlichsten war wahrscheinlich die Wanderung, die vor ihr lag. Sie hatte Nahrung, einen Campingofen und einen Schlafsack. Sie konnte sich eine Schneehöhle als Unterschlupf bauen. Wenn Wetter und Terrain gut waren, konnte sie es schaffen. Sie würde es schaffen.

»Ich werde nicht sterben«, keuchte sie, und ihr Atem stand in Wolken vor ihr. »Ich werde nicht sterben.«

Sie brauchte nur noch einen Schritt zu tun. Und dann noch einen und noch einen. Mit Skiern hätte sie es leichter gehabt, aber der Gedanke nützte nichts. Sie hatte zusammengerafft, was ihr in die Hände fiel. Sinnlos, das jetzt zu bedauern.

Wieder stand ihr Margrets Bild groß und bedrohlich vor Augen. Was für ein Ungeheuer hatte das getan?

Nein, hör auf zu denken. Noch ein Schritt. Nur noch ein Schritt.

Bald hatte Esther in einen Rhythmus gefunden. Die dämmrige, verschneite Weite betäubte ihre Sinne. Fast zwanzig Minuten lang war sie das Einzige, was sich auf der Eisfläche bewegte. Und dann, als sie sich umdrehte, entdeckte sie im Norden einen schwarzen Punkt. Ihr Herz begann angstvoll zu pochen. Das konnte etwas Gutes oder etwas Schlechtes bedeuten, aber das würde sie erst wissen, wenn es zu spät war. Hier gab es keine Schneewehen, in die sie sich hätte eingraben können, und ihr verlassenes Schneemobil stand weniger als eine Meile entfernt wie ein riesiges Hinweisschild. »Hier entlang.«

Der Punkt wurde größer und teilte sich dann in zwei, die sich ziemlich schnell bewegten. Tiere? Menschen auf Schneemobilen? Esther zog die Antenne des Satellitentelefons heraus und versuchte es, wie es ihr vorkam, zum hundertsten Mal. Nichts. Tot. Ihre Signalpistole war mit einem Karabinerhaken an ihrem Parka befestigt. Abgesehen von einem Schweizer Armeemesser war sie ihre einzige Waffe.

Die beiden Kleckse wurden immer größer. Ihre Geschwindigkeit war beunruhigend, sogar unnatürlich. Esther begann zu rennen, doch in ihrer Schneeausrüstung war sie ungefähr so beweglich wie ein Astronaut. Dann rief sie, als ihr klar wurde, dass es Menschen waren, die sich mit der Schnelligkeit eines Geparden näherten. Und dann schrie sie noch einmal, weil das unmöglich Menschen sein konnten. Undenkbar.

Hand in Hand wurden die beiden Wesen langsamer und tänzelten auf sie zu; eine Frau in einem fleckigen Blumenkleid und ein schlaksiger, schwarz gekleideter Mann. Der Skifahrer mit den violetten Augen. Simeon.

»Oh, Mist«, keuchte Esther. Ihre Glieder schmerzten, und in ihren Ohren donnerte das Blut.

Lachend und hüpfend ließen die Wesen einander los und sprangen hierhin und dorthin, während Esther weiterstolperte. Ihre Stiefel fühlten sich schwer wie Blei an und sanken in den Schnee ein.

»Hey, so sieht man sich wieder«, sagte Simeon. »Wie geht's denn so? Das ist meine Freundin Suzanne.«

»Hi!«, sagte Suzanne und winkte ihr.

»Billy! Hilfe!«, schrie Esther, die kaum wusste, was sie sagte.

Simeon lachte. »Billy, Hilfe!«, äffte er sie nach. Das schwarze Haar wehte hinter ihm her, er ließ grinsend die Zähne aufblitzen, und seine Augen glühten wie violettes Feuer. Esther wusste, dass sie nicht hineinsehen durfte. Sich nicht davon gefangen nehmen lassen durfte.

Ein paar Meter vor ihr lachte Suzanne und tänzelte nach rechts und links. Ihr blondes Haar wallte, ihre Cowboystiefel wirbelten Schnee auf. Esther zerrte einen ihrer Handschuhe herunter und fasste nach ihrer Signalpistole. Sie bestand aus neongrünem Plastik, und sie zielte zittrig auf Simeon, der neben ihr herumhüpfte wie ein großer, zappliger Kobold.

»Hey Suze«, rief er. »Sie hat eine Wasserpistole!«

»Cool! Ist sie geladen?«

Esther drehte sich zu Suzanne um und richtete die Pistole auf sie. Sie hatte nur einen Schuss. Auch aus nächster Nähe wirkte sie nicht tödlich, konnte aber jemanden verletzten. Als Suzanne näherkam, drückte Esther den Abzug. Ein rotes Licht flammte auf, ein Knall folgte, und dann jaulte Suzanne auf, krümmte sich und umklammerte ihre Mitte.

Sie riss sich den Rucksack von der Schulter und schleuderte ihn mit aller Kraft nach Simeon, doch er schnappte ihn geschickt aus der Luft und warf ihn schnell und verächtlich zu Boden. Suzanne tat, immer noch gebückt, ein paar Schritte nach hinten und hob dann den Kopf. Durch zerzaustes Haar starrte sie Esther an. Ihre Augen waren von einem strahlenden Saphirblau.

»Du Schlampe«, sagte sie. Speichel flog von ihren Lippen. »Hol sie dir, Sim.«

Simeon sprang Esther an und riss sie zu Boden, bevor sie auch nur aufschreien konnte. Er setzte sich auf sie und riss an ihrem Parka, dessen Füllung hervorquoll. Esther schrie und schlug unter ihm um sich. Schnee wirbelte um die beiden auf. Simeon packte in ihre Kleidung und riss die Schichten herunter. Eins, zwei, drei, und sie war nackt bis auf den BH. Er grinste auf sie herunter.

»Bitte«, keuchte Esther. Die kalte Luft brannte auf ihrer Haut. »Bitte nicht.«

Simeon ließ sich auf sie fallen und schlug ohne zu zögern die Zähne in ihren Hals. Esther kreischte vor Schmerz. Sie versuchte sich mit Faustschlägen zu wehren, aber er saß kraftvoll und unverrückbar auf ihr.

»Aufhören! Loslassen!«

Der Sog an ihrem Hals war heftig, zerrte an Sehnen und Muskeln und saugte Blut an. Eine Hand landete zwischen ihren Schenkeln und drückte hart zu, aber es bedeutete ihr nichts. Ihr Körper schien bereits in ein anderes Reich zu treiben. Der Schmerz ließ nach, und Esther spürte, wie ihre Kraft rasch nachließ. Ihre Gegenwehr wurde schwächer, und sie schlug nicht länger auf ihn ein, denn ihre Fäuste wurden zu schlaff und die Arme zu schwer.

»Aufhören«, wimmerte sie schwindlig und benommen. »Bi… «

Das Blut verließ ihre Adern und ließ ihren Kopf und ihre Glieder leer zurück. Ihre Hände und Füße fühlten sich taub an und kribbelten. Die Welt wirkte gedämpft, die Zeit verlief langsamer.

Ich will nicht sterben, dachte sie. Ich will nicht sterben.

Aber sie glitt davon und ihr Kampfeswille schwand. Ihr Blickfeld wurde trüb. Sie sah den Schnee jetzt durch einen Schleier aus schwarzem Haar; und dann wich der Schnee zurück und löste sich sanft in nichts auf. Eine neue Schwärze breitete sich in ihrem Kopf aus, die hier und da mit Sternen und langsam explodierenden Purpur- und Blautönen durchsetzt war, ein Feuerwerk, das in Zeitlupe ablief und ihr Bewusstsein vernebelte.

»Billy«, wollte sie sagen, aber das Wort wollte sich einfach nicht in ihrem Mund bilden, und sie wusste sowieso nicht, was es bedeutete. Sie versuchte umzukehren, wieder in den weißen Schnee zu gelangen und das Wort zu verstehen. Für einen kurzen Moment war es da, ein helleres Licht und ein Mann, der schwach und stark zugleich war. Dann wich alles vor ihr zurück, die Dunkelheit waberte und schimmerte, und es hätte friedlich sein können, so einzuschlafen und zu sterben. Doch plötzlich erfüllten Schreie ihren Kopf, ihre Zähne klapperten, und der Boden zersplitterte wie Glas.

Das Gewicht hob sich von ihrem Körper.

Kreischen und Stimmen tobten durch ihr Bewusstsein.

»Ich brenne!«

»Die Sonne«, schrie die Frau. »Meine Haut wirft Blasen!«

»Ich kann nichts sehen!«

»Der Sonnenaufgang!«

»Das brennt ja wie Säure! Ich bin blind! Meine Augäpfel schmelzen.«

»Lauf!«

»Aber ich will sie, Suze. Ich ...«

»Lauf, Sim! Hier, nimm meine Hand!«

»Aber ...«

»Vergiss sie, Sim! Komm schon. Lauf. Die Schlampe ist sowieso so gut wie tot.«

Billy war im Fitnessraum, machte Klimmzüge und stöhnte mit zusammengebissenen Zähnen.

Er litt immer noch Qualen, und in seinem Inneren schmerzte alles. Seit er aufgewacht war, hatte er das Gefühl, vom Herzen bis zum Unterleib aufgeschlitzt zu werden. Wahrscheinlich war der Traum, in dem er sterbend dagelegen hatte, schuld daran. Der Schmerz befand sich unterhalb seiner Narbe, als sei die alte Wunde dabei, aufzubrechen, und drohe ihn von innen heraus in Stücke zu reißen.

Er verbiss sich das Gefühl, hob das Kinn bis über die Stange und ließ sich dann herunter, bis er mit ausgestreckten Armen hing. Normalerweise hätte er diese Übungen mit Gewichten an den Beinen durchgeführt. Aber Herrgott, nicht heute. Er hatte seine Stiefel anbehalten, und das war schon schwer genug. Es wurde mit jeder Minute schlimmer, und als ein neuer Schmerz wie ein Messerstich durch seinen Hals fuhr, ließ Billy fluchend die Stange los. Er kam mit den Knien auf der Matte auf und umklammerte seinen Hals. Verdammt, das tat weh. Er musste sich einen Muskel gezerrt haben.

Eine Weile kniete er so da, sog langsam Luft in die Lungen und ballte die Fäuste, als der Schmerz unerträglich wurde. Ein paar Minuten später hörte er den Motor eines Schneemobils durch die Kuppel hallen. Jemand zog am Startseil.

Augenblicklich sprang Billy auf.

Diese beiden. Simeon und Suzanne. Natürlich. Diese miesen Gestalten machten sich davon, flüchteten vom Tatort.

Denn es war nicht nur Billys Schmerz, sondern auch Esthers. Es beschämte ihn, dass er es nicht gleich gemerkt hatte. Er war ein Idiot, ein verdammter nutzloser Idiot, und so mit sich selbst beschäftigt, dass er nicht weiter als bis zu seiner eigenen Nase sehen konnte. Irgendwo da draußen lag Esther im Sterben.

Er lief zum Ausgang, wo er das Schneemobil jaulen und

spucken hörte. In einem Lagerraum, der von dem weißen Tunnel abzweigte, zerrte Suzanne verzweifelt am Startseil des Motors, während Simeon mit hektischen Bewegungen ihre Sachen auf einen Schlitten häufte.

»Dieser verdammte Ort«, jammerte er. »Wir verschwinden! In New York weiß man wenigstens, wann die Sonne aufgeht!«

Sie waren blutüberströmt, ihre Haare zerzaust, ihre Gesichter verkohlt. Billy hielt sich nicht mit ihnen auf. Er schnappte sich seine Sonnenbrille, und dann war er auf dem Eis. Seine Nasenflügel zuckten, als er versuchte, Esthers Geruch aufzunehmen. Die Sonne war gerade wieder untergegangen und hatte eine lavarote Linie hinterlassen, die ins Halbdunkel überging. Sie färbte das weite Eisfeld, sodass es wie ein eisiges Mohnblumenfeld glänzte, heiter und verstörend zugleich. Der erste Tag des Jahres war vorüber, kaum dass er begonnen hatte.

Billy folgte seinen Sinnen. Immer noch zerrte der Schmerz an ihm, doch er ignorierte ihn, rannte so rasch er konnte und fürchtete, es könne doch nicht schnell genug sein. Die Kraft verließ ihn, genau wie das Leben aus Esther wich. Minuten später sah er sie, eine Wölbung auf dem Eis, und rannte noch verbissener weiter. Seine Muskeln standen in Flammen.

Als er sie erreichte, riss er die Sonnenbrille herunter und fiel mit zitternden Gliedmaßen keuchend auf alle Viere. Esthers Blut floss in den Schnee, sodass sie in einer kristallenen rosa Lache lag. Ihr dunkles Haar war wirr und verfilzt, und ihr Hals war in einem grotesken Winkel verdreht.

»Selin!«

Behutsam drehte Billy ihr Gesicht zu sich. Sie war bleich wie ein Leichnam, ihre Augen ausdruckslos, ihr Mund schlaff.

»Nein!«, brüllte Billy. »Nein. Komm zurück!«

Keine Antwort. Es durfte nicht wieder passieren, unmöglich. Einen geliebten Menschen zweimal sterben zu sehen, war schlimmer als jede Hölle.

»Bleib bei mir! Selin! Esther! Geh nicht!«

Mit einem Blick, den er schon einmal gesehen hatte, schaute sie zu ihm auf: leere Augen, die an ihm vorbeisahen. Reif klebte an ihren dunklen Wimpern, und der Schnee war durch die Wärme ihres vergossenen Bluts aufgeweicht. Billy rutschte näher heran; jetzt stand der rosige Schlamm um seine Knie. Ach, wenn er nur hier im Eis sterben und sie dafür leben könnte, er hätte sofort getauscht.

»Essie, bitte.«

Es war hoffnungslos. Ihre Reise war zu Ende, und seine auch. Hiernach konnte er nicht weitermachen, das war einfach nicht möglich. Er würde einen anderen Vampir anflehen, ihm einen Pflock durchs Herz zu treiben und es hoch oben in der Arktis zu begraben, wo es in alle Ewigkeit gefroren ruhen würde. Wenn Simeon ihn liebte, würde er es tun. Er würde Billy aus seinem Elend erlösen.

Esthers Augenlider zuckten. Einen Moment lang schien sie ihn anzusehen, dann war es wieder vorbei.

»Oh Gott.« Billy warf sich auf ihren Hals und legte den Mund an ihre klaffende Verletzung. Er trank nicht, aber er spürte einen schwachen Puls schlagen. Sie lebte, gerade eben noch.

Billy hatte keine andere Wahl. Er riss den kleinen Dolch von seinem Hals und zog ihn über sein Handgelenk. Blut sprudelte hervor. Er stützte Esthers Kopf und drückte seine Wunde an ihre Lippen.

»Trink!«, befahl er.

Sein Blut floss über ihr Gesicht und tropfte in ihre Ohren und ihr Haar. Esthers Lippen rührten sich nicht. Billy hätte sich genauso gut wieder in diesem Hof befinden können, eine tote Frau in den Armen und bei Nadir, der den rosa Brunnen bewunderte.

»Trink!«, schrie Billy, und dann brach seine Stimme in einem Schluchzen. »Bitte! Bitte trink!«

Kurz darauf spürte Billy, wie sich ihre Lippen an seinem Handgelenk regten. Er wagte kaum zu atmen. Und dann spürte er, wovon er so oft geträumt hatte, wenn ihr Tod ihm wieder vor Augen stand: den ersten, seligen Zug, mit dem sie von seinem Blut trank.

»Selin«, hauchte er.

Seine Hoffnung wuchs, als der Sog stärker wurde und ihre Lippen sich fester auf sein Handgelenk legten. Die Unsterblichkeit mochte ein Fluch sein, aber sie musste besser sein als ein ewiger Tod. Sie saugte fester, und Billys Vampirblut strömte in sie hinein, ein Gift, das sie nähren würde. Esthers Blick wurde schärfer, und sie sah ihn leicht verwirrt an, bevor sie die Lider wieder senkte und zufrieden weitertrank.

Billy konnte nur hoffen, dass sie ihn dafür nicht hassen würde. Er würde ihr helfen, die Übergangszeit durchzustehen. Und wenn sie ihn so liebte wie er sie, würde es eine herrliche, fröhliche Höllenreise in die Ewigkeit werden.

Er senkte den Mund auf ihren Hals und nahm einen Schluck von ihrem Blut. Dann noch etwas mehr, bis er sanft an ihr saugte. Er spürte das, was er sich wünschte: den schwächer werdenden Puls ihres menschlichen Herzens und einen Hauch seines eigenen Gifts. Ein paar Augenblicke lang, während ihrer letzten Herzschläge, fühlte es sich an, als besäße er selbst einen Puls und ein Leben. Dann war der Moment vorüber. Beider Herzen standen still.

Billy hob den Kopf. Blut tropfte aus seinem lächelnden Mund, und seine Zähne waren rosa. Er wischte sich klebrige Haarsträhnen aus der Stirn.

»Du gehörst mir, Esther«, sagte er. »Und ich gehöre dir.«

Esther sah zu ihm auf. In ihren Augen strahlte eine neue Energie, hell und wild. Sie erwiderte sein Lächeln, und ihre Zähne waren ebenfalls rosa.

»Ich weiß«, hauchte sie. »Ich habe es immer gewusst.«

Beste Freunde beißen nicht

Portia da Costa

1

»Verdammt! Verdammt! Verdammt!«

Teresa Johnson marschierte in die gemütliche, gedämpft beleuchtete Küche, warf ihre Tasche quer durch den Raum und verzog bei dem Gedanken, dass ihr Handy und ihr Palm wahrscheinlich gerade in tausend Stücke zersprungen waren, das Gesicht. Aber es machte ihr nicht wirklich viel aus.

»Idiot!« Sie unterließ es, die Schäden in Augenschein zu nehmen, und ging an den Kühlschrank. Das Wichtigste zuerst, sie brauchte Wein. Und dann musste sie nachdenken.

Sie riss die Tür des großen alten Kühlschranks auf. Dann zwang sie sich zur Ruhe, schloss die Augen und atmete tief ein und aus. Wutanfälle brachten nichts, und es war genauso sinnlos, Sachen zu zertrümmern. Ob es nun ihre Wein- und Milchflaschen traf oder die mit Zacks speziellem »Eisenshake.«

»Ganz ruhig … ganz ruhig …« Sie griff nach ihrem Chardonnay und fragte sich zum hundertsten Mal, was diese Flüssigkeit in den dunkelbraunen, vakuumverschlossenen Flaschen war, die im mittleren Fach standen. Einmal hatte sie eine geöffnet und war zusammengezuckt. Der schwere, erdige Geruch nach rohem Fleisch war unangenehm gewesen. Der arme alte Zack musste dieses eklige Zeug zu jeder Mahlzeit trinken. Sie beneidete ihn nicht um seine Blutarmut und seine Lebensmittelallergien.

Sie füllte ihr Weinglas, bis es fast überlief, balancierte es zum Küchentisch und ließ sich auf einen Stuhl fallen. Ihre

Wut war jetzt fast verflogen. Aber sie spürte eine dumpfe Enttäuschung, die sich wie eine Tiefdruckfront anfühlte.

»Also, was machst du jetzt, Teresa?« Sie nahm einen großen Schluck Wein. »Hochzeit oder nicht Hochzeit, das ist hier die Frage. Ist's edler im Gemüt, zu Haus zu bleiben wie ein feiges zurückgewiesenes Mauerblümchen? Oder sich zu wappnen gegen ein Meer selbstzufriedener verheirateter Turteltäubchen und mich auslachen zu lassen, weil ich ein Loser bin?«

»Selbstgespräche sind das erste Anzeichen dafür, dass man den Verstand verliert. Wusstest du das nicht, meine Liebe?«

Der Wein spritzte überall hin, und Teresas Stuhl kippte auf den Hinterbeinen. Sie wappnete sich gegen den Aufprall auf dem harten Küchenboden und den Schmerz – doch dann stellte sie fest, dass sie aufrecht saß und ihr Herz zum Zerspringen klopfte.

»Zack, um Himmels willen, schleich dich nicht so an mich an! Ich hasse es, wenn du herumstreichst und ich dich nicht höre.«

Sie hatte *ganz bestimmt* gespürt, wie ihr Stuhl umkippte, aber jetzt stand er wieder auf vier Beinen, und *sie* war aufgesprungen. Und da stand Zack, ihr großer, dunkler, attraktiver Vermieter, der mit Küchentüchern routiniert den Wein vom Tisch aufwischte.

Desorientiert warf Teresa einen Blick auf die Flasche. Selbst wenn man den Teil, den sie verschüttet hatte, abzog, war sie noch ziemlich voll. Sie war nicht betrunken, und sie bildete sich nichts ein.

Zack hatte einen seiner berühmten Auftritte hingelegt, bei denen er wie aus dem Nichts auftauchte.

Und jetzt machte er – häuslich und doch maskulin – hinter ihr sauber, und sie spürte, wie ihre Ohren vor schlechtem Gewissen rot anliefen. »Oh Gott, Zack, es tut mir leid! Ich hätte nicht so schreien sollen ... Das Haus gehört dir, und du kannst darin herumschleichen, so viel du willst.«

»Kein Problem. Es tut mir nur leid, dass ich dich erschreckt habe, Kleines.« Mit seiner üblichen Geschicklichkeit und Eleganz machte ihr Vermieter kurzen Prozess mit den Reinigungsarbeiten. Sie hatte das Gefühl, als wäre nur der Bruchteil einer Sekunde vergangen, als er ihr schon ein frisches Glas Wein einschenkte und ihr mit einer Kopfbewegung bedeutete, sich wieder zu setzen.

Nicht zum ersten Mal fand Teresa, dass es an kriminelle Verschwendung grenzte, täglich mit einem ungewöhnlichen, aber begehrenswerten Mann wie Zachary Trevelyan zusammenzuleben – und ihm nichts weiter als eine gute Untermieterin zu sein. Sein schmales, elegantes Gesicht strahlte vor Vergnügen, obwohl sie ihn gerade erst angebrüllt hatte. Welcher normale Mann würde sich so beschimpfen lassen und trotzdem lächeln?

»Fühlst du dich jetzt besser?« Bevor er die Worte ganz ausgesprochen hatte, saß er ihr schon gegenüber.

»Ja.« Das war die Wahrheit. Es war immer besser, Zack anzusehen, als ihn nicht anzusehen. Sie liebte seine gelassene, beruhigende Ausstrahlung, die in so einem Gegensatz dazu stand, wie unheimlich schnell er sich manchmal bewegte. Noch besser wäre natürlich, wenn er sich schnell in ihre Richtung bewegen, sie in die Arme nehmen und küssen würde, statt ganz klar die Grenzen ihrer jeweiligen persönlichen Intimsphäre einzuhalten.

Im Interesse dauerhafter häuslicher Harmonie und einer freundschaftlichen Beziehung zwischen Mieter und Vermieter unterdrückte Teresa immer energisch die Versuchung, auf »diese Art und Weise« über Zack zu denken. Aber das war verteufelt schwierig, weil er auch nach sechs Monaten Freundschaft und platonischen Zusammenlebens immer noch die irresten, geilsten Dinge mit ihren Hormonen anstellte.

Er war nicht ihr üblicher Typ, absolut nicht.

Der verflixte Steve und seine diversen Vorgänger waren alle gesund, gebräunt, metrosexuell und auf die Art muskulös gewesen, die man sich im Studio erwirbt. Und von all dem war Zack so weit entfernt, wie es überhaupt möglich war.

Wenn sie ihn ansah, kam ihr immer das Wort »Gothic« in den Sinn. Er war groß, schmal, wirkte leicht schwächlich und besaß alle Eigenschaften eines typischen Nachtbewohners, was nicht erstaunlich war, weil er zusätzlich zu seinen anderen Problemen noch unter Fotophobie und einer Sonnenallergie litt. Und doch faszinierte sie seine Blässe, genau wie die stylische Magerkeit, die anzudeuten schien, dass seine Knochen ein klein wenig zu groß für seine Haut waren.

Die hageren, scharfen Linien seiner Wangenknochen und seines Kiefers verliehen ihm einen zwielichtigen, romantischen Glamour, der sie an diese sexy Stummfilmstars erinnerte, die sich als Scheichs verkleideten und Eyeliner trugen. Dazu kamen noch das dunkle Lockenhaar, das auf jemand anderem wie ein Wischmopp ausgesehen hätte, ihm aber eine wilde byronische Dekadenz verlieh, und die hypnotischsten blauen Augen von der Farbe einer seltenen antiken Parfümflasche.

Verstohlen biss Teresa die Zähne zusammen. Wenn der exotische Zack auch nur den Hauch einer Andeutung von Interesse an ihr gezeigt hätte, hätte sie es ohnehin nicht nötig gehabt, mit unterdurchschnittlichen Exemplaren wie Steve auszugehen.

»Komm schon, Liebes ... Was ist los? Deinem Onkel Zack kannst du es erzählen.«

Zack wechselte in seinen »Therapeutenmodus«, verschränkte die langen, schlanken Arme vor dem Körper und nahm dann eine vollkommen ruhige, abwartende Haltung ein. Wie zur absichtlichen Betonung seines Gothic-Images trug er ein weites, gerüschtes Piratenhemd, das vorn halb offen stand und den Blick auf ein wunderschönes, keilförmiges Stück seiner glatten, haarlosen Brust gewährte.

Auch Teresa wurde still. Sie war in heller Aufregung über ein winziges Drama ins Haus gestürzt, und jetzt, nach fünf Minuten mit Zack, konnte sie sich kaum noch erinnern, was sie so genervt hatte.

Als sie in seine klaren blauen Augen sah, spürte sie tief in ihrem Körper einen dumpfen Aufschlag.

Mit *diesem* Mann hatte sie zu der Hochzeit gehen wollen, nicht mit Steve. Es war nie wirklich um Steve gegangen. Er war nur ein Ersatz gewesen, und er tat ihr beinahe leid, obwohl er eine Ratte war. Sie hatte sich nur auf ihn eingelassen, weil Zack, ihr bester Freund, tabu war.

Trotz seiner Eigenheiten hatte ihr Zack gleich gefallen, als sie ihn zum ersten Mal gesehen hatte; damals, eines nachts in dem Café um die Ecke. Damals wie heute hatte er sie verstanden – bei dieser Gelegenheit, weil sie ihre Wohnung verloren hatte, als ihre ehemaligen Mitbewohner beschlossen hatten, alles zu verkaufen. Sie waren vollkommen Fremde gewesen, aber trotzdem hatte er ihr die Gastfreundschaft seines großen, weitläufigen Hauses angeboten, und sie hatte ohne Zögern angenommen.

Ihre Finger prickelten vor Sehnsucht, sich auszustrecken, seine starken Arme zu entflechten und ihn dazu zu bringen, sie stattdessen um sie zu legen. Sie wollte seinen süßen roten Mund küssen, ihre Zunge zwischen seine Lippen schieben und herausfinden, ob seine großen, weißen Zähne wirklich so scharf waren, wie sie manchmal aussahen. Am liebsten hätte sie sein Hemd aufgerissen und seine Brust und vielleicht auch seinen Hals geküsst. Vielleicht würde sie ein bisschen an ihm knabbern. Bei dieser Fantasie erwischte sie sich oft. Und sie wollte ihm diese engen schwarzen Jeans ausziehen, die wie Lakritze an seinen Beinen klebten, und sich davon überzeugen, ob die erstaunlich große Beule, die sie dort manchmal sah, wirklich so herrlich war wie in ihren Fantasien.

»Teresa?«

Zacks Stimme klang irgendwie erschüttert, als hätte er ihre Gedanken gespürt, sei sich aber nicht sicher, ob sie ihm gefielen.

»Es ist die Hochzeit. Ich kann nicht hingehen!«

»Aber ich dachte, du freust dich darauf?«

»Hatte ich auch ... Ich *liebe* Hochzeiten ...« Vor ihrem inneren Auge sah sie Blumen, strahlende Gesichter und die pure, sentimentale Freude an der Romantik. »Aber ich hatte mich darauf gefreut, *mit jemand Bestimmtem* hinzugehen ... Nicht als Teil des Gefolges zur allgemeinen Fleischbeschau.« Zacks ernste, wie gemeißelte Züge trugen einen seltsam wehmütigen Ausdruck, und sie hatte das Gefühl, dass er sie vollkommen verstand. »Ich hatte ... ähem ... mit einem sexy, romantischen Wochenende gerechnet.«

»Und was ist passiert?«

»Steve und ich haben uns getrennt ... na ja, technisch gesehen hat er Schluss gemacht. Ich bin vielleicht wegen der ganzen Heiraterei ein bisschen sentimental rübergekommen, und das hat ihn verschreckt. Also hat er sich aus dem Staub gemacht.« Sie erschauerte; nicht über den Verlust, aber bei dem Gedanken, was beinahe passiert wäre. Wozu sie ihn noch ermuntert hatte. »Leider ist er aber ein Freund des Bräutigams, deswegen geht er trotzdem zu der Hochzeit ... mit einer anderen.«

Zacks Blick war gleichmütig, nachdenklich und herzzerreißend blau. »Hmmm. Das ist ungünstig.« Er saß so ruhig wie immer da, aber sie sah, dass er ihre Optionen abwog.

Mit einem Mal stiegen ihr die Tränen in die Augen, aber sie hatten nichts mit Steve oder der Hochzeit zu tun. Sie galten der Sehnsucht nach etwas Wunderbarem, das sie nie, nie bekommen würde. Eine richtige, romantische Beziehung mit dem blassen, wunderschönen Zack.

»Hey! Hey! Hey!«

Wieder bewegte er sich so ausgeflippt schnell. Jetzt saß er auf dem Stuhl *neben* ihr und schlang die starken Arme um sie. Und es fühlte sich gut an, dass die unsichtbaren Grenzen zwischen ihnen plötzlich ihre Bedeutung verloren hatten.

In Zacks beschützender Umarmung fühlte sie sich sicher und geliebt. Er umschlang sie leicht und war doch fest wie ein Fels, so wie Supermann mit seiner Lois, und er war so stark. Ihre Erinnerung versetzte sie in einen kostbaren Augenblick, der ein paar Wochen zurücklag. Noch eine Gelegenheit, bei der er seine Distanz zu ihr aufgegeben hatte. Sie hatte sich einen Virus, der umging, eingefangen und war fast ohnmächtig geworden. Und der liebe Zack hatte sie aufgehoben, als wöge sie nichts, und bis in ihr Bett getragen.

Leider hatte er sie, dort angekommen, mit einer Wärmflasche, einem Sortiment Schmerzmittel und Schleimlöser sowie einer dampfenden heißen Zitrone zurückgelassen, statt unter die Decke zu kriechen und sie durch Sex zu heilen, wie sie es sich ersehnte.

Aber diese Augenblicke, in denen er sie hochgehoben und davongetragen hatte, als besäße sie kein Gewicht, waren trotz ihrer blockierten Nebenhöhlen und ihrer Kopfschmerzen herrlich gewesen. Und seine Umarmung gerade jetzt war genauso großartig.

»Du könntest trotzdem hingehen, Teresa.« Als er ihr das Haar aus dem Gesicht strich, fühlte sich seine Hand auf ihrer Haut kühl an. »Du bist stärker, als du glaubst. Warum gehst du nicht trotzdem und zeigst allen, wie toll du bist? Amüsiere dich und sei einfach für Lisa da.«

Du hast ja so recht, dachte sie. Ich gehe hin. Warum auch nicht?

Blinzelnd sah sie ihn an, lächelte dankbar und öffnete dann den Mund zum Sprechen – und etwas Verrücktes kam heraus, das sie nie hatte sagen wollen.

»Du hättest wohl keine Lust, mich zu begleiten, oder? Ich meine, kein ›Date‹ oder so. Mehr so als Freund. Du bräuchtest auch nicht bei Tageslicht draußen herumzulaufen. Die Hochzeit selbst, der Empfang und so sind entweder drinnen oder finden am Abend statt.«

Nichts daran, wie Zack sie festhielt, änderte sich, aber er starrte auf den Tisch, und sein blasses Profil wirkte eindringlich, fast wie aus Stein. Eine einzige pechschwarze Locke hing ihm in die Stirn wie ein umgekehrtes Fragezeichen.

Was habe ich bloß gemacht?, dachte Teresa. Jetzt habe ich alles verdorben, indem ich mein großes Mundwerk aufgerissen habe. Aber bevor sie besagtes Mundwerk noch einmal in Gang setzen konnte, obwohl sie wusste, dass sogar der Versuch, diesen Schaden auszumerzen, vergeblich war, ergriff Zack als Erster das Wort.

Mit seiner gewohnten gemessenen Eleganz löste er die Arme, die um sie lagen, schob seinen Stuhl zurück und stand auf. Dann legte er die Hände zusammen und rieb die Finger der einen Hand auf dem Rücken der anderen und starrte sie an, als sähe er sie zum ersten Mal. Teresa hätte nicht schockierter sein können, wenn er im Raum herumgerannt wäre und gebrüllt und Sachen zerschlagen hätte.

»Okay ... wieso eigentlich nicht? Ich begleite dich. Wenn du willst, kann ich sogar dein ›Date‹ sein.« Sein sinnlicher Mund verzog sich zu einem Lächeln.

Wie bitte?

Teresa klappte die Kinnlade herunter, und der gemütliche, vertraute Raum kam ihr plötzlich fast fremdartig vor. Das war der fleißige Zack, der von zu Hause aus arbeitete, gelehrte historische Abhandlungen schrieb und nie, niemals über Tag ausging. Das war Zack, der sich überhaupt nur in der Dämmerung oder nachts aus dem Haus wagte, um dann lange Spaziergänge durch die Straßen der Stadt zu unternehmen. So hatte sie ihn auch kennengelernt, in dieser Nacht in dem Café, und er war damals für sie da gewesen, so wie jetzt.

Aber das war etwas anderes. Das war *unglaublich*. Ohne zu überlegen sprang Teresa auf, stürzte vorwärts – und küsste ihn.

Und vergaß prompt Hochzeiten, Wochenenden und perfide, hinterlistige Freunde.

Zacks Lippen waren weich, kühl und samtig. Doppelt so üppig, wie sie es sich vorgestellt hatte, und hundertmal so provozierend. Zuerst lagen sie ruhig unter ihrem Mund, beinahe unschuldig, und tief in ihrem Unterleib durchzuckte sie pure Lust, einmal und noch einmal. Ein unberührter Mann, der schüchtern und rein war, hatte etwas einzigartig Verführerisches. Eine ihrer tiefsten und geheimsten Masturbationsfantasien war es, einen jungen, niedlichen, unberührten Mann zu verführen. Ein unerfüllbarer Traum, denn die meisten Männer waren schon sexuell aktiv, bevor sie es eigentlich sein sollten. Aber trotzdem befeuerte die magische Vorstellung ihre Fantasie.

Und Zacks schöne Reglosigkeit passte genau zu diesen Träumen. Er nahm den Kuss einfach an, aber unter der satten, leichten Berührung lag etwas faszinierend Abwartendes. In ihr tobte der Drang, sich mit ihrem ganzen Gewicht auf ihn zu stürzen, ihn auf den Küchenboden zu werfen und alles, was kam, zu akzeptieren.

Aber dann schlug etwas Undefinierbares um.

Arme wie Stahlseile schlossen sich fest um sie, und seine Zunge schob sich sanft zwischen ihre Lippen und bat um Einlass. Sie ließ ihn herein und genoss den seltsam kühlen, feuchten und elastischen Druck, den sie ausübte.

Wie von selbst hoben sich ihre Arme und strichen über seinen harten Rücken, der unter dem dünnen Baumwollhemd lag. Und auch diese Berührung fühlte sich kühl an, wie dicht gewobene Spinnennetze, die über Marmor glitten.

Obwohl sie seit Monaten mit diesem Mann zusammenlebte, hatte sie ihn bisher nur sehr, sehr selten berührt. Sie hatte fast vergessen, wie sehr seine kalte Haut sie erschreckt hatte, als sie sich die Hand geschüttelt hatten, um ihr Mietverhältnis zu besiegeln, aber jetzt fiel ihr wieder ein, dass er hastig etwas über Kreislaufprobleme gemurmelt hatte.

Aber heute war sein Kreislauf vollkommen in Ordnung. Alles an ihm war aktiv, hungrig und voller Leben. Wo er vorher schüchtern gewirkt hatte, war er jetzt dynamisch und fordernd. Hatte er sich zuvor zurückgehalten, so öffnete er jetzt die Tore weit.

Sie zerrten aneinander; und mit einem Mal lagen sie auf dem Küchenboden, genau wie sie es sich vorgestellt hatten, und küssten sich hemmungslos. Zack warf ein langes, schlankes Bein über sie und machte Teresa mit der Hauptattraktion all ihrer erotischen Tagträume bekannt.

Das ist irre. Ich küsse meinen Vermieter, und er hat einen Steifen, dachte sie.

Teresa konnte sich nicht zurückhalten. Sie drängte sich an ihn und rieb sich schamlos an Zacks kräftiger Erektion. So viel zum Thema Distanz und Tabus in einer rein freundschaftlichen Beziehung. Ihr Gefühlsausbruch hatte die Balance verschoben. Jetzt erschien alles möglich.

Er hatte die allerherrlichsten Hinterbacken; fest, hart und rund wie reife Äpfel. Und als sie zudrückte, stieß er ein ganz erstaunliches Knurren aus, das aus seiner Kehle aufstieg. Es war tief und wild wie der Ruf eines Dschungeltiers, hallte von den Küchenwänden wider und erfüllte ihre Ohren. »Was zum Geier ist hier los?«, hätte Teresa gefragt, wenn sie nicht seine Zunge im Mund gehabt hätte.

Aber ihre Zungen tanzten miteinander, und am liebsten hätte sie auch geknurrt.

Tief in ihrem Leib nagte ein verzweifelter Hunger an ihr. Es war lange her, dass sie guten Sex gehabt hatte, einen richtigen, harten, langen wunderbaren Fick. Bei Steve hatte sie sich zurückgehalten und gehofft, dass sie an diesem Wochenende ihr romantisches erstes Mal erleben würden. Aber jetzt dankte sie jedem Glücksstern am Himmel dafür, dass sie der Versuchung nicht erlegen war.

Sie hatte es sich nie so eingestanden, aber sie hatte in der Gewissheit, dass es die Abstinenz wert war, gewartet und sich für Zack aufgespart.

Oh, ich will dich, schrie sie lautlos, massierte seinen sensationellen Arsch und rieb sich an seinem Schwanz.

Zur Antwort knurrte Zack wieder, ein tiefer, raubtierhafter Klang. Seine Lippen pressten sich auf ihre, und seine Zunge stieß wieder und wieder in sie herein, wie ein Vorgeschmack auf den Geschlechtsakt. War ihr Kuss zu Beginn sanft und beherrscht gewesen, lief er jetzt vollkommen aus dem Ruder. Sein Mund begann umherzuwandern und bewegte sich grob, feucht und erregend über ihr Gesicht und an ihrem Kiefer entlang, während seine Hüften in einem eindeutigen Rhythmus zuckten und stießen, der zu ihrem eigenen passte und ihm entgegenkam.

Es war, als wäre man wieder ein geiler Teenager, nur unendlich viel stärker. Jeder Teil von ihr glühte. Sie rieben sich aneinander wie durchgeknallte Tiere, und jetzt war es Teresa, die stöhnte und sich nicht beherrschen konnte, während

Zacks Hände sie überall erforschten. Brüste, Schenkel, die Falte ihres Hinterns. Er erkundete ihre Geografie, und er war ungeduldig. Seine Finger drängten sich zwischen ihre Körper, zupften an ihrem Rock und suchten Zugang zu ihrem Geschlecht.

Und die ganze Zeit über küsste, leckte, schmeckte und knabberte er an ihr.

Knabbern? Es war mehr als das. Als sein Mund ihren Hals erreichte, schrie sie plötzlich auf und zuckte unter ihm.

Lieber Gott, das ist so geil! Er beißt mich in den Hals.

Das war purer Sex, schockierend und primitiv. Schmerzhaft, aber auf eine Art und Weise, dass sich ihre Hüften wie von allein an ihn pressten und den Druck seiner Fingerspitzen suchten, wo sie auf ihrem Höschen lagen.

Fliege ich?, dachte Teresa. Eigenartig.

Sie zappelte und spreizte die Beine, obwohl sie nicht genau wusste, wo die Lust herkam, nur, dass es sich anfühlte wie ein Schmelzen, Auflösen, Erlöschen – kam sie etwa schon?

Und dann …

Das Holz des Küchenstuhls fühlte sich unter ihren Schenkeln hart an, und das Glas lag kühl in ihrer Hand. Ihr Herz pochte heftig, und in ihren Ohren summte es hell. Aber trotz dieses seltsamen physikalischen Phänomens und der damit einhergehenden Desorientierung fühlte sie sich ruhig, beinahe heiter. Abgesehen von einem vagen Gefühl von Neugierde. Sie war wegen etwas panisch und besorgt gewesen, aber jetzt war es in Ordnung. Zack hatte eine Lösung dafür gefunden, oder?

Sie schaute auf und war erstaunt, ihn am Spülbecken stehen zu sehen. Sein Mund war untypischerweise angespannt, seine Lippen pressten sich aufeinander und seine Augen wirkten riesig und sehr dunkel. Sie spürte Besorgnis in sich aufsteigen. Hatte ihre unüberlegte Einladung ihn irgendwie bekümmert?

»Bist du okay, Zack? Du hast doch keine allergische Reaktion, oder? Du brauchst wirklich nicht mit zu der Hochzeit zu kommen, weißt du. Es ist unheimlich lieb von dir, das anzubieten, und Gott weiß, dass ich das zu würdigen weiß. Aber ich bin ein großes Mädchen! Ich komme schon klar.«

Ein langes Schweigen trat ein. Zacks Blick schien umherzuhuschen, und er drückte die Handknöchel an die Lippen, als denke er nach.

Teresa fragte sich, was mit Zack los war. So benahm er sich normalerweise nicht.

Sie sah zu, wie Zack einmal lange, zittrig und fast in Zeitlupe blinzelte, die Schultern reckte und die Hand auf den Unterarm legte, den er um seinen Körper geschlungen hatte, damit er ruhig lag.

»Doch, ich komme gern mit. Ich sollte öfter ausgehen.« Er lächelte ihr vorsichtig zu, und seine weißen Zähne schimmerten. »Das wäre mal eine Abwechslung für mich ... von dem ganzen Studieren und Forschen. Ich muss mal über die Stränge schlagen und Spaß haben.«

»Ähem, ja, wahrscheinlich.«

Doch später, als er wieder zu seinen Büchern, seinen Forschungen und seinem Computer zurückgekehrt war, staunte Teresa immer noch über seinen schnellen Entschluss. Darüber, und noch ein paar andere Dinge.

Zum Beispiel, warum ihre Lippen sich so wund anfühlten, als wäre sie halb zu Tode geküsst worden.

Und was zum Teufel war dieser knallrote Fleck an ihrem Hals?

2

»Verdammter Idiot. Verdammter, verdammter Idiot!«

Zachary Trevelyan kämpfte gegen den hysterischen Drang, in irres Kichern auszubrechen.

Natürlich war er ein verdammter Idiot – verdammt für seinen Blutdurst. Mühsam beherrschte er seine manische Heiterkeit, aber er musste trotzdem über die Ironie lächeln.

Seit Jahrzehnten kam er zurecht, passte sich an und hatte sich so etwas wie ein Leben aufgebaut, ohne wirklich irgendwo hinzugehören. Aber seit er in einer warmen Frühlingsnacht in einer Straße im Viertel ein hübsches, brünettes Mädchen gesehen hatte und ihr in ein Café gefolgt war, führte er nicht mehr das ruhige Leben, das er so sorgfältig gepflegt hatte.

Und heute Abend hatte er es hundertfach komplizierter gemacht. Er hatte sich vorsichtig an Teresas Wahrnehmung zu schaffen gemacht, aber es war nur eine Frage der Zeit, bis sie auf die Anomalien stieß. Außerdem konnte er seine eigenen Erinnerungen an den Kuss nicht löschen; oder an die natürlichen und übernatürlichen Reaktionen seines Körpers.

In seinem Arbeitszimmer, das sein Allerheiligstes war, griff er in den kleinen Barkühlschrank, der dort stand. Er hatte nie tatsächlich Bier enthalten, obwohl er ab und zu ein Ale trank. Stattdessen stand darin eine Reihe kleiner, vakuumversiegelter Flaschen. Er öffnete eine davon, warf sich in seinen großen, ledernen Ohrensessel und nahm einen tiefen, erquickenden Schluck.

Seine Augenlider senkten sich zitternd, als der üppige, vertraute Geschmack seinen Mund erfüllte; dieses gefährliche, kupfrige Aroma, das ihn ausmachte.

Sofort beruhigte sich sein brüllender Hunger. Herz, Adern, Zellen, alles leuchtete auf und kam wieder ins Gleichgewicht. Seine steinharte, schmerzhafte Erektion fühlte sich wieder wie eine potenzielle Lustquelle an. Er nahm noch einen langen Zug aus der Flasche und legte die freie Hand in seinen Schritt.

Vorhin in der Küche war es knapp, sehr knapp gewesen. Er leckte sich mit der Zunge über die Lippen und nahm ein Tröpfchen von dem roten Nass auf, das noch dorthing. Dann fuhr er damit, während er seine Genitalien immer noch leicht umfasst hielt, langsam über die scharfen Kanten seiner oberen Schneidezähne.

Sie befanden sich wieder im Normalzustand, genau wie vor zehn Minuten. Als er Teresa geküsst hatte, da hatte er gespürt, wie seine Fangzähne ausfuhren, als ihn der scharlachrote Wahnsinn des Begehrens, dem er so lange und so sorgsam aus dem Weg gegangen hatte, in seinem Würgegriff hielt.

Was zum Teufel hatte ihn nur geritten? Die Gefahr, sich zu offenbaren, bestand seit dem Tag ihres Einzugs, und immer noch konnte er sich nicht erklären, was in ihn gefahren war, als er sie gefragt hatte. Aber getan hatte er es trotzdem und offenen Auges akzeptiert, dass sie seinen schwer errungenen inneren Frieden bedrohen würde.

Ach, aber ihr Geschmack! Das Gefühl sie zu berühren … Sie war alles, wovon er je geträumt hatte; alles, was ihn dazu brachte, immer wieder heftig und krampfhaft zu masturbieren. Und dann hatte ihre gegenseitige Sympathie ausgereicht, und jetzt konnte er das Geschehene nicht mehr rückgängig machen.

Zack wusste noch genau, wie er Teresa zum ersten Mal gesehen hatte.

Wie jedem Mann war ihm zuerst ihr glänzendes, teakbraunes Haar aufgefallen, ihre schlanke und doch wohlgeformte Figur. Sie schlenderte einher und betrachtete Schaufenster. Doch dann hatte er, fasziniert von der inneren Schönheit, die sie ausstrahlte, beobachtet, wie sie sich hingekniet hatte, um mit einem der Obdachlosen zu sprechen, die sich manchmal in den Hauseingängen mit ihren Schlafsäcken für die Nacht niederließen. Sie war eine Weile geblieben und hatte wirklich mit dem Mann geredet, nicht nur eine Münze in seine Blechbüchse geworfen, um dann eilig davonzugehen. Ihr Gesicht hatte warm und lebendig gewirkt, und sie hatte den räudigen Hund gestreichelt, der an dem Bündel des Mannes angeleint war. Schließlich hatte sie sich aufgerichtet und war gegangen, wobei sie sich einmal umdrehte und winkte. Aber vorher hatte sie noch etwas, das nach ein paar Geldscheinen aussah, in seine Hand geschoben und sie aufmunternd gedrückt.

Später, im Café, brauchte er sich ihr nur zu nähern. Er hatte mit Misstrauen und Argwohn gerechnet, doch sie begrüßte ihn mit einem warmen, offenen Lächeln und lud ihn ungezwungen an ihren Tisch ein. Sie hatte ihn willkommen geheißen, einen bleichen und wahrscheinlich ziemlich seltsam aussehenden Fremden, und ihn großzügig in ein Gespräch gezogen.

Wieder Sympathie. Die Sympathie einer schönen Frau für einen Ausgestoßenen. War es das gewesen? Hatte sie das zu dem einen Menschen gemacht, der seine seit langer Zeit kultivierten Gewohnheiten veränderte?

Du bist eine gute Frau, Teresa, und du bist freundlich. Aber würdest du noch Sympathie für mich empfinden, wenn du wüsstest, was ich bin?

Würdest du dich mir genauso ungehemmt hingeben, wie

du es wolltest, wenn du wüsstest, dass dein hypochondrischer Mitbewohner in Wahrheit ein blutsaugendes Monster ist?

»Es ist ein bisschen warm hier drin ... Was dagegen, wenn ich das Fenster ein bisschen aufmache?«

Es war nicht nur warm in Zacks wunderschönem, klassischem Mercedes, sondern ihr fiel das Stillsitzen auch immer schwerer. Der Geruch nach poliertem Leder und nach Zack selbst machte sie rein wahnsinnig. Sie liebte sein altmodisches, blumiges Eau de Cologne, aber auf engem Raum wirkte es wie eine Droge. Immer wieder trieb sie in eine träumerische erotische Fantasie davon.

Mit einer Hand krallte sie sich in ihre Handtasche und mit der anderen in eine Falte ihres Rocks und kämpfte gegen den pochenden Drang, sich verstohlen selbst anzufassen.

»Natürlich ... tut mir leid. Ich vergesse immer, dass andere Leute warmblütiger sind als ich.« Zack sah konzentriert auf die Straße. Hätte Teresa es nicht besser gewusst, sie hätte glauben können, dass er ihrem Blick auswich. Ob er selbst auch unanständige Gelüste hegte?

Aber das war Unsinn. Zack war immer der perfekte, beherrschte Gentleman. Leider.

Stirnrunzelnd griff Teresa nach der Fensterkurbel. Irgendetwas hatte Zack aber heute Abend. Er war anders. Merkwürdig. Gar nicht er selbst, der sonst so still und gelassen war. Und sein schöner, rosiger Mund war zu einem Lächeln verzogen, das aussah, als amüsiere er sich über einen besonders makabren Scherz. Teresa betrachtete sein vollkommenes Profil, und mit einem Mal drehte er sich mit einem wärmeren, weniger zwiespältigen Lächeln zu ihr um, als hätte er ihre Verwirrung gespürt.

Eine Sekunde später galt seine ganze Aufmerksamkeit wieder der Straße, und jetzt war es an Teresa, frustriert die Lippen aufzuwerfen.

Wenn du dich nicht auf diese Art für mich interessierst, warum hast du dich dann so sexy zurechtgemacht, Zack?

So hatte sie Zack noch nie gesehen, so vollkommen erwachsen und perfekt gepflegt. Statt seiner üblichen dunklen Jeans und schlabbrigen Hemden, die aussahen, als stammten sie aus einer Kostümkiste, trug er zur Abwechslung einen richtigen Anzug und ein schickes Hemd. Beides war von einem dunklen Mitternachtsblau und sah zu seiner blassen Haut und seinem schwarzen Haar atemberaubend aus. Dieser zurückhaltende, formelle Look ließ einen Mann, der von Natur aus dramatisch wirkte, noch dramatischer aussehen. Er hatte auch sein ungezähmtes Lockenhaar nach hinten frisiert, was den Eindruck düsterer Gothic-Eleganz unterstrich.

Eine witzige Bemerkung über Graf Dracula wollte sich auf ihre Lippen schleichen, doch bevor sie sie aussprechen konnte, überfiel sie ein seltsames Schwindelgefühl. Sie drückte die Handknöchel an den Mund und unterdrückte ein neues Aufkeuchen, und die ganze Zeit über kämpfte sie mit dem Eindruck, in dem Wagen aufwärts zu schweben, als befände sie sich in einer Weltraumkapsel.

Bilder huschten vor ihr vorbei wie Filmeinstellungen. Und sie war der Star und erlebte den Film aus erster Hand.

Zack küsste sie, berührte sie und drückte sie an seinen ungezügelten, erregten Körper. Sein Mund lag an ihrem Hals. Sie spürte dort einen stechenden Schmerz, aber es war eine süße Qual, die Lust zwischen ihren Schenkeln auslöste. Und als das Stechen verging und die Lust größer wurde, hob Zack das Gesicht und sah sie an.

Seine Augen waren nicht mehr grünblau, sondern von

einem wilden, glühenden Rot – Scharlachrot, das zu dem Blut auf seinen Lippen passte.

»Geht's dir auch gut, Liebes?«

Nein, es ging ihr gar nicht gut.

Das war nicht nur eine flüchtige erotische Fantasie von Zack als Vampir gewesen. Es hatte sich mehr wie eine Erinnerung angefühlt, nicht wie eine Fantasie. Sie spürte es in ihrem Geschlecht.

Und an ihrem *Hals*.

Ihre Fingerspitzen huschten zu der Stelle, wo der rote Fleck gewesen war. Sie hatte ihn als nervöses Erröten abgetan, aber was, wenn er etwas anderes gewesen war? Und was, wenn dieser leichte Schwindelanfall gestern in der Küche nicht nur daran gelegen hatte, dass sie hungrig war?

Reiß dich zusammen, mahnte Teresa sich. Zack ist dein Freund und dein Mitbewohner, und du schwärmst für ihn, weiter nichts. So etwas wie Vampire gibt es gar nicht, und du hast ihn nicht einmal geküsst. Woher sollte also bitte ein Knutschfleck kommen?

»Teresa? Alles in Ordnung?«

Seine sanfte Stimme holte sie mit einem Ruck in die Realität zurück, in der es Autofahrten und bevorstehende Hochzeiten gab.

»Mir geht's gut, danke … War nur ein bisschen weggetreten. Geht mir immer so, wenn ich im Auto sitze.«

Wieder schaute sie zur Seite, und ihre Blicke trafen sich. In Zacks blauen Augen stand ein vorsichtiger, argwöhnischer Ausdruck, den sie noch nie bei ihm gesehen hatte.

»Wenn du magst, können wir eine Weile anhalten. Wir kommen bald an eine Raststätte.«

Er versuchte, nett zu sein, und das Angebot war verlockend. Der plötzliche Stimmungswechsel im Wagen von träumerischer Sinnlichkeit zu einer Spannung, die fast mit Händen zu greifen war, bereitete ihr Unbehagen. Aber sie waren ohnehin bald da, und dann konnte sich jeder von ihnen auf sein Zimmer zurückziehen ... und hatte wieder seinen Freiraum.

»Nein, danke. Lass uns einfach weiterfahren, ja?«

»Okay. Gute Idee.« Er schaltete in einen anderen Gang und trat aufs Gaspedal.

Noch einmal sog Teresa den Atem ein und warf ihm einen verstohlenen Seitenblick zu. Zack wirkte wieder ruhig, gelassen und vollkommen auf die Straße konzentriert. Falls er ihre verrückten Gedanken spürte, ließ er sich nichts anmerken.

Teresa sah aus dem Fenster in die Dunkelheit hinaus, unterdrückte ihre umherschießenden Ideen und versuchte an nichts zu denken.

3

»Sie wollen mich wohl auf den Arm nehmen ... Nur ein Zimmer? Als ich angerufen habe, sagten Sie, Sie hätten zwei frei.«

»Bedaure sehr, Miss Johnson. Ich fürchte, das war ein Irrtum. Das Hotel ist für die Hochzeit ausgebucht, und es ist nur ein Zimmer auf Ihren Namen reserviert.«

Den Rest seiner Standard-Rede über Klappbetten, zusätzliches Bettzeug *und* eine Rückerstattung hörte Teresa kaum noch. Ihre ganze Aufmerksamkeit galt Zack und dem gewitterschweren Ausdruck in seinen Augen. Sie hatte ihn noch nie, nie so aufgewühlt erlebt, und es erstaunte sie nicht, als er ihren Arm nahm und sie von der Rezeption wegsteuerte.

»Sieh mal ... Ich glaube nicht, dass es eine gute Idee ist, wenn wir uns ein Zimmer teilen. Soll ich dich nicht hierlassen und morgen Abend wiederkommen, rechtzeitig zur Trauung? Dann dämmert es schon wieder ... und wenn ich den Wagen in der Garage lasse, brauche ich auch nicht durchs Tageslicht, wenn ich losfahre.«

Zum ersten Mal, seit sie sich kannten, ärgerte Teresa sich über ihn. Wo in aller Welt lag das Problem? Sie waren Freunde. Auch wenn sie kein Paar waren, konnten sie doch wohl ein paar Nächte in einem Zimmer miteinander auskommen? Für einen so intelligenten und normalerweise gleichmütigen Mann stellte er sich lächerlich an.

»Red keinen Unsinn. Wir kommen klar. Es ist kein Problem.« Doch plötzlich schien es eins zu sein. Zack war so still und reglos wie immer, aber trotzdem wirkte er wie von einer Aura seltsamer Energie umgeben. Wut? Besorgnis? Etwas ganz Anderes? Vollkommen entnervt sagte sie das Erste, was ihr in den Sinn kam. »Ich falle schon nicht über dich her, falls es das ist, was du befürchtest. Ich werde mich streng platonisch verhalten.«

Finger legten sich um ihren Arm wie eine Eisenzange. »Deinetwegen mache ich mir auch keine Sorgen, Teresa.« Seine Stimme klang leise, eindringlich und fremd. Er ließ ihren Arm los, und automatisch rieb sie sich die schmerzende Stelle. »Es ist nur einfach keine gute Idee.«

»Warum nicht? Offensichtlich findest du mich nicht anziehend, sonst wäre dir nichts lieber, als ein Zimmer mit mir zu teilen!«

»Da irrst du dich, Teresa, gründlich.«

Zack warf die Lippen auf und sah aus, als wolle er fortfahren, doch da ließ sich der Angestellte hinter der Rezeption hören. »Soll ich nun wegen des zusätzlichen Bettzeugs beim Zimmermädchen anrufen, Miss Johnson?«

Und? Teresa sprach das Wort nicht aus, aber Zack schien es dennoch zu hören. Einen Moment lang schloss er die Augen, als wöge er im Bruchteil einer Sekunde tausend Möglichkeiten ab. Dann schlug er sie wieder auf und nickte kaum wahrnehmbar.

In Teresas Kopf drehte sich alles, als sie sich von ihm abwandte und wieder an die Rezeption trat.

Oben auf ihrem Zimmer sahen sie einander über ihr aufgetürmtes Gepäck hinweg an.

Teresa versuchte sich an einem Lächeln, und kurz wirkte Zacks Miene undeutbar – ein wunderschönes, leeres, unbeschriebenes Blatt.

Würde er es ihr erklären? Ihr sagen, was er unten im Foyer gemeint hatte?

»Zack, was wolltest du unten sagen ... darüber, dass ich mich irre?«

Er wandte die Augen in Richtung Bett ab, und dann zuckte sein Blick sofort zurück, als wäre es die Sonne, und der Anblick verbrenne ihn.

»Du irrst dich. Ich fühle mich zu dir hingezogen, aber es ist einfach keine gute Idee, das weiterzuführen.«

Einen Moment lang hätte Teresa am liebsten Luftsprünge gemacht und Schreie ausgestoßen. Du magst mich. Ich wusste es. Ich habe es einfach gewusst.

»Aber *warum* ist es keine gute Idee? Du musst doch gemerkt haben, dass ich dich auch anziehend finde.« Der Drang, umherzutanzen, verwandelte sich in ein starkes Bedürfnis, ihn wegen seiner Begriffsstutzigkeit zu schütteln.

»Das lässt sich nicht so einfach erklären, Teresa.« Seine Stimme klang wehmütig. Sie spürte, dass irgendein großes Hindernis zwischen ihnen stehen musste. Es schmerzte ihn und erweckte in ihr den Drang, ihn zu umarmen; nicht sexuell, sondern nur, um ihn zu trösten. »Bitte vertrau mir ...« Er zuckte schwer und resigniert die Achseln. »Aber ich wünsche mir trotzdem, dass wir Freunde bleiben ... mehr als alles andere. Falls du das akzeptieren kannst.«

In seinen blauen Augen stand ein solches Sehnen, dass Teresa einfach dahinschmolz.

»Ja, natürlich.« Sie war immer noch verwirrt, aber jetzt fühlte sie sich besser und lächelte. »Alles in Ordnung, Zack, aber komm mir bloß nie damit, dass wir Frauen uns ach so widersprüchlich verhalten. Okay?«

Zack erwiderte ihr Lächeln, und die Spannung zwischen ihnen hob sich.

»Okay. Und keine Sorge ... Ich werde auf der Couch prima

schlafen.« Mit einer Kopfbewegung wies er auf ein ziemlich unzulängliches Sofa. »Sieht ganz bequem aus.«

Teresa runzelte die Stirn. Das war Unsinn. Die Couch war eine detaillierte Reproduktion eines antiken Stücks; ein Triumph des Stils über praktischen Nutzen.

Das Bett dagegen war tief, federnd und einladend – und es war mehr oder weniger Zeit, sich hineinzulegen. Durch Zacks Photophobie hatten sie mit ihrem Aufbruch bis zur Abenddämmerung warten müssen, und inzwischen war es nach elf. Teresa hätte nichts lieber getan, als unter die Bettdecke zu kriechen und zu schlafen. Sie wollte nicht über das, was praktisch ihr erster Streit gewesen war, nachdenken. Einfach einschlafen in dem Wissen, dass er sie wirklich auf seine spezielle, merkwürdige Art mochte.

Dann schüttelte Zack sein Jackett aus und drapierte es über eine Stuhllehne, und der Anblick seines schlanken Körpers in diesem edlen dunklen Hemd weckte ihre Lebensgeister. All ihre guten Absichten über das Einhalten von Grenzen und die Geschichte von wegen »nur Freunde« lösten sich auf wie Nebel.

»Aber … ähem … was ist mit deinen Kreislaufproblemen? Wird es dir da ohne Decken nicht kalt?« Sie war einen Blick auf das unzureichende Sofa. »Ich könnte auf der Couch schlafen. Ich bin kleiner und passe besser darauf.«

Zacks Haltung schien sich zu entspannen, und er warf ihr einen vielsagend männlichen Blick zu.

»Kommt gar nicht in Frage.« Er schüttelte den dunklen Kopf. »Ich bin ein altmodischer Mann, Teresa. Die Bequemlichkeit einer Dame steht immer an erster Stelle.«

Darauf wette ich. Der Gedanke kam ihr wie von selbst, genau wie das Bild von Zack, wie er vor besagtem Sofa zwischen ihren gespreizten Schenkeln kniete und sie mit seiner langen roten Zunge leckte, leckte, leckte.

Die ganze Oberfläche ihrer Haut schien zu beben. Sie fühlte sich außer Kontrolle und doch mit einem Mal von neuer Energie erfüllt. Spontan durchquerte sie den Raum, drückte seinen harten, muskulösen Arm und küsste ihn auf die kühle Wange. »Danke, Zack. Du bist ein guter Mann. Ich habe dich gar nicht verdient.« Hier, so nahe bei ihm, fühlte sie sich kühn und waghalsig. Sie spürte die Gefahr, und sie hungerte danach, von ihr zu kosten.

Als sie sich zurückzog, starrte Zack sie aus weit aufgerissen Augen merkwürdig an. Er hatte die volle, sinnliche Unterlippe unter die obere Zahnreihe gezogen, und in dem schwachen Licht schienen sie wie poliertes Porzellan zu glänzen, scharf und tödlich.

Teresa war fast geblendet, und dann wurde ihr schwindlig, und sie wurde hochgehoben und stellte fest, dass sie auf der Bettkante saß, ohne recht zu wissen, wie sie dorthingekommen war.

»Was ...«

»Komm schon, Teresa, du musst dich ausruhen. Es ist spät. Warum gehst du nicht ins Bett und schläfst etwas?« Zacks Stimme klang nüchtern. Er saß in einer züchtigen Entfernung von ihr, mit einem viel zu großen Abstand zwischen ihnen.

»Ähem ... hmmm ... ja, wahrscheinlich hast du recht.«

Das weiche, weiße Federbett war verlockend. Diese komischen Schwindelanfälle, die sie ständig hatte, bereiteten ihr Sorgen, und Zack hatte recht. Es war besser, wenn sie sich ausruhte.

Ihr Blick huschte vom Bett zum Badezimmer. Bei der Aussicht, sich bettfertig zu machen, fühlte sie sich müder denn je.

Zack schien ihre Gedanken zu lesen. »Ich glaube, ich mache einen kleinen Spaziergang über das Gelände. Dann kannst du dich in Ruhe einrichten.«

»Aber wir sind doch gerade erst angekommen. Und es ist fast Mitternacht.«

»Du weißt doch, dass ich nachts gern spazieren gehe. Und ich muss mir nach der Fahrt die Beine vertreten.«

Teresa wurde das Herz schwer.

Sie hätte ihn nach Hause fahren und ihm seinen Abstand lassen sollen. Wenn diese blöde Hochzeit vorbei war, schaute sie sich vielleicht besser nach einer eigenen Wohnung um. Irgendwann würde diese Situation – einander zu mögen, aber deswegen nichts unternehmen zu können – zwangsläufig unerträglich werden.

Unerwartet legte sich ein starker Arm um ihre Schultern.

»Es ist nur ein Spaziergang, Teresa. Zwischen uns ist alles in Ordnung.« Er drückte sie kurz, was beruhigend, aber auch verstörend wirkte. In diesem schmalen, eleganten Körper steckte so viel kontrollierte Kraft; und ganz gleich, was er sagte, er war immer noch angespannt wie eine Stahlsaite. »Ich lasse dir nur deine Ruhe, damit du erledigen kannst, was Mädchen so tun.«

Die Gefühle überrollten Teresa wie eine Woge. Das war alles ein schreckliches Durcheinander, aber sogar jetzt war Zack noch wundervoll.

»Danke.« Sie schenkte ihm ein dankbares Lächeln, und er ließ sie los und stand auf.

»Ich räume nur meine Flaschen weg, dann lasse ich dich allein.«

Aha, der geheimnisvolle »Eisenshake«. Etwas flüsterte in Teresas Hinterkopf, als sie zusah, wie Zack mehrere Flaschen aus einer Kühltasche nahm und in der Minibar verstaute. Irgendwann musste sie ihn fragen, was in diesem speziellen, unappetitlichen Getränk war.

»Ich will, dass du fest schläfst, wenn ich zurückkomme«, sagte Zack kurz darauf streng. Teresa, die einen zartblauen

Satinpyjama aus ihrem Koffer umklammerte, sah ihn sehnsüchtig an. Nun, da er gleich aus diesem Zimmer entkommen konnte, wirkte er entspannter, und seine Miene war beinahe brüderlich. Jedenfalls vermittelte er diesen Eindruck.

»Okay, du bist der Chef in diesem Schlafsaal.« Sie setzte ein, wie sie meinte, unbeschwertes, Nur-Freunde-Lächeln auf.

Aber Zack war schon durch die Tür und verschwunden.

Die Nacht war wunderschön, und der Vollmond stand am Himmel.

Während Zack durch den großen Park von Hindlesham Manor lief, war er sich bewusst, dass jeder, der ihn vom Haus aus beobachtete, glauben würde, unter Halluzinationen zu leiden.

Dieser Jemand würde so etwas wie eine menschlich aussehende Gestalt erkennen, die sich mit übernatürlicher Geschwindigkeit bewegte.

Zack war wütend auf sich selbst. Er hatte nicht nur die Situation zwischen ihnen komplizierter gemacht, indem er seine Gefühle eingestanden hatte, sondern war auch noch der Versuchung erlegen und hatte Teresa in Gefahr gebracht. Und jetzt konnte er nur an ihren wunderschönen Körper in diesem blauen Schlafanzug denken.

Im Bett.

Wo sie auf ihn wartete.

Würde er noch länger in der Lage sein, sich bei ihr zu beherrschen? Sein kaltes Herz sang bei dem Gedanken, sie zu berühren, sie zu liebkosen – und in sie einzudringen. Ihr Lust zu schenken, bei vollem Bewusstsein und ohne dass er ihren Verstand mit seinen übersinnlichen Tricks verwirrte. Sie zu lieben, während sie genau wusste, was er war.

Würde ihre natürliche mitfühlende Art sie in die Lage versetzen, über seine Fangzähne und roten Augen hinwegzusehen? Würde die Anziehung ausreichen, von der er wusste, dass sie sie für ihn empfand?

Vampire hatten schon immer schlechte Presse gehabt. Viele seiner Art, die solch ein Ende nicht verdienten, waren schon durch Fehlinformationen um ihr unsterbliches Leben gekommen. Genau wie bei den Menschen gab es tausend verschiedene Ausprägungen von Vampiren. Sie unterschieden sich genauso voneinander wie normale Menschen. Bei allen bestimmten das Leben, das sie vor ihrer Verwandlung geführt hatten, und die Umstände, unter denen es dazu gekommen war, den Charakter.

Ein böser, mörderischer Bastard war auch als Vampir immer noch einer – nur stärker. Gleichermaßen würde jemand mit schwachem Willen immer den einfachen Weg gehen und Männer, Frauen oder Kinder in den Hals beißen, um sich zu nähren.

Aber ein anständiger Mann fand auch nach seiner Verwandlung einen Weg, anderen nicht zu schaden.

Zacks eigene Geschichte war ungewöhnlich.

Er war 1932 als Novize in einem Benediktinerkloster einer Bande hungriger Vampire von fragwürdigen ethischen Überzeugungen zum Opfer gefallen, die eingebrochen waren und die Brüder angegriffen hatten. Eine wunderschöne Vampirin hatte seinen schwachen Glauben gespürt und ihr Augenmerk auf ihn gerichtet. Kaum zehn Minuten später hatte er diesen Glauben sowie sein menschliches Leben für immer verloren, doch leider nicht seine Unschuld. Lachend und spottend hatte sie sich davongemacht und ihn gebrochen, verängstigt und verwirrt zurückgelassen – und immer noch erregt.

Anschließend hatte er auf das Unvermeidliche gewartet, nämlich dass seine Gemeinschaft ihn verstieß, doch da hatte er die Überraschung seines kurzen, verwandelten Lebens erlebt. Seine Brüder waren moderne, progressiv denkende Mönche des 20. Jahrhunderts gewesen und hatten sich nicht etwa wie vatikanische Vampirjäger verhalten, sondern ihm geholfen.

Zynisch erkannte er, dass ihre Freundlichkeit gegenüber einem Blutsauger in ihrer Mitte nicht ganz uneigennützig war. Seine Familie war enorm reich; altes, sehr altes Geld, und die Gemeinschaft wollte sich in Zeiten, in denen andere Häuser schließen mussten, einen solchen Mäzen nicht entgehen lassen. Aber sie hatten es ihm, ob aus christlicher Mildtätigkeit oder nicht, ermöglicht, sich in seine neue Existenz einzufinden. Anscheinend nahm sich die Kirche in aller Heimlichkeit seit Jahrhunderten Fällen wie dem seinen an.

Und da stehe ich nun, dachte Zack, ein jungfräulicher Vampir, der zum ersten Mal in seinem langen, lächerlichen Leben verliebt ist.

Hindlesham Manor besaß ein großes, traditionelles Labyrinth aus Buchsbaumhecken. Als Zack es betrat, kostete er mit seinen übernatürlich scharfen Sinnen die köstliche, taufeuchte Luft aus. Die kühlen Düfte nach Harz, Nadelbäumen und Moos wirkten zugleich besänftigend und berauschend. Sie überfielen ihn wie nächtliche Elixiere, die ihn provozierten und erregten.

Aber nicht so sehr, wie Teresa ihn erregte.

Die Fahrt war eine Qual gewesen, da er sich ständig stark aufs Lenken konzentrieren musste. Ihr Parfüm war zart und blumig, ein wunderbarer Ausdruck ihrer natürlichen Süße und Reinheit. Ja, er wusste, dass sie schon mit Männern geschlafen hatte, aber tief in ihrem Herzen nahm er eine Unschuld wahr, die noch kein Mann zerstört hatte; etwas Unschuldiges, Reines, das seinen eigenen Zustand spiegelte.

Aber was ihn gequält hatte, war mehr als dieser künstliche Duft gewesen.

Die frischen, grünen Gerüche der Nacht traten zurück und wurden von wärmeren, menschlicheren Düften ersetzt; dem üppigen, moschusartigen Duft von Teresas Körper, der dafür gesorgt hatte, dass Meile auf Meile sein Penis steif blieb und seine Fangzähne kurz vor dem Ausfahren standen.

Weiblicher Schweiß, der ihm keine Ruhe ließ. Der Moschusgeruch ihres Geschlechts zwischen ihren Beinen. Und ihr Blut, das gleich unter der Oberfläche ihrer glatten, warmen Haut floss. All das hatte beständig nach ihm gerufen, rief immer noch nach ihm und verlangte von ihm größere Selbstbeherrschung, als er sie in all seinen Jahren als Vampir hatte üben müssen.

Er tauchte zwischen die hohen Hecken ein, doch er hatte keine Angst, sich zu verlaufen. Zu seinen besonderen Gaben gehörte auch ein natürlicher Orientierungssinn. Der Weg war frisch und dunkel, aber seine Leidenschaft wollte nicht abklingen. Er war wieder steif und berührte sich im Gehen leicht. Seine Gedanken eilten zurück zu dem Hotelzimmer und Teresas Anblick in dem breiten, verlockenden Bett. Ihr Körper bewegte sich im Schlaf, und ihr weiches braunes Haar war auf liebreizende Art zerzaust.

Vielleicht würde sich ja ihre Pyjamajacke öffnen, wenn sie sich unruhig herumwälzte, und seinem unheiligen Blick ihre runden Brüste enthüllen. Mit seinen übersinnlichen Fähigkeiten würde es ihm leichtfallen, sie zu berühren und ihr Lust zu bereiten, ohne dass sie überhaupt aufwachte. Die Überbleibsel seiner religiösen Moral, die er nie ganz hatte abschütteln können, schreckten zwar vor einer so hinterlistigen Tat zurück, aber wenn das Blutfieber in ihm tobte, würde er nur schwer widerstehen können.

Teresa war wundervoll; die Verkörperung der perfekten

Traumfrau, nach der er sich all die Jahre gesehnt hatte. Die Frau, die er bereits vor seiner Verwandlung begehrt hatte, als er ein unvollkommener Novize war, der mit seinem Glauben kämpfte.

Der einzige Trost war, dass sie die sinnlichen Träume, die er ihr schickte, *genießen* würde.

Zack wurde sich erneut seiner Umgebung bewusst und stellte fest, dass er sich im Zentrum des Labyrinths befand. Er trat auf eine offene Fläche; ein weitläufiges, von Bänken umstandenes Oval, wo die Erforscher des Irrgartens Platz nehmen und wieder zu Atem kommen konnten, während sie darüber nachdachten, wieder zurückzufinden.

Er setzte sich nicht, sondern ging stattdessen über den Rasen zu dem tiefen Zierteich, der wie ein dunkles Auge schimmerte und den Mond spiegelte.

Leise lachend sah er ins Wasser. Kurzzeitig dämpfte die nie versagende Belustigung über einen weiteren zerstörten Vampir-Mythos seine Lüsternheit.

In dem schwarzen Wasser konnte er sein Gesicht, seine Brust, seine Schultern und das dunkle Hemd, das er trug, deutlich erkennen.

Er war klar zu sehen, obwohl nicht ganz so fest umrissen, wie sich Teresa gespiegelt hätte, wäre sie an seiner Seite gewesen. Sein Bild wirkte eher impressionistisch und weniger körperlich als das eines normalen Menschen. Es zeigte die Überreste seiner Menschlichkeit. Wenn man den Vampirismus als ein Kontinuum betrachtete, stand er am »hellen« Ende und war vollständig mit Geist, Seele und Gewissen ausgestattet – diese Eigenschaften schufen sein Spiegelbild im Wasser. Ein durch und durch böser Vampir hätte wahrscheinlich gar nichts gesehen.

Und doch stiegen dunkle Leidenschaften in ihm auf. Die Lust, die in ihm geschlummert hatte, war rotglühend und heftig. Teresa hatte sie erweckt, und ihre erzwungene Nähe hatte sie bis zum Siedepunkt gereizt. Diese Reise war Wahnsinn, und doch war er mitgekommen. In mancherlei Hinsicht war er immer noch menschlich und den Verirrungen der menschlichen Natur unterworfen. Und es war ein menschliches Bedürfnis nach Liebe, das ihn bewog, die flüchtige Chance auf emotionale und körperliche Intimität zu ergreifen.

Teresa lag sicher in ihrem Bett, ungefähr eine Viertelmeile von ihm entfernt, daher ergab sich Zack seinen chaotischen Sinnen.

Seine Fangzähne fuhren aus, was an sich bereits eine sinnliche Empfindung war. Und als sein wahres Selbst enthüllt war, umfasste und streichelte er rhythmisch seine Genitalien und gab sich der Fantasie hin, dass seine eigene, große Hand eine kleinere, zartere war. Seine kalte Haut schien in einem eisigen Feuer zu brennen und wurde schmerzhaft überempfindlich. Seine Kleidung reizte sämtliche Nervenenden.

Er ignorierte die Möglichkeit, dass hier noch andere schlaflose Spaziergänger unterwegs sein könnten, und glitt schneller, als es jedem Menschen möglich wäre, aus seinen Kleidern.

Innerhalb von Sekunden stand er nackt im Mondschein. Aber immer noch prickelte seine bleiche Haut. Er stöhnte, denn er wusste, dass nur die zärtliche Berührung von Teresas Hand es lindern könnte. Nur ihre Hände konnten den Sturm seiner Begierde sowohl hervorrufen als auch stillen. Seine eigenen Hände, mit denen er über seine Glieder, seinen Rumpf und seinen Unterleib strich, schienen seinen Drang nur noch zu verstärken.

Trotzdem konnte er nicht aufhören und fuhr fort, seinen Körper zu streicheln. Seine Fingerspitzen fuhren über seine harten Muskeln, und er stellte sich vor, dass es *ihre* Finger waren, die sich bewegten, über ihn glitten und ihm süße Qual bereiteten. Sein Schwanz fühlte sich schmerzhaft schwer an und stand von seinem Körper ab; dunkleres Fleisch im blauweißen Mondschein und ein seltsam menschliches Phänomen am Körper eines männlichen Wesens, das kein Mensch war.

Schließlich nahm er sich selbst in die Hand und stöhnte bei seiner eigenen Berührung auf. Er entblößte seine Fangzähne, schloss die Augen und legte den Kopf in den Nacken.

»Teresa!« Seine Stimme klang wie ein tiefes, erregtes Knurren, als er begann, an seinem Schwanz auf- und abzufahren. Er wusste, dass es nicht ihre Hand war, aber in seinem Zustand leidenschaftlicher Erregung war seine eigene Berührung das Nächstbeste. Sein Verstand war in der Lage, ihm etwas vorzuspielen, und ihm war, als sähe er sie neben sich, höre ihren Atem und röche ihre unzähligen köstlichen Düfte.

Sie berührte ihn, liebkoste ihn, liebte ihn und ließ ihn vor Lust stöhnen. Seine Schenkel öffneten und schlossen sich, wären er in die wunderbare Umklammerung warmer, geschickter Finger hineinpumpte. Er schlang den freien Arm um seinen Oberkörper, doch in seiner Fantasie war sie es, die er an sich drückte, und sie hielt seinen Schwanz umfasst und stimulierte ihn.

Die Empfindungen bauten sich auf, wurden stärker, und ihre Intensität stieg. Als er darum kämpfte, seine vampirischen Lustschreie zu unterdrücken, bohrten sich seine scharfen Fänge in seine eigene Lippe. Er kostete sein eigenes Blut; süß, aber leblos. Es war kein Ersatz für frisches, warmes, lebendiges Blut, doch der Umstand, dass es einst Leben besessen hatte, heizte ihn an und brachte ihn an den Rand des Orgasmus.

»Teresa«, rief er wieder und konnte sich nicht länger zurückhalten. Sein Penis schlug aus, und sein Rückgrat fühlte sich an, als schmelze es in den weißen Flammen seines Höhepunkts.

Kalter Samen schoss zwischen seinen Fingern hervor und spritzte in einem silbrigen Bogen, der kurz im Mondschein aufblitzte. Als er auf die dunkle Oberfläche des Teichs traf, stöhnte Zack und schwankte; und dann sackte sein ausgelaugter Körper zusammen, und er stürzte und lag zusammengekrümmt auf dem feuchten Rasen, benommen und schluchzend vor Erleichterung und neuem Begehren.

4

Es war so heiß. Teresa sehnte sich nach Kühle und trat die Decken weg. Sie war sich nicht sicher, ob sie wachte oder schlief.

Ihre Lider fühlten sich schwer an, und es war mühsam, sie zu öffnen. Blinzelnd sah sie sich in dem unvertrauten Raum um.

Ja, richtig. Sie war auf Hindlesham Manor, und sie teilte dieses Zimmer mit Zack. Der momentan allerdings nirgends zu sehen war.

Er mag mich. Ich mag ihn. Aber aus einem Grund, den ich nicht kenne, dürfen wir uns nicht näherkommen.

Stöhnend drehte sie sich auf die andere Seite. Obwohl sie das wusste, begehrte sie ihn jetzt noch stärker. Wenn etwas verboten war, wurde es automatisch zu dem, was man sich auf der ganzen Welt am meisten wünschte. War ja klar.

Sie schloss die Augen, stellte sich seinen schlanken, männlichen Körper vor und wünschte sich, er wäre nicht mitten in der Nacht zu einem Spaziergang davongeschossen. Selbst wenn sie keinen Sex haben konnten, wäre es doch angenehm gewesen, wenn er schlafend auf der anderen Seite des Zimmers gelegen hätte.

Teresa stellte sich vor, wie er zurückkam. Er hatte seine Meinung geändert. Sie sah vor sich, wie er sie anschaute und seine schönen blauen Augen vor Lust glühten. Er würde sich über die Lippen lecken, und seine scharfen weißen Zähne würden aufblitzen.

Warum in aller Welt muss ich immer an seine Zähne denken?, fragte sich Teresa.

Ihre Hand huschte an ihren Hals. Sie hatte den Eindruck, ein Stechen zu spüren. Er, der dort an ihrer Haut knabberte.

Sie wälzte sich in den Laken und berührte die Stelle, wo sie sich seinen Biss vorstellte; und mit der anderen Hand massierte sie sich durch ihren Pyjama hindurch zwischen den Beinen.

Ein leises Stöhnen hallte durchs Zimmer, und Teresa riss die Augen wieder auf.

Das war nicht sie gewesen!

Zack stand am Fenster, aber er schaute nicht nach draußen, sondern ins Zimmer hinein.

Sie öffnete den Mund, um etwas zu ihm zu sagen, aber er legte einen Finger an die Lippen, um ihr zu bedeuten, sie solle schweigen. Einen Sekundenbruchteil später war er bei ihr, und sie war zu gebannt, um sich zu fragen, wie er sich so schnell und lautlos bewegen konnte. Die Matratze sackte ein Stück ein, als er sich neben sie setzte.

Eine träge Schwere erfasste ihre Glieder. Sie konnte sich weder rühren noch sprechen, doch ihre Sinne waren geschärft, und ihre ganze Hautoberfläche fühlte sich elektrisch und empfindsam an und prickelte vor Sehnsucht, berührt zu werden, als hätte sie einen eigenen Willen. Ihre Hand lag immer noch zwischen ihren Schenkeln und drückte auf ihr Geschlecht, ihre Klit. Die andere Hand hielt sie immer noch am Hals.

Zack sah sie unverwandt an, als hätte die Anstrengung, sich so schnell durch den Raum zu bewegen, ihn erschöpft und er müsse ausruhen, wieder zu sich kommen und sich durch den Anblick, wie sie sich selbst berührte, sammeln.

Sein Haar war zerzaust und lockte sich wild und schön. Es schien zu schweben, als er den Kopf zur Seite neigte. Selbst jetzt noch zögerte er. Zu Teresas Entsetzen begann er von ihr wegzurücken.

Nein … Nein, ich sollte das nicht tun, schien sie ihn sagen zu hören.

Doch als er sich anschickte, aufzustehen und zu gehen, schickte Teresa ihm einen lautlosen Befehl, von dem sie wollte, dass er ihn dennoch hörte.

Bleib!

Zack kam wieder näher und lächelte beinahe schüchtern. Die Zähne, auf die sie so fixiert gewesen war, schimmerten weiß im Mondschein, der durch die feinen Gazevorhänge einfiel. Am liebsten hätte sie sich aufgesetzt, die Hand ausgestreckt und wäre mit einer Fingerspitze über ihre scharfen Schneidekanten gefahren, um festzustellen, wie spitz sie waren. In ihrer Fantasie quoll Blut aus ihrer Fingerkuppe – und Zack stürzte voran, als wäre es so bestimmt, packte ihre Hände, zog sie von ihrem Körper weg und hielt sie über ihrem Kopf fest.

Dann küsste er sie, während seine andere Hand ihre Brust suchte und fand.

Oh ja … Oh verdammt, ja!

Sowohl der Kuss als auch die Liebkosung waren von einer erregenden Unbeholfenheit; ein Mangel an Raffinesse, der ihre Sinne noch mehr aufheizte. Die Art, wie Zacks kühle Zunge sie erforschte und seine langen Finger ihre Haut drückten und betasteten, verstärkte ihren Eindruck, dass solche Erkundungen ganz neu für ihn waren. Sie seufzte unter seinen Lippen, und ihre Fantasien von einem unberührten Liebhaber stiegen erneut auf und breiteten die Flügel aus.

Ihre Reaktion elektrisierte ihn. Während er sie immer noch heftig küsste und ihre Brust rieb, schwang er ein langes Bein über ihren Körper und rückte seine Hüften so zurecht, dass sein Geschlecht sich durch ihre seidigen Pyjamahosen an ihren Schenkel drückte. Er war hart wie Stahl, kühl und unnachgiebig wie Stein, als er jetzt die Hüften bewegte und seine Erektion an ihr rieb.

Teresa begann in seiner Umarmung zu zappeln. Sie wollte so viel wie möglich von sich an alle Körperteile von Zack pressen, an die sie herankam. Durch ihren Pyjama und sein Hemd und seine Hosen spürte sie, wie kalt sein Körper war, und doch ließ die Berührung lüsterne Flammen in ihr aufsteigen.

Zack war ungewöhnlich, etwas Besonderes. Er ähnelte keinem Mann, mit dem sie je zusammen gewesen war oder hätte zusammen sein wollen. Dass er sie küsste, liebkoste und sich an ihr rieb, machte sie schier wahnsinnig.

»Bitte, Zack ...«, stieß sie schließlich hervor, als er kurz ihren Mund freigab und sich abwandte. Er presste das Gesicht ins Kissen, als wolle er es verstecken. »Bitte lass mich los. Ich will dich anfassen.« Sie drehte sich zu ihm, versuchte ihn wieder zu küssen, strich mit der Nase über sein Gesicht. »Lass dich ansehen. Ich will dich küssen ... Bitte, Zack.«

»Nein!«

Das kam außerordentlich laut heraus und schockierte sie. Als hätte ein Löwe ihr ins Ohr gebrüllt. Verängstigt, aber, was noch seltsamer war, erregter als je zuvor fuhr Teresa zurück.

Zack ließ ihre Hände los, aber dann war er in seiner seltsamen, unnatürlichen Art, sich schnell zu bewegen, wieder da und lag auf ihr, bevor sie Luft holen konnte. Mit einer langgliedrigen, kühlen Hand hielt er ihr die Augen zu.

»Schließ die Augen.«

Teresa gehorchte sofort und ohne Fragen zu stellen. Ein Teil ihrer selbst, der hoch über dem Ganzen schwebte, war empört über diese Unterwürfigkeit, aber die Frau, die unter Zack lag, erfüllte seine Bitte träumerisch.

Sogar als er die Hand wegnahm, hoben ihre bleischweren

Augenlider sich nicht. Sie spürte, wie er sich von ihr löste, konnte ihm aber nicht folgen. Es war, als drücke eine Macht, die sie nicht verstand, sie auf das Bett. Sogar ihre Arme, die jetzt frei waren, lagen unbeweglich an ihren Seiten.

Momente schienen sich wie Gummi zu ziehen, während sie da lag, und sie spürte, wie sein kühler Blick über ihre in Satin gehüllten Gliedmaßen glitt. Obwohl sie fügsam die Augen geschlossen hielt, war ihr, als sähe sie, wie sein dunkler Kopf sich wieder neigte und sie gemächlich betrachtete.

Doch dann hörte sie plötzlich ein scharfes Reißen, das völlig unerwartet kam. Der Schreck brach den Bann, der über ihren Augen lag, und ihre Lider öffneten sich zittrig. Sie nahm eine schnelle Bewegung wahr, und dann wurde alles wieder dunkel. Sie spürte, wie weicher Baumwollstoff zu einer provisorischen Augenbinde um ihren Kopf gewunden wurde.

Was hatte er getan; ein Stück von einem edlen, teuren Hemd abgerissen, nur um ihre Augen zu bedecken?

Anscheinend ja, und das bescherte ihr neue Erregung. Offenbar wusste man bei ihm nie, was man als Nächstes zu erwarten hatte. In einer Minute bestand Zack darauf, dass sie nichts weiter als Freunde sein sollten. In der nächsten gab er den unschuldigen, sich zaghaft vortastenden Liebhaber. Und dann, mit einem Mal, war er dominant genug für erotische Spielchen mit Augenverbinden. Mit ihm zusammen zu sein war wie eine Achterbahnfahrt, wie eine wilde Schlittenfahrt – ihr Körper lief auf purem Adrenalin.

Nachdem sie sich jetzt keine Mühe mehr geben musste, die Augen geschlossen zu halten, öffnete sich ein weiterer Kanal ihrer Sinnlichkeit. Das prickelnde elektrische Feld auf ihrer Haut verstärkte sich mit einem Mal. Der seidige Pyjamastoff über ihren Brüsten schien drückend auf ihr zu lasten, und sie rutschte unruhig auf dem Bett herum, als reagiere ihr Körper wie eine flüchtige Chemikalie.

Vollkommen instinktsicher begann Zack, ihre Pyjamajacke zu öffnen. Er drückte jeden Knopf durch das Knopfloch, zog die Seitenteile jedoch nicht auseinander, sondern arbeitete sich bis zum Saum vor und ließ dabei ihren Körper noch bedeckt. Erst dann zog er die Satinhälften auseinander und enthüllte sie. Köstlich rann die warme Nachtluft über ihre Haut.

»Berühre deine Brüste. Zeig mir, wie du es dir machst.«

Die Worte wurden sanft ausgesprochen, doch sie ließen Teresa vor Begehren erschauern. Sie schluckte heftig, holte tief Luft und legte den Kopf zurück aufs Kissen. Unter der Augenbinde war ihr Gesicht heiß angelaufen. Noch nie hatte sie sich so dargeboten, sich für einen Mann zur Schau gestellt. Sie hatte das seit jeher gewollt, aber irgendwie hatte ihr immer im entscheidenden Moment eine leise Stimme zugeflüstert, dass der Mann die Mühe einfach nicht wert war.

Aber jetzt, gegenüber dem seltsamen, geheimnisvollen Zack, war sie es, die sich unwürdig fühlte.

Ihre Wangen wurden noch heißer, als sie einen Nippel zwischen Daumen und Zeigefinger nahm und ihn hin- und herbewegte. Sie genoss das Kneifen und Ziehen und den Umstand, dass sie es auch zwischen den Beinen empfand, als ahme eine geisterhafte Hand ihre Bewegungen nach und bearbeite ihre Klitoris im selben Rhythmus. Heute Nacht war dieses Phänomen intensiver denn je, und ihre freie Hand huschte instinktiv zu ihrem Geschlecht, weil sie vollkommen überzeugt davon war, dass Zack die Finger zwischen ihre Beine steckte und begonnen hatte, mit ihr zu spielen.

Aber dort lag keine Hand außer ihrer eigenen, und sie rieb ihren Hintern an der Matratze, umfasste ihr Geschlecht und drückte fest zu.

Zack murmelte leise und beifällig. Sie drückte fester, sodass ihr der Atem stockte.

Die Uhr auf dem Kaminsims tickte und tickte, während sie sich selbst stimulierte, und irgendwo draußen im Park heulte ein Tier. Klebriger Saft begann aus ihr heraus und in ihre Gesäßfalte zu rinnen, quoll aus ihr heraus, während die Erregung anstieg und sich anstaute.

»Hör einen Moment auf. Ich kann nichts sehen …«

Eine kalte Hand nahm ihre Finger aus ihrem Schritt weg und zog dann ihre Pyjamahosen herunter, sodass sie sich um ihre Knie bauschten. Wieder stöhnte Teresa auf, denn sie stellte sich vor, wie entblößt sie war, wie unanständig und liederlich sie mit offenem und heruntergeschobenem Pyjama aussehen musste, der dem kühlen, eifrigen Zuschauer ihre Brüste und ihr Geschlecht enthüllte.

»Mach weiter …«

Seine Stimme war immer noch leise, doch sie klang leicht rau. Teresa sehnte sich danach, sein Gesicht zu sehen, das Begehren und die Erregung, die sich darauf malen mussten. Erneut sagte ihr Bauchgefühl ihr, dass Zack gar nicht so erfahren war, obwohl das ziemlich unwahrscheinlich erschien. Und dass diese Situation für ihn genauso neu und exotisch war wie für sie.

Versuchsweise berührte sie ihren Bauch. Sie wusste nicht, was sie tun sollte. Masturbation war ihr natürlich nichts Neues; sie tat das ziemlich oft. Aber in der Dunkelheit dieser magischen Nacht war ihre ganze Erfahrung plötzlich wie weggeblasen. Sie fühlte sich neu und unschuldig, genau wie sie Zack empfand. Sie beide waren wie zwei verzückte Teenager, die miteinander experimentierten.

Er nahm ihre Hand und führte sie zu ihrer Spalte. Ihr Herz tat in ihrer Brust einen Satz, und sie zitterte.

Oh, danke, du wunderschöner Mann …

Dann zog er die Hand wieder zurück und ließ sie kühl und leicht auf ihrem Schenkel liegen.

Sie drückte ihre Schamlippen auseinander, führte die Fingerspitzen ein und war erstaunt darüber, in wie viel schlüpfriger Flüssigkeit sie schwamm. Noch nie in ihrem Leben war sie so nass gewesen und so bereit zu allem, ganz gleich, was. Sie tastete nach ihrer Klitoris und keuchte auf, als sie sie berührte. Auch dort hatte sie noch nie so starke Empfindungen gespürt.

Als sie so in ihre Brustspitze kniff und gleichzeitig mit einer Fingerspitze ihre Klit umkreiste, musste sie plötzlich lachen, denn ihr kam das alte Koordinationsspiel in den Sinn, das Kinder spielten. Dabei musste man sich den Bauch reiben und sich gleichzeitig auf den Kopf patschen. Es war ein ziemliches Kunststück, sich auf diese Art zu stimulieren, aber sie war großartig darin. Die Art, wie ihr Geschlecht zuckte und hüpfte, bewies, wie gut sie war.

In dieser dunklen Welt war ihr, als sehe sie wieder Zacks Gesicht. Seine Miene wirkte eindringlich, beinahe furchteinflößend. Er sah ganz und gar nicht wie der immer gelassene Zack aus, der ihr ein Heim gegeben und seine Gesellschaft und seine Freundschaft geschenkt hatte. Sein Ausdruck war wild, hungrig und raubtierhaft, in seinen Augen glitzerte ein Licht, das nicht von dieser Welt war, und sein Mund war seltsam verzogen. Diese Fremdartigkeit machte ihr Angst, doch sie konnte ihr nicht entrinnen. Sie war in ihrem Kopf, daher half es nicht, dass sie hinter ihrer Maske die Augen schloss. Ihr blieb nur eins übrig: weiterzumachen.

Sie berührte ihre Klit. Sie massierte ihren Nippel. Das Gefühl, das sich tief in ihrem Leib zusammenzog, wandelte sich zu einem Knoten, der immer fester wurde. Sie konnte den Hintern auf dem Bett nicht stillhalten, und vor ihrem inneren Auge sah sie, wie Zack ihr laszives Wälzen gierig in sich aufnahm. Seine Fingerspitzen bohrten sich wie Krallen in die zarte Haut ihres Schenkels.

»Oh … oh … oh«, stieß sie hervor. Zwischen ihren Beinen wogte ihr Geschlecht und schickte sich an, sie über den Rand des Höhepunkts zu stoßen.

Eine Hand schob sich zu ihrer in ihre Spalte, und ein dicker, männlicher Finger stieß in sie hinein und machte ihre Empfindungen süßer, vollkommen.

Teresa schrie. Ihre Hüften bäumten sich auf, und ihr Inneres krampfte sich um den kühlen, unnachgiebigen Eindringling, der sich in ihr krümmte.

Als sie kam, mit aller Gewalt kam, zerrte sie an der Augenbinde. Sie musste ihn sehen, sein Gesicht und seine Augen sehen.

Doch als sie ihn – mitten im Orgasmus – ansah, verließ sie abrupt das Bewusstsein, und sie fiel in Ohnmacht.

Zacks Augen waren rot, und aus seinem schönen Mund ragten spitze Reißzähne.

5

Das Klappern von Geschirr weckte sie.

»Hey, Schlafmütze ... Lust auf Frühstück?«

Flatternd schlug sie die Augenlider auf.

Die schweren Gardinen waren noch zugezogen, aber im Zimmer war es hell. Es war Tag. Der Himmel war trüb, aber vollkommen normal.

Und Zack sah in seinem weichen, dunkelblauen, legeren Hemd und Jeans ebenfalls vollkommen normal aus.

Teresa kämpfte gegen den Drang, sich rückwärts in die Kissen zu drücken. Vor ihrem inneren Auge überlagerte Zacks schreckliche Veränderung in ihrem Traum sein blasses, aber frisches Gesicht.

Verstohlen tastete sie unter den Decken herum und stellte fest, dass ihre Pyjamajacke keusch zugeknöpft war und sich auch ihre Hosen dort befanden, wo sie hingehörten. Trotzdem hallten die Eindrücke der Nacht noch in ihr nach.

Sie hatte eine Augenbinde getragen, aber irgendwie trotzdem sehen können. Und sie war vor Verlegenheit hochrot geworden, als sie sich vor Zack ausgezogen und auf seinen Befehl hin masturbiert hatte.

Aber ach, das war noch nicht das Extremste gewesen.

Diese letzten Sekunden, Zacks rote, glühende Augen – und seine Zähne.

Lieber Gott, seine Zähne! Jetzt machten sich ihre Vampirfantasien schon in ihren Träumen breit, und darin war Zack mit bloßen Reißzähnen wild darauf gewesen, sie zu beißen!

»Geht es dir auch gut?«

Klare blaue Augen sahen sie besorgt an. Er lächelte, und weiße, gleichmäßige, aber vollkommen unspitze Zähne blitzten auf.

Er trug ein Tablett, das für eine Person gedeckt war; ein verlockendes, üppiges Frühstück mit Eiern und Speck, Toast, Marmelade und duftendem Kaffee.

Geht es mir gut?, fragte sich Teresa.

Durch den Kontrast zwischen Traum und Realität fühlte sich ihr Kopf immer noch leicht benebelt an; und ganz am Rande ihrer Wahrnehmung entdeckte sie ein ganz leises, eigenartiges Summen. Tinnitus vielleicht? Sie musste sich untersuchen lassen, sobald sie zurück waren.

»Ja … danke, Zack«, log sie. Doch noch während sie sprach, sorgten die köstlichen Düfte eines kompletten englischen Frühstücks dafür, dass die Welt und ihre Gedanken sich wieder normal anfühlten. »Ich hatte bloß einen wirklich *bizarren* Traum … Liegt bestimmt am fremden Bett.« Das helle Sirren war verschwunden, und sie erwiderte sein Lächeln und setzte sich auf. »Aber jetzt fühle ich mich prima, und das hier duftet himmlisch!« Sie klopfte auf ihren Schoß, und Zack stellte das Tablett mit seinen Klappbeinen vorsichtig ab.

»Du verwöhnst mich! Das ist toll«, murmelte sie kurz darauf mit vollem Mund, während sie köstlichen Speck kaute. »Ich habe seit Jahren nicht mehr im Bett gefrühstückt.«

»Dann müssen wir das korrigieren, sobald wir wieder zu Hause sind. Du brauchst wenigstens einmal die Woche ein anständiges Frühstück. Ein Stück Toast, einen Schluck Kaffee und dann aus der Tür rennen, das ist einfach nicht gut. Du brauchst mehr als das, um den Tag durchzustehen.«

Teresas Herz machte einen Satz. Er war so aufmerksam. Aber sie vermutete, dass sie beide wussten, was passieren würde. Jetzt gab es kein Zurück mehr zu ihrer harmonischen

Wohngemeinschaft. Der Gedanke schmerzte wie ein Messerstich, aber es gab keinen Grund, sich die nächsten paar Tage zu verderben, indem sie darüber nachgrübelte. Sie wandte ihre Aufmerksamkeit erneut dem Eigelb zu, das sie mit Toast auftunkte.

Und doch stellte sie fest, dass sie, obwohl sie aß und vor Vergnügen seufzte, Zack beobachtete, der in einem Lehnstuhl saß, Zeitung las und gelassen *sein* Frühstück trank.

Was ist das für ein Zeug?

Wenn etwas wie Blut aussah und nach Blut roch, hieß das dann, dass es auch Blut war?

Nein, Vampire sind reine Erfindung. Dracula und Buffy gibt es nicht. Das sind nur Geschichten.

Er geht nicht in die Sonne, behauptet aber, das läge an seinen Allergien.

Hör auf.

Anscheinend war er Mitte bis Ende Zwanzig, aber wer konnte beurteilen, ob das wirklich sein Alter war? Sie kannte ihn noch nicht lange genug, um sich ein Urteil darüber zu erlauben.

Lass das.

Aber hieß es nicht, Vampire seien unnatürlich schnell und stark?

Teresas Gabel klapperte auf den Teller, und Zack schaute von seiner Zeitung auf. »Alles in Ordnung mit dem Speck?«

»Ja, ist lecker, danke.« Sie beschäftigte sich wieder mit dem Teller, obwohl ihr mit einem Mal die Kehle so zugeschnürt war, dass sie nicht mehr essen konnte.

Zack konnte sich schnell wie der Blitz bewegen und sie hochheben, als wöge sie nichts.

Nein, sei nicht dumm. Du glaubst doch nicht an Geister, Löffelbiegen oder Ouija-Bretter … warum in aller Welt willst du dann plötzlich anfangen, an Vampire zu glauben?

Und trotzdem grübelte sie. Wenn sie ihn verstohlen über den Rand ihrer Kaffeetasse hinweg ansah, wie er seine Zeitung umblätterte, sah er für sie wie ein normaler Mensch aus. Er war teuflisch gut aussehend und hatte ziemlich blasse Haut, aber etwas Unheimlicheres war nicht an ihm.

Spiegel! Genau! Hatte sie jemals wirklich Zacks Spiegelbild gesehen?

Sie trank ihren Kaffee und zerbrach sich den Kopf darüber.

Nein, sie konnte sich nicht erinnern, Zack einmal im Spiegel gesehen zu haben. Aber was hieß das schon? Sie hatte nie bewusst darauf geachtet.

Und sie würde jetzt auch nicht damit anfangen, beschloss sie. Sorgfältig vermied sie es, zum Frisiertisch zu sehen.

Gegen halb zwölf waren Vampire das Letzte, an das Teresa dachte.

Sie hatten ein Mittagessen vor sich, und vorher noch einen Cocktailempfang für Gäste, die früh angekommen waren, so wie sie. All ihre sogenannten Freunde würden da sein; diejenigen, die so mitfühlend – und insgeheim schadenfroh – gewesen waren, als Steve ihr den Laufpass gegeben hatte. Und jeder davon würde einen Partner im Schlepptau haben.

Ohne Zack wäre das ein absoluter Albtraum geworden.

Als sie aus dem Bad kam, sich das Haar aufschüttelte und hoffte, dass ihr knappes, zweiteiliges Seidenkleid keinen dicken Hintern machte, traf sie ihn auf dem Bett sitzend an, wo er auf sie wartete.

Er sah großartiger aus denn je, falls das überhaupt möglich war.

Sie war sich nicht sicher, wie viele Anzüge er in seinem Koffer hatte, aber dieser war dunkelblau, leicht und die pure, fließende Eleganz, genau wie er selbst. Auch sein Hemd bestand aus blauer Seide, nur ein paar Schattierungen heller. Er betrachtete stirnrunzelnd zwei passende Krawatten.

Teresas Herz machte einen Satz. Warum musste das Leben bloß so kompliziert sein? Ohne Zacks geheimnisvolle Probleme könnte sie in diesem Moment im Bett auf ihm sitzen, allen schicken Outfits und Vampirfantasien zum Trotz.

»Vielleicht brauchst du gar keine Krawatte. Ich glaube, der Empfang ist nicht so offiziell.«

Zack fuhr herum. Die Krawatten baumelten noch zwischen seinen Fingern.

»Bist du dir sicher?« Er neigte den Kopf zur Seite. Das Licht schimmerte auf seinem dunklen Lockenhaar, das jetzt wieder makellos frisiert war. »Ich möchte nicht als zu salopp auffallen.«

Du wirst sowieso auffallen, weil du so attraktiv bist. Sie konnte sich des Gedankens nicht erwehren.

Teresa krallte die Finger in ihren Rock, damit sie sie nicht nach ihm ausstreckte. »Das ist ein schöner Anzug ... du siehst toll aus.«

»Du auch.«

Mit einem Mal stand er vor ihr und sah ihr in die Augen. Er hob eine Hand und glättete sanft ihr Haar, das ihr Gesicht umrahmte. Teresa stöhnte fast vor Anstrengung, als sie versuchte, nicht den Kopf zu drehen und die Lippen in seine Handfläche zu pressen.

»Danke ...« Sie holte schnell Luft; fast ein Keuchen. Sein blumiges Eau de Cologne ließ sie fast ohnmächtig werden. »Sollen wir hinuntergehen? Wahrscheinlich hat es schon angefangen.«

Sie huschte davon, um ihre Tasche und ihre Schlüsselkarte zu holen, denn sie wusste, wenn sie in seiner Nähe blieb, würde sie etwas Törichtes anstellen.

Zack war der perfekte Begleiter. Die Hand leicht auf ihren

Arm gelegt, geleitete er sie die Treppe hinunter, und sie nickten und begrüßten die anderen Gäste. Im belebten Foyer verkündete ein Aufsteller mit vergoldetem Rand und Plastikbuchstaben, dass der Hochzeitscocktail im Walcott Room stattfand. Menschen, die Regenschirme ausschüttelten, wiesen darauf hin, dass es draußen regnete, was es Zack leichter machte, weil sich die Party auf die Innenräume beschränken würde.

Vampirglück?, dachte sie; dann biss sie die Zähne zusammen und schob die Idee energisch beiseite.

Der Walcott Room war weitläufig und luftig und in einem Rokkoko-inspirierten Stil mit viel Gold und verschnörkelten, liebevoll polierten antiken Möbeln ausgestattet. Ein prachtvoller Kronleuchter spendete gleißendes Licht. Sie wollte gerade ihren Mut zusammennehmen und hineingehen, als Zack ihren Arm fester fasste und sie rasch beiseite zog.

»Wie willst du das angehen?«, fragte er *sotto voce*. »Ich mache alles, was du willst« – seine blauen Augen blitzten –, »aber es wäre doch witzig, wenn wir den Leuten etwas zum Spekulieren geben, oder?«

Ich weiß nicht, was du bist, dachte Teresa, aber du könntest ebenso gut ein Engel sein!

Der Drang, ihn zu umarmen und zu küssen, nicht vorgespielt, sondern real, stieg in ihr auf wie das Wasser in einem der Springbrunnen draußen, aber sie beherrschte sich und grinste nur. »Ja, warum nicht?«

Wenigstens hätte sie dann eine Zeitlang eine glaubwürdige Ausrede, ihn zu berühren und in seiner Nähe zu sein.

Die Pracht des Raums verblasste beim Anblick der versammelten Gästeschar. Alle schienen sich umzudrehen, um das Eintreffen von Teresa, der kürzlich Geschassten, zu beobachten.

Ein starker Arm schlang sich um ihre Taille, und sie spürte

einen federleichten Kuss auf ihrem Haar. Offensichtlich spielte Zack »jungverliebt, können die Hände nicht vom anderen lassen«. Pah, da würden die hämischen Zuschauer aber staunen, wie schnell sie wieder im Sattel saß.

»Schau, da ist die Braut.« Teresa wies auf Lisa, die zwischen Grüppchen plaudernder und trinkender Gratulanten stand. Ihr Lächeln wirkte bereits ziemlich starr und angespannt, während sie sich ständig umsah, um sich zu vergewissern, dass alles gut lief. »Lass uns hallo sagen.«

»Klar.« Zacks Stimme sank zu einem Flüstern herab. »Und mach dir keine Sorgen ... alles wird gut. Ich bin bei dir.«

Ihre Zweifel lösten sich in Luft auf. Mit leichtem, überfließendem Herzen lächelte Teresa zu ihm auf.

Zack war vielleicht nicht wirklich ihr Freund, aber einstweilen reichte es, dass er an ihrer Seite war. Er war ein Fels in der Brandung, und er sah absolut umwerfend aus. Sie stellte fest, dass die meisten Frauen im Saal ihn schon jetzt offen anstarrten.

Ja, glotzt ihr nur, dachte Teresa unwillkürlich. Er gehört mir! Na ja ... irgendwie.

Sogar die Braut wirkte beeindruckt. Als sie näherkamen, betrachtete Liza Zack so interessiert, dass ihr nervöser Bräutigam die Stirn runzelte.

»Hi, Teresa! Ich freue mich so, dass du kommen konntest. Ist dieses Hotel nicht großartig?«

Offensichtlich platzte Lisa fast vor Neugierde bezüglich Zack. Sobald sie Teresa aus ihrer Umarmung entlassen hatte, glitt ihr Blick sofort zu der großen, dunklen Gestalt an ihrer Seite.

»Lisa ... Tom ... das ist Zachary Trevelyan«, erklärte sie stolz. »Zack, das sind Lisa und Tom, das Brautpaar ... aber das ist ja klar.«

Die Begrüßung verlief glatt, aber sowohl Lisa als auch Tom

zogen die Augenbrauen hoch, als sie Zack die Hand schüttelten. Achselzuckend schaute er auf seine Finger hinunter und lächelte. »Kreislaufproblem.«

Lisa und Tom lächelten nur, aber Teresas Gedanken schlugen wieder den Weg von eben ein. Das war noch so eine Sache. War kalte Haut nicht auch typisch für Vampire?

Lass es bleiben. Denk einfach nicht darüber nach.

»Also ... Sie und Teresa? Haben Sie ... sind Sie ...«

Lisas Fragen verstummten, und wieder einmal war Teresas Hirn vollkommen leer. Das war das große Problem beim Schwindeln.

»Zusammen?« Zacks Stimme klang sanft, beinahe lasziv, und sein Arm legte sich wieder um ihre Taille. Teresa warf einen verstohlenen Blick in sein verschmitzt lächelndes Gesicht, und den Bruchteil einer Sekunde meinte sie, ihn zwinkern zu sehen. Aber wie so oft bei ihm war es so rasch vorüber, dass sie sich nicht sicher war, ob sie es wirklich gesehen hatte.

»Ähem ... ja ...« Eine so offene Antwort hatte Lisa anscheinend nicht erwartet. »Ich weiß ja, dass Sie Teresas Vermieter sind, aber mir war nicht klar, dass Sie beide ein Paar sind. Also, ich dachte ...« Teresa folgte dem Blick ihrer Freundin, der durch den belebten Raum glitt, und richtete sich darauf ein, Steve zu sehen.

»Wie kann man sich besser kennenlernen als dadurch, dass man zusammenlebt?« Zack klang, als erkläre er einem sehr jungen, naiven Wesen behutsam, wie es in der Welt zuging.

»Ich habe mir Zeit gelassen ... gewartet, bis Teresa frei von Verpflichtungen war ...« – er hielt taktvoll inne, »auf den Zeitpunkt, an dem es ehrenhaft war, ihr meine Liebe anzutragen.«

»Ähem ... ja ... genau. Das ist großartig.«

Teresa verbiss sich ein Lächeln. Lisa konnte einfach nicht

verbergen, dass sie vollkommen hingerissen von Zack war, obwohl ihr zukünftiger Ehemann direkt neben ihr stand.

Ich kann es dir nicht verdenken, Lisa, dachte sie.

Als Zack einen leichten, aber vielsagenden Kuss auf ihre Wange drückte, war Teresa noch viel hingerissener.

»Sollen wir ein wenig umhergehen, Liebes? Es warten noch andere Gäste darauf, das glückliche Paar zu treffen.«

Sie machten einigen Vertretern von Toms Familie Platz, und Teresa hatte das Gefühl zu schweben, als sie durch den Saal gingen, sich Getränke holten und dann eine ruhige Ecke suchten.

»Alles in Ordnung?«

Zacks Augen blitzten. Er amüsierte sich prächtig.

Teresa erwiderte sein Zwinkern. Es machte wirklich Spaß, von all ihren Freundinnen beneidet zu werden. Vor allem von denen, die sich eine Gelegenheit ausgerechnet hatten, sie zu bemitleiden.

Hier saß sie mit dem attraktivsten, faszinierendsten Mann im Saal, dessen bloße Nähe sie ganz zittrig vor Sehnsucht machte. Und dazu kamen noch die köstlichen kleinen Zuneigungsbezeugungen – die Küsse, die Berührungen an ihrem Arm, seine Hand auf ihrer Taille, die sie führte. Das gehörte natürlich alles zu ihrem Schwindel, aber das verringerte ihr Vergnügen nicht im Geringsten.

Sie nippte an ihrem Champagner und beobachtete Zack, der sich im Saal umsah. Sein Blick huschte von einem zum anderen, von einem Paar zum nächsten, als wäre er ein Anthropologe, der für einen Artikel einen ganz neu entdeckten Stamm studiert. Vielleicht war es ja tatsächlich etwas in der Art? Sie wusste, dass er historische Studien und Abhandlungen schrieb. War es möglich, dass er sich auf Romane oder populärwissenschaftliche Psychologie verlegen wollte und daher Leute beobachtete?

Was immer der Grund sein mochte, sie hatte das äußerst seltsame Gefühl, dass eine Veranstaltung wie diese vollkommen neu für ihn war.

»Bist du schon auf vielen Hochzeiten gewesen?«

Zack wandte sich ihr zu und lächelte. »Nein, das ist meine erste Hochzeit. Ist das zu glauben?« Er setzte sein Mineralwasser an die Lippen und nahm einen winzigen Schluck. Soweit sie wusste, hatte sie bisher nie erlebt, dass er außer seinen Gesundheitsshakes etwas zu sich nahm.

»Wirklich?«

Ein unbehagliches Gefühl wanderte an Teresas Rückgrat auf und ab, und Gedanken, Schlussfolgerungen und viel zu viele bizarre Zufälle schrien ihr ins Gesicht. Sie konzentrierte sich auf den Saal und die vollkommen normale festliche Stimmung, und versuchte, ihre Bedenken zum Schweigen zu bringen.

»Und was hältst du von dem Ganzen?«

»Faszinierend. Vorgeblich soll das Wohlergehen und Glück von Braut und Bräutigam gefeiert werden, aber darunter findet sich ein Pfuhl von Rivalitäten, Neid und dem Bedürfnis, besser als die anderen zu sein ... Wie eine römische Arena voller Designer-Löwen.«

»Das ist mir noch nie aufgefallen.«

Und das stimmte. Aber Zacks blaue Augen sahen die Dinge klar und scharfsinnig. Er machte niemandem einen Vorwurf, sondern stellte nur seine schneidend exakten Beobachtungen an.

Bis heute hatte Teresa Hochzeiten als sexy, schön und einen großen Spaß erlebt.

Aber mit seinem scharfen Blick betrachtet waren die Untertöne jetzt offensichtlich. Menschen sahen anderen, die nicht ihre Partner waren, in die Augen. Frauen neideten anderen Frauen die Kleider, den Schmuck und die Männer. Männer glotzten unverhüllt und gleich lüstern ungebundene wie gebundene junge Frauen an.

»Eigentlich mehr wie Sodom und Gomorrha, oder?«, flüsterte sie, während sie ihre Gläser auf einem Beistelltisch absetzten. Zack lächelte verschwörerisch und schlang erneut seinen starken Arm um ihre Taille.

»Aber wenigstens sind wir zusammen« – er zog sie näher an sich heran, und der Druck seiner Fingerspitzen fuhr wie ein Stromstoß durch den dünnen Stoff ihres Tops –, »und können einander vor den lauernden Hyänen beschützen.«

Aber wer beschützt mich vor dir?, dachte Teresa unwillkürlich.

In diesem Moment drehte sie sich um und erblickte auf der anderen Seite des Saals Steve, der vor aller Augen seine neue Freundin praktisch verschlang.

»Ist er das?«

Zacks Griff wurde fester, und durch ihren Körperkontakt strömte Kraft in sie herein. Ihre unbestimmten Zweifel an Zack waren vergessen. Teresa lehnte sich an ihn, und die Wirkung wurde stärker. Steve und sein Flittchen sahen lächerlich aus, und sie war unverwundbar.

»Ich fürchte ja ... obwohl ich jetzt wirklich nicht mehr weiß, was ich einmal in ihm gesehen habe.«

Neben Zacks schmaler, eleganter Gestalt und seinem raffinierten Gothic-Stil wirke Steve wie ein Klotz. Und fett war er auch noch! Mit ihrem neuen klaren Blick fiel Teresa auf, dass er einen ziemlich geröteten Schnitt vom Rasieren hatte.

»Sollen wir hallo sagen?« Zack Fingerspitzen liebkosten ihre Taille. Der sanfte Druck war sinnlich und baute zugleich ihr Selbstvertrauen auf. Wenn er an ihrer Seite war, konnte sie alles.

»Warum nicht? Irgendwann muss ich ihm bei diesem Zirkus zwangsläufig über den Weg laufen, also können wir es ebenso gut hinter uns bringen.«

»Das ist mein Mädchen!« Wieder streifte Zacks Mund ihr Haar zu einem flüchtigen Kuss, und genau wie vorher hatte sie das Gefühl, als höben ihre Füße vom Teppichboden ab. Sie spielten nur eine Scharade vor Publikum, aber die Nebenwirkungen waren wundervoll.

Steve und seine Freundin, deren ziemlich üppige Formen eindeutig künstlich waren, knutschten immer noch heftig herum, sodass es eines diskreten, aber deutlichen Hüstelns von Zack bedurfte, um ihre Aufmerksamkeit auf sich zu ziehen.

»Hi Steve, wie geht's?« Teresa lächelte strahlend, während die beiden ihre Glieder entwirrten. »Tolles Fest, was?«

Das Mädchen – Suzy, erinnerte sich Teresa – wirkte verblüfft, als traue sie ihren Augen nicht. Eine frisch verlassene Frau, die freiwillig ihrem Ex gegenübertrat? Wie war das möglich?

Steve dagegen wirkte, als wolle er gleich zusammenbrechen, einen Schlag bekommen oder beides zugleich. Seine Augen weiteten sich, und nicht nur vor Überraschung, sondern vor erstaunlich unbemäntelter Lüsternheit, während er Teresas Figur von oben bis unten musterte.

Schau es dir ruhig gut an. Das gehört jetzt alles ihm und nicht dir.

Zacks Hand lag auf ihrer Taille, und sie konnte sich vorstellen, wie sich die sprichwörtlichen sechs Richtigen im Lotto anfühlten.

Steves Mund klappte auf, aber es kamen keine Worte heraus. Sein Blick zuckte weiter zwischen ihren Brüsten, ihren Beinen und ihrem Gesicht hin und her, bis ihm plötzlich aufzufallen schien, dass sie in Begleitung war. Und als er den Kopf in den Nacken legte, um diesem sehr großen Mann in die Augen zu sehen, hätte Teresa am liebsten über seine Miene gekichert.

Mir ist ja nie aufgefallen, wie klein du bist, Stevie-Boy.

»Freut mich, Sie kennenzulernen ... Ich bin Zachary Trevelyan.« Zack Stimme klang fest und nüchtern, während Steve seine Sprache immer noch nicht wiedergefunden hatte.

Teresa konnte sich kaum beherrschen, als sie zusah, wie die anderen sich die Hand schüttelten.

Suzy schien genauso verzaubert von Zack zu sein wie die anderen weiblichen Gäste; aber zugleich wirkte sie deutlich verärgert darüber, dass sie so ein minderwertiges Exemplar abbekommen hatte. Sie schüttelte Steve ab, zog für Zack einen Schmollmund und streckte die Hand aus.

»Oho, kühle Hände, heißes Herz.« Sie klimperte mit den getuschten Wimpern.

»So ähnlich.« Zacks Antwort war eine raffinierte Mischung aus äußerster Höflichkeit und einem vollkommenen Mangel an Reaktion.

Steve zuckte zusammen; anders konnte man es nicht beschreiben. Zack schien keinen großen Druck auszuüben, als er die Hand des anderen ergriff, und sein Lächeln war liebenswürdig. Aber Steves Gesicht lief rosa an, und als Zack ihn losließ, widerstand er sichtlich dem Drang, mit seinen zerquetschten Fingern zu wedeln.

»Sie sind der Vermieter, stimmt's?« Steve klang aggressiv, und Teresa verbarg ihr Lächeln. Ihr Ex stand vor einem größeren, fitteren und ihm weit überlegenen Mann, und sie spürte, dass er ernsthaft bedauerte, sie fallen gelassen zu haben.

»Ja, unter anderem.« Strahlend legte sie den Arm um Zacks Mitte, während er seinen um ihre Schultern schlang.

Als Zacks kühle Lippen kurz ihre Wange streiften, runzelte Steve finster die Stirn.

»Sollen wir uns noch etwas zu trinken holen, Schatz?« Zacks Worte, die er an ihrer Haut sprach, klangen genau wie ein sündiges, obszönes Ansinnen, das Steve und seine Freundin eigentlich nicht hören sollten.

Teresa sah zu ihm auf. Sie liebte dieses boshafte Glitzern in seinen wunderbaren blauen Augen. Er genoss es sichtlich genauso sehr wie sie, ihren Ex zu ärgern.

»Oder würdest du lieber von hier verschwinden?« Er fuhr sich ganz leicht mit der Zunge über die Lippen und senkte lasziv die dunklen Wimpern.

Oh ja, ja!

Es war nur ein Spiel, aber plötzlich fühlte es sich real an. Zack neigte den dunklen Kopf, als lese er jeden ihrer Gedanken, und einen Moment lang runzelte er kaum wahrnehmbar die Stirn. Dann blinzelte er dämonisch, sodass sein blasses, wunderschönes Gesicht aufleuchtete.

»Besser, wir gehen noch ein wenig herum, höflichkeitshalber ...« Sie hielt inne und warf ihm einen begierigen Blick zu, der zu Suzy gepasst hätte. »Und dann bin ich ganz für dich da ... würde dir das gefallen?«

Zack sah ihr lachend in die Augen und wandte sich dann wieder dem verlegenen Paar neben ihnen zu. »Wir sehen uns wahrscheinlich später noch. Nett, Sie beide kennengelernt zu haben.«

Geschickt drehte er Teresa mit seinem starken Arm um und steuerte sie durch die Menge. Sie suchten sich eine Ecke und noch mehr zu trinken und begrüßten weitere Gäste. Doch je mehr Zeit verging, umso mehr stellte Teresa fest, dass sie sich nicht auf die Party konzentrieren konnte.

Würdest du lieber von hier verschwinden? Die Worte hallten in ihrem Kopf wider.

Das war alles nur gespielt, aber sie wünschte sich *wirklich*, sie könnten sich davonschleichen und tun, was Steve und Suzy vermuteten. Und was offensichtlich einige andere Paare, die sich diskret verdrückten, ebenfalls vorhatten.

Jede Menge Zeit für eine lange, gemächliche Runde im Bett, bis um neun Uhr abends die Trauung stattfand.

Zacks wunderbares Eau de Cologne hob sich mit seiner klaren, sauberen Note aus dem dicken Nebel aus edlen Damenparfüms und teuren Aftershaves ab. Die Auswirkungen auf sie waren katastrophal. Ihr Körper prickelte an den Stellen, die er so überaus sittsam berührt hatte, und unten zwischen ihren Beinen pulsierte es stetig und begierig.

Hochzeitslust. Paarungsrituale. Die ganze Luft war schwer von Pheromonen und Sex.

Sie wandte sich Zack zu und stellte fest, dass er sie mit einem dunklen, seltsamen Blick anstarrte. Seine Miene war eine irrationale Mischung aus tiefem Begehren, das ihres spiegelte, und etwas, das man nur als Besorgnis hätte beschreiben können.

Was macht dir solche Angst?

Wovor sollte ich Angst haben?

»Hör mal ... ich meine ... möchtest du *wirklich* von hier verschwinden?«

Die Worte hingen in der Luft, als hätten sie plötzlich ein Eigenleben entwickelt. Teresa hatte das eigentlich gar nicht sagen wollen, aber jetzt war es zu spät, um es zurückzunehmen. Sie schluckte und spürte, wie ihr Gesicht und ihr Hals rot anliefen. »Verdammt, jetzt habe ich dich in Verlegenheit gebracht, oder? Vergiss, was ich gesagt habe.«

Sie konnte ihm nicht in die Augen sehen, doch Zack legte einen Finger unter ihr Kinn und hob ihr Gesicht an. Seine Miene war aufgewühlter denn je, komplex und sexy und etwas wild.

»Nein! Ich will schon ...« Seine Stimme klang ebenfalls eigenartig. Barsch und tief, und doch schien sie weit zu tragen, denn mehrere Gäste schauten sich um und sahen stirnrunzelnd in ihre Richtung. »Aber wie es immer in den Soaps heißt … Es ist kompliziert. Komplizierter, als du dir überhaupt vorstellen kannst.«

Sein Blick, mit dem er auf sie herabsah, wirkte erregt und verwirrt. Er schürzte die Lippen und schien immer wieder mit der Zunge an seinen Zähnen entlangzufahren, als prüfe er etwas.

Schaust du nach deinen Reißzähnen, Zack?

Ihre unausgesprochenen Worte schienen ihn wie ein Stromstoß zu durchfahren. Er nahm sie fest am Arm und drängte sie aus dem Saal und in einen kleinen Nebenraum, der passenderweise leer war.

Er schob die Tür hinter sich zu, lehnte sich dagegen und riss sie in die Arme.

Sein Mund presste sich auf ihren, hart und süß und fordernd, so wie in ihren Fantasien. Der scharfe Gegensatz zwischen ihren warmen Lippen und seinem kühleren Mund ließ sie in einer Erregung zittern, die über Sex hinausging; eine seltsame Stimulation, die sie nicht begriff.

Auch Zacks Zunge war kühl. Kühl, kühn, gierig und undiszipliniert. Der Kuss hatte etwas Ungeschicktes, Ungeübtes, das ihr Blut singen ließ und ihr die Knie weich machte.

Sie schlang die Arme um ihn, kroch in die Umarmung hinein, saugte an seiner süßen, kühlen Zunge und presste den Leib an ihn; erregte ihn unverhohlen. Der Druck war stark und ungezähmt, und sie konnte nicht genug davon bekommen. Es war, als versuche ihr Körper, in ihn hineinzukriechen und ihm noch näher zu kommen, als es durch bloßen Hautkontakt möglich war.

Kurz zuvor hatte Zack noch Zweifel angemeldet, aber jetzt waren sie vergessen. Er drückte sein Becken an sie und ließ seine harte Erektion an ihrem weichen Körper kreisen. Aus seiner Kehle stieg ein Knurren auf, das sie erwiderte, während sie sich wiegte und gegen seinen Schwanz presste.

Ich wusste, dass du mich begehrst. Ich wusste es einfach.

Sie jubelte lautlos, aber sie konnte erkennen, dass Zack ihren Gedanken gelesen hatte. Er packte in ihr Haar und zog ihren Kopf zurück, und dann verließen seine Lippen ihren Mund und glitten über ihre Wange, an ihrem Kiefer entlang und zu ihrem Hals.

Seine Berührung und sein Geschmack waren köstlich. Sein Atem, der auf ihren Lippen verweilte, duftete beinahe, als sie mit der Zunge darüber strich. Ihr Mund fühlte sich wie zerquetscht an, obwohl ihr Kuss nur ein paar Sekunden gedauert hatte.

Zacks Lippen fühlten sich auf ihrer Haut wie weicher Flaum an, als er sie mit magischer Leichtigkeit und behutsam erkundete. Wieder spürte sie diese schwer zu fassende Zurückhaltung in ihm, einen Ausdruck von Vorsicht und mangelnder Erfahrung. Kurz zuvor war er wild und leidenschaftlich gewesen, doch jetzt hielt er sich zurück.

Sie fuhr mit den Händen unter sein Jackett und ließ sie an seinem Rücken hinabgleiten, bis sie seine festen männlichen Pobacken erreichte. Dann umfasste sie die wunderbar muskulösen Hügel und drückte ihn an ihren Leib.

Wieder knurrte er, tiefer dieses Mal. Es klang wie ein barbarischer Laut aus einer anderen Welt und schien in dem kleinen Raum zu hallen wie in einer Kathedrale. Absolut eigenartig, aber es brachte sie nur dazu, sich an ihn zu schmiegen. Und dann selbst zu stöhnen, als er den Mund an ihrem Hals öffnete.

Teresa spürte seine Zunge, die suchte, leckte – und dann seine scharfen, harten Zähne auf ihrer Haut. Bei dem Gefühl zog sich ihr Geschlecht unwillkürlich zusammen. Sein Mund war kalt, und doch war es der heißeste, erregendste Lustmoment, den man sich nur vorstellen konnte.

»Bitte ... Bitte ...«, hörte sie sich selbst flehen und neigte den Kopf nach hinten, damit er ihren Hals besser erreichen konnte.

Sie drückte ihr Geschlecht gegen ihn, um ihren Druck zu lindern und ihre Aufforderung zu unterstreichen.

Und dann spürte sie es.

Winzige, scharfe, spitze Zähne durchdrangen die Haut an ihrem Hals, ein kleiner Biss. Er schmerzte, brachte sie aber dazu, mit den Hüften zu zucken, sich heftiger zu wiegen und noch engeren Kontakt zu suchen. Ihr ganzer Körper glühte und schrie lautlos danach, sich nackt an ihn zu schmiegen.

»Nein!«

Zacks Schrei war ohrenbetäubend. Teresa schwankte, den Rücken an die Tür gedrückt, an der sie sich abstützte, um nicht zu fallen.

Zack stand – unerklärlicherweise – auf der anderen Seite des Raums an dem großen Bücherschrank voll ledergebundener Wälzer. Sein dunkel gekleideter Rücken war aufs Äußerste angespannt, und die blassen Hände, die an seinen Seiten herabhingen, waren zu Fäusten geballt.

Er war hier, und jetzt ist er dort. Was ist passiert?

Erst hat er mich geküsst, und jetzt kann er mich nicht ansehen. Was habe ich getan?

»Was ist los, Zack? Was hast du? Habe ich dich zu sehr bedrängt?« Sie wollte zu ihm gehen, aber er vollführte eine abrupte Geste, als hätte er es gesehen. Die Luft zwischen ihnen schien zu summen wie ein äußerlicher Ausdruck dieses seltsamen inneren Phänomens, dass sie zuvor einem Problem mit ihrem Ohr zugeschrieben hatte. »Es tut mir leid ... Normalerweise benehme ich mich nicht wie eine Schlampe ... Ich dachte, du wolltest mich ...«

»Das tue ich auch«, sagte er mit leiser, gequälter Stimme. »Ich begehre dich mehr, als du überhaupt ahnst, auf eine ... Weise, die du nicht verstehen könntest.«

Schmerz lag in seinen Worten, und sein angespannter Körper verriet seine Qual. Teresa spürte eine heftige Woge von Mitgefühl, die sich irgendwie mit ihrem Begehren mischte.

»Probier's doch aus, Zack. Ich bin für dich da, auf jede Art, die du brauchst. Ich bin verrückt nach dir. Das ist dir doch sicher klar?«

Er stieß so etwas wie ein Schluchzen aus, als sei das genau das, was er hören wollte, und es schmerze ihn dennoch.

»Ich ... ich bin auch verrückt nach dir, Teresa. Wirklich. Aber das mit uns kann unmöglich funktionieren. Ich dachte, es wäre vielleicht möglich, aber ich habe mich geirrt.« Seine angespannten Schultern hoben sich und sanken dann wieder herab. »Ich hätte mich nicht stärker irren können.«

»Aber wieso denn?«

Teresa beobachtete ihn so genau, dass es fast schmerzte, und mit einem Mal wappnete sie sich. Halb fürchtete sie sich, doch inzwischen war sie sich fast sicher, was sie sehen würde, wenn Zack sich zu ihr umdrehte. Jeder Atem wich aus ihrem Körper, und sie begann zu schwanken.

Und dann wandte Zack sich so langsam zu ihr um, als wäre die Zeit selbst veränderbar und funktioniere nicht richtig.

Seine Augen waren rot, und seine Eckzähne waren scharfe weiße Reißzähne.

6

Jemand berührte sanft ihre Wange, und eine liebe, vertraute Stimme flüsterte ihr leise, aber eindringlich ins Ohr.

»Teresa, meine Liebste, geht es dir gut? Komm schon ... Kopf hoch. Bitte sprich mit mir.«

Zittrig schlug Teresa die Lider auf, und das Erste, was sie sah, war Zacks blasses, schönes und besorgtes Gesicht. Er kniete vor ihr, und sie lag zusammengesunken in einem der großen, damastbezogenen Sessel, die über den kleinen Raum verteilt standen.

Sie hatte nicht die geringste Ahnung, wie sie dort hingekommen war.

Zack nahm ein Glas Wasser von dem niedrigen Tischchen neben ihrem Sessel und hielt es ihr hin.

Teresa trank. Sie fühlte sich wie betäubt und merkwürdig, aber ihre Nackenhärchen standen zu Berge, denn etwas, von dem sie nicht wusste, was es war, donnerte auf sie zu.

»Oh Gott! Oh Gott! Oh Gott!«

Jetzt wusste sie wieder alles.

Das Glas begann zu kippen, aber Zack schnappte so schnell danach, dass sie es mit dem Blick nicht verfolgen konnte, und stellte es wieder auf den Tisch.

Teresa konnte ihn nicht ansehen. Sie starrte auf das Glas und dann auf seine schlanke, glatte Hand, die es noch festhielt.

»Du *bist* einer, oder?« Ihr Herz pochte schnell und heftig. Ihr Verstand fühlte sich an wie ein Wildpferd, das herumspringt und verzweifelt versucht, sich der Wahrheit nicht zu stellen. »Ein Vampir? Es gibt sie wirklich, oder? Und ich lebe seit sechs Monaten mit einem zusammen!«

Irgendwo brannte eine Sicherung in ihr durch, und sie hob die Hand und versetzte Zack eine schallende Ohrfeige. Er hätte sich mühelos verteidigen können, doch er stand still.

Dort, wo ihn der Schlag getroffen hatte, bildete sich kein roter Fleck auf seiner Wange.

»Es tut mir leid.«

Er entschuldigte sich bei ihr. Sie hatte ihn nicht wirklich schlagen wollen, es war einfach passiert. Ein Reflex.

»Ich wollte es dir sagen, Teresa. Immer wieder. Aber ich dachte nicht, dass du mir glauben würdest. Und ich fürchtete, wenn doch, würdest du in Panik ausbrechen – und mich verlassen.«

Sein ganzes Gesicht strahlte Reue aus. Es war voller Menschlichkeit, keine Spur von spitzen Zähnen oder roten Augen.

Vollkommen ratlos sog Teresa zittrig die Luft ein. Das war die einschneidendste Entdeckung ihres ganzen Lebens. Ein Wendepunkt. Sie brauchte Rat, musste jemandem diese vollkommen unglaubliche Geschichte erzählen.

Aber der Einzige, mit dem sie darüber sprechen wollte, war der Mann, der ihr besorgt ins Gesicht sah.

Lachen stieg in ihrer Kehle auf. Wie konnte man sich bloß in eine so alberne Lage bringen? Sie hatte endlich den perfekten Mann gefunden – einen anständigen Mann, den sie sowohl zum Freund wollte wie auch als Liebhaber begehrte, und der dazu noch so attraktiv war, dass es einem die Schuhe auszog – und er war ein Vampir!

Hysterisches Gelächter brach sich Bahn, erfasste sie und geriet außer Kontrolle. Ihr Körper bebte, und manische Lachtränen liefen ihr übers Gesicht. Zack legte die starken Arme um sie, und sie spürte, dass auch seine Brust vor Lachen bebte.

Dann folgten mehrere chaotische Momente. Sie wiegten sich gemeinsam in einer bizarren Belustigung hin und her, bis sich die Tür zu dem kleinen Raum öffnete und jemand den Kopf hereinsteckte.

»Ooops, Tschuldigung!« Dann war der Eindringling wieder fort, bevor Teresa oder Zack sich bezähmen konnten, aber der Bann war gebrochen.

Sie stand auf, worauf Zack sich ebenfalls elegant erhob.

»Nun ja, wie es in jedem romantischen Film oder Drama heißt, die ich je gesehen habe: Wir müssen reden, oder?« Er lächelte auf sie herab, und sein wunderschöner Mund zuckte.

»Das ist vorsichtig ausgedrückt, mein dunkler Prinz.« Sie griff nach seiner kühlen Hand. »Sollen wir uns in unsere Gemächer zurückziehen?«

Zack zuckte vielsagend die Achseln. »Das sollten wir wohl besser.«

Im Aufzug fiel Teresa etwas auf, das sie beim letzten Mal, als sie mit dem Lift gefahren waren, nicht bemerkt hatte.

»Hey! Ich kann dich sehen ... irgendwie jedenfalls ... Ich dachte, ihr würdet kein Spiegelbild werfen?« Sie wies auf einen kleinen Spiegel an der Rückwand des Aufzugs. Darin war Zacks Bild zu erkennen, schwach und umschattet, aber eindeutig sichtbar.

»Glaub nicht alles, was du im Film siehst oder in Büchern liest.« Der Spiegel lieferte ein verschwommenes Bild von Zacks schön geschwungenem Mund. »Der Vampirismus hat verschiedene Ausprägungen, und wir unterscheiden uns genauso stark voneinander wie normale Menschen.«

»Das wusste ich nicht.«

»Ja. Und man könnte wahrscheinlich sagen, dass ich mich am menschlicheren Ende des Spektrums befinde.«

Sie dachte an die Freundlichkeit, die er ihr erwiesen hatte, und daran, wie sie sich bei ihm immer umsorgt und beschützt fühlte. Von Anfang an hatte er ihr nur helfen und nie schaden wollen.

Jedenfalls war es ihr so vorgekommen.

»Also hast du nicht vor ... mich auszusaugen und entweder zu töten oder zum Vampir zu machen?« Sie versuchte, es locker klingen zu lassen, aber ihre Stimme bebte.

Komplexe, tiefe Gefühle malten sich auf Zacks Miene, und sie hatte ein schlechtes Gewissen, weil sie zugab, dass sie ihm nicht traute.

Aber ... er war ein Vampir. Ein *Vampir.* Ganz egal, ob am menschlichen Ende des Spektrums oder nicht.

»So etwas würde ich niemals absichtlich tun ...« Er biss sich auf die Lippen, und Teresa dachte an all die Gelegenheiten, bei denen sie naiv gedacht hatte, wie weiß, leuchtend und scharf seine Zähne doch aussahen. Kein Wunder, dass sie scharf waren. Schließlich biss er damit Leuten in den Hals, oder?

Sie legte eine Hand auf seinen Arm. Er fühlte sich so stark, so normal an – und so menschlich. Aber dennoch zitterte sie.

»Was meinst du mit *absichtlich,* Zack?«

Die Aufzugstür öffnete sich, und draußen wartete ein Paar, das Teresa flüchtig erkannte. Sie lächelte ihnen kurz zu und ging dann voraus in ihr Zimmer. Dort würden sie besser reden können, doch ihr Herz pochte trotzdem. Wie dumm war es, sich zusammen mit einem Vampir hinter verschlossenen Türen aufzuhalten?

»Also, wie war das mit *absichtlich,* Zack?«, wiederholte sie, sobald sie allein waren.

Statt zu antworten, trat er an die Minibar. Für sie nahm er ein Fläschchen Whisky heraus und goss den Inhalt in ein Glas; und für sich eine Flasche von seinem »Eisenshake«.

»Ich bin ja so blöd ... Nicht einmal auf die Idee zu kommen, dass das Blut ist!« Teresa verzog das Gesicht, nippte an ihrem Drink und setzte sich aufs Bett. Sie hatte Whisky noch nie gemocht, aber das hier war sozusagen ein Notfall. Sie umklammerte ihr Glas und betrachtete lange und eingehend Zacks Kehle, während er einen Schluck von seinem eigenen »Drink« nahm. Dunkle, furchteinflößende Gedanken kreisten in ihrem Kopf.

»Um Gottes willen, sag mir bitte, dass das *Tierblut* ist!« Das ganze Universum schien an seiner Antwort zu hängen. Befand sie sich in unmittelbarer Nähe eines Massenmörders?

Zack runzelte die Stirn. »Ja, ist es ... Und du bist darauf gekommen ...« Er stellte seine Flasche weg, als habe er keinen Appetit mehr. »Dass es Blut ist, meine ich.«

Ein Schock folgte dem nächsten. Teresa trank noch mehr Whisky, ohne ihn zu schmecken.

Langsam schüttelte er den Kopf. Er blieb auf der anderen Seite des Zimmers, als wage er nicht, sich ihr zu nähern.

»Wie meinst du das, Zack?«

»Das ist so kompliziert ... so schwer in Worte zu fassen. Was mit mir passiert ist, wie ich bin – und die törichten, egoistischen Dinge, die ich getan habe ...« Kurz betrachtete er seine langen, schmalen Hände, fuhr mit dem Daumenballen über einen Fingernagel und vollführte dann plötzlich eine seltsame, elegante Geste.

Begleitet von diesem kaum wahrnehmbaren, silbrig hellen Summen in ihren Ohren überfielen sie Bilder, Eindrücke, Empfindungen. Gelöschte Erinnerungen, überirdische Lust.

»Du Bastard!«

Teresa flog geradezu durchs Zimmer, als wäre sie diejenige mit Vampirkräften. Voller Verwirrung und Wut schlug sie auf Zacks Brust und Schultern ein. Es war, als bearbeite man eine

Granitstatue. Er hob nicht einmal die Arme, um sich zu schützen, sondern nahm es einfach hin.

»Es tut mir leid«, flüsterte er, als sie ihre Kraft erschöpft hatte, und sie marschierte wieder zurück, nahm ihr Glas und kippte noch mehr Whisky hinunter.

»Wie konntest du nur?«

Sie fühlte sich benommen, immer noch wütend und ein wenig verraten. Und genau wie vorhin spürte sie einen bizarren Drang zu lachen.

Sie hatte gerade ein übernatürliches Wesen verprügelt, das ihr wahrscheinlich mühelos den Hals brechen konnte – und war ungestraft davongekommen. Mach mir das erst einmal nach, Buffy.

»Also, warum hast du mein Gedächtnis manipuliert?« Auf der anderen Seite des Raums stand Zack genauso da, wie sie ihn verlassen hatte, aber bei ihren Worten zuckte er sichtlich zusammen.

»Weil du nicht in meinem Haus geblieben wärest, hätte ich dich die Wahrheit sehen lassen.« Er hatte seine wunderschöne Reglosigkeit wiedergewonnen, die, wie Teresa jetzt klar wurde, teilweise daher rührte, dass er nicht atmete und sein Brustkorb sich nie bewegte. »Und wenn ich dir die Erinnerung daran gelassen hätte, dass ich dich berührt habe, dann hättest du dich auch an den Biss erinnert.«

Sein hageres Gesicht wirkte gequält und noch weißer als sonst, falls das überhaupt möglich war. In seinem düsteren, bedrückten Blick schwangen Selbstvorwürfe.

Teresa setzte ihr Glas wieder ab und streckte die Hand nach ihm aus. Ihre verworrenen Gefühle setzten sich nach und nach wieder zusammen wie ein Puzzle. Sie fürchtete sich vor seiner Fremdartigkeit; davor, dass er real gewordene Legende und Magie war. Aber er war trotzdem Zack, und sie begehrte – und liebte – ihn immer noch.

Trotz allem, was er ihr gerade gestanden hatte, litt er, und sie hätte ihn am liebsten in die Arme genommen, ihn getröstet und beruhigt. Mit all seinen übernatürlichen Kräften und seinen hinterlistigen Gedankentricks war er immer noch dieser einsame, unschuldige Junge, von dem sie seit jeher träumte. Immer noch dieser schöne, unberührte Mann, den sie in die Liebe einführen wollte.

Sie hatte keine Ahnung, woher sie das wusste. Vielleicht funktionierte diese Vampir-Telepathie ja in beide Richtungen?

»Komm her.« Sie fuhr mit der freien Hand über die Tagesdecke. »Ganz offensichtlich kannst du dich ja beherrschen.«

Zacks Blick wirkte aufgewühlt, aber unerwartet gehorchte er doch, durchquerte das Zimmer und setzte sich neben sie.

»Da bin ich mir nicht sicher«, sagte er, als sie nach seiner kühlen Hand griff.

Kurz wandte er den Blick ab, dann reckte er die Schultern und sah sie erneut an. Er nahm ihre Hand, drehte sie um und nahm sie dann in seine. Es war beinahe eine Verwandlung, ein Zurückgreifen auf eine innere Kraft und Würde, um eine Krise durchzustehen. Er musste das schon oft getan haben, um zu überleben.

»Die Sache ist die«, begann er und strich mit den Fingern über ihre Handfläche. »Für meine Art sind Lust und Blutdurst zwei Seiten derselben Medaille. Das eine löst das andere aus. Ich will niemandem schaden, niemandem wehtun. Wenn ich das eine nicht will, muss ich auch dem anderen aus dem Weg gehen.«

»Aber du hast experimentiert, oder? Mit mir.«

Für ein Wesen, das nicht zu atmen brauchte, seufzte Zack ziemlich schwer. Er schaute an die Decke.

»Es tut mir nicht leid.« Als er sie wieder ansah, war sein Lächeln ein Flickenteppich von Emotionen. Sie sah Reue und aufrichtiges Bedauern, aber auch die leisen, koboldhaften Anfänge von Verführung; so wie ein unartiger, aber sehr erwachsener Junge, der beginnt, seine sexuellen Kräfte auszuprobieren. »Du bist wunderschön ... und ich bete dich an. Ich wollte dir Lust bereiten.« Er hielt inne und gab noch einmal einen falschen Vampir-Seufzer von sich. »Aber es ist nicht sicher. Vielleicht bin ich beim nächsten Mal nicht in der Lage, mich zurückzuhalten.«

»Woher willst du das wissen, wenn du es nicht ausprobierst?«

Plötzlich klopfte Teresas Herz zum Zerspringen. Das war das Gefährlichste, was sie je getan hatte – aber sie hatte sich noch nie im Leben etwas so sehr gewünscht.

In Zacks Augen glitzerten seine widerstreitenden Gefühle. Doch Teresa wusste, dass sie schon fast gewonnen hatte. Das verriet ihr die schmale, rote Linie rund um seine blaue Iris. »Das ist kein Spiel, Teresa. Ich könnte dich mit Leichtigkeit töten.« Er fuhr sich mit der Zunge über die Lippen und dann über die Zähne – überprüfte sie. »Und ich bin ... nun ja ... nicht erfahren. Das ist, als gäbe man einem Fahrschüler die Schlüssel zu einem Lamborghini.«

»Aber wenn du es nicht probierst, wirst du nie etwas lernen, und schon gar nicht, wie du deine gefährlicheren Triebe beherrschst, oder?«

Bist du dir sicher?, schien er lautlos zu fragen. Sie konnte zusehen, wie seine Augen sich veränderten, und seine Reißzähne wirkten bereits gefährlich scharf.

»Keine Sorge ... wenn du dich nicht zusammennehmen kannst, trete ich dir einfach in die Eier«, gab Teresa zurück. »Für gewöhnlich hält das garantiert jeden Mann auf ... lebendig *und* tot, hoffentlich.«

Jetzt war sie das Verhandeln und Schmeicheln leid. Sie ließ Zacks Hand los, fuhr mit ihrer eigenen an seinem Arm entlang und legte sie auf seinen Hinterkopf. Dann zog sie ihn an sich. Als ihre Lippen sich trafen, hallte sein unterdrücktes Knurren in ihrem Hirn wider.

Die Zunge in ihrem Mund, drückte er sie rückwärts aufs Bett, schob sie mühelos quer darüber und kletterte auf sie.

Sein Mund schmeckte erstaunlich, exotisch und vertraut zugleich, und wenn seine verlängerten Eckzähne sie streiften, lief ein köstliches Gefühl von Gefahr ihre Nervenbahnen entlang. Überall in ihrem Körper spürte sie dieses Prickeln, nicht nur an der zarten Innenseite ihrer Lippe. Sie drängte seine Zunge zurück und wagte es, kurz über die scharfen Spitzen zu lecken.

Als sie einen winzigen Blutstropfen schmeckte, zog sich ihr Geschlecht krampfartig zusammen, und Zack knurrte und ruckte mit den Hüften.

Sie küssten sich weiter und zerrten dabei an ihren Kleidern. Der Widerstand, den die Kleidungsstücke ihnen bereiteten, steigerte ihre Erregung und ihre Lust am Kampf. Schuhe fielen mit dumpfem Knall zu Boden; Baumwolle, Seide und Designeranzug landeten aufs Geratewohl in Haufen auf dem Teppich. Während sie sich auszogen, hielten sie immer wieder inne, um die nackte Haut aneinanderzupressen, und nicht nur Zack gab jetzt unirdische Hungerlaute von sich.

Als er schließlich nackt auf dem Bett lag, war er schön und vollkommen. Seine Haut war milchig blass, besaß aber einen wunderbar dichten Glanz wie polierter Marmor. Lang gestreckte Muskelpakete schmückten Arme, Rumpf und Schenkel.

Sein Schwanz war erstaunlich; groß, aufgerichtet und steinhart. Seidig, tropfend und rosig stand er von seinem Körper ab.

»Ich dachte, deine Leute hätten keinen Kreislauf … Woher kommt denn das?« Sie fuhr mit den Fingerspitzen daran entlang, sodass er ein Zischen hervorstieß und die Zähne zusammenbiss. Ein winziges Rinnsal seines eigenen Blutes lief über seine Lippe.

»Das hat nichts mit Kreislauf zu tun – reine Hydraulik.« Seine Stimme klang tief und rau. »Ich habe keine Ahnung, wie es funktioniert, aber jetzt gerade bin ich froh darüber, dass es so ist.«

Er drückte sie wieder aufs Bett und begann sie zu erforschen. Seine kühlen Fingerspitzen glitten mit weit ausholenden Bewegungen, die zugleich gierig und tastend waren, über ihren Körper. Wieder hatte sie den starken Eindruck, dass er sich auf einem ganz neuen Gebiet bewegte; dass er ein Anfänger war – aber einer mit phänomenalem Instinkt und Einfühlungsvermögen. Hatte es vielleicht etwas damit zu tun, was er war? Und konnte er ihre Empfindungen und Gedanken lesen? Woran immer es lag, seine Berührungen waren vollkommen, ohne dass sie ihm etwas zu zeigen brauchte.

Teresa zitterte, als sein Mund sich über ihren Körper zu bewegen begann. Sorgfältig hielt er sich von ihrem Hals fern und küsste zuerst an ihrem Kiefer entlang und huschte dann zielstrebig zu ihrer gerundeten Brust. Seine kühle Zunge kostete ihre Haut. Mit kurzen, huschenden Schlägen umkreiste er ihren Nippel, glitt über den empfindsamen Hof, schloss aber nicht den Mund darum.

Du Teufel, du spannst mich auf die Folter. Teresa rutschte auf der Tagesdecke herum, weil sie die Hüften nicht stillhalten konnte. Jeder Teil von ihr begehrte ihn. Laut stöhnte sie auf, packte seine starken Schultern und grub die Fingernägel in seine erstaunlich harten Muskeln.

Und dann saugte er fest an ihrer Brustspitze. Seine Lippen

zogen an der Knospe, und seine Zunge umkreiste sie wie eine ungebärdige kleine Schlange.

»Oh Gott!«, keuchte sie. Ihr feuchtes Zentrum zog sich unter den instinktiven Bewegungen seines Mundes zusammen. Sie stieß mit den Hüften gegen seinen Körper, als ihr Geschlecht blindlings nach seinem suchte. Ihre Hände wanderten über seinen herrlichen Rücken, seine Flanken und seine Hinterbacken.

Ihr Körper schien vor Hunger zu schreien, als er die Lippen öffnete und sie spürte, wie die Spitzen seiner Zähne prickelnd ihre Brustwarzen berührten.

Beiß mich, bitte beiß mich, schrie sie lautlos.

Es war Wahnsinn, Sex und doch kein Sex. Während Teresa an ihm zerrte, erfasste ihr Geist noch etwas anderes, Undefinierbares, das weit größer war als die flüchtige Begegnung ihrer Körper. Eine Sehnsucht durchströmte sie, der Wunsch nach einer Verschmelzung, die immens und monumental war und die Zeit selbst überwand.

Zack fuhr zurück.

»Nein!«, keuchte er. »Ich kann nicht … ich darf das nicht …« Er schüttelte den Kopf, dass seine dunklen Locken flogen. »Ist mir auch egal, wenn ich tausend Jahre lebe und nie mit einer Frau schlafe!«

Das Gefühl, das sie zu definieren versucht hatte, zerstob, und trotz ihrer Erregung streckte Teresa die Hand nach oben, um Zacks liebes Gesicht zu streichen. Stirnrunzelnd verdaute sie seine Worte.

»Zack, Liebster, was meinst du damit? Was heißt das, ›nie mit einer Frau schlafen‹?«

Wie war das möglich? Er war schön, exotisch, männlich und besaß dazu noch hypnotische Kräfte. In einem unnatürlich langen Leben musste er Dutzende von Geliebten gehabt haben. Sie hatte in ihren Fantasien über einen »unschuldigen

Mann« geschwelgt. Aber mit einem Mal wurde ihr klar, dass sie nicht mehr als das waren – Fantasien eben.

Er setzte sich auf und wandte sich von ihr ab. Sein weißer Rücken war wie eine Mauer aus Anspannung.

»Es bedeutet genau das, was du denkst.« Er hob die Hände, strich sich übers Haar und fasste seine dichten, schimmernden Locken im Nacken zusammen. Dann ließ er die Hände wieder sinken und drehte sich erneut zu ihr um. »Ich bin noch nie mit einer Frau zusammen gewesen, weil ich es nie gewagt habe.«

Teresa richtete sich ebenfalls auf und streckte die Arme nach ihm aus. Trotz der prickelnden Erregung, in die sein Geständnis sie versetzte, empfand sie vor allem Mitgefühl. Was für eine Qual musste sein langes Leben als Vampir gewesen sein! Er hatte eine Seele. Er war ein guter Mann. Und seine Prinzipien hatten ihn daran gehindert, jemals eine Frau in Gefahr zu bringen. Selbst wenn die Frau dieses Risiko eingehen *wollte*.

Ich liebe dich. Der Gedanke schoss ihr wie von selbst durch den Kopf.

Vollkommen unmöglich, aber so empfand sie, und sie wusste, dass das Gefühl sie schon lange begleitete; vielleicht schon so lange, wie sie ihn kannte. Und die ganze Zeit über hatte ihr Herz im Stillen sein Opfer erkannt und gewürdigt.

Aber neugierig war sie trotzdem.

»Und was war *vorher*? Hat es da niemanden gegeben?« Aber wann war »vorher« gewesen? »Wie lange bist du schon Vampir?«

Zack schien sich zu entspannen. Er warf ihr ein schiefes, jungenhaftes Lächeln zu.

»Ich bin in den 1930er Jahren verwandelt worden, das heißt also, dass ich seit siebzig Jahren bin, was ich bin, obwohl ich versucht habe, nicht mitzuzählen.«

»Aber in den 1930er Jahren gab es doch auch Mädchen, oder?« Teresa erwiderte sein Lächeln. »Ich meine ... na ja, du siehst ungefähr wie fünfundzwanzig aus. In dem Alter hattest du doch sicher schon Freundinnen gehabt? Was zum Teufel ist mit dir passiert?«

Der Gedanke, dass Zack mit anderen Frauen zusammen gewesen war, versetzte ihr einen kleinen Stich, obwohl sie höchstwahrscheinlich inzwischen tot waren.

»Ich war Novize in einem Benediktinerkloster, Teresa. Rein wie frisch gefallener Schnee, könnte man sagen.« Er lachte und zuckte die schön geformten Schultern.

»Herrgott!«

»Herrgott, allerdings«, wiederholte er. »Allerdings hat mein Glaube ziemlich gelitten, seit ich Vampir geworden bin.«

Teresa traf eine Entscheidung. Sie war gefährlich und tollkühn, aber sie konnte unmöglich zulassen, dass dieser wunderbare Mann sich noch länger Entbehrungen auferlegte.

Und sie begehrte ihn mehr denn je, tausendfach mehr.

»Du musst dir selbst trauen, Zack. Du bist ein guter Mann, trotz der Reißzähne.« Sie beugte sich auf ihn zu und küsste seinen Mundwinkel. Seine Zähne hatten sich ein wenig zurückgezogen, aber sie spürte die Spitzen immer noch, als sie die Lippen auf seine drückte. »Und ich bin fest davon überzeugt, dass du dich beherrschen kannst.« Sie küsste seinen anderen Mundwinkel, ließ die Zunge zwischen seine Lippen gleiten und suchte die scharfen Zähne, die das Zeichen seiner Art waren. »Ich helfe dir ...«

Seine Arme schlossen sich um sie; kalt, aber dennoch voll heißer Leidenschaft. Er zitterte, und sie stellte sich vor, dass Tränen wie Juwelen über seine Wangen herabrannen. Nur Augenblicke später spürte sie sie feucht auf ihrer Wange.

Sie küssten sich wieder, langsam zuerst, doch dann mit jeder Sekunde heftiger. Teresa fühlte sich frei, zuversichtlich und voller Begehren. Dieser wundersame Mann, der ihre liebste Fantasie verkörperte, aber ihr so, so, so viel mehr bedeutete, versetzte sie in eine unglaubliche Hochstimmung.

Und endlich entspannte sich Zack. Sie fühlte, wie er lächelte, als er sie küsste, denn seine Lippen verzogen sich an ihrer Haut, und seine Fangzähne berührten sie.

»Wenn ich zu beißen anfange, dann vergiss diese Sache mit dem Knie in die Eier nicht.« Er lachte, als sie ihr Geschlecht an seinem muskulösen Schenkel auf- und abführte, und genoss die Reibung. Sie schlang die Finger um seinen kalten, aber herrlichen Schwengel.

»Daran habe ich gedacht.«

Und das hatte sie. Es war perfekt. Sie setzte sich über ihm auf und drückte ihn mit dem Rücken in die Laken. Mit seinen dunklen Locken wirkte er vor dem gestärkten weißen Kissenbezug wie ein etwas missratener Engel.

»Und jetzt leg dich zurück und denk an Transsylvanien!« Mit der Fingerspitze umkreiste sie seine Penisspitze und beobachtete, wie er lautlos knurrte. Seine Oberlippe zog sich zurück und enthüllte die fremdartige Schönheit seiner voll ausgefahrenen Reißzähne. Sie waren wunderschön, aber sie hatte nicht vor, ihn damit einen Fehler begehen zu lassen.

Teresa fragte sich, wie lange ein Mann, der siebzig Jahre auf seinen ersten Sex gewartet hatte, wohl konnte. Besonders einer, in dessen Blut Vampirfeuer brannte.

Sie hielt seinen Penis, bewegte die Lippen darauf zu und öffnete sie kreisförmig. Sicher geleitete sie ihn herein.

Er war so kühl, so hart. So süß und sauber und ganz anders als alle Männer, die sie bisher gelutscht hatte.

»Oh Gott, Teresa!«

Zacks Stimme klang klagend, staunend. Sie stellte sich vor, dass er masturbierte, vielleicht sogar häufig. Aber wenn er noch nie mit einer Frau zusammen gewesen war, würde das hier eine Offenbarung sein. Sie ließ ihre Zunge tanzen und erkundete seinen opulenten, sich nach unten verdickenden Umriss, wobei sie aus dem Augenwinkel zusah, wie er sich wand und die Hände in die Laken krallte. Sein Gesicht war verzerrt, seine Augen scharlachrot.

Langsam, behutsam kostete sie ihn, erforschte ihn bedächtig. Kein harter Sog, kein Auf- und Abfahren. Nur zarte Zungenschläge, während ihre Finger sanft mit seinem Schaft und seinen Eiern spielten.

Seine Entzückensschreie wurden raubtierhafter. Er stöhnte und knurrte. Er zerrte an den Laken, und seine Hüften ruckten und machten ihr sorgsam bemessenes Spiel zu einer Farce.

»Ich will dich! Ich muss dich haben!« Seine Stimme klang jetzt grimmig. Er war ganz primitive Männlichkeit und Fremdheit. Teresa spürte Angst, doch von der Art, die einen jubeln lässt und den Geist gen Himmel erhebt. Sie war eine Bergsteigerin angesichts der Herausforderung des Mount Everest; eine Drachenfliegerin, die kurz davor steht, sich von einem Steilhang zu stürzen. Wildes Grauen durchschoss sie, und doch raste ihr Blut vor ungezähmter Erwartung und purer Freude in der Gewissheit, dass es kein Zurück gab.

Sie richtete sich auf und sah auf Zacks prächtigen, blassen Schwanz hinunter, auf dem seine eigenen Säfte und ihr Speichel glänzten. Tief im Inneren spürte sie, wie ihr Schoß einen Satz tat und nach ihm schrie. Ob er sie schwängern konnte? Das bezweifelte sie. Und da er unberührt war, konnte er auch keine Krankheiten auf sie übertragen, oder?

Seine Zähne waren es, die ihr gefährlich werden konnten. Aber dieses Risiko würde sie eingehen. Sie hatte keine andere Wahl.

Sie schlang ein Bein über Zacks schlanke Hüften und ging über ihm in Stellung, sodass seine Schwanzspitze ihren Eingang berührte. Und dann, als er sich erneut aufbäumte, kam sie ihm entgegen und nahm ihn in sich auf.

7

Es war der Himmel. Das Paradies. Vollkommenheit. Mehr, als er sich je erträumt hatte, und dabei hatte er lange Zeit gehabt, darüber nachzudenken.

Zuerst ihr süßer Mund, und jetzt ihr wundervoller warmer Körper. Das Gefühl, von ihr umschlossen zu sein und liebkost zu werden, war köstlich und chaotisch zugleich. Als die heftige Lust in ihm aufstieg, tobte auch der Durst nach But durch seinen Verstand und seine Adern. Er sah zu Teresa hoch, nahm jede herrliche Facette ihrer sanften Kurven und ihrer rosig schimmernden Haut in sich auf und sah ihr liebreizendes Gesicht von schimmerndem Rot umwabert.

Ich muss standhalten, sagte Zack sich immer wieder. Widerstehen.

Seine Sinne lieferten sich einen titanischen Kampf. Wieder und wieder stieß das Wissen darum, was seine Reißzähne anrichten konnten, mit seinem tobenden Hunger zusammen; einem Blutdurst, wie er ihn noch nie erlebt hatte, nicht einmal bei seinen ersten Kämpfen, als er nicht gewusst hatte, wie er sich wehren sollte.

Und doch verlängerten die widerstreitenden Gefühle seine Lust. Das primitive Ringen zwischen Mensch und Vampir hinderte ihn daran, einfach wie ein Wahnsinniger zu stoßen und beinahe sofort zu kommen und zu ejakulieren. Der Kampf gegen seine eigenen Triebe nötigte ihm so viel Beherrschung ab, dass er auch an Teresas Lust denken konnte.

Zack umklammerte ihre Hüften, hielt sie fest und wiegte

sie auf seiner Schwanzwurzel hin und her. Er wusste, dass er groß und hart war und sie mit dieser Härte ausfüllte und liebkoste. Ihre Augen und ihr Mund drückten heftige Empfindungen aus, und ihr Hals war rot angelaufen. Während sie stöhnte und im Takt zu seinen Bewegungen stieß, spürte er, wie ihre inneren Muskeln wogten und ihn mit ihrer Hitze umschlossen.

»Oh Gott! Oh Gott!«, schrie er und rief das Wesen an, von dem er sich nicht mehr sicher war, ob er daran glaubte. »Ich kann nicht ... Ich ...«

Und doch bereitete sie ihm immer noch Lust. Das Innerste ihres herrlichen Körpers zuckte und umklammerte ihn. Ihm drehte sich der Kopf in einem roten Strudel rasenden Begehrens. Er wollte etwas davon mit ihr teilen, wollte, dass sie eine menschliche Essenz dieses unvergleichlichen Gefühls empfand, daher ließ er die Finger zwischen ihre Beine gleiten und fand den Scheitelpunkt ihres Geschlechts, kurz vor der Stelle, an der ihre Körper miteinander verschmolzen. Zack wusste, dass seine Berührung plump und unerfahren war, doch ihre Reaktion war ein wunderbares, lüsternes Seufzen, und sie drückte ihre Hand auf seine, als wolle sie ihn ermuntern.

Dann spürte er es, fühlte, wie sie den Höhepunkt erreichte. Schnelle, harte Kontraktionen um seinen Schwanz. Ihre Finger gruben sich in seinen Handrücken und seinen Schenkel, auf den sie sich stützte.

»Zack! Oh Gott, Zack!«, schrie sie. Ihr Triumphschrei klang ebenso unnatürlich laut wie sein Schrei nach Blut.

Er konnte sich nicht mehr beherrschen, bäumte sich auf und riss sie an sich, während das rote Feuer seines Blutdursts durch seine Lenden und seine Seele brodelte. Im letzten Moment versuchte er den Kopf abzuwenden, doch sie ließ ihn nicht. Immer noch in ihrem Orgasmus zuckend vergrub sie die Hände in seinen Locken, zog sein Gesicht in ihre Halsbeuge und drückte seinen Mund an die weiche, feuchte Haut ihres Halses.

»Tu es, Zack!«, befahl sie ihm mit der Stimme einer Königin, die verlangte, dass ihr Wille erfüllt wurde. »Tu es, Zack ... nimm mein Blut. Ich will es so.«

Er konnte sich ihr nicht widersetzen. Sanft biss er zu und trank von ihrer Süße.

Ihr menschliches Blut war warm und lebendig. Und dann zuckte sein Schwanz in ihrem Inneren, und sein kalter Samen ergoss sich in nicht enden wollenden Wellen.

»Hiermit erkläre ich euch zu Mann und Frau. Sie dürfen die Braut jetzt küssen.«

Sieh ihn nicht an. Sieh ihn nicht an.

Es war sinnlos. Teresa konnte ihren Blick ebenso wenig von Zack losreißen, wie sie zu atmen aufhören konnte.

Ich werde verrückt, dachte sie.

Zacks Vorstellung von Abendkleidung war ein prächtiger Anzug aus der Zeit König Edwards, komplett mit hohem Kragen und kompliziert gebundener Krawatte. Inzwischen wusste sie, dass er einen solchen Anzug hätte tragen können, als er tatsächlich in Mode war, aber sie mochte seine exzentrische Vorliebe für diesen Vintage-Stil.

Alle jubelten und klatschten, als Lisa und Tom sich heftig küssten, aber Zack wirkte leicht zerstreut, genau wie Teresa sich selbst fühlte. Wenn sein Blick den ihren traf, lag darin ein vielschichtiger Ausdruck: teils Triumph, teils Schuldbewusstsein, teils Lust – und alles mit einer wunderbaren Wärme und Zärtlichkeit vermischt.

Sie wünschte, er würde auf sie hören, wenn sie ihm sagte, dass er keinen Grund hatte, sich schuldig zu fühlen.

Schließlich war sie diejenige gewesen, die ihn gedrängt hatte, sie zu beißen.

Seine Augen weiteten sich, als hätte er ihre Gedanken gelesen, und Teresa konnte sich keinen Einhalt gebieten und dachte an diesen atemberaubenden Moment zurück.

Es war wie Fallen und Fliegen zugleich gewesen. Die Lust in ihrem Bauch hatte gebrodelt wie ein kochender Strudel, der jede Zelle und jedes Atom ihres Körpers erfasste.

So war sie noch nie in ihrem Leben gekommen, und sie wusste, es lag daran, dass Zack gleichzeitig von ihr getrunken hatte.

Mit einem Mal schmerzten die kleinen Einstiche, und Zacks Augen zogen sich zusammen, als sie den Seidenschal zurechtrückte, den sie um den Hals geschlungen hatte, um die Bissmale zu verbergen. Er hatte kaum ein paar Schlucke getrunken, aber es kam auf die Tat selbst an, nicht auf die Menge.

Nachdem die Zeremonie vorüber war, verließen die Gäste unter Stimmengewirr und Gedränge die Sitzreihen vor der kleinen Rosenlaube, in der Lisa und Peter getraut worden waren. Als Nächstes stand der Empfang auf dem Programm, und das Büffet, das sich unter köstlichen Speisen bog, und die unmäßigen Mengen Alkohol hinter der offenen Bar lockten.

Es war dämmrig geworden, und am Horizont war noch ein kleines Stück der untergehenden Sonne zu sehen; aber ihre schwachen Strahlen schienen Zack nicht viel auszumachen.

»Um mich zu rösten, bräuchte es schon Sonnenschein und hellen Tag«, hatte er zu ihr gesagt, als sie zu der im Freien stattfindenden Zeremonie hinausgegangen waren. »Ansonsten macht es mir nichts aus.«

Wie im Traum ging Teresa auf dem lauten, hektischen Empfang umher. Alles amüsierte sich und erzählte anzügliche

Witze, und die Gäste tranken, aßen, lachten und flirteten. Aber ihr kam es vor, als sähe sie das alles aus großer Entfernung. Wirklich real war nur der hochgewachsene, elegante Mann an ihrer Seite.

Gelegentlich fing sie die Blicke anderer Frauen auf, die ihn beäugten und denen unverhohlener Neid ins Gesicht geschrieben stand.

Oh ja, er ist sexy, spottete sie lautlos. Und er sieht großartig aus. Aber ihr ahnt ja nicht einmal die Hälfte, und wenn ich versuchen würde, euch davon zu erzählen, würdet ihr glauben, ich hätte den Verstand verloren.

Sie nippte an einem Glas Wein und rümpfte die Nase, weil er nach nichts schmeckte. Wahrscheinlich verloren normale menschliche Freuden ihren Reiz, wenn man ein übernatürliches Wesen liebte und gerade mit ihm im Bett gewesen war.

Die Tanzfläche füllte sich. Teresa sah zu, wie Menschen herumhüpften und sich drehten und Frauen ihre Körper auf verschiedene Weise sexy im Takt der Musik wiegten, um sich einen Mann für die Nacht zu angeln. Früher hätte sie es auch genossen, zu zeigen, was sie hatte, ganz gleich, ob sie hoffte, einen netten Mann zu finden. Aber heute Abend fühlte sie sich matt und fern der Realität. Es war, als hätte jemand die Hochzeitsfeier mit Fotoshop bearbeitet, bis sie nur noch wie ein Schemen an ihr vorbeizog.

»Geht's dir gut?«

Sich von der Menge der Tänzer abzuwenden und zu Zack umzudrehen, fühlte sich an, als lasse sie die Schatten hinter sich, um in den süßen Mondschein zu treten.

»Du siehst müde aus.« Besorgt runzelte er die schöne, breite Stirn, doch Teresa konnte nur daran denken, die Hand auszustrecken und die einzelne, lose Locke zu berühren, die darüber baumelte und aus seinem peinlich exakt frisierten Haar entwischt war.

Teresa versuchte vernünftig zu denken und sich nicht von Schmachtlocken und rot anlaufenden Augen ablenken zu lassen, und lächelte ihm aufmunternd zu.

»Mir geht es gut, Zack, wirklich.«

Lügnerin.

»Ich bin vollkommen okay.« Sie senkte die Stimme. »Du hast mich nicht verletzt. Ich fühlte mich sogar wunderbar.« Sie berührte seinen Arm und war wieder einmal fasziniert von den harten Muskeln und der unnatürlichen Kraft, die sie unter ihren Fingern spürte. »Die Sache ist nur die, dass ich viel lieber allein mit dir wäre als in dieser Menschenmenge.«

Wieder runzelte Zack die Stirn.

»Mach das nicht.« Sie streckte die Hand aus und strich mit den Fingern über seine Stirn, als wolle sie den finsteren Ausdruck wegwischen. Seine Haut war kühl, und dennoch prickelte die Berührung wie elektrischer Strom. »Was wir geteilt haben, war wunderbar. Und ich möchte es wieder tun, so bald wie möglich.«

Zack gab ein Bild der Verwirrung ab, wie er sich auf die Lippen biss und zum Himmel sah. Seine Eckzähne wirkten ein klein wenig spitzer als noch eben, und sie spürte die Begierde, die von ihm ausstrahlte wie unsichtbare magnetische Wellen.

Er umfasste ihre Schultern und schaute ihr tief in die Augen. Seine eigenen zeigten bereits den roten Ring um die Iris.

»Meinst du, ich will nicht dasselbe?« Seine Stimme klang rau. »Auf das, was zwischen uns geschehen ist, habe ich ein Dreivierteljahrhundert gewartet, Teresa, und es hat sogar meine wildesten Träume übertroffen.« Seine langgliedrigen Finger drückten ihre Schultern fester, und der leise Schmerz war furchteinflößend, aber köstlich. »Und nächstes Mal …

ich weiß, dass es nächstes Mal noch besser wird.« Seine kristallblauen Augen begannen ins Rote umzuschlagen. »Aber ich bin mir nicht sicher, ob ich in der Lage sein werde, mich zu beherrschen.«

»Weiter so, Kumpel! Ich weiß, was du meinst. Die Kleine ist ein Knaller!«, lallte ein betrunkener Hochzeitsgast, der triefäugig an ihnen vorbeitaumelte.

Zacks Augen leuchteten scharlachrot auf, und er starrte den Mann wütend an. Lautloses Wutgebrüll schien die Luft vibrieren zu lassen.

»Sorry. Tut mir wirklich leid«, entschuldigte sich der andere ernüchtert und mit eingeschüchterter Stimme. Dann wieselte er kalkweiß und verängstigt davon.

»Siehst du, was ich meine?« Zacks Augen wirkten wieder normal, obwohl in seiner Stimme immer noch unterdrückter Zorn lag. »In deiner Gegenwart kann ich mich nicht beherrschen – ich dachte, ich wäre dazu in der Lage, aber es ist tausend Mal schwieriger, als ich vorher dachte.« Kurz schloss er die Augen, sodass seine dichten schwarzen Wimpern sich senkten wie zwei Seidenfächer. »Ich ... ich liebe dich, Teresa ... und ich will dir nicht wehtun. Ich kann den Gedanken nicht ertragen, was ich dir vielleicht antue.«

Teresa schwankte, und beinahe bevor sie es selbst bemerkte, lag Zacks Arm schon um ihre Taille und hielt sie aufrecht.

»Dir geht es *nicht* gut, stimmt's?«

»Mir geht's prima, sag ich doch«, fauchte sie schärfer als beabsichtigt zurück. Sie konnte nicht klar denken, und ihr Herz flatterte wie ein Vogel.

Er liebt mich.

Sie sah sich um. Die Hochzeitsfeier schien sich immer weiter von ihnen zu entfernen und irreal zu werden. Neue Träume stiegen in ihr auf und vermischten sich mit ihren wilden erotischen Fantasien über Vampirsex. Sie sah sich und

Zack Hand in Hand durch eine wunderschöne Nacht wandern, schweigend und zufrieden damit, zusammen zu sein. Bis in alle Ewigkeit.

»Komm, lass uns verschwinden. Es ist toll hier ... aber wir brauchen Zeit für uns«, keuchte sie.

Zack wirkte zweifelnd, alarmiert und beinahe ärgerlich. Und Teresa wusste, dass es nichts damit zu tun hatte, gegen die gesellschaftliche oder Hochzeitsetikette zu verstoßen. »Keine Sorge ... niemand wird uns vermissen. Wir sind schließlich nicht das Brautpaar.«

Wenn es doch so wäre! Ich würde alles geben, um Draculas Braut zu werden.

»Was ist so komisch?«, erkundigte sich Zack, als sie die Hochzeitsfeier eilig hinter sich ließen. Teresa wurde klar, dass sie laut gelacht haben musste. Als sie das Festzelt verließen, senkten sich Schatten wie ein Schleier über den Garten.

»Nichts. Nur dumme Gedanken.«

Sie waren tatsächlich dumm, aber auch todernst.

Um Zacks Braut werden, würde sie sterben müssen.

Angetrieben von einem unbestimmten dunklen Drang ging Zack wieder zum Labyrinth und zog Teresa mit.

Das ist Wahnsinn, dachte er. Wir hätten auf der Hochzeitsfeier bleiben sollen ... Dort wärst du sicher, meine Liebste. Vor einem nach Hunderten zählenden Publikum könnte ich dich nicht aussaugen.

Und doch wusste ein Teil von ihm, dass er in der Lage wäre, genau das zu tun.

Nachdem er jetzt die Freuden des Sex und die wunderbare, alchemistische Mischung aus Blut und sublimer sexueller Lust erfahren hatte, wusste er, dass das friedliche Arrangement, das bisher zwischen Teresa und ihm geherrscht hatte, nie wieder wie früher werden konnte. Er konnte jetzt nicht mehr zurück, aber vielleicht würde es *ihr* ja gelingen, wenn er sie überreden konnte, sein Haus zu verlassen und die Gefahr, die er darstellte.

Und unterdessen musste er irgendwie die Kontrolle behalten. Er musste nachdenken. Argumentieren. Teresa erklären, dass alles andere unmöglich war.

Als sie das Labyrinth betraten, ragten die hohen, duftenden Hecken um sie auf. Die Düfte der Nacht waren kühl und frisch und berauschend süß, aber nicht annähernd so schwindelerregend wie der köstliche Duft von Teresas Parfüm und der zarte, aber durchdringende Geruch ihres Geschlechts.

»Hoffentlich verlaufen wir uns nicht.« Im Gehen sah sie zu ihm auf, und ihr Gesicht schimmerte im Licht des gerade aufgegangenen Mondes. »Oder kannst du fliegen, über die Hecken sehen und den Rückweg finden?«

Trotz allem amüsiert schüttelte Zack den Kopf.

»Noch so ein Mythos aus Legenden und Filmen.« Er drückte ihre Finger und hätte beinahe laut aufgestöhnt, weil schon der einfache Hautkontakt ihn so erregte. Seine Eckzähne hatten sich nur durch das Halten ihrer Hand gefährlich verlängert. »Ich kann nicht fliegen, und ich kann auch keine andere Gestalt annehmen. Du wärst erstaunt, wie normal die meisten Vampire sind.«

»Nichts mit Fledermäusen, Wölfen oder grünem Nebel?«

»Glücklicherweise nicht.«

Sie zuckte die Achseln, und bei dem leichten, kaum wahrnehmbaren Anheben ihrer Brüste lief es ihm ruckartig wie Quecksilber durch die Adern. Alles, was sie tat oder sagte, alles an ihrem Anblick erregte ihn. Er wollte gerade stehen bleiben und darauf bestehen, dass sie ins Festzelt zurückkehrten, als sie eine Ecke umrundeten und in das Zentrum des Labyrinths traten. Die Steinbänke standen schweigend und irgendwie anklagend um den dunklen Teich herum, an dem er sich letzte Nacht von seiner Leidenschaft erleichtert hatte.

Teresa keuchte auf.

»Das ist so wunderschön! Was für ein magischer Ort!«

Sie zog ihn voran und schaute dann in das fast schwarze Wasser.

»Es gefällt mir, dass ich dich sehen kann«, hauchte sie, drehte sich dann um und lächelte ihm zu.

Auch Zack sah ins Wasser, aber er betrachtete nicht sein eigenes schwaches Abbild, sondern Teresas klarere Spiegelung. Ihre Schultern, die ihr elegantes Kleid mit den schmalen Trägern freiließ, schimmerten im Mondschein. Vor seinen Augen zog sie den Seidenschal, den sie um den Hals trug, herunter. Abgesehen von den beiden dunkelroten Stichen von seinem Biss war ihr Hals weiß und glatt.

Der Hunger – sowohl die Gier nach Blut wie auch einfaches menschliches Begehren – tobte durch seinen Körper wie eine Flutwelle. Sein Penis wurde hart wie Eisen, und seine Reißzähne fuhren vollständig aus.

Er musste hier weg, denn er konnte nicht widerstehen. Er musste in ihr sein – und er musste trinken.

Teresa beobachtete die magische Verwandlung. Zacks Augen schimmerten blutrot, und die Spitzen seiner weißen Zähne glänzten im Mondschein. Ein furchteinflößendes und doch köstliches Gefühl von Schwäche und Sehnsucht hüllte sie ein. Sie wusste, dass es von ihm stammte, doch sie vermutete, dass er es eher unbewusst als absichtlich ausstrahlte.

Doch darauf kam es nicht an, ihr Körper sang vor Begierde und Sehnsucht. Ihre Haut prickelte, besonders um die Bissmale, und zwischen ihren Beinen zerschmolz ihr Geschlecht und wurde nass vor ungehemmter Erregung. Mühelos und ohne es bewusst zu wollen, presste sie sich an Zacks ganzen Körper, zupfte an seinem Kragen und legte die Lippen an seinen kühlen Hals, als könne ihn das dazu bewegen, ihr die gleiche Liebkosung zu schenken.

Sie spürte seine große Kraft, und wie er sie gebrauchte, um gegen sie anzukämpfen und sie zurückzustoßen, aber die Kraft und Stärke, die in ihr aufwallten, kamen seiner fast gleich. Seufzend schlang sie die Arme um ihn, öffnete den Mund über seinem Hals und kostete den herrlichen Geschmack seiner Haut.

»Teresa, nein!«, stöhnte er, aber in seiner leisen Stimme klang Resignation und eine Wollust, die er unmöglich verbergen konnte. All diese Monate mit ihr hatte er sich zurückgehalten, und davor all die Jahrzehnte, in denen er sich von den Menschen ferngehalten hatte, um der Versuchung aus dem Weg zu gehen. Jetzt war es, als breche sich ein Berg angestauter Gefühle Bahn, eine Naturgewalt, die man weder aufhalten noch ablenken konnte.

Er umschlang sie fester, und als sie die Arme um seinen Hals legte, umfasste er ihre Hinterbacken, hob sie hoch und rieb sie an seiner harten Erektion. Sie spürte, wie ihre Füße sich aus dem Gras hoben und er sie mühelos festhielt, sodass sie fest gegen seinen ganzen Körper gepresst wurde.

»Wir dürfen das nicht, Teresa, wir dürfen nicht ...«

Ein letzter Versuch.

»Aber doch, wir müssen«, schnurrte sie und wand sich schlangengleich an ihm.

Einen Moment lang verschwamm ihre Umgebung, als bewege sie sich schnell, und Teresa stellte fest, dass sie auf dem Rücken im Gras lag und Zack sich über sie beugte. Mit einer Hand strich er verführerisch über ihre Brust, und mit dem Ellbogen des anderen Arms stützte er sich auf. Irgendwann während des schwindelerregenden Übergangs waren sein Jackett und seine kompliziert geschlungene Krawatte verschwunden, und sein weißes Seidenhemd stand offen und entblößte seine Brust.

Teresa lachte, als ihr klar wurde, dass sie nackt war.

»Dann … hast du es dir also anders überlegt«, murmelte sie, hob das Knie und ließ es an ihm entlanggleiten. Ihre Hüften wiegten sich lockend.

»Ja«, versetzte er rau. Seine Hand glitt von ihrer Brust zu ihrem Bauch. Seine Finger krümmten sich, und der mittlere fuhr auf ihre Spalte zu. »Aber ich werde dich nicht beißen … absolut nicht! Das schwöre ich!«

Doch seine Augen waren rot und seine Eckzähne lang. Teresa erschauerte und ergötzte sich gegen alle Vernunft an den starken, primitiven Instinkten ihres Liebhabers.

Und dann berührte er sie, und als sie vor Sehnsucht aufstöhnte, stieß er ein Heulen aus, einen urtümlichen Freudenschrei, der in dem intimen, von hohen Hecken umstandenen Raum widerhallte.

Nur noch seine Zärtlichkeiten existierten, nur sein langgliedriger, kühler Körper und sein Duft. Alle Vernunft, die Welt des Normalen und Gesunden, jede Vorsicht und Umsicht waren vergessen. Stöhnend verlangte sie nach dem Kuss des Vampirs; danach, dass er sie mit seinem Körper in Besitz nahm. Auf geheimnisvolle Weise war er bereits nackt und bewegte sich über ihr. Sein schwerer Penis suchte, suchte nach seiner perfekten Hülle.

Teresa hob auffordernd die Hüften, um ihm das Eindringen leichter zu machen. Ihre Hände zerrten an ihm, gruben sich in seinen Rücken, umfassten seine Hinterbacken und ermunterten ihn, während sich ihre Nägel in seine Haut krallten und sie aufrissen.

Als er sich in sie rammte, schwindelte ihr, und sie schrie, heulte und schlug um sich, als habe der Blutdurst sie ebenfalls ergriffen. Ihre Hüften hoben sich, schoben sich vor und erwiderten seine Stöße. Sie wollte ihn in sich spüren, wirklich in sich – in jedem Nerv, jeder Zelle und jedem Blutgefäß. Sie wollte mit ihm zusammen sein, wollte *er* sein bis zum kleinsten gemeinsamen Nenner dessen, woraus sie bestanden, und sie wollte ebenfalls in ihm sein.

Sie glitten und stießen hin und her, ihre Glieder wogten, und ihre Körper trafen in dem natürlichen, instinktiven Tanz des Fleisches klatschend aufeinander. Gewaltige Wogen köstlicher Empfindungen brandeten über Teresas Leib, ihre Beine, Arme, Finger und Zehen. Sogar ihr Haar schien vor Lust zu prickeln und beinahe senkrecht hochzustehen.

Doch sie wusste, dass da noch mehr war, und erneut erkannte sie inmitten dieses Zyklons der Lüste eine größere Verlockung, die ihr Leben verändern könnte. Sie ergab sich diesem höchsten Ruf, bog den Nacken zurück und bot Zack ihre Kehle dar. Ihre Finger vergruben sich tief in seinen schwarzen Locken und zogen ihn auf sie herunter.

Wieder schrie er, ein gewaltiges Aufbrüllen voller Freude und Triumph, aber zugleich ein schicksalsergebenes »Nein« aus Entsetzen und Widerstand. Aber es war zu spät, seine tiefsten Instinkte hatten die Kontrolle übernommen.

Als sie den Schmerz spürte, war er überwältigend. Das war kein leises Zwicken oder das Trinken von ein paar Schlucken Blut, sondern ein richtiger Vampirbiss.

Hart und unnachgiebig bohrten sich Zähne in ihre Haut, suchten nach den üppig pulsierenden Blutgefäßen und fanden sie. Heiß begann das Blut zu fließen, süß und reichlich. Teresa stöhnte, als ihre Lust immer höher anstieg und verschwamm. Vielleicht war der Schmerz ja Lust oder umgekehrt? Teresa hätte es nicht unterscheiden können. Sie erlebte nur die köstliche Freude, dass ihr Liebster von ihr trank und sie von ihm.

Es hörte gar nicht mehr auf. Ihr Geschlecht wogte, zuckte und krampfte sich im Takt zu dem stetigen Pulsieren ihres Bluts aus ihrem Hals um Zack. Die Empfindungen waren himmlisch, und irgendwo mitten darin war sie sich bewusst, dass Zack in ihr ejakulierte. Und doch blieb er hart; sein Schwanz war weiter unnachgiebig, fest und kühl.

Sie begann zu schweben, als wäre sie gewichtslos, körperlos. Teresa trieb auf einem Meer warmer, urtümlicher Empfindungen dahin, zärtlich umfangen und getragen von Liebe, und löste sich in einer scharlachroten Wolke auf. Die Lust schien zu zerschmelzen und sich zu verändern, wurde immer träger, schläfriger und weniger greifbar. Ihre Vereinigung war jetzt keine Anstrengung mehr, sondern nur Behaglichkeit, Gleiten, Dahinfließen und Süße ...

Ihr war, als höre sie einen gequälten Schrei aus weiter Ferne. »Nein! Oh nein!« Aber er hätte ebenso gut ihrer Fantasie entstammen können.

Ist das ein Traum? Wie merkwürdig. Schlafe oder wache ich?

Teresa trieb immer noch dahin, aber sie war sich vage einer Bewegung bewusst und spürte, dass um sie herum und mit ihr etwas geschah. Sie fühlte sich desorientiert, aber sie hatte keine Angst, denn Zack war bei ihr und kümmerte sich um sie.

Ohne besonders viel Beteiligung ihrerseits half er ihr wieder in die Kleider, während sie sich nur umsah und ihre Umgebung und sogar ihren eigenen Körper nur verschwommen wahrnahm. Sie roch Blut, üppig und verlockend. Als sie ihre Finger anschaute, fand sie an den Spitzen und um die Nägel rote Spuren, und während Zack nach ihren Schuhen suchte, war es das Natürlichste auf der Welt, die Finger nacheinander in den Mund zu stecken und die lebensspendende Flüssigkeit abzulecken. Das Blut schmeckte genauso appetitlich, wie es roch.

Und dann wurde sie davongetragen, die Arme um seinen starken Hals gelegt und das Gesicht an der duftenden Haut unter seinem geöffneten Kragen verborgen.

»Ich bin so müde«, murmelte sie und rieb die Nase an ihm. »Ich könnte einen Monat lang schlafen ...«

»Es ist okay«, flüsterte ihr Liebster, »bald liegst du wieder im Bett.«

Teresa wollte noch sagen, wie gut das klang, aber bevor sie die Worte bilden konnte, schlief sie bereits fest.

8

Teresa kam es vor, als vergingen viele, viele Wochen, bis sie schließlich aus diesem Traum erwachte.

Sie erinnerte sich noch, wie er sie ins Bett getragen und hineingelegt hatte, und dann an den nächsten Morgen und die Gespräche mit Zack, während die beiden ihre Sachen packten und dann zurück in die Stadt fuhren.

Wie ungezwungen und friedlich es gewesen war, mit ihrem Freund, ihrem besten Kumpel, über dies und das zu plaudern und Pläne für die kommenden Wochen und Monate zu schmieden, von denen manche noch vage und andere konkret waren. Das Einzige, was sie störte, war ihr Tinnitus, der ab und an zurückkehrte. Sie beschloss, bei Gelegenheit zum Arzt zu gehen.

Was für eine ausgezeichnete Idee es schien, sich nach einer neuen, eigenen Wohnung umzusehen, während Zack unterwegs war und sich eine Auszeit bei seinen alten Freunden im Benediktinerkloster in North Yorkshire nahm. Ja, es wurde wirklich Zeit, dass sie aufhörte, die Großzügigkeit dieses freundlichen Menschen auszunutzen. Sie hatte Ersparnisse – tatsächlich war ihr Bankkonto unerwartet gut gefüllt –, und es würde ihr Spaß machen, sich eine Wohnung exakt nach ihrem eigenen Geschmack einzurichten. Und wenn sie Zack nicht mehr vor die Füße lief, konnte er mit seinen Forschungen und seiner schriftstellerischen Arbeit weiterkommen, und sie konnten einander ja immer besuchen, wenn sie sich eingerichtet hatte, oder?

Es war traurig, Zack nach Yorkshire zu verabschieden, und sie hatte insgeheim ein paar Tränen vergossen. Aber da er so fürsorglich war, hatte er dafür gesorgt, dass seine Putzfrau, die auch so etwas wie eine Haushälterin war, in seiner Abwesenheit ein paar Überstunden machte, damit Teresa etwas Gesellschaft hatte, während sie sich nach einer Wohnung umsah.

Alles war geplant, organisiert und lief reibungslos. Zumindest sah es zuerst so aus.

Aber dann begann sich etwas zu verändern. Aber vielleicht war es auch so, dass ihr Veränderungen auffielen, die bereits passiert waren. Und ihre Erinnerungen begannen schärfer zu werden.

Und sie waren nicht das Einzige, was scharf wurde.

Nachts erwachte sie jetzt aus heißen Träumen, in denen Zack vorkam. Wilde erotische Fantasien, die sie erregten und mit Sehnsucht und unersättlichem Hunger erfüllten. Aber wenn sie den Kühlschrank aufriss, hatte sie auf nichts, was sich darin befand, Appetit.

Eines Nachts durchwühlte sie den Tiefkühlschrank und entdeckte ein paar gefrorene Päckchen mit Zacks Eisenshake. Er bewahrte sie dort auf, für den Fall, dass sich aus irgendeinem Grund der Nachschub verzögerte. Unerklärlicherweise begann ihr das Wasser im Mund zusammenzulaufen, und auch ihre Mundhöhle fühlte sich seltsam und unvertraut an.

Während sie darauf wartete, dass die gefrorenen harten Tütchen auftauten, fuhr Teresa zerstreut mit der Zunge über den Rand ihrer Schneidezähne und schrie dann laut auf, als sie den Schreck ihres Lebens bekam.

Dann sah sie plötzlich seine Hand vor sich, die mit gekrümmten Fingern eine eigenartige Bewegung vollführte.

Aber jetzt war der Zaubertrick nicht mehr nötig. Durch den köstlichen Duft des Bluts kehrten ihre Erinnerungen zurück.

Alles, was er in seinem fehlgeleiteten Versuch, sie zu »retten«, gelöscht hatte.

Sie lächelte.

In den frühen Morgenstunden schloss Zack sein stilles, dunkles Haus auf. Seine Haushälterin blieb nie über Nacht, daher musste es leer sein – aber dann prickelte es in seinem Nacken, als er eine verschwommene Präsenz wahrnahm.

Teresa!

Sie sollte gar nicht hier sein. Er hatte mit Absicht während der sechs Wochen seiner Abwesenheit keinen Kontakt zu ihr aufgenommen und gehofft, es ihnen beiden so leichter zu machen. Es war schwierig, den Geist eines Menschen, der eine so wache Intelligenz wie seine Liebste besaß, zu verwirren, aber wenn sie getrennt waren, würden die gefährlichen Erinnerungen verblassen und verschwinden.

Aber sie war hier, das war ihm klar. Selbst wenn er kein Vampir gewesen wäre, hätte er sie wahrnehmen können. Seine unsterbliche Liebe gab ihm dieses Gefühl ein.

Verworrene Gefühle wetteiferten in seinem Herzen.

Er empfand reine Freude darüber, dass sie in seinem Haus geblieben war, und glühenden Zorn, weil sie seinen Einflüsterungen widerstanden hatte und sich in Gefahr brachte.

Als Zack die Treppe hinaufrannte, fühlte er sich beinahe lebendig. Er hätte schwören können, dass sein Herz in freudiger Erwartung pochte und das Blut durch seine Adern raste. Das war natürlich eine Illusion, aber trotz seiner Verwirrung war es berauschend.

Die Tür zu Teresas Zimmer flog fast aus den Angeln, als er sie aufriss, aber als er es dann leer vorfand, hätte er am liebsten aufgejault. Hatte er sich geirrt und nur das Nachbild ihrer Gegenwart gespürt?

Er sog die Luft ein.

Das Zimmer war von ihrer Präsenz erfüllt. Vielleicht lag es daran. Ihr herrliches Parfüm und der sinnliche Duft ihres Körpers verschlugen ihm den Atem, den er schon lange nicht mehr besaß. Er fühlte sich wie erstarrt und zugleich wild und irrsinnig erregt.

Er stampfte den Gang entlang, zu seinem eigenen Zimmer, und nahm dabei immer noch Teresas Geruch wahr.

In seinem Schlafzimmer war das Licht gelöscht, aber dennoch sah er deutlich, dass unter seiner Bettdecke jemand lag und zerzaustes teakbraunes Haar auf sein Kissen quoll. Sekundenschnell riss er die Bettdecke weg.

Teresa blinzelte zu ihm auf und rieb sich schläfrig das Gesicht. Er wusste, dass sie nur so tat, und spürte, dass ihr Geist ebenso wach war wie seiner.

»Was zum Teufel machst du hier?«

»Ich dachte, du würdest dich freuen, mich zu sehen, Zack.«

Als sie sich aufsetzte, rutschte das dünne Nachthemd hinab und entblößte ihren Hals und ihre Schultern, die jetzt wieder vollkommen glatt und makellos waren. Zack unterdrückte ein Aufstöhnen, als sein Schwanz steif wurde und seine Fangzähne augenblicklich ausfuhren.

Verwirrter denn je schüttelte er den Kopf.

Er begehrte sie. Er war überglücklich, weil sie noch hier und in seinem Bett war – aber die Gefahr, die Gefahr ... Beim letzten Mal waren sie der Grenze so nahe gekommen, dass er gefürchtet hatte, sie überschritten zu haben.

»Das tue ich auch ... Aber ich dachte, wir wären uns einig gewesen, dass du dir eine eigene Wohnung suchst?« Die Worte klangen gedämpft, denn er presste sich in der Hoffnung, seine Reißzähne zu verbergen, die Faust in den Mund. Sie hatten immer noch eine Chance, mit Anstand aus der

Sache herauszukommen, ohne dass ihr etwas zustieß. Es war immer noch möglich, sie gehen zu lassen, damit sie leben konnte und nicht zu dem Zustand verdammt war, der seine Existenz bestimmte.

Teresa lachte, ein reiner, perlender Laut.

»Du brauchst dich nicht zu verstecken. Ich weiß, was du bist. Der Bann, den du über mich geworfen hattest, wirkt nicht mehr.«

Zacks Hand sank herab, und er starrte sie an.

»Erst recht ein Grund für dich, nicht hier zu sein. Dann weißt du ja, wie gefährlich ich für dich bin.«

»Das ist mir egal.«

Sie reckte das Kinn und hob den Kopf. Ihm wurde klar, dass sie auf unbestimmte Art anders aussah, noch schöner denn je, falls das überhaupt möglich war. Ihre blasse Haut hatte einen Cremeton, und ihre Lippen schimmerten rosig. In ihren Augen lag ein tiefes, wissendes Leuchten.

»Das sollte es aber nicht! Du kannst nicht in meiner Nähe bleiben. Hier ist es nicht sicher für dich.« In seinen Fingern prickelte sein Bedürfnis, sie zu berühren, besonders, als sie sich auf das Bett kniete und mit sinnlicher, herausfordernder Miene die Arme nach ihm ausstreckte. Er konnte sich nicht bezähmen, umfasste ihre Schultern und schüttelte sie sanft. »Du musst gehen, Teresa. Bitte, um meinetwillen! Ich könnte es nicht ertragen, dir wehzutun … dich zu verändern.«

»Zu spät, mein Liebster.«

Sie sprach leise, aber die Worte schienen in der Mitte des Zimmers aufzuschlagen wie ein Felsbrocken.

»Nein!«

Zack war nicht leise. Sein lauter Schrei schien von den Möbeln widerzuhallen.

Teresa lächelte ihn an. Ein scharlachroter Ring umgab die Iris ihrer schönen Augen. Ihre hübschen weißen Zähne wirkten unregelmäßig, denn ihre Eckzähne waren leicht zugespitzt.

»Aber du hast nicht von mir getrunken.«

Er umfasste ihr Kinn und ließ den Daumen behutsam über die Spitzen ihrer Fangzähne gleiten. Sie waren rudimentär und nur leicht spitz, noch keine richtigen Vampirzähne.

Trotzdem.

»Ich habe ein wenig von deinem Blut auf meinen Fingerspitzen gekostet. Nachdem ich dir über den Rücken gekratzt hatte.«

Rasch durchkämmte Zack sein Gedächtnis und ging alle Überlieferungen durch, die er selbst nach seiner Verwandlung studiert hatte. Wenn sie nur ein paar Tropfen getrunken hatte, konnte sie noch zurück. Sie konnte trotzdem normal bleiben und ein menschliches Leben führen. Wenn sie sich von ihm fernhielt und kein Blut mehr trank.

»Bitte, Teresa, du musst fort. Wenn du in meiner Nähe bleibst, wird der Drang nur noch stärker werden ... und ich werde dir nicht widerstehen können.«

»Wessen Drang? Meiner oder deiner?«

»Kommt es darauf an? Bitte, meine Liebste, geh einfach!«

Aber ihr Blick war klar, trotz des Rots in ihren Augen. Er spürte ihre Intelligenz, ihren Willen und das vollständige Wissen darum, was vor ihr lag. Und sie wollte es.

Vor allem las er Liebe in ihrer Miene.

»Ich kann nicht gehen, Zack.« Sie schlang die Arme um ihn. »Ich liebe dich. Ich muss bei dir sein.«

Ein letztes Mal stieg der Drang, ihr die Freiheit zu schenken, in ihm auf.

»Und was, wenn ich dich nicht liebe?«, verlangte er zu wissen und versuchte erfolglos, sie abzuschütteln. Aber sie war bereits viel stärker als früher. Sie lachte leise und schmiegte ihr Gesicht und ihren Körper an ihn.

»Du magst ein Vampir sein, Zack, aber du bist ein schlechter Lügner.« Sie zog sein Hemd auf. »Und ich habe bereits … nun, Kräfte.«

Wieder küsste sie ihn und strich mit der Zunge über sein Schlüsselbein.

»Es nützt nichts, wenn du mir sagst, du liebst mich nicht, weil ich *weiß*, dass es so ist!«

Ah, aber du fühlst dich so gut an!

Teresa lächelte an Zacks kühler Haut, während sie darauf wartete, dass er die Wahrheit eingestand. Er sagte nichts, aber seine Arme schlossen sich um sie. Bei der Empfindung, umschlossen und geliebt zu sein, schwanden ihr die Sinne. Es war ein altmodischer Ausdruck, den sie vor ihrer Begegnung mit ihm nie verwendet hätte, aber er war der Einzige, der genau passte.

»Doch, ich liebe dich.« Seine Stimme klang leise und klar, aber sie erkannte, was ihn dieses Geständnis kostete. »Ich liebe ich … und will für immer mit dir zusammen sein.« Er umschlang sie fester und legte den Kopf zurück, als suche er im Himmel nach Erleuchtung.

»Was ist dann das Problem, Zack?« Sie rieb das Gesicht an seiner marmorkühlen Haut und genoss ihre glatte, seidige Struktur, den Umstand, dass sie niemals schlaff werden, niemals hängen oder im Alter fahl werden würde. Liebte die einfache Freude, ihn zu spüren.

Seine Hand legte sich auf ihr Haar und streichelte es sanft.

»Aber für immer heißt genau das, meine Liebste. Für immer. Bis in alle Ewigkeit.« Ein heftiger Schauer erfasste ihn. »Und wenn du dich dafür entscheidest, wirst du nie wieder die Sonne sehen. Und in ein paar Jahren werden deine Freunde, deine Familie … nun ja, auch wenn sie sich nur fragen, warum sie dich kaum noch über Tag sehen, werden sie doch irgendwann bemerken, dass du nicht älter wirst.«

Er schob sie von sich weg und schaute ihr in die Augen. Teresa sah, dass seine Augen gerötet waren, und spürte mit ihren bereits schärferen Sinnen seine Erregung. Trotz der angespannten Situation konnte er sich seines Begehrens für sie nicht erwehren.

»*Du* bist doch mein Freund, Zack. Ich liebe und begehre dich, aber du bist auch mein bester Kumpel. Das wirst du *immer* sein.« Sie umfasste sein Gesicht und zwang ihn, sie anzusehen. »Meine Eltern sind tot ... und meine Schwester und ich stehen uns nicht nahe. Außerdem werde ich mich damit befassen, wenn es soweit ist.«

»Bist du dir sicher?« Seine Augen glühten jetzt scharlachrot und glücklich.

»Vollkommen! Und jetzt komm schon, bring es zu Ende. Ich will wie du sein, nicht so, nichts Halbes und nichts Ganzes.«

»Mit Vergnügen ... mit Vergnügen, meine Liebste«, murmelte Zack. Seine Stimme klang schroff vor Rührung, als er erneut den Arm um sie legte und mit der freien Hand ihr Gesicht umfasste.

Zärtlich küsste er sie. Seine weichen Lippen glitten über ihren Mund, dann an ihrem Kiefer entlang und schließlich an die zarteste, verletzlichste Stelle ihres Halses. Sie spürte, wie seine Zunge sie liebkoste, dort über der Vene, als wolle er die Haut beruhigen und vorbereiten.

Und dann – ah, der Schmerz seines Bisses! Messerscharfe Zähne bohrten sich in ihre Haut, und sofort begann das Blut zu fließen – und mit ihm die Lust. Er hielt sie stützend, beinahe keusch, in den Armen, aber für sie fühlte es sich an, als streichle und stimuliere er sämtliche Nervenenden in ihrem Körper, besonders in ihrem Geschlecht.

Die Empfindung war süß, unfassbar und exquisit, so als falle und fliege sie zugleich. Sie fühlte sich sowohl schwach als auch stark, und der tiefste Kern ihres Körpers schimmerte und wogte in einem intensiven, sublimen Glühen. Als er kraftvoll an ihr sog, löste er einen heftigen Orgasmus in ihr aus, sodass sie aufschrie, als sie kam.

Während sie noch in dieser unglaublichen Ekstase dahinschwebte, löste er den Mund von ihrem Hals und küsste ihre Lippen. Teresa schmeckte ihr eigenes Blut wie ein Sakrament, und Hunger stieg in ihr auf. Sie wollte aus einer anderen Quelle trinken.

Zack stützte sie immer noch. Er lehnte sich zurück, riss sein Hemd auf und zog in der klassisch-romantischen Vampirgeste einen Fingernagel über seine Brust, über sein Herz.

Dunkelrotes Blut quoll aus der kleinen Wunde, die höchste Verlockung.

Und der letzte Schritt.

Danach gäbe es kein Zurück mehr, keine Chance, ihre Menschlichkeit zu wahren.

Aber als sie in die roten Augen ihres Liebsten sah, nahm sie die Wahl aus vollem Herzen an.

Sie beugte sich vor und begann zu trinken – und verwandelte sich, als Zack ebenfalls in Ekstase aufschrie.

Danach liebten sie sich lange, einfach, auf menschliche Weise. Sie bewegten sich gemeinsam, küssten sich sanft und erforschten einander gemächlich und zärtlich. Keine Bisse, kein Austausch von Blut, nur reine, sinnliche Lust, übersteigert durch ihre übersinnliche Wahrnehmung.

Schließlich schob Zack sich von ihr herunter, lehnte sich in die Kissen und zog sie an sich. Teresa lächelte. Er fühlte sich nicht mehr kalt an; ihre Körpertemperaturen hatten sich aneinander angeglichen.

»Dann beißen wir uns ab jetzt nicht mehr?«, fragte sie und

berührte mit der Fingerspitze seine Brust, wo der kleine Schnitt, aus dem sie getrunken hatte, schon so gut wie verheilt war. »Wahrscheinlich kann ich nicht von dir trinken, und du nicht von mir.«

»Ach, wir können schon, aber rein zum gegenseitigen Vergnügen.« Zacks Finger glitten neckend an ihrem Rücken hinunter, und zu ihrer Freude spürte Teresa, wie sich ihre Lust erneut zu regen begann. Bis heute Nacht wäre sie so bald nach einem so ausgedehnten Liebesspiel zu erschöpft zum Weitermachen gewesen. Aber jetzt besaß sie Kraft und Energie im Überfluss und spürte, dass auch Zack genau so rasch wie sie selbst wieder bereit war.

»Oooh, das klingt doch gut.« Bei dem Gedanken, Zack wieder an ihrem Hals zu spüren, zuckte ihr Geschlecht spontan.

»Aber ich fürchte, für unsere Ernährung müssen wir uns von jetzt an auf Tierblut beschränken. Nicht ganz so schmackhaft, aber trotzdem vollkommen akzeptabel.«

»Keine Sorge, ich habe schon davon probiert. Es ist nicht so übel.« Sie küsste seine Brust.

»Das freut mich«, meinte Zack ironisch. Seine Stimme klang neckend, doch sofort wurde er wieder ernst. Sie brauchte nicht mehr in sein Gesicht zu sehen, um seine Gefühle wahrzunehmen, sie *wusste* einfach *Bescheid*. »Das ist eine große Veränderung, mein Schatz. Dein Leben hat sich vollkommen gewandelt. Alles ist jetzt anders.« Er hielt inne, und seine starken Arme umfassten sie fester. »Aber ich bin da – und ich werde immer da sein. Und ich werde alles, was in meiner Macht steht, tun, um es dir leichter zu machen.«

Er würde sein Versprechen halten. Das wusste sie. Sie hatte keine Zweifel.

Vor ihnen lag ein Abenteuer, ein anderes und unvorstellbar langes Leben.

Doch als sie sich erneut liebten, glühte ihr Herz, das jetzt stillstand, in vollkommenem Glück.

Zack war ihr bester Freund und der Mann, den sie liebte – und mit ihm an ihrer Seite war alles möglich.

Für alle Zeit.

Unter ihrer Haut

Mathilde Madden

Tag 1

Sie rennt den Gang entlang. Seit heute Morgen der Brief gekommen ist, rennt sie. Läuft, läuft, läuft, läuft auf Adrenalin.

Sie hat versucht, in der Bibliothek zu lesen. In der hier und in der im Haus ihrer Eltern, aber sie war so verdammt zapplig, dass die Wörter auf den Seiten der Bücher, die sie lesen wollte, einfach nicht stillhalten mochten.

Aber das ist auch egal. Sie braucht sich jetzt nicht über Vampire zu informieren. Über diese Monster wusste sie schon Bescheid, bevor sie sprechen konnte.

Sie muss um sechs im Schloss sein. Die Zeit wird knapp. Sie fällt praktisch durch die Tür des Krankenzimmers in der Cobalt-Stiftung.

Ihre Mutter schaut verschlafen auf, als wäre sie auf ihrem Stuhl eingenickt, und wirkt zerknittert, was für sie ungewöhnlich ist. Ihre normalerweise feste, exakte Hochsteckfrisur hängt auf Halbmast, und graubraune Strähnchen, die daraus entwischt sind, stehen um ihr Gesicht. Ihre Augen sind rot. Sie hat geweint. Ob sie sich in den Schlaf geweint hat?

»Merle!«, sagt ihre Mutter und steht auf. Müdigkeit schwingt in ihrem schroffen Oberschichtakzent.

»Wie geht es ihm?«

»Er ist ... Er...« Ein paar Mal versagt ihrer Mutter die

Stimme, dass ihr fast das Herz bricht, und schließlich muss sie sich zusammennehmen, um das Zittern in ihrer Stimme zu unterdrücken. »Es geht ihm unverändert. Er hat keine Schmerzen, aber sein Zustand ist kritisch.«

Es ist soweit. Merle wünscht sich nur, sie könnte sich jetzt wie betäubt fühlen, leer. Doch so ist es nicht. Sie fühlt sich, als würde ihr übel. Sie sieht ihren Vater in dem Bett an, das zusammen mit den ganzen Maschinen, die es umgeben, den größten Teil des Zimmers einnimmt. Er scheint nur noch aus einer Masse von Schläuchen, Leitungen, Haut und Bettlaken zu bestehen. Nicht wirklich ein Mensch, nur ein Körper. Die piependen, blitzenden Maschinen, die die Arbeit seiner geschädigten Organe übernehmen, wirken lebendiger als er.

Sie durchquert das Zimmer, bis sie ihm nahe genug ist, um die blasse Haut auf der schlaffen Hand ihres Vaters zu berühren. Neben seinen wirken ihre Fingerspritzen so rosig. Vor Blut. Aber sie möchte nicht anfangen, an so etwas zu denken. An Blut. Ihr Blut. Ihr Blut und daran, wer es vielleicht will. »Es gibt keine Chance, dass wir selbst ein Gegenmittel finden, oder?«, sagt sie, obwohl sie die Antwort kennt. Sie weiß nicht, was sie sonst sagen soll.

Ihre Mutter schüttelt den Kopf. »Ich bin mir nicht einmal sicher, was in dem Gift ist. Ein Cocktail aus Magie und Wissenschaft. Klassische Vampirarbeit, schreit geradezu ›Clan des Schwarzen Smaragds‹. Es ist mir gelungen, einige der Bestandteile zu identifizieren, aber nicht annähernd alle.« Sie weist auf die Flaschen mit misslungenen Tränken auf der Fensterbank. Jede enthält eine perlende Flüssigkeit. Einige sind rostfarben oder rot. Die meisten sind golden und glitzern – zerstobene Hoffnungen.

Merle sieht ihren Vater an. »Schon gut.«

Merles Mutter hat diese gewisse Miene aufgesetzt. Dieses Gesicht, das besagt »das ist mein letztes Wort«. In dieses Gesicht sieht Merle jetzt. »Ich lasse trotzdem nicht zu, dass du Coles Angebot annimmst. Dies ist nicht dein Kampf.« Merle hat diesem »letztes Wort«-Gesicht noch nie getrotzt. Aber sie hat auch noch nie so stark gespürt, dass ihre Mutter *will*, dass sie sich ihr widersetzt. Sie befiehlt Merle, Coles Angebot nicht anzunehmen – natürlich tut sie das, sie ist schließlich ihre Mutter. Was soll sie sonst sagen?

Das heißt nicht, dass das wirklich ihr Wunsch ist.

»Aber es ist mein Kampf«, sagt Merle. »Jetzt schon.«

Merles Mutter wendet sich ab und nimmt Darius Coles Brief, der auf dem Nachttisch liegt. Er ist so etwas von typisch vampirisch. Dickes Pergament, Siegelwachs und Worte, die dazu gedacht sind, den Empfänger niederzuschmettern. Merles Mutter sieht ihn an, als suche sie darin nach einem Schlupfloch.

Merle weiß, dass sie keines findet. »Es ist die einzige Möglichkeit«, sagt sie, tritt dicht hinter ihre Mutter und berührt ihre Schulter.

»Sieh mal, Merle.« Merles Mutter dreht sich um, und die beiden stehen eng beieinander. Merle kann ihr teures, altmodisches, schweres Parfüm riechen, das den Duft ihres Kummers überdeckt. »Dein Vater und ich … Wir wollten dich nie in so etwas hineinziehen. In unsere Arbeit. Aber die Sache mit Darius Cole, nun ja, mit Vampiren im Allgemeinen ist, dass sie Spielchen treiben. Sie können Menschen übertölpeln. Sie machen sich einen Spaß daraus, sie hinters Licht zu führen. Was in diesem Brief steht … also, so einfach wird das nicht werden.«

»In dem Brief steht, dass Dad sterben wird, wenn ich nicht fünfundzwanzig Tage mit Cole verbringe.«

Merles Mutter sieht sie nur an. Merle erkennt es mit einem Mal, und es bereitet ihr Übelkeit. Ihre Mutter muss sich entscheiden. Zwischen ihrer Tochter und ihrem Mann wählen, und natürlich weiß ihre Mutter, dass sie sich für Merle entscheiden sollte, aber es schmerzt. Während Merle das denkt, schüttelt ihre Mutter den Kopf und wendet sich ab.

»Du möchtest, dass ich gehe, oder?«, sagt Merle zu ihrem Rücken. »Ein Teil von dir jedenfalls, tief drinnen.«

Merles Mutter antwortet mit sehr leiser Stimme. »Er stirbt«, erklärt sie. »Wir müssen etwas tun.« Doch als sie sich wieder zu Merle umdreht, ist ihre Miene streng und vertraut. »Aber nicht das. Charles würde mir nie verzeihen, wenn ich dich auch nur in die Nähe dieser bösartigen, untoten Kreatur ließe.«

Ihre Mutter hat es kaum ausgesprochen, als Merles Vater sich im Bett aufbäumt und zu krampfen beginnt. Vor Schmerzen schreit er laut und beginnt um sich zu schlagen. Das Laken rutscht weg, und Merle sieht seinen halbnackten Körper, der blassgrau und schweißbedeckt ist. Der Anblick trifft sie wie ein Schlag, der ihr die Luft aus den Lungen treibt. Mein Vater. Mein Dad. *Daddy.* Gebrochen und leidend. Sterbend. Schockiert tritt Merle einen Schritt zurück.

Merles Mutter hat bereits eine Spritze von einem Schiebewagen mit medizinischer Ausrüstung genommen. Sie läuft um das Bett, schreit Merle zu, dass sie zurücktreten soll, und sticht die Nadel in den Infusionsschlauch. Rasch beruhigt sich Merles Vater.

Merles Mutter wendet sich vom Bett ab. Sie ist außer Atem, und ihre Schultern heben und senken sich. »Er hat schon so viel Morphium im Körper, dass ich immer denke, die nächste Dosis bringt ihn um. Und vielleicht wäre das gnädiger.« Sie sieht aus, als werde sie gleich in Tränen ausbrechen.

»Also«, sagt Merle. »Schau ihn dir doch an. Du kannst mir nicht sagen, dass ich nicht gehen soll. Wie soll ich das fertigbringen?«

Merles Mutter gibt keine Antwort.

»Ich muss um sechs im Schloss sein«, erklärt sie und ist sich jetzt ganz sicher, dass sie es tun muss. Alle Zweifel sind verflogen. Falls ein Teil von ihr noch gehofft hatte, ihre Mutter werde es ihr ausdrücklich verbieten ...

Merle macht einen Schritt auf die Tür zu. Dann bleibt sie stehen und wirft einen Blick zurück zu ihrer Mutter, die wie angewurzelt neben dem Bett steht. Was soll sie noch sagen?

Merle sieht ihr eindringlich in die Augen. »Und wenn ich das Gegenmittel habe, werde ich tun, was ihr schon vor Jahren hättet tun sollen. Diesem Bastard einen Pflock durch sein stillstehendes Herz treiben.«

Mit U-Bahn, Zug und Taxi braucht sie etwas über eine Stunde, um zu Coles Schloss zu gelangen. Merle nutzt die Zeit, um sich Mut zuzusprechen. Jetzt passiert es wirklich. Nichts und niemand hat sie in letzter Minute gerettet.

Als Tochter zweier der berühmtesten Vampirjäger der Welt – und der Begründer von Cobalt – weiß Merle mehr über die Untoten als die meisten Menschen. Vor allem weiß sie, dass es sie gibt. Sie weiß auch, dass sie abscheuliche, verfaulende Wesen sind, und dass das einzig Gute, was sie je getan haben, ihr Jahrhunderte zurückliegender Entschluss war, sich vollkommen von der menschlichen Gesellschaft fernzuhalten. Darius Cole war ein Vampir, der nicht mit der Vorstellung des Clanrats zur Segregation einverstanden war. Er wollte die Menschheit unterwerfen. Sie als Futterquelle versklaven. Um Cole zu vernichten, war die Cobalt-Stiftung überhaupt gegründet worden. In ihr arbeiteten zum ersten Mal seit Hunderten von Jahren, vielleicht überhaupt zum ersten Mal, Menschen und Vampire zusammen – und alles wegen Darius Cole. Und sie hatten Erfolg gehabt. Vor dreißig Jahren war Cole gefangen genommen worden, und Cobalt hatte ihn an den Clan des Schwarzen Smaragds ausgeliefert, damit er nach dessen Gesetzen abgeurteilt wurde.

In Merles Jugend war Darius Cole für sie so etwas wie ihr persönlicher Schwarzer Mann. Seit jeher hasste sie ihn mehr als alles andere. Und das schon, bevor er entkommen war, die Schwarzen Smaragde getötet oder versklavt und angefangen hatte, Merles Familienmitglieder zu vergiften.

Eines der gefährlichsten Dinge an Cole ist, dass er sogar für einen Vampir enorm hoch entwickelte übersinnliche Kräfte besitzt. Cole kann die Gedanken anderer kontrollieren wie kein anderer Vampir seit Beginn der Aufzeichnungen: Telepathie, Suggestion, Beeinflussung, Hypnose. Merle weiß, dass er in fünfundzwanzig Tagen wahrscheinlich alles mit ihr machen kann. Sie komplett um den Verstand bringen.

Aber sie weiß auch, dass vampirische Gedankenkräfte nicht unwiderstehlich sind. Es kommt nur darauf an, ihre Emotionen in Zaum zu halten.

Wie Merles Mutter zu sagen pflegt, ist vieles von dem, was man sich über Vampire erzählt, nicht wirklich wahr. Aber eine der Legenden stimmt ganz eindeutig. Man muss sie einladen.

Wie alle Vampirbehausungen ist das Schloss des Clans des Schwarzen Smaragds durch schwere Zauber geschützt, unsichtbar und nicht zu entdecken. Merle lässt den Taxifahrer an einer Stelle anhalten, die wie irgendwo im Nirgendwo aussieht, und wirft die kleine Eisenkugel, die dem Brief beigelegen hat, zwischen die Bäume. Die Realität reißt auf wie zerbrochenes Glas, und mit einem Mal ist das gewaltige, herrschaftliche Schloss vor ihr so real, dass man sich nicht vorstellen kann, wie diese Landschaft vor einer Sekunde ohne das Gebäude ausgesehen hat.

Sie geht die mit knirschendem Kies bestreute Auffahrt hoch, bleibt vor dem Tor stehen und wartet auf Punkt sechs Uhr. Als ihre Uhr »5.59« anzeigt, streckt sie die Hand aus und will den gewaltigen Türklopfer betätigen, aber bevor sie ihn berühren kann, öffnet sich die Tür knarrend.

Die Frau, die um den Türrahmen späht und darauf achtgibt, nicht von den letzten Sonnenstrahlen berührt zu werden, ist eindeutig ein Vampir – und außerdem ein Bild purer Dekadenz. Die blonde Vogelnestfigur sitzt ihr schief auf dem Kopf. Ihre Brüste, Hüften und Lippen sind üppig und voll, und sie trägt ein weißes Spitzenkleid, das ihren Körper stärker zu enthüllen scheint, als wäre sie vollkommen nackt. Sie wirkt wie Marilyn Monroe in einer pornografischen Version des Lebens der Marie Antoinette. Nur dass sie aussieht, als hätte sie deren sprichwörtlichen Kuchen komplett selbst gegessen.

Sie trägt Fangzähne im Mund und an ihrer Unterlippe klebt etwas getrocknetes Blut.

Verglichen mit ihr fühlt sich Merle mit ihrem kurzen, glatten Haar und ihrem nicht besonders hochgewachsenen, geraden Körper vollkommen geschlechtslos. Sie trägt einfache Bluejeans, ein dunkelblaues T-Shirt und eine schlammbraune Cordjacke. Sie hatte nicht aussehen wollen, als hätte sie sich extra fein gemacht. Aber die Frau an der Tür lässt sie wünschen, sie hätte sich etwas aufregender gekleidet.

Die Frau strahlt nicht nur Sex aus, sondern vermittelt Merle das Gefühl, es sei die einzig akzeptable Möglichkeit der Existenz, Sex auszustrahlen. Sie stellt fest, dass sie die Schultern hochzieht, weil sie hofft, dass die Frau nicht bemerkt, dass sie im Vergleich zu ihr weder Busen noch Hüften besitzt. Sie holt tief Luft. »Ich bin Merle Cobalt.«

»Ich weiß, wer Sie sind, meine Liebe«, sagt die Frau, dreht sich um und geht voran, ins Schloss hinein. Sie wirkt wie ein Schiff

unter Segeln und rollt, wirbelt und bläht sich mit jedem ihrer geschmeidigen Schritte.

Merle trottet hinter ihr her. Hinter der beeindruckenden Tür liegt eine riesige Eingangshalle, die fünfmal so groß ist wie der Rezeptionsbereich bei Cobalt. Sie ist prachtvoll, ganz alte Vampirschule – rund und kalt und mit hallenden Steinplatten ausgelegt.

»Lassen Sie Ihren Koffer hier«, sagt die Frau, ohne sich umzusehen. »Sie werden mir ins Verlies folgen.«

»Ins Verlies?« Die Härchen in ihrem Nacken prickeln. Ihr Magen überschlägt sich. Aber sie ist schon so lange mit den Nerven am Ende, dass es ihr fast normal vorkommt.

Die Frau geht bereits auf eine kleine Holztür zu, die mit schweren Riegeln gesichert ist. Sie zieht sie zurück, und dahinter kommt eine dunkle Treppe zum Vorschein, die in den Bereich unterhalb des Schlosses führt. Dann wirft die Frau Merle über die Schulter einen stahlharten Blick zu und beginnt hinunterzugehen.

Merle schluckt heftig und folgt ihr.

Die Stufen setzen sich endlos fort und führen tiefer und tiefer. Es wird dunkler, kälter und feuchter. Die reale Welt entfernt sich. Das einzige Licht stammt von ein paar kläglichen Kerzen, die in kleinen Wandnischen flackern. Wenn dieser lange Abstieg in den Kerker den unglücklichen Gefangenen einschüchtern soll, dann funktioniert es wirklich gut.

Am Fuß der Treppe entspringt ein schmaler Gang, von dem in regelmäßigen Abständen vier kleine Holztüren mit Gitterfenstern abgehen. Zellen.

Merle gräbt die Fingernägel in die Handflächen, während sie der Frau den Gang entlang und zu der vierten und letzten Tür folgt.

Die Frau dreht sich um und schenkt Merle ein kaltes Lächeln. »Wahrscheinlich kennen Sie die Geschichte«, sagt sie düster. »Nachdem Ihre Eltern Darius Cole gefangen genommen hatten, überstellten sie ihn an den Rat des Vampirclans. Man befand ihn des Verrats für schuldig und verurteilte ihn zum Leben. Hier. In der Obhut des Clans des Schwarzen Smaragds.« Sie reißt die Tür auf, die in ihren Angeln quietscht, als sei sie seit Jahrhunderten nicht benutzt worden. Merle erhascht einen Blick auf einen winzigen dunklen Raum. Ein schleimig feuchter Boden. Schwarze Steinwände. Eine Holzbank am hinteren Ende. »In genau dieser Kerkerzelle ist er fünfundzwanzig Jahre lang verrottet. Wir werden sehen, wie gut Sie fünfundzwanzig Tage durchstehen.«

Merle holt tief Luft, reckt das Kinn vor und geht hinein.

Erst als sie hört, wie die Riegel vorgeschoben werden, spürt sie, wie ihr Hals von der Anstrengung schmerzt, die es bedeutet, nicht zu weinen.

Tag 2

Merle hätte wirklich nicht gedacht, dass sie in der Lage wäre, in der Zelle zu schlafen. Aber irgendwann später – es muss am nächsten Morgen sein – wacht sie auf der Holzbank auf. Ihr ganzer Körper schmerzt.

Sie ist hungrig und durstig und friert. Und doch kann sie, obwohl sie sich schrecklich fühlt, nicht aufhören, an Darius Cole zu denken. Daran, dass ihr fünfundzwanzig solcher Tage bevorstehen, während er seine Gefangenschaft ebenso viele Jahre ertragen hat.

Frieren Vampire? Empfinden sie Hunger und Durst, so wie sie?

Darüber denkt sie immer noch nach, als sich die Zellentür quietschend öffnet. Sie muss sich an die Dunkelheit gewöhnt haben, denn sie muss bei dem plötzlichen Lichteinfall die Augen zusammenkneifen. Ein Mann steht in der Tür.

»Darius Cole?«, fragt Merle. Ihr Mund ist so knochentrocken, dass ihre Stimme kratzig klingt.

Obwohl sie in einem Haushalt von Vampirjägern aufgewachsen ist, obwohl sie gelernt hat, Cole mehr als alle anderen Vampire zu fürchten, hat Merle noch nie ein Bild von ihm gesehen. Sie hat keine Ahnung, wie er aussieht. Vampire kann man nicht fotografieren, und alle Zeichnungen, die von ihm angefertigt worden sind, wurden zusammen mit Cole selbst an den Clan des Schwarzen Smaragds übergeben.

Der Mann gibt keine Antwort. Stattdessen tut er noch einen Schritt in die Zelle hinein, sodass Merle ihn richtig sehen kann. Er lächelt, und er sieht so verdammt vampirisch aus, dass es schon wehtut. Er hat einen silbernen Haarschopf, einen wie gemeißelten Kiefer und eine Haltung, die fast zu gerade ist. Im Raum hängt ein seltsamer, säuerlicher Geruch, der mit ihm gekommen zu sein scheint. Aber ist er Cole? Merle ist sich ziemlich sicher, dass er es ihr nicht einfach sagen wird.

Er trägt ein kleines Holztablett mit einem Teller, auf dem Toast liegt, und einem Glas Wasser. Merle beißt sich auf die trockene Unterlippe und stellt fest, dass sie das Wasser anstarrt.

Der Mann stellt das Tablett auf dem Boden ab und geht noch ein paar Schritte auf Merle zu, bis er in der Mitte der Zelle steht. Sie weicht an die Wand zurück.

»Hallo, Miss Cobalt«, sagt er. »Sind Sie hungrig? Leider haben wir nicht wirklich viel zu essen hier. Ich habe Kristina letzte Nacht losgeschickt, um etwas für Sie einzukaufen, aber sie hat sich nicht besonders gut geschlagen.« Mit einem verächtlichen Ausdruck sieht er auf das Tablett herunter.

»Das ist schon okay, wirklich. Kann ich jetzt das Wasser haben?« Merle steht auf und tut einen Schritt nach vorn.

»Hinsetzen!«

Sofort setzt sich Merle wieder. Der Hauch von Einschüchterung, den sie von dem Moment an, in dem sich die Zellentür geöffnet hat, empfindet, schnürt ihr plötzlich die Brust ein. Gott, er kann einem wirklich Angst machen, wenn er will.

»Keine Manieren«, murmelt der Mann in sich hinein und fängt dann Merles Blick auf. »Man sollte Sie anketten.«

»Was? Warum?«

Der Mann gibt sich nicht mit einer Antwort ab, sondern tritt nur auf sie zu und nimmt mit einer einfachen, nüchternen Bewegung ein paar Handschellen ab, die über der Holzbank an einem Bügel befestigt sind. Die Ketten sind rostig. Sie klappern und klirren, als er eine Armmanschette in die Hand nimmt. Aus dieser Nähe ist der säuerliche Geruch, den er ausstrahlt, fast überwältigend und hat einen Beiklang wie von verwestem Fleisch.

»Ich bin aus freien Stücken hier«, erklärt Merle und versucht, gleichzeitig zu sprechen und die Luft anzuhalten, um den Gestank nicht wahrzunehmen. Nicht so einfach. »Sie brauchen mich nicht anzuketten.«

»Doch. Wir wollen es ...« – er unterbricht sich und wirkt einen Moment lang nachdenklich –, »ganz authentisch halten.« Und dann schließt er ruckartig eine kalte Metallschelle um Merles rechtes Handgelenk.

Merle starrt sie ungläubig an; spürt die Schwere des Metalls und gleichzeitig das Gewicht seiner Worte. »Authentisch! Sie meinen, weil Sie hier fünfundzwanzig Jahre lang angekettet waren?«

»*Er* war angekettet. Sie sollten angekettet sein, damit Sie wissen, wie es für ihn war. Ich glaube, das ist der Sinn des Ganzen. Dass Sie erfahren, was man ihm angetan hat. Wie er Ihretwegen gelitten hat.« Er fängt an, ihr die zweite Schelle umzulegen.

»*Meinetwegen? Er hat meinetwegen gelitten?* Dann sind Sie *nicht* Darius Cole? Und wieso meinetwegen?«

Der Mann gibt keine Antwort. Offensichtlich liegt ihm nichts daran, Merles Fragen zu beantworten. Er lässt die zweite Manschette zuschnappen und macht einen Schritt zurück. Die Handschellen hängen an langen Ketten; so lang, dass die Fesseln nur ein wenig unbequem sind und sie nicht allzu sehr behindern. Der Mann lächelt. »Sehr schön. Steht Ihnen gut.«

Merle schüttelt verärgert den Kopf. Jetzt will sie es einfach wissen. Ihr sind sogar die Fesseln und seine unheimlichen Bemerkungen gleich. »*Sind* Sie nun Darius Cole? Waren Sie hier unten fünfundzwanzig Jahre lang angekettet?«

Der Mann lacht. »Vielleicht.«

Merle runzelt die Stirn. An ihm vorbei sieht sie das Tablett auf dem Boden an. Mit einem Mal schreit ihr trockener Hals nach dem Glas Wasser. Sie schaut zu ihrem Wärter auf. »Bekomme ich jetzt etwas zu essen?«

»Vielleicht. Wie wäre es, wenn Sie es sich verdienen?«

»Mir verdienen. Wie soll ich das machen?«

»Küssen Sie mich. Geben Sie mir einen schönen Kuss, und ich bringe Ihnen das Tablett.«

»Sie küssen. Ich küsse Sie nicht, Cole, Sie mörderischer Verräter.«

»Ach, dann bin ich also Cole?«

»Sie haben gesagt, Cole würde alberne Spielchen mit mir treiben, also ja.«

»Aber alle Vampire spielen gern mit Menschen. Vielleicht bin ich ja nur ein Freund von Cole. Vielleicht will ich nur sein neues Spielzeug ausprobieren, solange er beschäftigt ist. Vielleicht finde ich Sie ja genauso abstoßend wie Sie mich, Blutsack.«

»Dann sind Sie nicht Cole?«

»Küssen Sie mich, und ich sage es Ihnen.« Der Mann bückt sich und seine Lippen kommen näher.

»Zurück von mir!« Merle holt aus und denkt eigentlich nichts, nur daran, wie angeekelt sie ist. Aber sie trifft den Mann mitten ins Gesicht. Nicht besonders fest, doch es reicht, um ihn zurücktaumeln zu lassen. Er weicht vor ihr zurück und nimmt seinen Todesgeruch mit.

Als er sich erholt, wobei er noch weiter zurückgeht, ist seine Miene wutentbrannt.

Merle zittert.

»Also, das war jetzt nicht nett«, sagt er. Er dreht sich um und schickt sich zum Gehen an. Als er an dem Tablett auf den Boden vorbeikommt, tritt er zu. Das Wasser kippt aus, das Glas zerbricht, und der Toast fliegt auf den schmutzigen Boden. »Herrje«, meint er. »Wie schade.« Als er die Zellentür erreicht, dreht er sich noch einmal um. »Bis morgen, Miss Cobalt.«

Tag 3

»Sind Sie jetzt hungrig genug, um mich zu küssen?«

Er ist wieder da und trägt ein Tablett, das genauso gedeckt ist wie das von gestern.

Merle starrt ihn an. Sie ist sich immer noch nicht sicher, ob er Cole ist. Was merkwürdig ist, denn wenn man jemanden als sein persönliches Schreckgespenst betrachtet, könnte er wenigstens so höflich sein, sich ordentlich vorzustellen.

»Oder durstig? Mal sehen.« Wie zuvor stellt er das Tablett auf den Boden, kommt aber dieses Mal mit dem Glas Wasser in der Hand auf Merle zu.

Merle sieht es sehnsüchtig an. Nachdem er gestern fort war, ist es ihr tatsächlich gelungen, ein wenig Wasser vom Boden aufzunehmen, aber es war nicht genug, und sie hat immer noch schrecklichen Durst.

Er steht jetzt sehr nahe vor ihr, hält das Glas aber sorgfältig so, dass sie es nicht leicht erreichen kann. »Nur ein Kuss.«

Sie muss trinken. Ihr bleibt nichts anderes übrig. Sie muss ihn küssen. Aber jetzt, aus dieser Nähe, ist der Gedanke, dass er Darius Cole sein könnte, nicht halb so abstoßend wie sein Geruch. Wie verstopfte Abflussrohre an einem heißen Sommertag. Merle hält die Luft an, verzieht das Gesicht und küsst ihn kurz auf die Wange.

Als sie die Augen wieder öffnet, reicht er ihr das Glas, und sie leert es.

»Oh«, sagt der Mann, »Sie *waren* aber durstig. Morgen bringe ich Ihnen ein größeres Glas. Tut mir leid. Wir haben wirklich keine Ahnung, wie viel Menschen trinken müssen.«

»Acht Gläser täglich«, gibt Merle steif zurück. Als wüsste er das nicht.

»Doch so viel.« Er hält inne und sieht aus, als stelle er Berechnungen an. »Kristina soll eine Kanne voll herunterbringen.« Er dreht sich um und geht durch die Zelle, um den Toast zu holen. »Wir haben ihm einen Monat lang kein Blut gegeben«, erklärt er, als er den Toast aufhebt. »Nichts. Wir wussten nicht, was er tun würde. Er begann zu halluzinieren. Wir haben ihn nackt gefangen gehalten, und er wusste, dass wir zusahen, wie er den Verstand verlor. Sehen Sie diese Spuren hier auf der Bank?«

Merle schaut auf die Stelle neben sich. Eine Reihe tiefer Furchen sind in das Holz eingegraben. »Ja.«

»Er hat hineingebissen.«

Nachdem sie jetzt etwas Wasser getrunken hat, scheint Merles Kopf ein wenig klarer zu sein. »Sie sagten ›wir‹ haben ihm einen Monat lang kein Blut gegeben. Dann gehören Sie zum Clan des Schwarzen Smaragds.«

Der Mann nickt und bringt ihr den Teller mit dem Toast.

»Ich dachte, Cole hätte alle umgebracht.«

»Nicht ganz«, antwortet der Mann. Jetzt ist Merle nicht mehr so durstig und kann spüren, wie der Hunger in ihrem Inneren wühlt. Der Toast ist nicht besonders wohlschmeckend. Schlaffes, plastikartiges Weißbrot, kaum gebräunt, aber trotzdem wird ihr bei seinem Anblick schwindlig. Der Mann streckt die Hand aus und fährt mit einem Finger auf der Vorderseite ihres T-Shirts hinab. »Ich beiße Sie schon nicht«, sagt er, offensichtlich amüsiert über seine nicht besonders witzige Bemerkung. »Dann bringt er mich nämlich mit Sicherheit um. So, nun zu Ihrem Essen. Ich fürchte, es kostet Sie noch einen Kuss für einen alten Mann. Dieses Mal auf die Lippen. Ihr Essen für mein Essen.«

Der Mann ist ekelhaft, aber Merle weiß, dass sie nicht fünfundzwanzig Tage ohne Essen auskommen wird. Daher sitzt sie einfach ganz still und lässt zu, dass er sie auf ihren fest geschlossenen Mund küsst. Seine Lippen sind so kalt wie bei keinem Menschen, und der Geruch ist widerlich.

»Ah, diese Wärme, nachdem ich so lange nichts als Plasma-Konserven bekommen habe. Zu üppig für einen alten Mann«, sagt er, als er sich zurückzieht. Dann stellt er den Teller mit dem Toast ab, dreht sich beinahe schmollend um und marschiert aus der Zelle.

Tag 4

Nun, da Merle nicht mehr vor Hunger und Durst kurz vor dem Delirium steht, fängt sie tatsächlich an, sich zu langweilen.

Sie ist so gelangweilt, dass sie beinahe erfreut ist, als der ekelhafte Vampir kommt. Er trägt ein Tablett, auf dem sich ein Krug Wasser, eine Schüssel Suppe, ein Apfel und ein Schokoladenriegel befinden. Merles Herz macht einen Satz. Essen, das kein Toast ist! Sofort sehnt sie sich fast verzweifelt nach dem Essen auf diesem Tablett, doch zugleich wird ihr leicht übel bei dem Gedanken, was sie wohl tun muss, um es zu bekommen.

Der Vampir lächelt. »Cole hat sich dieses Mal ein wenig genauer darüber geäußert, was für Nahrung Sie bekommen sollen.«

Merle nickt. Hier sitzt sie in Darius Coles Schloss und weiß nach vier Tagen immer noch nicht, wie er aussieht. »Wird er denn überhaupt selbst zu mir kommen, oder kriege ich ihn gar nicht zu Gesicht?«

»Darius Cole hat monatelang niemanden gesehen. Er brauchte weder Nahrung noch Wasser. Wenn er Blut bekam, hat man es einfach durch die Klappe dort geschoben.« Er zeigt auf die Tür, in deren unteren Teil eine sehr kleine Klappe eingelassen ist. Merle hat sie vor ein paar Tagen, als sie ihre Zelle auf etwaige Schwachstellen untersucht hat, gründlich inspiziert. Aber sie hat keine Schwachpunkte entdeckt. »Sie hatten Angst vor ihm. Seine Manipulationskräfte waren legendär.«

»Ist er schließlich auf diese Art entkommen und hat dieses Schloss in seine Gewalt gebracht?«

»Sie stellen so merkwürdige Fragen. Sie sollten sich lieber danach erkundigen, was Sie tun müssen, um sich dieses Essen zu verdienen.«

Merle schluckt und sieht wieder das Essen an. Ihre Speicheldrüsen prickeln. »Was muss ich tun?«

»Sie müssen *meine* Fragen beantworten.« Der Vampir lächelt unangenehm und setzt sich neben sie auf die Bank. Merle rückt ein wenig von ihm ab, sodass ihre Ketten klirren. Von den Handschellen sind ihre Gelenke wund und schmerzen. Der Vampir schiebt sich noch näher heran, sodass ihre Versuche, ihm auszuweichen, fruchtlos bleiben. »Erregt Sie die Vorstellung, dass Darius Cole Sie hier gefangen hält?«, flüstert er.

Merle schluckt heftig. Ihr ganzes Leben lang hat sie über Darius Cole nachgedacht. Über genau solche Szenarien. Wie besessen an ihn gedacht. Sich gefragt, ob er auch nur einmal an sie dachte. Aber sie kann mit Gewissheit sagen, dass diese Gefangenschaft, hier in der Wirklichkeit, absolut nicht erregend ist. »Ich kann mir nichts weniger Erregendes vorstellen. Hier allein im Dunklen zu sitzen, hungrig, durstig …«

Der Vampir lächelt, und alles, was an ihm abstoßend ist, scheint sich zu vervielfachen. »Nicht die Realität, sondern die *Vorstellung* davon. Was glauben Sie, warum er ausgerechnet Sie wollte?«

»Um meinen Eltern wehzutun.«

»Dann hätte er doch die beiden einsperren können.«

»Das hier ist schlimmer für sie, viel schlimmer.«

Der Vampir sieht sie mit seitwärts geneigtem Kopf an. »Okay, ich will es anders ausdrücken. Miss Cobalt, hat die Vorstellung Sie erregt, dass Darius Cole, ein berüchtigter, gefährlicher Vampir und die Nemesis Ihrer Eltern, wollte, dass

Sie in sein Schloss kommen und Zeit mit ihm verbringen? Hat Sie das *erregt?*« Verschwörerisch zieht er die Augenbrauen hoch. »Dachten Sie, er wolle Ihnen Gewalt antun?«

Und, oh Gott, das ist die Frage, mit der sie sich quält, seit sie den Brief bekommen haben. War ein Teil von ihr fasziniert von dieser Vorstellung? Nicht von der Realität, sondern von der Idee, dass ihr Albtraum sie begehren könnte? Sie weiß, dass sie Gefühle von dieser Stärke nicht verstecken kann. Nicht vor einem Vampir. Ihr steigt das Blut ins Gesicht. Sie versucht wegzurücken, aber sie kann nirgendwo hin, höchstens noch von der Bank auf den Boden rutschen. Ihr bleibt nur ein Ausweg.

Merle wendet sich dem Vampir zu und sieht ihm fest in die Augen, während das Blut in ihren Ohren rauscht und ihre Wangen immer heißer werden. Sie schluckt heftig. »Ja«, sagt sie.

Der Vampir steht auf. »Und jetzt sind Sie enttäuscht darüber, dass er es nicht getan hat.«

Merle erhebt sich ebenfalls. »Nein, ich ...«

»Das war keine Frage.«

Tag 5

Als der Vampir am nächsten Tag kommt, wirkt er lebendiger. Er bringt ein ähnliches Tablett wie gestern und stellt es ab, bevor er näher kommt.

»Die Fragen von gestern, das war Coles Idee. Er wollte darüber Bescheid wissen. Und er hat mich telepathisch beobachtet, deswegen sind Sie leicht davongekommen. Heute ist das anders. Wenn Sie *dieses* Essen wollen, müssen Sie sich ausziehen.«

»Was?«

»Sie haben gehört, was ich gesagt habe.«

»Aber als Sie mich geküsst haben, da sagten Sie, das sei zu viel für Sie.«

»Ja, schön, aber vielleicht habe ich mich geirrt. Vielleicht war es zu wenig.«

Merle schüttelt den Kopf, vor allem, weil sie es nicht glauben kann – auch entsetzt, aber sie hat nicht wirklich große Angst, denn sie weiß, dass sie lieber verhungern wird. »Ich ziehe mich nicht aus. Vollkommen unmöglich.«

»Schön, dann übernehme ich das.« Der Vampir kommt so schnell auf sie zu, dass sein dunkler Umhang hinter ihm herflattert. Merle sitzt auf der Bank und drückt sich fest an die Wand. Bevor sie weiß, wie ihr geschieht, zerrt er so fest an ihrem T-Shirt, dass der Stoff zu reißen beginnt. Sie schreit.

Vor Anstrengung grunzend zieht er sie zu Boden. Sie tritt auf ihn ein und kratzt. Er ist so stark.

Dann hört sie eine rauchige Stimme, die sie kennt. »Ach, um Himmels willen, gebrauchen Sie doch Ihre Waffen. Schlagen Sie ihn, so.« Merle sieht über die Schulter des Vampirs und erblickt Kristina, die sich über sie beugt. Sie bückt sich, hebt eine von Merles lose hängenden Ketten auf, legt sie doppelt und schlägt den Vampir damit über den Kopf. Er bricht auf Merles Brust zusammen.

»Sehen Sie. Ganz einfach«, sagt Kristina. »Wissen Sie, vielleicht wollte Darius deswegen, dass Sie die Ketten tragen. Er hat sie bei jeder Gelegenheit als Waffe eingesetzt.«

Merle schiebt den bewusstlosen Vampir auf den Boden und steht zittrig auf. »Na, ich schätze, in so etwas bin ich keine Expertin. Kerker-Selbstverteidigung.«

Kristina stößt ein verächtliches Lachen hervor. Sie hebt das Tablett mit Essen auf und trägt es zu ihr. »Herrgott«, sagt sie, während sie es auf die Bank stellt. »Ist das alles, was er Ihnen gebracht hat? Ich habe viel mehr vorbereitet. Wahrscheinlich wollte er sichergehen, dass Sie immer hungrig sind, der dreckige Mistkerl.« Einen Moment lang hält sie inne und sieht Merle dann an, eine Hand in die ausladende Hüfte gestemmt. »Er hat das nur gemacht, weil er seinen Spaß daran hatte, mit Ihnen zu spielen, verstehen Sie. Er hat sich nicht wirklich von Ihnen angezogen gefühlt.«

»Ach«, sagt Merle und weiß nicht wirklich, was sie davon halten soll. »Gut.«

»Ich erkläre Ihnen das nur, weil ich dieses Stereotyp hasse, dass Vampire ständig versuchen, Sex mit Menschen zu haben. Das ist die größte Lüge, die dort draußen weitergereicht wird. Wir sind nicht auf diese Art an Ihnen interessiert.«

»Gut«, meinte Merle wieder.

Kristina klatscht in die Hände. »Jetzt essen Sie, und ich versuche, den Rest Ihrer Nahrung zu finden. Oberon, dieser alte

Leichnam, wird wahrscheinlich behaupten, er erinnere sich nicht mehr, wie viel Menschen essen. Aber ich weiß es noch.«

Als Kristina geht, packt sie Oberon an den Füßen und schleift ihn aus der Zelle.

Tag 6

Am nächsten Tag bringt Kristina das Essen.

»Okay«, sagt sie, während Merle isst, »Darius hat sich um Oberon gekümmert, und er sagt, dass er später selbst zu Ihnen kommt. Was meinen Sie dazu?«

»Hmmm, okay.« Und mit einem Mal weiß Merle nicht mehr, was sie davon halten soll. Vielleicht hatte sie sich schon damit abgefunden, Cole nie persönlich zu begegnen. Gedacht, das sei vielleicht ein Teil des Spiels, das er mit ihr trieb. Aber vielleicht gehört das hier ja immer noch zum Spiel. Schließlich schreibt er die Regeln.

»Er sagt auch, dass es ihm leid tut«, erklärt Kristina und schenkt ihr eine Tasse Kaffee ein. »Er hat mir unmissverständlich aufgetragen, Ihnen das zu sagen.« Kristina gibt Merle den Kaffee und nimmt ihren leeren Teller weg. »Sie bekommen übrigens später noch einmal etwas zu essen.«

»Wow, so langsam wird das hier ja zum Fünf-Sterne-Hotel.«

Kristina wirft Merle einen säuerlichen Blick zu. »Da Sie gerade davon reden ... Darius hat auch gesagt, ich solle mich erkundigen, ob Sie sonst noch einen Wunsch haben.«

»Das Gegengift für meinen Vater.«

»Ja, schon gut, sagen wir einfach fürs Protokoll, dass Sie danach gefragt haben und ich nein gesagt habe. Alles andere, vielleicht etwas innerhalb vernünftiger Grenzen.«

»Etwas zu lesen?«

»Also, das lässt sich machen.« Kristinas wechselhafte Stimmung schlägt wieder ins Muntere um. Sie nimmt das Tablett mit dem leeren Geschirr und wendet sich der Tür zu.

»Und Licht zum Lesen«, ruft Merle noch, als die Tür zuknallt.

An diesem Tag kommt Kristina nicht wieder. Aber die versprochene zweite Mahlzeit wird durch die Klappe unten in der Tür geschoben.

Und später beim Einschlafen denkt Merle an Darius Cole. Daran, wie es für ihn gewesen sein musste, hier eingesperrt zu sein.

Dachten Sie, er wolle Ihnen Gewalt antun?

»Und Sie haben ›ja‹ gesagt.«

Erschrocken setzt Merle sich auf. In der am weitesten entfernten dunklen Ecke steht jemand. Eine hochgewachsene, schlanke Gestalt, auffällig reglos.

»Darius Cole?«

»Sie wissen doch, wer ich bin, Merle.« Seine Stimme klingt weich und hypnotisch und fast so, als komme sie von einem anderen Ort.

»Sie können meine Gedanken lesen.«

»Ich bin in Ihrem Kopf, Merle. Sie träumen.« Und dann tritt er aus den Schatten. Darius Cole. Ihr Albtraum. Das Verbotene. Das Tabu. Er steht direkt vor ihr. Es ist ein so seltsamer Gedanke, dass sie bis jetzt nicht gewusst hat, wie er aussieht. Und noch merkwürdiger ist, dass sie ihn irgendwie erkennt.

Als er in das Dämmerlicht tritt, flammt eine vergessene Erinnerung auf. Er ist ihr so vertraut.

Cole hat dichtes, dunkles Haar, das ihm bis knapp über den Kragen reicht. Er trägt dunkle Farben, Schwarz und Grau, und weiche Stoffe. Sein Stil ist leger, so etwas wie Vampir-

Freizeitlook. Vampir *light*. Er ist groß und schlank. Fest. Seine Haltung soll ihr mitteilen, dass er unter seinen Kleidern muskulös und straff ist und stärker, als seine schmale Gestalt nahelegt. Er besitzt eine lange schmale Nase und einen Mund fast ohne Oberlippe, aber mit einer beinahe obszön sinnlichen und vollen Unterlippe.

Er kommt auf sie zu, und sie kann nirgendwohin fliehen, sondern sich nur fester an die Wand drücken. »Was haben Sie hier zu suchen, Cole? In meinem Kopf. Was wollen Sie?«

»Hat Kristina Ihnen nicht gesagt, dass ich kommen würde? Hier bin ich.«

»Sie hat nicht gesagt, dass Sie mir im Traum erscheinen würden.«

»Das wusste sie nicht. Sie lauscht schrecklich gern. Aber so kann sie uns nicht hören, oder?«

»Sie kann uns nicht belauschen? Wobei?«

»Ach, Merle, beschäftigen Sie sich immer noch mit der Vorstellung, dass ich Sie vergewaltigen will?«, fragt Cole schmunzelnd. »Das ist so reizend. Sie wissen nicht, ob Sie Angst vor mir haben oder sich erregt fühlen sollen, oder?« Er macht noch ein paar Schritte nach vorn und geht vor ihr in die Hocke. Jetzt kann sie sein Gesicht ganz deutlich erkennen. Dunkle Augen, Bartstoppeln, dichte Brauen – und das helle Aufblitzen scharfer Zähne. Reißzähne.

»Das ist nicht wahr. Ich habe weder Angst vor Ihnen, noch erregen Sie mich. Alles, was ich im Moment fühle, ist, wie sehr ich mich danach sehne, nach Hause zu meiner Familie zu gehen.«

»Lügen Sie mir nichts vor, Merle. Sie wissen doch, dass ich Ihre Gedanken so einfach lesen kann wie die Zeitung.«

»Dann haben Sie sich eben verlesen. Suchen Sie sich eine andere Lektüre.«

»Oh, ich gehe ja schon. Bald. Ich lasse Sie allein, versprochen. Und dann werden Sie schmerzlich enttäuscht sein. Aber zuerst will ich Ihnen etwas sagen. Ich möchte Ihnen versichern, dass Ihnen nichts Schlimmes zustoßen wird, solange Sie sich hier in meiner Obhut befinden. Wenn Ihre fünfundzwanzig Tage vorüber sind, sind Sie frei und können dieses Gebäude mit einem Gegenmittel verlassen, durch das Ihr Vater wieder ganz der Alte wird. Weder ich noch ein anderes Mitglied meines Haushalts werden Sie berühren oder auf irgendeine Art Gewalt gegen Sie anwenden, außer Sie bitten darum.«

»Außer ich bitte darum? Ich werde ganz bestimmt nicht ...« Sie verstummt und schneidet eine Grimasse. »Außerdem ist es dazu ein wenig zu spät, oder?«

»Ich weiß.« Cole schlägt die Augen nieder. »Ich weiß, ich hätte Sie nicht Oberon überlassen sollen. Aber ich wollte nur, dass Sie wissen, wie sich das angefühlt hat. Verängstigt und allein zu sein. Verlassen. Es tut mir leid. Ich sollte der Letzte sein, der jemandem so etwas wünscht.«

»Waren Sie wirklich hier unten im Dunkeln gefangen, fünfundzwanzig Jahre lang?«

Keine Antwort ...

Merle schlägt die Augen auf. Sie ist allein in ihrer Zelle.

Sie steht von der Bank auf und durchsucht jeden Winkel, so weit ihre Ketten reichen. Nichts. Nicht einmal eine Ratte.

Als sie sich schließlich wieder hinlegt, dauert es lange, bis sie erneut einschläft. Halb hofft sie, dass Cole noch da sein wird, wenn sie träumt.

Doch er kommt nicht.

Tag 7

»Hat hier jemand Bücher bestellt?«, ruft Kristina und reißt die Zellentür auf.

Merle setzt sich auf und reibt sich die Augen. »Was?«

Kristina schiebt einen kleinen Servierwagen herein. »Bücher. Ich habe Ihnen Bücher mitgebracht. Ach, und Müsli und Orangensaft und eine Zeitung. Sie ist von heute. Gott weiß, wo sie herkommt. Irgendjemand muss heute Morgen schon ausgegangen sein, bevor es hell wurde.«

Ich kann Ihre Gedanken so einfach lesen wie die Zeitung.

Merle steht auf, tritt an den Wagen und nimmt die Zeitung. Die *Times* von heute. Sie blättert darin und vergisst einen Moment lang die Ketten an ihren Handgelenken. Eine davon trifft den Orangensaft und wirft ihn um.

»Ach ja«, sagt Kristina, »das erinnert mich an etwas.« Sie zieht einen großen Eisenschlüssel hervor und fasst nach Merles linkem Handgelenk.

Wie benommen beobachtet Merle, wie die Fesseln eine nach der anderen fallen und rote, wunde Haut zurücklassen.

Sie reibt sie und spürt eine Art widerstreitender Dankbarkeit. Auf der einen Seite möchte sie Kristina danken, doch gleichzeitig weiß sie, dass sie eine von ihnen ist. Ein Teil des Problems. Sie reibt fester über die aufgescheuerte Haut, um nicht zu vergessen, was hier los ist. »Sie können Darius, ich meine Cole, sagen, dass Orangensaft und Zeitungen das hier auch nicht angenehmer machen. Ich sitze trotzdem noch in einer Zelle.«

Nachdem Kristina fort ist, beendet Merle ihr Frühstück und sieht die Bücher durch. Sie stammen eindeutig alle aus der Bibliothek des Schlosses. Es sind historische Bände – eine vollständige Reihe über die Geschichte der Vampire. Eine Geschichte, die sie gut kennt. Damit ist sie aufgewachsen; das waren ihre Gutenachtgeschichten.

Sie beginnen mit den zwölf Vampirclans und der Gründung des Clanrats, erläutern den Friedensvertrag vor zweihundertfünfzig Jahren, der festschreibt, keine Menschen mehr zu töten, sowie das Gesetz, keine Menschen in Vampire zu verwandeln, das der Rat nicht einstimmig angenommen hat. Schließlich hatten die Vampire sich vollständig von jedem Kontakt zur menschlichen Gesellschaft zurückgezogen. Ihre selbst auferlegte Isolation in ihren verborgenen Schlössern hatte über hundert Jahre gedauert.

Bis Darius Cole gekommen war.

Doch selbst die Lektüre dieser vertrauten Geschichten ist besser, als vier dunkle Wände anzustarren. Schließlich liest sie den ganzen Tag.

Als sie den Band zuschlägt, der mit dem Beginn von Coles Aufstieg zur Macht endet, bemerkt sie, dass die Reihe noch zwei weitere Bände hat. Merkwürdig. An diesem Punkt enden die meisten historischen Werke. Üblicherweise betrachtet man die Ereignisse um Cole als zu kurz vergangen, um schon in die Geschichte des Vampirismus aufgenommen zu werden. Noch nicht beendet. Einen nach dem anderen nimmt sie die beiden Bände und überfliegt die Seiten. Sie handeln alle von Darius Cole. Dem Aufstieg und Fall Coles und seiner Bewegung »Macht der Gerechten«. Keines dieser Bücher hat in der Bibliothek ihrer Eltern gestanden. Sie hat nie etwas über Cole gelesen, weiß nur, was ihre Eltern ihr über ihn erzählt haben. Dass er böse ist. Versucht hat, die Vampire wieder gegen die Menschen aufzuhetzen. Und dass er so stark ist, dass die Vampire ihn nicht allein beherrschen können.

Das Buch zeichnet genau diese Geschichte nach. Cole ist aus dem Nichts aufgetaucht, ein Vampir mit außerordentlich starken Fähigkeiten und einer Mission. Die Macht der Gerechten – die Vorstellung, dass Vampire eine überlegene Rasse waren und sie ihre übersinnlichen Kräfte einsetzen sollten, um die Menschheit zu versklaven und beherrschen. Die Macht der Gerechten war keine neue Idee, aber Cole belebte die gefährliche Rhetorik neu. Er war so verlockend, redegewandt und besaß diese verdammten telepathischen Kräfte; da hatte es nichts ausgemacht, dass er keinen Clan und keine Abstammung hatte. Rasch hatte Cole drei Vampirclans zu seiner gefährlichen Denkweise bekehrt.

An diesem Punkt hatte der Clanrat beschlossen, dass er Hilfe brauchte, um ihm Einhalt zu gebieten. Vampire waren anscheinend Coles Kräften gegenüber machtlos, daher wandte sich der Rat an die Menschen.

Merle blättert um. Das nächste Kapitel des Buchs trägt den Titel »Cobalt«. Auf der Seite vor ihr ist ein Schwarz-Weiß-Bild ihrer Eltern abgedruckt. Ihre Mutter, groß und elegant wie immer, aber viel jünger, ohne ein einziges graues Haar. Auf dem Schwarz-Weiß-Bild wirkt ihr glänzendes braunes Haar pechschwarz. Neben ihr steht Merles Vater, ein wenig größer, mit den breiten Nasenflügeln, die Merle von ihm geerbt hat, viel zu viel hellem Haar und einem breiten Grinsen, das leicht verwegen wirkt.

Lange starrt Merle auf das Bild und denkt an ihren Vater in seinem Krankenhausbett und ihre Mutter, die sich auf dem Stuhl neben ihm in den Schlaf weint.

Tag 8

Nachdem Kristina noch mehr Saft, eine neue Zeitung, Eier und eine Tasse Kaffee gebracht hat und wieder gegangen ist, nimmt Merle erneut das Buch zur Hand. Es ist immer noch auf der Seite mit dem Bild ihrer Eltern aufgeschlagen. Sie ist letzte Nacht darüber eingeschlafen.

Aber jetzt blättert sie um und liest weiter.

Cole war dabei, eine Armee zum Sturm auf das Schloss des Clans des Schwarzen Smaragds zusammenzuziehen. Dieses Schloss. Die Armee marschierte bei Nacht und wäre über Tag unglaublich verletzlich gegen Angriffe durch Menschen gewesen, hätten diese gewusst, wo sie stand.

Irgendwie wurde Cole gefangen genommen, als er sich von der Armee absetzte, um allein nach London zu reisen. Nach einiger Zeit in Gefangenschaft gestand Cole, wo sich seine Armee befand. Verriet sie. Sie alle wurden von einem Cobalt-Team getötet, und Cole schwor seinen früheren Überzeugungen von der Macht der Gerechten öffentlich ab.

Niemand wusste, warum Cole das getan hatte. Was hatte man ihm für das Leben seiner Soldaten versprochen? Die Freiheit vielleicht? Gnade? Jedenfalls bekam er nichts davon. Man lieferte ihn an den Clan des Schwarzen Smaragds aus, und der Clanrat verurteilte ihn zum Leben. Dies war, wie das Buch erklärte, die härteste Strafe, die dem Rat zu Gebote stand.

Merle schaut sich in der kleinen, dunklen Zelle um, in der sie sitzt. Fünfundzwanzig Jahre. Das ist unvorstellbar, wenn sie davon ausgeht, dass Oberon die Wahrheit über Einzelhaft und Hunger gesagt hat. Die Ketten hatten nach weniger als einem Tag begonnen, ihr die Handgelenke aufzuscheuern. Wie hätte sich das nach fünfundzwanzig Jahren angefühlt?

»Jetzt verstehen Sie, welche Mühe sie sich gegeben haben, mich zu brechen.«

»Darius?«

»Hallo, Merle.« Als sie von ihrem Buch aufsieht, steht er direkt vor ihr, ragt über ihr auf. Sein Haar, seine Kleidung und seine Augen sind in der düsteren Zelle so dunkel, dass seine weiße Haut zu leuchten scheint. Sie muss sich zwingen, den Blick von seinem hypnotisch wirkenden Gesicht abzuwenden. Aber als sie die Augen niederschlägt, stellt sie fest, dass sich sein dunkel gekleideter Schritt genau vor ihrem Gesicht befindet.

Daher ist es eine Erleichterung, als Darius vor ihr in die Hocke geht und ernst lächelt. »Sehen Sie, was diese Leute mit mir gemacht haben? Verstehen Sie? Sie haben mich gezwungen, zum Verräter zu werden, und einem Glaubensgebäude, das sie für mich erfunden hatten, abzuschwören. Öffentliche Demütigung. Zum Leben verurteilt. Sie haben alles, was ihnen nur einfallen wollte, getan, um mich leiden zu lassen. Alles, was böse und grausam war. Sie wollten, dass ich in alle Ewigkeit leide. Was glauben Sie, warum sie solche Angst vor mir hatten?«

Sein Gesicht ist auf elegante Weise attraktiv und zugleich vollkommen bösartig. Sie hasst ihn. Das darf sie auf keinen Fall vergessen. »Weil Sie ein mörderischer Bastard waren. Weil Sie einer *sind*. In diesem Moment sind Sie dabei, meinen Vater umzubringen.«

»Ich weiß. Es ist sehr schwer für mich, dass ich das tun musste. Es tut mir leid. Charles Cobalt hat dazu beigetragen, mir das alles anzutun, aber ich weiß, dass er heute nur ein schwacher alter Mann ist. Ich wünschte, es hätte einen anderen Weg gegeben.«

»Es gibt einen. Lassen Sie mich gehen. Geben Sie mir das Gegenmittel und lassen Sie meine Eltern in Ruhe.«

»Ihre Eltern in Ruhe lassen? Vielleicht könnte ich das. Aber Sie? Niemals.«

Wieder muss sie sich zwingen, von ihm wegzusehen. Stattdessen schaut sie auf ihre schmutzigen Jeans hinunter. »Warum? Was wollen Sie von mir, das nicht mit den beiden zu tun hat?« Sie unterbricht sich, als ein scheußlicher Gedanke sie überfällt. »Ich bin keine ... keine Jungfrau oder so. Falls es das ist, was Sie wollen. Aber ich bin keine.« Da passiert es wieder. Bei dem Gedanken daran, dass Cole ihr die Unschuld nehmen will, was bedeutet, daran zu denken, dass er Sex mit ihr hat, errötet sie. Tief. Sie hasst es, wie ihre Haut sie immer im entscheidendsten Moment verrät. Sie versucht ihre Atmung zu verlangsamen – eine Technik gegen das Erröten, von der sie einmal in einer Zeitschrift gelesen hat – aber es nützt nichts. Ihr Gesicht wird immer heißer. Und das stürzt sie wiederum noch stärker in Verlegenheit.

Mit einem Mal bewegt sich Cole schnell und präzise und umfasst ihr Kinn. Langsam fährt er mit dem Daumen über ihre erhitzte Wange. Als er spricht, klingt seine Stimme belegt. Mit einem Mal ist er sehr deutlich erregt und gibt sich keinerlei Mühe, es zu verbergen. »Gott, wie ich es liebe, wenn Sie das tun.«

Sie versucht sich loszumachen, aber sein Griff ist unglaublich stark. »Was denn? Nicht. Lassen Sie das.« Sie legt eine Hand flach gegen seine Brust und versucht ihn wegzuschieben.

Aber er scheint ihren Widerstand gar nicht zu bemerken. Wieder streichelt er fasziniert ihre Wange. Seine Berührung fühlt sich herrlich kühl an, wo sie am heißesten glüht. Seine

Stimme ist dunkel, bedächtig und schwer. »Ich liebe Ihr Erröten. Es bedeutet, dass ich Ihr Blut unter Ihrer Haut sehen kann. Erröten Sie noch anderswo? Lassen Sie es mich ansehen. Ich will Sie sehen. So wunderschön. Ich möchte Ihre rosige Haut sehen.« Er schiebt sie zurück, und sie wird fest gegen die Wand gedrückt. Dort hält er sie mit seinem Körper gefangen, beginnt an ihrem T-Shirt zu zerren und reißt es nach oben.

»Nein! Nein! Aufhören.« Irgendwie windet sie sich aus seinem Griff und zieht ihr T-Shirt wieder hinunter.

Cole fängt ihren Blick auf und scheint plötzlich wieder zu hören, was sie sagt. Er nimmt die Hände von ihr, richtet sich auf und macht ein paar unsichere Schritte nach hinten. Er schüttelt den Kopf. »Oh Gott, es tut mir leid. So leid. Ihr Blut hat mich …«, sagt er und weicht vor ihr zurück. »Es ist nur so schwierig … Oh.«

Er beißt sich auf die breite Unterlippe und wendet sich ab.

Sie möchte ihn bitten zu warten, aber sie zwingt sich zu schweigen, indem sie über die wunden Stellen reibt, die die Fesseln an ihren Handgelenken hinterlassen haben.

Tag 9

»Kommt er heute wieder?«, sagt Merle und überlegt, ob ihre Frage eine Chance hat, unverfänglich zu klingen.

Kristina, die die Teller vom Abendessen wegräumt, schaut auf. Sie lächelt süffisant. »Nein. Er sagte, heute hätte er zu tun.«

»Ach.« Merle unterdrückt den Drang zu fragen, womit Cole zu tun hat, und versucht, ein anderes Gesprächsthema zu finden. »Dann sind Sie und Oberon alles, was heute noch vom Clan des Schwarzen Smaragds übrig ist?«

Kristina nickt. »Ja«, sagt sie. Kein Gefühl schwingt in ihrer Stimme, und dabei geht es, wenn Kristina spricht, eigentlich immer um irgendwelche Emotionen.

»Hat Darius die anderen umgebracht? Warum hat er Sie und Oberon am Leben gelassen?«

»Ich weiß es wirklich nicht«, entgegnet Kristina angespannt. »Und so gern ich den Abend mit unterhaltsamen Spekulationen über Darius Coles Motive verbringen würde, kann ich mich des Gedankens nicht erwehren, dass wir etwas finden könnten, das mehr Spaß macht.«

»Was? *Wir?*« Es scheint Ewigkeiten her zu sein, dass Merle etwas getan hat, das sich mit »Spaß« umschreiben ließe.

»Nun ja, Darius hat gesagt, ich solle dafür sorgen, dass Sie sich nicht langweilen.«

»Langweilen? Ich bin seit neun Tagen hier unten!« Merle zeigt auf die Stelle an der Wand, wo sie Kerben eingeritzt hat, um die Tage zu zählen. Fast die Hälfte liegt schon hinter ihr.

»Wieso kommt er jetzt auf die Idee, sich Gedanken über meinen Geisteszustand zu machen?«

»Ach, stellen Sie sich nicht so an. Er versucht wirklich, Ihnen den Aufenthalt angenehm zu gestalten, wissen Sie. Ich glaube, er hat einfach lange gebraucht, um überhaupt darauf zu kommen, dass Sie sich vielleicht langweilen. Vampire und Menschen denken ... verschieden. Und er ist sogar noch eigenartiger als ein normaler Vampir. Er mag ja übersinnliche Kräfte haben, bei denen einem die Kinnlade herunterklappt, aber manchmal sieht er die kleinen Dinge einfach nicht. Kommen Sie.«

Merle wird klar, dass Kristina ihr die Zellentür aufhält. Als sie aufsteht, beginnen ihre Beine zu zittern.

Die Freiheit bereitet ihr ein leichtes Schwindelgefühl. Merle folgt Kristina über den schmalen Gang vor den Zellen. An der letzten Tür vor der Treppe, die nach oben führt, bleibt Kristina stehen und sieht durch das vergitterte Fenster hinein. Dann winkt sie Merle zu sich.

Oberon sitzt in einer Zelle, die ganz ähnlich wie Merles Gefängnis aussieht. Er ist angekettet und hockt gegen die Wand gesunken auf der Bank.

»Geht es ihm gut?«

Bevor Kristina antworten kann, reißt Oberon die Augen auf, springt von der Bank auf und stürzt voran. Kurz vor der Tür halten ihn seine Ketten auf. Merle schreit auf und springt zurück.

Kristina lacht. »Keine Sorge. Er benimmt sich nur ein bisschen verrückt, weil er kein Blut bekommen hat, seit Darius ihn hier unten eingesperrt hat. Im Moment riechen Sie für ihn nach Essen.«

Merle wappnet sich und sieht wieder durch das Fenster. Oberon ist gleich hinter der Tür auf den Knien zusammengesackt. »Wird er sterben?«

»Rein technisch gesehen ist er tot. Aber nein, er stirbt nicht, wenn er kein Blut bekommt. Er wird nur seltsam. Schon jetzt ist er dabei, den Verstand zu verlieren. Die einzigen Aufzeichnungen darüber, was mit einem Vampir passiert, den man hungern lässt, beziehen sich auf Darius. Aber er war geistig sehr stark. Oberon scheint viel schneller zusammenzubrechen.« Kristina zuckt mit den Achseln. Viel scheint ihr das nicht auszumachen.

»Und was passiert jetzt mit ihm?«

»Ach ja.« Kristinas Miene hellt sich auf. »Da kommen Sie ins Spiel. Darius sagte, dass Sie entscheiden sollen, ob er heute etwas zu essen bekommt.«

Das hat Oberon offenbar gehört, denn hinter der Tür lässt sich seine dünne Stimme vernehmen. »Bitte.«

»Wieso denn das? Warum soll ich darüber entscheiden?«

Kristina zuckt die Achseln. »Darius fand, das wäre nach dem, was er mit Ihnen gemacht hat, nur angemessen.«

»Bitte, Miss Cobalt«, stöhnt Oberon in der Zelle. »Es tut mir leid. Bitte seien Sie gnädig.«

Merle ist mulmig. Sie möchte nichts mit Oberon zu tun haben. Und ganz bestimmt möchte sie nicht hören, wie er sie um Gnade anfleht. »Also, ich finde es *nicht* angemessen«, erklärt sie scharf und beherrscht. »Wirklich, wirklich nicht. Wenn Sie mich deswegen hergebracht haben, möchte ich lieber zurück in meine Zelle.«

Kristina nickt gelassen. »In Ordnung. Dann verhungert er eben. Ich darf ihm nichts zu essen geben, ehe Sie es nicht sagen.«

Merle kann es nicht ertragen. Sie erinnert sich daran, wie verängstigt sie zuerst hier war. Wie verunsichert sie sich gefühlt hat, eingesperrt, hungrig, durstig und nicht einmal sicher, ob man sie vergessen hatte. »Schön«, sagt sie angespannt, »dann geben Sie ihm zu essen.«

Als Kristina wieder aus Oberons Zelle auftaucht – Merle hat sich entschieden, draußen zu warten –, wirkt sie ein wenig atemlos. Sie hat auch lange gebraucht.

Merle zieht die Augenbrauen hoch. »Okay, kommen Sie jetzt mit«, sagt Kristina nur und geht die Treppe hinauf, die aus dem Kerker nach oben führt.

»Was? Wohin gehen wir?«

Über die Schulter wirft Kristina ihr ein selbstzufriedenes Lächeln zu. »Kommen Sie.«

Sie kommen in der Eingangshalle heraus. Merle blinzelt ins Licht und schwankt ein wenig. Kristina geht vor und beginnt eine gewaltige, geschwungene Treppe hinaufzusteigen, die mit rotem Teppich ausgelegt ist. Merle bleibt unten stehen. »Kristina? Wohin gehen wir?«

Kristina dreht sich um. Sie ist schon halb die erste Treppe hinauf. »In Ihr Zimmer.«

»Mein Zimmer?«

»Ja. Sie sind befördert worden. Darius hat entschieden, dass Sie ein Zimmer mit Fenster bekommen. Obwohl sich die Vorhänge natürlich nicht öffnen lassen.«

Merle steht immer noch unten. »Ein richtiges Zimmer mit einem Bett darin.«

»Ja.«

»Und das steht nicht zufällig in Darius' Schlafzimmer, nebenan oder so?«

»Nein«, gibt Kristina spöttisch und tadelnd zurück. »Sie wohnen im ersten Stock, genau wie ich. Darius schläft im zweiten. Aber seien Sie nicht enttäuscht. Die Zimmer im ersten Stock sind schöner. Außerdem ist Darius durchaus in der Lage, ein Stockwerk hinunterzugehen, wenn er Sie bei Nacht belästigen will.«

Merle spürt, dass sie schon wieder errötet, und senkt den Kopf, als sie Kristina jetzt die Treppe hinauf folgt.

Die Räume im ersten Stock sind wirklich schön. Sehr schön. Merles Zimmer ist in Türkis und Gold gehalten. Jede spitzenbedeckte Oberfläche ist mit Schnörkeln und Schnickschnack überhäuft. Und sie hat ein richtiges Bett, ein Himmelbett. Dankbar lässt sie sich darauf fallen. Nach neun Tagen und acht beschwerlichen Nächten auf der Holzbank löst die weiche Matratze fast ein orgasmisches Gefühl in ihr aus.

Als Merle laut aufseufzt, lacht Kristina. »Dann sage ich ihm, dass Sie erfreut sind.«

Merle wälzt sich auf den Bauch, und dann fällt ihr etwas ein. »Was haben Sie die ganze Zeit gemacht?«, fragt sie. »In Oberons Zelle.«

»Was?«

»Im Kerker. Sie waren lange in seiner Zelle, und ich habe *Geräusche* gehört.«

Kristina lächelt süffisant. »Eigentlich nichts. Ich habe ihm nur sein Blut gegeben.«

»Sie haben ihn gefüttert?«

»Irgendwie schon.« Kristina neigt den Kopf zur Seite. »Hören Sie, eine junge Frau von Ihrer Herkunft müsste doch über Blutriten Bescheid wissen, oder?«

»Meine Herkunft? Sie meinen wegen meiner Eltern? Sie haben mich über Vampire eigentlich nur gelehrt, dass sie eine stinkende Abscheulichkeit sind.« Merle beißt sich auf die Lippen. »Tut mir leid.«

»Schon okay. Ich weiß, was Cobalt von Vampiren hält. Und ich weiß, dass Sie eine Cobalt sind.« Sie zuckt die Achseln. »Dann haben Sie keine Ahnung davon, dass es zwei Arten von Blut gibt?«

»Ähem ... nein.«

»Sie wissen nichts von ... Okay, na schön, für einen Vampir existieren zwei Arten von Blut. Die eine bedeutet Nahrung, die andere Sex. Nahrung heißt, menschliches Blut zu trinken.

Und dann gibt es das Kosten, was etwas vollkommen anderes ist. Dabei trinkt man ein wenig vom Blut eines anderen Vampirs. Das ist wie Sex. *Genau* wie Sex. Das Blut eines anderen Vampirs zu schmecken, ist wie ein Orgasmus.«

»Das klingt ... hmmm, merkwürdig.«

Wieder zuckt Kristina die Achseln. Das tut sie ziemlich oft. »Mir kommt es ganz normal vor.«

»Und man kann es nicht mit einem Menschen vollziehen. Zwischen einem Mensch und einem Vampir kann es keine Blutriten geben, oder?«

Kristina spuckt ihre Antwort beinahe aus. »Nein. Unmöglich. Niemals. Vampire führen keine Blutriten mit Menschen durch. Nie.« Die Frage scheint sie beinahe erzürnt zu haben. Boshaft zeigt sie mit dem Finger auf Merle. »Sie könnten Sex mit einem Vampir haben, sagen wir mit Oberon, und er könnte Sie ficken, Sie kommen lassen und alles. Das könnte passieren. Aber er würde nicht besonders viel dabei empfinden, obwohl er hart bleiben würde, ganz gleich, was Sie tun. Vampire kommen mit Menschen nicht zum Höhepunkt. Das ist der größte Mythos, der da draußen umgeht. Vampire fahren nicht auf Menschen ab, ebenso wenig, wie es Sie erregen würde, wenn Sie einen Teller mit Spagetti Bolognese ansehen. Menschen sind Nahrung, und für den Sex gibt es die anderen Vampire.« Kristina zittert. Sie ist wütend, und jetzt wirkt sie nicht mehr so lässig.

Merle rutscht auf dem Bett ein wenig zurück. Gerade eben fand sie Kristina noch so nett, dass sie ein schlechtes Gewissen hatte, weil sie sich so über Vampire geäußert hat, wie ihre Eltern es sie gelehrt haben. Jetzt jagt sie ihr plötzlich schreckliche Angst ein. Schließlich ist sie ein Vampir. Ein Monster. »Menschen sind Nahrung? Das klingt wie etwas aus den Grundsätzen der Macht der Gerechten.«

Kristina zuckt die Achseln. »Die Macht der Gerechten ist

inzwischen illegal.«

»Sogar in Darius Coles Haus?«

»Das hier ist nicht Darius Coles Haus. Das Schloss gehört in Wirklichkeit Oberon. Sie sollten mal hören, was er zu dem Thema zu sagen hat.« Sie ringt sich sogar ein Lächeln ab, aber Merle spürt immer noch ihren Zorn und ihre Gereiztheit.

Tag 10

Am folgenden Tag bringt Kristina Merle das Frühstück in ihr neues Zimmer und fragt, ob sie wieder mitkommen und Oberon quälen will. »Sie könnten mehr über die Blutriten herausfinden.«

Aber Merle lehnt entschieden ab.

»Mit wem vollzieht eigentlich Cole seine Blutriten?«, fragt Merle später, als Kristina liederlich zerfleddert und rosig angelaufen zurückkehrt, fast ohne darüber nachzudenken.

Kristina nimmt einen Apfel, der vom Frühstück übrig ist. »Mit mir. Manchmal auch mit Oberon, aber meistens mit mir. Wir sind hier halt nur noch zu dritt.« Ein Achselzucken. Sie hebt den Apfel an den Mund und versenkt die Fangzähne darin.

»Dann sind Sie Coles Geliebte?«

Mit angeekelter Miene nimmt Kristina den durchbohrten Apfel aus dem Mund. »Igitt. Ich habe wirklich keine Ahnung, wie Sie dieses Zeug essen können. Darius nimmt sich keine Geliebten.«

»Aber Sie haben gestern von den Blutriten gesprochen, und Sie sagten, dass Vampire dazu andere Vampire ...«

»*Das* macht er schon mit mir. Wie ich eben sagte. Klar, und ob. Ficken, wissen Sie. Mit seinen Psychokräften. Wow. Haben Sie schon mal Sex mit jemandem gehabt, der Ihre Gedanken lesen kann? So etwas habe ich früher noch nie ... Mit ihm und Oberon muss ich meine Blutpäckchen-Ration verdoppeln, um bei Kräften zu bleiben. Aber ich bin nicht Darius' Geliebte.« Lächelnd bleibt Kristina stehen. »Vampire gehen für gewöhnlich feste Bindungen ein. Lebenslang. So etwas wie eine Lebenspartnerschaft. Für einen Vampir bedeutet das eine ausschließliche Beziehung, jemand, mit dem sie für immer zusammen sind. Wie ich schon sagte, nimmt Darius sich keine Geliebten.«

»Warum nicht?«

»Wahrscheinlich, weil es sein Image als zorniger, einsamer Freak, der fünfundzwanzig Jahre im Kerker gesessen hat, zerstören würde.«

In dieser Nacht träumt Merle wieder von Darius. Doch der Traum ist nicht so wie die anderen, hyperreal und mit dem Eindruck, dass er mit ihr im selben Raum zu sein scheint. Dieser Traum ist viel nebelhafter und unbestimmter. Sie liegt neben ihm, und er stützt sich auf einen Ellbogen und sieht auf sie herunter. Sie weiß nicht, wo sie sich befinden. Sie sind in einer namenlosen Traumlandschaft. Sie weiß nur mit vollkommener Gewissheit, dass sie verliebt ist. In dem Traum ist sie Hals über Kopf in Darius Cole verliebt.

Der Traum-Darius streicht mit der Rückseite seiner Finger über ihre Wange. Sie fühlen sich auf ihrer erhitzten Haut herrlich kühl an. Sie errötet. Ihr Gesicht ist heiß angelaufen. Darius lächelt auf sie herunter.

»Ich liebe es, dein Blut unter deiner Haut zu sehen«, sagt er. Seine Stimme klingt wie in ihrem ersten Traum von ihm; als komme sie von anderswo her.

Darius ist dunkel gekleidet, wie immer. Merle trägt ein freizügiges weißes Spitzenkleid, ganz ähnlich wie das von Kristina. »Ich weiß noch eine Art, dein Blut an die Oberfläche steigen zu lassen«, sagt Darius. Seine Stimme klingt weich, gedämpft und knistert vor Begehren.

Seine Hände liegen am Saum ihres schlampigen weißen

Kleids. Er schiebt ihn fast bis ans obere Ende ihrer Schenkel hoch. Sie zappelt ein bisschen, als er sie entblößt, doch sie lässt ihn gewähren. Nachdem er ihren Rock aus dem Weg geschoben hat, streichelt Darius ihre blasse Haut; dort, wo ihre Schenkel in ihre schmalen, knabenhaften Hüften übergehen. Sie ist so erregt. Unter dem Spitzenstoff ist sie nass. Nass, nur Zentimeter von seinen Fingerspitzen entfernt.

Zuerst hört sie das Geräusch. Dann sieht sie es und spürt das Brennen. Ihr wird klar, dass er sie gerade geschlagen hat. Sehr fest. Als sie an ihrem Körper hinabsieht, erkennt sie, wie sich oben auf ihrem Schenkel ein roter Fleck bildet.

Aber es befindet sich noch jemand anderer im Zimmer.

»Oh«, sagt Darius mit einer Stimme, die schwach vor Begierde ist, »du bist einfach viel zu schön.« Und er beugt den Kopf und fährt mit seiner kühlen Zunge über die heiße Stelle, die er gerade erzeugt hat.

Da ist noch jemand auf Merles Bett. Aber sie kann die Augen nicht öffnen. Sie kann den Traum nicht verlassen, denn sie weiß, dass Darius sie gleich lieben wird.

Sie seufzt unter der Berührung von Darius' Zunge.

Jemand anderer. Nicht im Traum. Da ist jemand, in der Realität. Ein Gewicht neben ihr auf der Matratze. Dort kniet jemand.

Merle reißt die Augen auf. Der Traum zerspringt. »Darius?«, fragt sie, noch halb schlafend.

Im Zimmer ist es sehr dunkel. Durch die fest geschlossenen Vorhänge dringt kein Mondschein ein. Merle kann gerade noch den Betthimmel erkennen, der über ihr zu schweben scheint, und dann wirft sich jemand über sie, hält sie nieder. Ihr Hals schmerzt.

Sie schreit auf, aber eine Hand legt sich über ihren Mund und erstickt das Geräusch. Sie windet sich und kämpft, aber der Unbekannte, der sie festhält, ist zu stark für sie …

Tag 11

Sie schlägt die Augen auf. Im Zimmer ist es dunkel. Jemand ist bei ihr im Raum.

Sie spürt etwas an ihrem Arm, einen Nadelstich. »Sie müssen schlafen, Merle«, sagt eine sanfte, dunkle Stimme.

Tag 12

Wieder wacht sie auf und liegt immer noch im Bett. Sie versucht sich aufzusetzen, aber ihr wird so schwindlig, dass sie fast sofort wieder in ihre Kissen sinkt. Stöhnend richtet sie sich noch einmal auf und sieht Darius, der auf der anderen Seite des Zimmers in einem Ohrensessel sitzt und sie anschaut.

»Wo bin ich? Was ist passiert?«

Darius sagt nichts. Er steht auf und tritt an ihr Bett. Er legt die Hand unter ihr Kinn und dreht ihren Kopf hin und her. Dann sieht er ihr nacheinander in beide Augen. So nahe ist er ihr noch nie gewesen. Ihr Herz rast. Sein Gesicht befindet sich nur zwei, drei Zentimeter vor ihrem. Sie starrt seine sinnliche Unterlippe an, während er ihren Mund öffnet, indem er den Daumen über ihre untere Zahnreihe hakt und ihren Unterkiefer nach unten zieht, um auch dort hereinzusehen.

»Darius!«, sagt sie. Plötzlich ist sie wieder bei Sinnen und rückt von ihm ab.

»Fühlen Sie sich wohl?«, fragt er und steht auf.

»Ja. Ich glaube schon. Was ist passiert?«

»Kristina. Sie hätte Sie fast getötet. Ich bin gerade noch rechtzeitig gekommen. Glücklicherweise waren Sie noch nicht an dem Punkt, an dem Sie von meinem Blut hätten trinken müssen, um zu überleben. Also keine Angst, Sie sind immer noch ein Mensch. Wir brauchten das Gesetz gegen die Verwandlung von Menschen in Vampire nicht zu brechen.«

Merle berührt ihren Hals, doch da ist nichts, obwohl er sich wund anfühlt.

Darius beobachtet sie. »Die Bissspuren heilen schnell. Ein kleiner blauer Fleck ist noch da, der bald verschwinden wird. Sie standen unter Schock und waren sehr schwach. Ich habe Ihnen ein Beruhigungsmittel gegeben. Sie haben mehr als vierundzwanzig Stunden geschlafen. Heute ist der zwölfte Tag. Ich vermute, dass Sie mitzählen.«

»Kristina? Warum sollte sie ...?«

»Weil sie eifersüchtig auf Sie ist«, erklärte Darius ganz einfach und nüchtern. »Es tut mir leid. Ich dachte, ich hätte sie vollkommen unter Kontrolle. Sie hat Angst vor mir, und ich dachte nicht, dass sie spüren könnte, wie ich sie über ihre Gedanken beobachtet habe. Vielleicht lernt sie, ihre eigenen telepathischen Kräfte besser zu beherrschen. Oder sie hatte einfach Glück.«

Eifersüchtig? Sie kann nur schwer glauben, dass Kristina, die wie ein gefallener Engel aussieht und regelmäßig diese göttlich klingenden »Blutriten« mit Darius durchführt, ausgerechnet auf sie eifersüchtig sein soll – das unansehnliche Mädchen mit den rotgeweinten Augen, das die meiste Zeit eingesperrt ist. »Wo ... wo ist sie jetzt?«

»Kristina? Im Verlies. Jetzt spielt Oberon den Kerkermeister, und ich vermute, er hat seinen Spaß daran.« Darius dreht sich um und weist auf den Tisch, auf den Kristina für gewöhnlich das Essen für Merle stellt. Er biegt sich unter Obst, Käse und Brot. »Ich muss jetzt fort, aber dort steht etwas für Sie. Es ist wichtig, dass Sie jetzt essen. Ich werde Sie wieder einschließen, zu Ihrer eigenen Sicherheit.«

Er schickt sich zum Gehen. »Wenn Sie nicht in Kristinas Gedanken waren«, fragt Merle, »wie sind Sie dann in mein Zimmer gekommen, um mich zu retten?«

Darius hält inne und bleibt zwischen ihr und der Tür stehen. »Weil ich in Ihren Gedanken war, wissen Sie noch?«

Tag 13

Merle liegt auf ihrem Bett und liest in einer Zeitschrift, als die Tür auffliegt.

Darius stolziert herein und sieht so streng und arrogant aus, dass sie unwillkürlich über das Bett vor ihm wegrutscht. Er ist etwas anders als sonst gekleidet und trägt einen langen schwarzen Gehrock und kniehohe schwarze Stiefel. Jetzt sieht er viel mehr so aus, wie ein Vampir aussehen *sollte*. Förmlich, für ihn jedenfalls.

Er tritt beiseite, und als Nächstes betritt Oberon den Raum. Er zerrt Kristina hinter sich her und führt sie an einem Strick, der um ihre Handgelenke gebunden ist.

»Irgendwo hin«, sagt Darius.

Oberon ruckt so an dem Strick, dass Kristina in einer Ecke auf den Boden geschleudert wird. Merle zuckt zusammen, aber Kristina würdigt sie keines Blicks.

»Du kannst gehen«, sagt Darius. Er sieht Oberon an.

»Ich würde gern bleiben«, erklärt Oberon. »Ich möchte sehen, wie die Schlampe bestraft wird.«

»Du kannst gehen«, wiederholt Darius.

»Darf ich nicht zusehen, wie in meinem eigenen Haus Gerechtigkeit geübt wird?«, fragt Oberon leise.

Darius wendet sich von ihm ab. »Was meinen Sie, Merle?«

»Was?«, sagt Merle und versucht gelassen zu klingen, statt vollkommen verwirrt und verängstigt.

»Das ist Ihre Vergeltung. Soll Oberon bleiben und zusehen, oder soll er gehen?«

»Also, Cole, für deinen Gast bin ich immer noch Lord Oberon vom Clan des Schwarzen Smaragds.« Oberons Stimme klingt hart und fest, gerät aber ins Wanken, als Darius sich umdreht und ihn ansieht.

»Manchmal glaube ich wirklich, dass es ein großer Fehler war, dich am Leben zu lassen«, flüstert Darius.

Oberon lächelt. »Wirklich? Aber du wirst mir trotzdem nicht die Gnade erweisen, mich zu töten, oder, Cole? Nicht, nachdem ich dich dazu gebracht habe, um deinen Tod zu flehen und ihn dir so oft verweigert habe. Du weißt einfach nicht, wie du mit mir umgehen sollst.«

Ein paar bleierne Sekunden lang starren die beiden Männer einander an, dann wirft Darius Merle einen Blick zu. »Tut mir leid«, erklärt er, »der Plan hat sich geändert. Ich habe mich entschieden.« Er dreht sich wieder zu Oberon um, doch Merle sieht noch, wie seine Augen schwarz zu glühen beginnen. »Raus ... hier ... sofort.«

Unter Darius' Blick wird Oberon sichtlich schwächer. Er versucht nicht einmal, sich ihm zu widersetzen.

Darius wendet seine Aufmerksamkeit der weinenden Kristina zu, die immer noch in einer Ecke kauert. Er tritt auf sie zu. Sie zittert vor Angst und sieht zu ihm auf, als er näher kommt und mit gereckten Fingern die Handfläche ausstreckt.

Seine Hand ist nur noch Zentimeter von ihrem Kopf entfernt, als Kristina zu schluchzen beginnt. »Nein, nein. Bitte, Darius, nicht.«

Darius hält inne. »Na, na, Kristina«, sagt er besänftigend. »Ich muss doch tief in dir lesen, damit ich weiß, wie ich dich bestrafen soll, oder? Ich dachte, ihr Leute mögt dieses traditionelle Zeug.«

»Nein, bitte, das tut weh ...« Kristina schluchzt wieder, schüttelt den Kopf und versucht ihn mit ihren gefesselten Händen abzuwehren.

Darius ignoriert sie, schlägt ihre Hände beiseite und drückt seine Handfläche fest an ihre Stirn, während seine ausgebreiteten Finger sich um ihren Schädel legen. Kristina hört auf zu schluchzen und schreit vor Schmerz. Darius scheint überhaupt nicht auf ihre Not zu reagieren.

Er hält Kristina noch lange fest, nachdem ihr Schrei verhallt ist. Einen langen Moment wirkt er wie erstarrt, und dann sieht Merle, wie Darius lächelt. »Natürlich«, sagt er zu sich. »Das hätte ich mir denken können.«

Darius lässt Kristina los und wendet sich Merle zu. Kristina sackt stöhnend zu Boden wie ein nasser Lappen. »Nein, bitte. Nicht sie.« Darius kommt mit steinerner Miene auf Merle zu.

Merle fürchtet sich schrecklich, aber sie gibt sich Mühe, sich nicht zu demütigen, indem sie sich zusammenkauert wie Kristina. Sie sitzt immer noch reglos auf dem Bett, hat die Beine ausgestreckt und lehnt sich an das hölzerne Kopfteil. In dieser Haltung wartet sie ab, während er auf das Bett steigt und mit katzenhaften Bewegungen auf sie zukommt. Er hockt sich über ihre Beine und streckt die Hand aus, doch er packt nicht nach ihrer Stirn wie bei Kristina. Stattdessen legte er die Hände um ihr Gesicht, rückt an sie heran und küsst sie.

Als seine Lippen sie berühren, hält sie den Atem an. Ein Vampir küsst sie. Darius Cole küsst sie.

Und es ist wunderbar.

Darius' kühler Mund kommt ihr irgendwie vertraut vor. Vertraut und erregend. Mit Zunge und Händen umschmeichelt er sie, damit sie den Mund für ihn öffnet. Ganz langsam kostet er jede neue Empfindung aus, jedes Stück ihrer Lippen und ihrer Mundhöhle, die sich ihm enthüllen. Er legt keine Eile an den Tag. Alles ist so beherrscht. Seine kalte Zunge fühlt sich ein wenig merkwürdig, aber nicht unangenehm an. Er riecht weder, noch schmeckt er sauer oder nach verfaultem Fleisch, sondern einfach wie ein Mann. Ein erregter Mann.

Als er sie weiter küsst, schmerzlich langsam, beinahe ehrfürchtig, spürt sie, wie sich ihr ganzer Körper strafft. Ihre Nippel verhärten sich und werden überempfindlich. Jedes Härchen an ihrem Körper stellt sich auf. Sie fühlt, wie ihre Gesichtshaut unter Darius' Händen heiß und prall wird.

Darius stöhnt leise in ihren Mund hinein. Er löst seinen Griff um ihr Gesicht, streichelt ihr sanft über die Wangen und dreht die Hand um, um die kühlen Rückseiten seiner Finger über ihre erhitzte Haut zu ziehen.

Er ist hart. In dem Moment, als sie es spürt, den deutlichen Druck seines harten Schwanzes gegen ihren Schenkel, weiß sie, was es ist, kann es aber kaum glauben.

Schließlich zieht Darius sich zurück, und sie lässt sich schwer atmend gegen das Kopfteil sinken. Darius hockt auf dem Bett immer noch über ihr. Er dreht sich um und spricht Kristina über die Schulter an. »So, ich hoffe, du hast deine Lektion gelernt«, sagt er, und kurz klingt seine kalte Stimme ein wenig ironisch und amüsiert. Aber nur einen Moment lang. »Wenn du mich noch einmal wütend machst, kannst du zusehen, wie ich sie ficke.«

Kristina, die immer noch als wimmerndes Bündel in der Ecke liegt, heult laut in ihre Spitzenröcke hinein.

Darius wendet sich erneut Merle zu. Sie keucht, ohne sich dagegen wehren zu können. Sie weiß, dass sie nass vor Erregung ist – ihr Gesicht ist nicht der einzige Körperteil, der vor Blut glüht.

Er kann Gedanken lesen. Er weiß, was er mit mir gemacht hat.

Darius wirft ihr einen langen Blick voll kaum beherrschter Lust zu, dann rutscht er vom Bett, packt Kristinas Seil und verlässt das Zimmer. »Jetzt brauche ich ein wenig von dir, um das zu Ende zu bringen, Mädchen.«

Sie sind beide fort, als Merle immer noch Darius in ihrem Mund schmeckt.

Tag 14

Merle ist ein wenig erstaunt, als Kristina am nächsten Morgen hereinkommt und das Frühstückstablett auf den Tisch knallt. Hat sie nicht erst versucht, sie umzubringen?

Kristina ist nicht ganz sie selbst; überhaupt nicht zum Plaudern aufgelegt. Ihr Kleid wirkt noch offenherziger als sonst, und der Ausschnitt rutscht ihr von den Schultern, die mit blauen Flecken und Bissspuren bedeckt sind. So, wie sie Merle ansieht, wirkt sie fast stolz über die Spuren, die Darius überall auf ihr hinterlassen hat. Als stelle sie sie zur Schau.

»Er will Sie in seinem Arbeitszimmer sehen«, sagt sie verdrossen, als Merle zu essen beginnt. »Eine Etage höher, dritte Tür links.«

Als Darius sie hereinbittet, öffnet sie die hohe Tür aus polierter Eiche und gelangt in einen lang gestreckten, eleganten Raum mit gewaltigen, vom Boden bis zur Decke reichenden Fenstern. Das Zimmer müsste also eigentlich lichtdurchflutet sein, doch wie überall im Schloss sind die Vorhänge zugezogen und die Lampen angezündet. Am anderen Ende des Zimmers sitzt Darius an einem großen Schreibtisch und sieht weit imposanter aus als die beeindruckende Ausstattung. Merle fühlt sich unsicher und nestelt am Saum ihres T-Shirts herum, während sie durch den endlos langen Raum geht und schließlich vor ihm steht.

Er sieht sie lange an. »Ich entschuldige mich wegen gestern

Nachmittag. Das hätte ich nicht tun sollen. Sie sind nicht hier, damit Sie mir helfen, Kristina zur Räson zu bringen.«

»Oh. Ist schon okay.« Sie spürt, wie sie rot wird, und senkt den Kopf, weil sie sich daran erinnert, wie Darius üblicherweise auf ihr Erröten reagiert.

»Ja«, sagt er. Seine Stimme klingt gleichmütig. Vielleicht hat er es nicht bemerkt? »Ich finde wirklich, am besten tun wir so, als wäre das nie passiert. Wie finden Sie das?«

»Das wäre ... ähem ... Das wäre schön«, stammelt sie, kann ihn immer noch nicht richtig ansehen und fühlt sich wie eine Närrin. Sie holt tief Luft und zwingt sich, aufzuschauen. »Dann müssen Sie wohl hoffen«, versetzt sie leichthin, »dass Sie Ihre letzte Drohung nicht wahrzumachen brauchen.« Sie hat gedacht, die Bemerkung würde witzig klingen, als mache sie sich nichts aus ihrem Kuss. Aber sie bedauert sofort, es ausgesprochen zu haben.

Darius sieht sie an. »Meine letzte ...? Ich verstehe nicht. Was war denn meine letzte Drohung?«

Sie spürt, wie ihr schon wieder das Blut ins Gesicht rauscht. Erneut schlägt sie den Blick nieder und schaut auf den Teppich. »Oh, tut mir leid, nichts.«

»Nein, Merle. Was war meine *letzte Drohung?*«

Sie tritt von einem Fuß auf den anderen, holt tief Luft und sieht ihn wieder an. Ihr Gesicht glüht. »Sie haben Kristina gesagt, wenn sie sich wieder daneben benimmt, würden Sie mich, ähem, ficken. Vor ihren Augen.«

Darius lächelt. »Ach, *das*. Keine Sorge. Ich glaube wirklich nicht, dass das notwendig sein wird. Sie?«

Sie blinzelt. »Wenn Sie meinen. Also, ich meine nein.«

»Aber deswegen wollte ich Sie nicht sehen«, erklärt Darius. »Sie sind schon über die Hälfte der Zeit hier, die ich festgesetzt hatte. Ich hatte mich gefragt, ob Sie nach Hause wollen.«

»Nach Hause?«, fragt sie. Immer noch konzentriert sie sich fest auf ihre Atmung und spürt endlich, wie ihr Gesicht abzukühlen beginnt.

»Ja«, sagt Darius. »Nur zu Besuch, verstehen Sie. Und die Zeit bleibt die Gleiche, die ich in meinem, ähem ...« Er sucht nach dem richtigen Wort.

»Ihrem Erpresserbrief?«, sagt sie.

»Wenn Sie so wollen.« Er lächelt und ist sichtlich amüsiert. »Okay. Die Bedingungen aus meinem *Erpresserbrief* bleiben dieselben. Ich habe dafür gesorgt, dass ein Wagen Sie nach London zu Ihren Eltern bringt. Sie werden in vierundzwanzig Stunden wieder hier sein.« Darius richtet den Blick wieder auf die Papiere auf seinem Schreibtisch und entlässt sie mit einer Handbewegung. Für ihn ist das Gespräch beendet.

Merle holt tief Luft. »Danke«, sagt sie leise. Doch er scheucht sie erneut weg. Schaut nicht auf.

Eine Stunde später geht sie durch die Gänge der Cobalt-Stiftung. Sie kommt sich wie in einem Traum vor. Alles ist so kühl und hell – Sonnenlicht! – und sauber. So ganz anders als die prachtvoll-bedrohliche, düstere Atmosphäre im Schloss. Im Foyer halten sich ein paar Menschen auf, die sie mit einem Nicken begrüßen. Niemand findet es merkwürdig, dass sie hier ist. Man hat Coles Angriff auf ihren Vater absolut geheim gehalten. Niemand ahnt, dass sie anderswo sein müsste.

Mit ihrer Magnetkarte nimmt sie den Aufzug in die Hochsicherheitsetage. Als sie die Türen hinter sich lässt, fällt sie in einen Laufschritt. Sie platzt so heftig ins Zimmer ihres Vaters, dass ihre Mutter laut aufschreit und das Buch, in dem sie gelesen hat, fallen lässt.

»Oh, Liebling«, sagt ihre Mutter, dreht sich tränenüberströmt um und stürzt herbei, um Merle in die Arme zu nehmen. »Es ist in Ordnung. Niemand hat von dir erwartet, die ganze Zeit zu bleiben. Wir wussten, dass er es dir unmöglich machen würde. Es war nur ein Trick, mein Schatz. Gott sei Dank hat er sein Wort gehalten und dich tatsächlich gehen lassen.«

»Nein, Mum ...«

»Wir haben ein Sondereinsatzkommando bereitstehen, um das Schloss der Schwarzen Smaragde zu stürmen. Sie wissen natürlich noch nicht warum, aber wir haben alles unter Kontrolle. Nachdem du jetzt wieder da bist, können wir ihn heute Nacht holen. Ihn verhören.«

»Nein. Das könnt ihr nicht machen. In seinem Brief steht, dass er das Gegenmittel vernichtet, wenn wir versuchen, das Schloss gewaltsam einzunehmen.«

»Ach, Liebling, was haben wir denn für eine andere Wahl?«

Merle atmet langsamer und sieht ihrer Mutter in die Augen, appelliert an sie, ruhig zu bleiben. »Nein, du verstehst nicht. Ich gehe zurück. Ich habe nicht aufgegeben, Mum. Ich bin nur hier, weil er mir erlaubt hat, euch zu besuchen. Morgen fahre ich zurück.«

»Oh.« Ihre Mutter verzieht das Gesicht.

»Ich weiß, Mum. Aber ich habe schon über die Hälfte der Zeit hinter mir.«

Ihre Mutter schluckt. Als sie wieder spricht, klingt ihre Stimme vor Emotionen angespannt. »Behandelt ... behandelt er dich gut? Du siehst dünn aus. Diese Leute verstehen nichts von Nahrungsmitteln. Gibt er dir zu essen?«

»Ja, Mum, es ist in Ordnung«, sagt sie. »Ich habe mein eigenes Zimmer, ein sehr schönes Zimmer. Sie bringen mir gutes Essen und Zeitschriften und anderen Lesestoff. Es ist gut. Nur manchmal ein bisschen langweilig. Wie in einem Hotel.«

»Und er hat nicht ...« Merles Mutter wendet den Blick von ihr ab, als könne sie sich nicht überwinden, die Worte auszusprechen. »Er hat dich nicht *belästigt?* Er ist dir nicht irgendwie *zu nahe getreten?*«

Merle schüttelt den Kopf und versucht, nicht daran zu denken, was sie bei Darius' Kuss empfunden hat. Glühend heiß steigt die Erinnerung mit einem Mal auf, und sie beißt sich auf die Lippen und spürt, wie die beiden dunkelrosa Flecken auf ihren Wagen auftauchen. »Nein.«

Ihre Mutter zieht sie erneut in eine feste Umarmung. »Ach, Schatz. Ich war krank vor Sorge. Ich dachte schon, wir würden dich nie mehr lebend wiedersehen.«

Merle schmiegt sich in den Duft ihrer Mutter und versucht sich einzureden, dass sie für immer bleiben kann.

Spät an diesem Abend sieht Merle zu, wie ihre Mutter auf ihrem Stuhl einschläft. Dann nimmt sie ihr die Magnetkarte weg, die um ihren Hals hängt, und geht hinaus.

Sie weiß nicht genau, wohin sie will. Doch als sie in den Aufzug steigt und die Karte ihrer Mutter in den Schlitz steckt, erscheint auf dem Kontrollbrett eine zweite Hochsicherheitsetage, die sie noch nie gesehen hat, und sie weiß, dass sie dort richtig ist.

Der Lift fährt abwärts. Immer tiefer, bis unter den Boden. Das geheime Stockwerk muss unterhalb des Erdgeschosses liegen. Als die Türen aufgleiten, zittert sie und fühlt sich auf unheimliche Weise an den Kerker im Schloss erinnert, aber sie nimmt sich zusammen und tritt in das Halbdunkel hinaus.

Mit den Handflächen tastet sie über die Wände, findet einen Lichtschalter und legt ihn um. Neonröhren springen an und werfen ihr Licht bis in die entferntesten Winkel des riesigen Raums, der nichts als Aktenschränke enthält.

Cobalts gesamte Geschichte.

Darius Cole hat einen eigenen Gang, so viele Informationen sind über ihn vorhanden. Aber sie findet eine Akte, die wahrscheinlich seine Verhörprotokolle enthält. Sie ist so dick, dass sie allein ein halbes Schubfach einnimmt.

In dem leeren Foyer findet sie hinter der Rezeption eine Einkaufstüte und steckt die Akte hinein. Weil sie nicht weiß, wo sie sie aufbewahren soll, geht sie dann auf die Straße hinaus, wo immer noch der Wagen mit den abgedunkelten Fenstern parkt, den Darius ihr gestellt hat, und lässt die Akte beim Fahrer.

Tag 15

Merle erwacht auf einer Decke, die auf dem Boden liegt, und steht steif auf. Ihre Mutter regt sich auf ihrem Stuhl. Ihr Vater liegt immer noch bewusstlos im Bett. Seine Haut ist aschfahl und mit Schweiß überzogen.

»Ich sollte gehen«, sagt sie zu ihrer Mutter und denkt an die Akte. Sie möchte zurück zum Schloss und sie lesen.

»Bleibst du nicht zum Frühstück?«

»Lieber nicht. Ich habe nur vierundzwanzig Stunden Ausgang. Und du weiß ja, dass Cole jedes Schlupfloch suchen wird, um mir das Gegenmittel nicht zu geben, wenn das hier vorüber ist.«

»Gut«, sagt ihre Mutter und lächelt betrübt. »Nimm dir Geld aus meiner Handtasche und kauf dir unterwegs etwas Schönes zum Essen.«

Die Tür des Schlosses wird von einem Empfangskomitee bestehend aus Kristina und Oberon geöffnet. Merle schaut zwischen ihren unheimlich grinsenden Gesichtern hin und her. »Wo ist Darius?«

Kristina schüttelt den Kopf. »Bin mir nicht sicher. Wie ich Ihnen schon sagte, ist er ein viel beschäftigter Mann.«

Merle spürt, wie ihr Herz einen Satz tut. In der Art, wie die beiden sie ansehen, liegt etwas Beunruhigendes. »Er kann doch nicht von mir verlangen … Nicht wieder Sie beide. Nicht, nachdem *Sie* versucht haben, mich umzubringen …«

Vorwurfsvoll zeigt sie auf Kristina und wendet sich dann Oberon zu. »Und Sie haben versucht ... Gott, ich weiß nicht einmal, was Sie versucht haben, aber es war verdammt unheimlich.«

Oberon fährt mit der Zunge über seine Oberlippe.

Sie schluckt heftig und macht einen Schritt nach hinten, weiter in den Sonnenschein hinein. »Sie können nicht hier herauskommen, oder?«

»Dorthin? Ins Tageslicht? Nein, Merle, das können wir nicht«, versetzt Kristina hämisch. »Aber Sie müssen, glaube ich, hereinkommen, sonst verstoßen Sie gegen die Bedingungen Ihrer Abmachung mit Darius.«

»Was haben Sie mit mir vor? Wenn ich hineinkomme, meine ich.«

Kristina lächelt. »Was Darius uns gesagt hat natürlich. Sie wieder in den Kerker bringen, Sie einsperren, Ihnen etwas zu essen geben ...«

»In den Kerker, nicht in mein Zimmer?«

»Wissen Sie, da hat er sich wohl nicht so genau ausgedrückt. Er hat allerdings gesagt, dass wir Sie einschließen sollen.« Kristinas Lächeln schlägt zu einer steinharten Miene um.

Tag 16

Als kleinstes aller Zugeständnisse bleiben Merle dieses Mal die Ketten erspart.

Weder Oberon noch Kristina haben etwas Besonderes getan, um sie zu *belästigen* – wie ihre Mutter es ausdrücken würde –, aber sie fühlt sich trotzdem unwohl. Spürt, dass Oberon jeden Moment mit einem weiteren perversen Angebot auftauchen könnte.

Sie hat die Akte nicht mehr, die sie bei Cobalt mitgenommen hat. Sobald sie über die Schwelle trat, hat Oberon ihr die Tüte weggerissen. Nachdem man sie ihr abgenommen hat, wünscht sie sich noch verzweifelter, sie lesen zu können.

Tag 17

Am nächsten Tag bringt Kristina ihr das Essen, statt es nur durch die Türklappe zu schieben. Sie wirkt ziemlich redselig, eher so wie früher. Merle beschließt, sie etwas zu fragen, über das sie gestern nachgedacht hat. Erst hier im Verlies ist es ihr wieder eingefallen.

»Als man mich zum ersten Mal hier heruntergebracht hat, ist Darius ein paar Mal gekommen, und einmal hat er gesagt, bei dieser Sache gehe es um mich. Dass er meine Eltern in Ruhe lassen könne, aber mich nicht. Was glauben Sie, was er damit gemeint hat?« Während sie spricht, denkt sie daran, wie Kristina sie an diesem ersten Abend an der Eingangstür des Schlosses begrüßt hat. *Ich weiß, wer Sie sind, meine Liebe.*

»Für mich klingt das einfach typisch nach Darius. Aber ich glaube, ich darf mit Ihnen nicht wirklich über solche Sachen reden«, sagt Kristina und tippt sich zwinkernd gegen die Stirn.

»Was soll das heißen, dass Darius in Ihrem Kopf ist? Er setzt seine Kräfte ein, um uns zu belauschen?«

»Toll«, sagt Kristina. »Jetzt haben Sie es ausgesprochen, und er weiß, dass wir es wissen. Hi, Darius«, fährt sie fort. »Merle, sagen Sie hallo zu Darius.«

Merle stellt fest, dass sie tatsächlich winkt und tonlos »Hi«, sagt, bevor sie sich Einhalt gebieten kann. »Er weiß also, dass ich hier bin? Ins Verlies gesperrt?«

»Ja«, antwortet Kristina. »Aber ich soll Sie jetzt wieder auf Ihr Zimmer bringen. Anscheinend hat es da ein Missverständnis gegeben.«

Tag 18

Merle beginnt das Zeitgefühl zu verlieren. Als sie hergekommen ist, war es furchtbar wichtig, die Tage bis fünfundzwanzig herunterzuzählen, aber jetzt lässt sie sich treiben.

Sie träumt wieder von Darius. Er liegt im Bett neben ihr und dreht lächelnd eine Rasierklinge zwischen den Fingern.

Als sie mit einem Ruck erwacht, ist sie sich sicher, dass erneut jemand in ihrem Zimmer gewesen ist. Außerdem steht die Tür offen.

Sie zieht sich ihre Jeans über das Nachthemd und geht leise hinaus, in das stille Schloss. Da sie meint, Geräusche auf der Treppe zu hören, schleicht sie sich hinunter in die Eingangshalle, wo sie feststellt, dass eine der Türen nur angelehnt ist.

Sie findet sich in einer riesigen Bibliothek wieder. An jeder der gewaltigen Wände stehen Bücher, vom Boden bis zur Decke und dann noch weitere auf einer Galerie darüber. Auf einem Tisch in der Mitte des Saals brennt eine einzelne Kerze.

Daneben liegt die Akte, die sie bei Cobalt hat mitgehen lassen.

Sie eilt hin, schlägt sie auf und beginnt sofort zu lesen, denn sie ist viel zu gespannt, um sie mit nach oben zu nehmen.

Der erste Papierstapel referiert Fakten, die sie bereits kennt. Hintergrund. Die bisherige Geschichte. Der Aufstieg von Darius Cole und der Macht der Gerechten. Wie Cobalt mit Vampirgeld gegründet wurde, um sich durch den Einsatz von Menschen einen Vorteil bei der Lösung des Problems zu verschaffen.

Aber die nächste Akte enthält etwas ganz anderes. Merle findet darin die Protokolle jedes einzelnen Meetings bei Cobalt, bei dem je über Darius Cole diskutiert wurde. Danach ist das Hauptproblem mit Cole, dass er sich so gut auf übersinnliche und psychologische Manipulation versteht, dass es schon gefährlich ist, sich im selben Raum mit ihm aufzuhalten. Seine Gefangennahme war ziemlich einfach, aber sein Verhör schien sich unmöglich zu gestalten. Nach einigen Nachforschungen entdeckte Cobalt seine Schwäche. Darius Cole hatte eine Geliebte, die ein Mensch war; eine Frau namens Magdalena Wright. Cobalt spürte Magdalena auf und nahm sie fest. Dann erklärte man Cole, der Preis für ihr Leben sei einfach. Seine vollständige Kapitulation.

Dem nächsten Protokoll liegt eine vollständige Niederschrift von Coles Verhör bei. Cobalt drohte ihm, Magdalena zu foltern, und zwang ihn damit, den Standort seiner Armee preiszugeben. Das Papier ergeht sich in langen, detaillierten Beschreibungen der Folterqualen, mit denen sie drohten; schildert, wie man Cole Magdalenas immer grausigere Zukunftsaussichten ausmalte. Es wird allerdings nicht klar, ob sie tatsächlich gefoltert wurde, oder ob Magdalena bei Coles Verhör überhaupt anwesend war.

Cole hat versucht, sich ihnen zu widersetzen, und erklärt, es sei falsch, eine ganze Armee zu verraten, um ein einziges Leben zu retten, selbst wenn es das seiner Geliebten war. Doch sie versprachen ihm, wenn er kooperiere, würden seine Soldaten einen sauberen, schmerzlosen Tod sterben, im Schlaf gepfählt. Wenn nicht, würde Magdalena so lange leiden, wie sie sie am Leben erhalten konnten.

Und dann hatten sie schließlich Coles Willen gebrochen, sodass er ihnen die Standorte auf der Karte zeigte.

Merle legt das Papier, in dem sie liest, weg. Sie weint, und sie spürt, dass er hinter ihr steht. Darius drückt die Lippen an ihre Ohrmuschel und küsst sie. Langsam dreht sie sich in seinen Armen um. Er streckt die Hand aus und berührt die Stelle über ihrem Wangenknochen, die ein wenig feucht von ihren Tränen ist. »Sind die meinetwegen?«, fragt er.

»Ja.«

»Du brauchst nicht um mich zu weinen, Merle«, flüstert er. »Nicht jetzt. Nicht, wenn du mit in mein Bett kommst.«

Er führt sie wieder die Treppe hinauf. Vorbei an der ersten Etage, den Gang der zweiten entlang, vorbei an seinem Arbeitszimmer und in den allerletzten Raum. *Sein Schlafzimmer.*

In der Tür bleibt sie stehen. Das Zimmer sieht ganz ähnlich aus wie ihres. Die Decke ist ein wenig niedriger, und die Dekorationen sind in Taubengrau statt in Türkis gehalten. Weniger Schnörkel und Rüschen. Aber es ist ähnlich aufgeteilt, mit einem großen Tisch in dem Erker, in dem die Vorhänge fest zugezogen sind, und einem großen Himmelbett. Sie starrt das Bett an, und Darius, der direkt daneben steht.

Nicht, wenn du mit in mein Bett kommst.

»Es ist gut, Merle«, sagt er. »Du kannst hereinkommen. Dir wird nichts passieren, wenn du meine Türschwelle überschreitest. Nichts Schlimmes jedenfalls.«

Sie sieht ihm fest in die Augen. Bisher haben sie immer schwarz gewirkt, doch jetzt, im Kerzenlicht scheinen sie von einem sehr tiefen Braun zu sein. Sie tritt ins Zimmer.

»Merle«, sagt Darius, »es tut mir wirklich leid, dass ich während deines Aufenthalts nicht so häufig hier war. Du sollst nicht denken, dass ich nicht mit dir zusammen sein wollte. Denn das wollte ich. Sehr. Aber ich habe mich zurückgehalten, weil ich nichts überstürzen wollte.«

»Was denn?«

»Das hier.« Durch den Raum kommt er auf sie zu, legt die Hände um ihr Gesicht und berührt ihren Mund mit seinen Lippen.

Der Kuss, der jetzt folgt, ist sogar noch bedächtiger als der letzte. Sanft und ehrfürchtig. Mit der Zunge öffnete er nach und nach ihren Mund. Sie stellt fest, dass ihr Kopf voll seltsamer Bilder ist. Er ist in ihren Gedanken. Sie findet, dass er ihren Mund öffnet wie eine Blüte. Und sie weiß, dass es eigentlich gar nicht um ihren Mund geht. So, wie er sie mit Zunge, Lippen und Zähnen liebkost und sie umschmeichelt, sich ihm immer weiter zu öffnen, demonstriert er nur ein Geschick, dass er auf andere Körperteile von ihr anwenden möchte.

»Du überstürzt wirklich nicht gern etwas, oder?«, fragt sie, als er sich aus dem behutsamen Kuss löst, um sie anzusehen. Und diese Bemerkung reicht schon wieder aus, um sie rot werden zu lassen.

Immer noch hält er ihr Gesicht umfasst. Als er sieht, wie sie zu erröten beginnt, stöhnt er und leckt ihre warme Wange. Das tut er wieder sehr langsam. Er fährt mit seiner kühlen Zunge über ihre Haut, zieht gemächliche Spiralen.

»Aber wir können nicht miteinander schlafen, oder?«, fragt sie leise.

Er hört auf, mit der Zunge über ihr Gesicht zu streichen, und zieht sich zurück. »Warum nicht? Willst du nicht?«

»Ihr könnt doch nicht, oder? Ihr könnt nicht mit einem Menschen …« Sie spürt, wie ihr Gesicht noch heißer wird. »Aber wie hast du es mit Magdalena gemacht? Wie war es möglich, dass du eine menschliche Geliebte hattest? Wie können wir …? Warum hast du mich hergebracht, wenn wir es nicht tun können?«

Er bringt sie zum Schweigen, indem er einen einzigen Finger auf ihre Lippen legt. »Bitte hör auf, Merle. Natürlich habe ich mit Magdalena gelegen. Wir haben uns geliebt. Ich habe ihr Lust geschenkt. Menschlichen Frauen Lust zu schenken, ist an und für sich schon ein Genuss. Ich habe dich hergebeten, weil ich dir sehr gern Lust bereiten möchte, Merle. Ich habe das Gefühl, schon so viel von dir verlangt zu haben. Und du hast alles so gut verkraftet.«

Sie nickt. Er dreht sie in seinen Armen um und schiebt sie quer durchs Zimmer zum Bett. Die Laken riechen nach ihm, ein vertrauter, erregender Duft. Er steigt auf sie, kniet sich über ihre Taille und zieht das Hemd aus.

Wie sie sich schon gedacht hat, ist sein Oberkörper nicht so schmächtig, wie seine schmale Gestalt vermuten lässt. Sein Körper strahlt Stärke aus. Seine Haut ist sehr blass, aber diese Blässe wirkt überirdisch und exotisch. Nicht die unangenehme Teigigkeit von Haut, die zu lange keine Sonne gesehen hat, sondern ein silbriger Schimmer, dem etwas Fantastisches anhaftet. Er hat nur ein wenig Haar auf dem oberen Teil seiner Brust, das sich zu einer Linie verschmälert und in seinem Bund verschwindet. Sie stellt fest, dass ihre Augen der Spur folgen, und ihr stockt der Atem, als sie auf Darius' Schritt herabschaut.

Er bewegt sich über ihr – seine Armmuskeln wölben sich ein wenig, als er sein Gewicht darauf verlagert – und rückt zu einem weiteren Kuss auf sie zu. Dieses Mal bewegt sein Mund sich schneller, kraftvoller. Penetrierend. Wieder lässt er sie an anderes denken.

Meinen Sie, er will Ihnen Gewalt antun?

Aber sie ist darüber hinweg, auf Oberons Stimme in ihrem Kopf zu hören. Sie liegt mit ihrem wunderbarsten Albtraum im Bett. Ungeschickt zieht sie T-Shirt und BH aus, und Darius senkt den Kopf auf ihre kleinen Brüste. Seine scharfen Zähne streifen darüber und zwicken und reizen sie, bis sie hinter ihren fest zugekniffenen Augen nur noch blitzende Lichter sieht.

Er gleitet weiter an ihrem Körper hinunter. Seine schlanken Finger liegen auf ihren Jeans, öffnen sie und werfen sie beiseite. Sein Mund fühlt sich zwischen ihren Beinen kühl, fast kalt an. Jede einzelne ihrer empfindsamen Hautfalten prickelt.

Sie bäumt sich in seinen Händen auf, und ihr Kopf sinkt in die Kissen. Während er sie liebkost, kommt sie ihrem Orgasmus immer wieder schmerzhaft nahe und keucht, als Darius jeden potenziellen Höhepunkt verhindert, indem seine Zunge ganz still wird. Eine Sekunde lang fragt sie sich, wie er in der Lage ist, sie so exakt zu reizen und dann zappeln zu lassen. Wie er ihren nahenden Orgasmus so präzise abfangen kann.

Weil ich hier bei dir bin.

Dass er ihre Gedanken liest, fühlt sich nicht so sehr wie eine Verletzung an, sondern eher wie eine neue Stufe von Intimität. Darius schiebt sich hoch, um sie zu küssen. Als er den Mund auf ihren presst, schmeckt sie den süß-klebrigen Saft, der an seinen Bartstoppeln klebt. Sie streckt die Hand aus, um seinen Hosenschlitz zu öffnen, tastet aber erfolglos herum. Er löst sie ab, lässt mit einer Hand die Knöpfe aufspringen, während er über ihr schwebt, nur auf einen angespannten Arm gestützt, und sie küsst.

Als er sich in ihr bewegt, treibt seine kühle Glätte sie immer höher und überwältigt sie, bis sie kaum noch fühlt, kaum noch mitbekommt, was geschieht, und das noch bevor die Mauern ihres Bewusstseins krachend einstürzen und sie sich in dem Gefühl, ihn zu spüren, verliert.

Sie braucht ein paar Sekunden, um zu sich zu kommen, und sinkt dann matt in die Kissen. Noch nie hat sie sich so befriedigt gefühlt. Darius liegt neben ihr.

»Hast du es auch gespürt?«, fragt sie leise.

»Einen kleinen Eindruck davon. Es ist schwer, in deinen Gedanken zu bleiben, wenn die Empfindungen so stark sind. Vielleicht mit etwas Übung.« Er streckt die Hand aus und legt sie auf den flachen Teil ihrer Brust, direkt unter dem Schlüsselbein. »Wenn du kommst, wirst du dort ganz rot. Wusstest du das? Und dein Gesicht auch.« Als er das sagt, mit belegter, kratziger Stimme, wird ihr auch in ihrem benommenen, gesättigten Zustand klar, dass Darius immer noch angespannt ist. Aufs höchste erregt und voller Begierde.

»Darius. Brauchst du …? Was brauchst du?« Tief in ihrem Inneren flüstert eine verräterische Stimme, dass er einen anderen Vampir braucht.

»Blut. Dich.« Darius schluckt sichtlich. »Würdest du für mich bluten?«

»Was, ich?«

»Du kannst natürlich nein sagen. Es ist deine freie Entscheidung. Immer. Aber würdest du das tun? Oder zumindest darüber nachdenken? Ich brauche dich nicht zu beißen. Ich habe Rasierklingen. Ich könnte dich schneiden, oder du ritzt dich selbst. Ich will nicht trinken, dich nur schmecken. Schon der winzigste Tropfen würde …« Er verstummt, denn er keucht heftig, und wendet den Blick ab.

Sie sieht ihn an. Er ist immer noch so erregt und eindeutig frustriert darüber. Seine Hüften wiegen sich leicht vor und zurück. Sein Schwanz, der zwischen ihren Schenkeln liegt, ist weiterhin hart. »*Brauchst* du das unbedingt? Ähem … das Blut, meine ich.«

Darius nickt. »Um fertig zu werden? Ja. Nur ein Tropfen auf meiner Zunge, Merle.«

»Das kann ich wirklich nicht.«

Darius holt Luft. »Okay. Verstehe. Ich weiß ja, was man dich dein ganzes Leben lang über mich gelehrt hat.«

»Das ist es nicht. Es ist ... ich kann einfach keinen Vampir von mir trinken lassen. Es war schon schlimm genug, als Kristina versucht hat, mich ... Du kannst die Spannung nicht anders lösen?«

Darius schüttelt den Kopf. Seine Stimme klingt scharf, beinahe verdrossen. »Nein.«

»Was würdest du normalerweise tun?«

»Das weißt du doch. Blutriten. Mit Kristina. Oder mit Oberon, wenn sie wirklich böse auf mich ist.«

»Also, dann musst du jetzt zu Kristina gehen?«

»Am liebsten würde ich jetzt dich schmecken. Aber wenn das nicht möglich ist, dann eben Kristina ... Wenn du es nicht möchtest, werde ich es nicht tun. Aber es wäre nett, nicht *so* schlafen zu müssen.« Er schaut auf seine hervorstehende Erektion hinunter.

»Aber würde es denn überhaupt funktionieren, wenn ich es wäre, wenn ich dir von meinem Blut gäbe? Genau wie bei Kristina? Sie hat mir erklärt, es müsse ein anderer Vampir sein.«

»Ja, das behaupten sie. Die Vampire. Die *anderen* Vampire. Vielleicht ist es bei ihnen so. Ich weiß es nicht. Doch ich weiß, dass ich durch menschliches Blut zum Höhepunkt kommen kann. Ich würde dir das sehr gern beweisen.«

Sie sieht ihn an; nackt und hart und so schön. Vor einer halben Stunde hätte sie noch gedacht, ihm nichts verweigern zu können. Aber das? Das ist ... »Darius, ich ...«

»Du *darfst* nein sagen«, wiederholt Darius.

Sie sieht ihm fest in die Augen. »Nein«, erklärt sie. »Ich kann das nicht. Das ist zu eigenartig.« *Zu vampirisch.* »Es tut mir leid.«

Er nickt. »Gut. Es ist in Ordnung.«

Sie beißt sich auf die Lippe. »Dann solltest du jetzt zu Kristina gehen.«

Er schickt sich an, vom Bett zu gleiten, hält aber inne. »Würdest du uns gern zusehen? Dann bekommst du eine Vorstellung davon, wie es geht. Vielleicht hilft es dir zu verstehen.«

Ihre Fantasie überschlägt sich. Darius in Ekstase. Der Gedanke, seine Miene zu beobachten, während er den Gipfel erklimmt, ihm schmerzhaft nahe kommt, und sein Gesicht sich vor Erregung und Gier verzerrt. Der Gedanke, ihn in diesem erschütternden Moment aufschreien zu hören. Zu sehen, wie seine allerletzten Dämme brechen.

Merle will es sehen. Sie will ihm das schenken. Und dazu muss sie für ihn bluten.

Sie sieht ihm nach, als er zu Kristina geht.

Tag 19

»Darius, was hast du damals im Kerker gemeint, als du sagtest, du könntest meine Eltern in Ruhe lassen, aber nicht mich?«

Sie schaut ihm beim Anziehen zu. Sie hat die Nacht in seinem Bett verbracht, aber er ist erst zurückgekommen, als sie schon schlief. Er hält inne und befestigt seine Manschettenknöpfe. »Ah. Ich hatte schon überlegt, wann du mich das fragen würdest.«

»Weil du gehört hast, wie ich Kristina gefragt habe?«

»Ja. Es tut mir leid. Ich habe sie überwacht, nicht dich.« Darius tritt wieder ans Bett. »Und sie hatte recht, als sie sagte, sie dürfe nicht darüber reden. Dir die Wahrheit zu sagen, steht nur mir zu.«

»Und wann erzählst du es mir?«

»Morgen Abend. Iss mit mir zu Abend. Gib mir Gelegenheit, dir die Geschichte richtig zu erzählen.«

»Warum? Wieso soll ich so lange warten? Warte ich nicht schon lange genug?«

»Das tun wir beide«, sagt Darius. »Wir beide. Aber wir sind so nahe dran, dass wir nichts überstürzen dürfen. Wir müssen das langsam angehen. Vertrau mir. Ich denke dabei nur an dich.«

Tag 20

Am nächsten Abend wird das Essen nicht in dem riesigen, offiziellen Speisesaal serviert, wie Merle irgendwie erwartet hat, sondern in einem intimen kleinen Raum im Erdgeschoss, der mit gemütlichem, bequemem Mobiliar eingerichtet ist. Ein helles Feuer brennt, und im Zimmer ist so viel Gold verteilt, das alles in dem tanzenden Licht zu glitzern scheint.

Es gibt auch einen Erker. Vielleicht das Erstaunlichste im ganzen Raum ist, dass die Vorhänge am Fenster offen sind. Draußen ist es fast Nacht geworden, und in der einbrechenden Dunkelheit kann sie gerade eben den Waldsaum erkennen, wo die Schutzzauber des Schlosses angebracht sind.

In dem runden Raum, der durch den Erker abgeteilt wird, steht ein kleiner Tisch. Ein Platz ist zum Essen gedeckt, und die von einer silbernen Servierglocke bedeckte Mahlzeit wartet bereits. Darius sitzt gegenüber. Vor ihm steht ein hohes Stielglas. Das milchige Glas ist nur halbdurchsichtig, sodass der Inhalt blassrosa wirkt. Vielleicht will er nicht, dass sie unmissverständlich sieht, wie er Blut trinkt, während sie isst.

Merle setzt sich an den Tisch, und er beugt sich lächelnd vor und hebt die Servierglocke an. Darunter befindet sich ein wunderbar aussehendes Gericht aus Lachs mit Wildreis und Spinat. Ihr Magen macht einen Satz. So etwas Aufregendes hat sie im Schloss bisher nicht zu essen bekommen.

Sie nimmt die Gabel und stochert im Gemüse herum. »Ist in dem Spinat kein Knoblauch? Wahrscheinlich sollte ich keinen Knoblauch essen, wenn wir ...« Sie spürt, wie sie errötet, und unterbricht sich. Aber irgendwie ist es dieses Mal nicht so schlimm, dass sie rot wird.

Sie sieht zu Darius auf, der lächelt. »Kein Knoblauch«, sagt er.

»Aha. *Oh!*«

Er lacht. »Ich bin mir nicht sicher, ob mich das wirklich abstoßen würde. Die meisten Nahrungsmittel sind mir unangenehm. Aber ich habe noch nie überprüft, ob Knoblauch schlimmer als anderes ist. Ein paar dieser Mythen werden, nun ja, lächerlich übertrieben. Aber aus Respekt vor den Wesen, die einst über dieses Schloss geherrscht haben, sollten wir uns vielleicht daran halten.« Er weist auf das Essen. »Bitte, iss.«

Das Gericht ist unglaublich gut. Merle fragt sich, wer es gekocht hat. Wahrscheinlich hat Darius es von einem Restaurant liefern lassen.

Sie sieht zu, wie er einen kleinen Schluck aus seinem Glas trinkt. »Also, warum bin ich hier? Was hast du mir zu sagen?«

Er schluckt. »Merle, wenn du über alles nachdenkst, was du über mich weißt, was man dir erzählt hat und was du erfahren hast, seit du hergekommen bist, fällt dir dabei etwas auf, das keinen Sinn ergibt?«

»Keine Ahnung. Es fällt mir schwer zu glauben, dass du das Ungeheuer bist, für das ich dich immer gehalten habe.«

»Gut, ja. Und danke. Aber versuche, etwas genauer zu sein.«

»Genauer?«

»Merle, du weißt von Magdalena, oder? Du weißt, dass es ihnen über sie schließlich gelungen ist, mich zu unterwerfen.«

»Ja.«

»Und du weißt, dass sie ein Mensch war.«

»Ja.«

»Du weißt also, dass ich eine Menschenfrau geliebt habe.«

»Ja. Und offensichtlich passt das nicht zu dem, was Kristina mir erzählt hat. Dass Vampire keine Blutriten mit Menschen durchführen können. Aber du sagtest, das stimmt nicht. Oder jedenfalls nicht bei dir.«

»Ja, das ist richtig, aber das ist es immer noch nicht. Da ist noch mehr, Merle. Kommt dir noch etwas anderes daran, dass ich eine menschliche Geliebte hatte, merkwürdig vor?«

Sie hält ihre Gabel in der Hand. Als der nächste Gedanke in ihrem Kopf Gestalt annimmt, ist sie so verblüfft, dass sie sie fallen lässt und die Gabel auf ihren Teller klappert. »Du hasst Menschen. Du glaubst an die Macht der Gerechten. Dabei geht alles darum, die Menschheit zu töten oder zu versklaven. Aber warum solltest du das tun wollen, wenn du einmal einen Menschen geliebt hast?«

Sein Blick wirkt wild, und in seinen schwarz glänzenden Augen spiegelt sich das Feuer. »Was bedeutet ...?«

»Vermutlich hast du überhaupt nie an die Macht der Gerechten geglaubt. Sie ... sie ...« Ihre Stimme kippt von Aufregung in leises Erkennen um. »Sie haben sich das ausgedacht. Man hat dir etwas angehängt. Aber warum?«

»Sag du es mir, Merle.«

»Ich habe keine Ahnung.«

»Was habe ich getan, Merle? Was mache ich, was dem Clanrat der Vampire nicht gefällt?«

Sie weiß die Antwort sofort, legt aber dennoch eine winzige, atemlose Pause ein, bevor sie es ausspricht. »Du vollziehst die Blutriten mit Menschen.«

Er nickt.

»Der Clanrat der Vampire hat nur behauptet, dass du für die Macht der Gerechten eintrittst, weil das für die Regierung der Menschen eine so angsteinflößende Vorstellung war. Er wollte dich vor allem gefangen nehmen. Die Vampire haben angeboten, die Cobalt-Stiftung zu finanzieren, damit sie das erledigte und es aussah, als täten sie damit der Regierung einen Gefallen. Als wiesen sie nicht nur auf etwas hin, das zum Problem werden könnte, sondern böten auch noch eine einfache Methode an, damit fertig zu werden. Auf kostengünstige Art.« Sie hält inne und sieht einen Moment lang auf ihren Teller hinunter. Plötzlich ist sie nicht mehr wirklich hungrig. »Aber warum haben meine Eltern das nicht durchschaut? Sobald sie von Magdalena erfahren haben. Wieso haben sie nicht erkannt, dass die ganze Geschichte keinen Sinn ergibt?«

»Vielleicht wollten sie das gar nicht. Der Clanrat der Vampire hat sie sehr ordentlich dafür bezahlt, mich zu vernichten. Wahrscheinlich mochten sie das, was man ihnen erzählt hat, nicht so genau unter die Lupe nehmen.« Er unterbricht sich und sieht sie an, verbrennt sie mit dem Feuer, das sich in seinen Augen spiegelt. Sie spürt, wie das Blut unter ihre Haut schießt. Er ist so schön. In diesem Moment würde sie ihm alles schenken. Sogar das. Mehr als das. Wenn er sie jetzt fragte, würde sie ihm erlauben, seine Reißzähne in sie zu schlagen. Von ihr zu trinken. Sie bis zum Tod auszusaugen. »Niemand weiß, wer ich bin, Merle«, sagt er langsam, mit versagender Stimme. »Oder woher ich komme. Nicht einmal ich selbst. Ich weiß nur, dass ich ein Vampir bin. Wenn man dem Rat glauben will, hat er seit über hundert Jahren keine Erschaffung eines neuen Vampirs mehr genehmigt. Aber ich bin noch keine vierzig. So etwas kann man feststellen, verstehst du, durch Gewebeanalyse. Oberon ist Hunderte von Jahren alt, deswegen riecht er für dich so säuerlich. Vampire sind schon unsterblich, aber nichts währt wirklich ewig. Der Verfall verläuft nur sehr langsam.

Ich kann mich nur daran erinnern, dass ich in einem Krankenhaus aufgewacht bin und nicht wusste, wer ich war. Die

Sonne hatte mich verbrannt. Keine Ahnung, wie es dazu gekommen ist. Den Namen, Darius Cole, haben andere für mich erfunden. Cole ist, nehme ich an, eine Anspielung auf meine verkohlte Haut.«

»Uhhh, Vampire sind so ekelhaft.« Sobald die Worte heraus sind, kommt sie sich wie eine Idiotin vor. Das sind die Nerven. Sie fängt Darius' Blick auf. »Herrgott, tut mir leid.«

»Schon gut. Ich weiß ja, wer du bist. Und auf gewisse Weise hast du ja recht. Es ist ekelhaft. Der Clanrat hat einen Namen gewählt, über den er sich amüsieren konnte, als sie mich holen kamen. Wahrscheinlich haben sie Leute, die sie benachrichtigen, wenn so etwas passiert.« Er trinkt noch einen Schluck und fährt dann fort. »Da der Rat abgesehen von dem Umstand, dass ich offensichtlich illegal erschaffen war, keine Ahnung hatte, wer ich war, wusste er nichts Rechtes mit mir anzufangen. Ich hatte keinen Stammbaum. Für einen Vampir ist die Abstammung alles; sie bestimmt seinen Status, wo man lebt, wen man liebt. Ohne Abstammung war ich ein Nichts. Erstaunlich, dass sie mir nicht auf der Stelle einen Pflock ins Herz gestoßen haben.

Stattdessen übergaben sie mich den Roten Dolchen. Das ist ein weiterer Clan, genauso boshaft und brutal wie die Schwarzen Smaragde, aber weit weniger einflussreich. Deswegen bekamen sie mich wahrscheinlich aufs Auge gedrückt. Sie haben mir nicht viel darüber erklärt, was ich war und was das bedeutete. Ich bin oft weggelaufen. Magdalena habe ich in der Nachbarstadt kennengelernt.« Er hält inne und nimmt noch einen kleinen Schluck aus seinem Glas.

Als er es absetzt, klebt Blut an seinen Zähnen. »Als ich zu den Roten Dolchen kam, war ich mir meiner übersinnlichen Kräfte nicht besonders bewusst, doch als ich sie besser beherrschen lernte, wurde mir klar, dass sie viel stärker waren als alles, was die Vampire um mich herum zu bieten hatten.

Telepathie ist eine seltene Gabe, und es ist äußerst ungewöhnlich, wenn ein Vampir in der Lage ist, die Gedanken eines anderen über längere Zeit wahrzunehmen. Ich dagegen kann tagelang im Kopf einer Person bleiben. Wenn du irgendwo im Schloss bist, kann ich deine Gedanken jederzeit lesen, oder ich kann Kristina und Oberon gleichzeitig belauschen. Doch obwohl meine telepathischen Kräfte beispiellos sind, habe ich die Roten Dolche größtenteils durch Überredung übernommen. Darauf verstehe ich mich offensichtlich sehr gut.

Sobald mir klar wurde, dass meine Beziehung zu Magdalena in den Augen des Rats falsch war, begann ich zu erkennen, wie stark sie *einfach alles* kontrollierten. Ich begann das zu hinterfragen. Die starre Struktur der Clans; dass die Tatsache, wer einen erschaffen hatte und wann, jeden Teil des Lebens bestimmte, ganz gleich, welche Fähigkeiten man hatte oder wer man vorher gewesen war. Die Art, wie der Rat über jeden Aspekt der Vampirgesetze bestimmte. Oder dass Kontakte zu Menschen grundsätzlich verboten waren. Schließlich sind wir alle einmal Menschen gewesen. Früher. Ich weiß vielleicht nicht, wer ich bin, aber eines ist sicher: Vor etwas über vierzig Jahren war ich noch ein Mensch.

Es war beinahe einfach, den unterprivilegierten Roten Dolchen klarzumachen, wie der Rat sie beherrschte und ihr Leben kontrollierte. Und wir übernahmen innerhalb eines Monats die Macht über zwei weitere Clans. Als Nächstes beschlossen wir, uns den Clan des Schwarzen Smaragds vorzunehmen. So verliebt war ich in meine eigenen Kräfte, dass ich glaubte, sogar den Clan, der am meisten zu verlieren hatte, für unsere Sache gewinnen zu können. Ich glaubte, ich bräuchte sie nur zu überzeugen. Doch da irrte ich mich. Durch meinen Ehrgeiz habe ich alles verloren. Und dabei hätte ich einfach fliehen und mir mit Magdalena ein neues

Leben aufbauen können. Ich bin mir sicher, dass das zwischen Menschen und Vampiren schon vorgekommen ist. Anders kann es gar nicht sein. Es redet nur niemand davon.«

»Was ist aus Magdalena geworden? Am Ende? Weißt du es?«

Darius nickt.

»Warum gehst du dann nicht zu ihr? Auch wenn sie inzwischen alt geworden ist. Warum holst du sie dir nicht zurück?«

»Genau das versuche ich gerade jetzt.«

»*Gerade jetzt?*«

»Ja.«

Langsam schüttelt sie den Kopf. »Das ist es, was du mir erzählen wolltest, oder?«

»Ja.«

»Halten meine Eltern sie fest? Befindet sie sich irgendwo bei Cobalt? Willst du mich deswegen hier haben? Um sie gegen mich auszutauschen?«

»Ich möchte die Sache lieber langsam angehen.«

»Oder ist sie hier? Irgendwo auf dem Schloss?«

Darius hat das Glas halb an die Lippen gehoben. Jetzt unterbricht er sich und schleudert es durch den Raum. Es landet im Feuer. Blut spritzt in alle Richtungen, auf den weißen Vorleger, den Marmorkamin, die makellose Tapete. Schockiert weicht Merle zurück. Aber Darius spricht sehr langsam und ruhig. »Ich kann es dir nicht sagen. Du musst jetzt gehen, Merle. Es fällt mir sehr schwer, mit dir darüber zu sprechen, und du bist noch nicht soweit, dass du alles erfahren darfst. Bitte. An einem anderen Tag.«

»Aber warum? Was hat das Ganze mit mir zu tun?«

»An einem anderen Tag. Bitte.«

Tag 21

Am nächsten Nachmittag fällt Merle ein, dass es einen einzigen Ort gibt, an dem sie vielleicht mehr über die Wahrheit erfahren kann. Sie hat die Akte, die sie bei der Cobalt-Stiftung mitgenommen hat, nicht zu Ende gelesen. Vielleicht befindet sie sich ja noch in der Bibliothek.

Tatsächlich liegt die Akte immer noch aufgeschlagen auf dem Tisch, genau so, wie sie sie zurückgelassen hat. Sie greift nach dem nächsten Stapel Papiere. Noch mehr Protokolle. Jede Einzelheit ist in demselben trockenen, emotionslosen Stil wie zuvor festgehalten. Jedes niederschmetternde Detail ist kommentarlos aufgezeichnet.

Nachdem Darius' Armee vernichtet und er selbst an den Clan des Schwarzen Smaragds übergeben worden war, wollte die Cobalt-Stiftung wissen, was sie mit Magdalena anfangen sollten. Zu Beginn, erklären die Dokumente herzlos, waren sie der Meinung, dass Magdalena getötet werden musste. Ihr Wissen über Darius Cole war zu gefährlich, um sie weiterleben zu lassen. Aber dann hatte Lord Oberon, das Oberhaupt des Clans des Schwarzen Smaragds, bei Cobalt vorgesprochen.

Oberon? Merle überprüft die Papiere, die sie bereits gelesen hat. Oberon wird hier zum ersten Mal namentlich erwähnt, doch weiter zurück findet sie einen Hinweis darauf, dass der Lord des Clans des Schwarzen Smaragds der Hauptkontakt zwischen Cobalt und den Vampiren war. Dann ist Oberon tatsächlich auch Darius' Kerkermeister gewesen.

»Und du weißt ja, wie er seine Gefangenen zu behandeln beliebt«, lässt sich hinter ihr eine sanfte Stimme hören.

Als sie sich umdreht, sieht sie Darius in der offenen Tür stehen. »Hast du ...? Hast du damals meine Gedanken gelesen?«

»Ich kann vieles von dem sehen, was in deinem Kopf vorgeht, Merle.«

»Hast du den Rest des Clans des Schwarzen Smaragds getötet?«

Er nickt.

»Warum nicht Oberon?«

»Aus demselben Grund, aus dem er mich nicht umgebracht hat. Es wäre zu gut für ihn gewesen.«

»Warum hast du Kristina nicht getötet?«

Wieder lächelt er, dieses Mal wärmer, und zuckt die Achseln. »In dem Fall stecken keine finsteren Absichten dahinter. Ich kann Kristina einfach gut leiden. Sie hat den Tod ebenfalls nicht verdient – aber aus dem entgegengesetzten Grund. Außerdem brauchte ich jemanden für ... na, du weißt schon. Blutriten. Und die Vorstellung, dass nur noch Oberon und ich da wären ...« Er erschauert. Es wirkt beinahe komisch.

Einen Moment lang überlegt Merle. »Und es liegt nicht daran, dass sie in Wahrheit Magdalena ist? Hast du irgendwie Magdalena zum Vampir gemacht, und sie ist jetzt Kristina?«

»Lies das Papier, das du in der Hand hast, Merle.«

Lord Oberon berichtete bei Cobalt, wie genau Darius' Strafe aussah. Dass er zum Leben verurteilt worden war. Seiner Meinung nach bestand, wenn man Magdalena tötete, eine Chance, dass ihre Seele den Weg in ein anderes menschliches Wesen finden würde. Dass Darius sie vielleicht eines Tages aufspüren könnte. Dieser Umstand würde ihm Hoffnung schenken. Aber er sollte, erklärte Oberon, keinerlei Hoffnung auf ein zukünftiges Glück hegen. Das Einzige, was er sich noch erhoffen durfte, war der Tod. Einen Tod, den man ihm nie gewähren würde.

Als sie das Papier ablegt, brennen Tränen in ihren Augen. »Was haben sie dann mit ihr gemacht?«

Darius weist nur auf den Rest der Papiere, die auf dem Tisch liegen.

Lange, umständlich formulierte Passagen erklären ihr in allen Einzelheiten, wie man die Hexen hinzuzog. Oberon hat ihnen enorme Geldsummen für eine sehr komplexe Magie bezahlt. Sie muss sich bemühen, zu verstehen, was sie liest. Anscheinend wurde Magdalena getötet; erschossen von einem Cobalt-Agenten. Aber man ließ ihre Seele nicht in den Äther eingehen, sondern fing sie mittels Magie in einem speziell konstruierten Glasprisma ein.

Merle lässt das Papier aus ihren Fingern gleiten und wendet sich Darius zu. »Das ist einfach nur unheimlich. Sie steckt in einem Prisma? Und wo ist dieses Prisma jetzt? Weißt du es? Versuchst zu, es zu finden? Kannst du es einfach zerbrechen und darauf warten, dass ihre Seele in jemand anderem wiedergeboren wird?« Während sie die Worte ausspricht, fühlt Merle etwas Kaltes in ihrem Herzen prickeln. Da ist noch mehr. Noch etwas anderes.

»Ich weiß, wo ihre Seele jetzt ist. Es ist mir gelungen, ihr neues Behältnis an mich zu bringen.«

»Ihr neues Behältnis? Was ist aus dem Prisma geworden?«

»Es ist unglaublich komplex, eine Seele außerhalb des Körpers aufzubewahren, und bedarf ständiger Überwachung. Und du weißt, dass Vampire aufs Geld achten. Und wie Hexen sind. Sie mussten eine andere Möglichkeit finden. Angesichts des finanziellen Aufwands, den es bedeutete, Magdalena von mir fernzuhalten, überlegten sie, die Cobalt-Stiftung zu schließen, um Geld zu sparen. Sie hatte ohnehin nur als

Falle für mich gedient. Doch als Cobalt das herausfand, konterten sie mit einem neuen Vorschlag. Er bestand darin, Magdalenas Seele in ein anderes menschliches Wesen zu überführen.«

»Aber Oberon sagte, das sollten sie nicht tun. Dass du dann Hoffnung hegen könntest, sie zu finden.«

»Cobalt hatte eine einzigartige, verheerende Idee. Sie würden die Seele absichtlich auf ein Kind übertragen, das sie dann in Angst und Misstrauen gegenüber Vampiren, und vor allem mir gegenüber, erziehen würden. Ihre Seele an einen Ort bringen, an dem ich sie nie erreichen könnte. Ja, sogar an einen Ort, von dem aus sie mich nie akzeptieren würde, selbst wenn es mir gelänge, zu entkommen und ich vor ihr stünde.«

Merle hält sich an der Tischkante fest. Sie drückt ein wenig fester zu, wendet den Blick von Darius ab und sieht auf das Spiralmuster des Teppichs.

»Sprich es aus, Merle«, flüstert Darius. »Ich weiß, dass du es weißt. Sag mir, was sie getan haben.«

»Ich.« Sie hat das Gefühl, als müsse sich das Wort mit Gewalt einen Weg aus ihrem Mund bahnen. »Sie haben ihre Seele in mich verpflanzt. Das Baby von Charles und Erin Cobalt. Der Menschen, die dich besiegt haben. Der berühmtesten Vampirjäger der Welt.« Sie schaut auf und beißt sich auf die Unterlippe. Darius starrt sie an. Er sagt kein Wort. Sie schluckt. »Ich muss zu ihnen, Darius. Zu meinen Eltern. Ich muss mit ihnen darüber reden. Wenn ich jetzt gehe, gibst du mir das Gegenmittel für meinen Vater trotzdem?«

Darius durchquert den Raum so schnell, dass sie sich nicht wirklich erinnern kann, die Bewegung gesehen zu haben, und steht vor ihr. »Geh nicht.« Seine Hände liegen fest um ihre Oberarme. »Ich will jetzt bei dir sein. Es ist noch zu früh. Du bist zu verwundbar. Sie werden versuchen, dich zu verwirren.«

Sie versucht sich von ihm loszumachen, kommt aber nicht gegen ihn an. Er ist so stark. Viel stärker als Oberon. »Ich muss gehen, Darius.«

Darius packt sie fester, sodass sie sich nicht mehr wehren kann. Er sieht ihr in die Augen. »Das darfst du nicht, Merle. Jetzt kannst du nicht gehen. Du gehst in dein Zimmer und ruhst dich aus. Vielleicht bist du morgen früh soweit. Du musst diese Sache langsam angehen.«

Darius' Augen sehen tiefschwarz aus; keine Spur mehr von dem warmen Braun. Sein Griff schmerzt. »Okay«, sagt sie schließlich und fühlt nur Erleichterung darüber, ihm nachzugeben. »Okay. Aber ich gehe gleich morgen früh.«

»Wir werden sehen.«

Tag 22

Merle erwacht früh und gleitet aus dem Bett. Bei der Erinnerung an den vergangenen Tag, an die Bibliothek und Darius' pechschwarze Augen, als er ihr zu bleiben befohlen hat, fühlt sie sich leicht schwindlig und verwirrt. Sie ist sich sicher, dass Darius in der Lage wäre, sie erneut aufzuhalten, wenn er sie ertappt, wie sie geht.

Sie befindet sich schon außerhalb des Gebäudes und läuft auf den Waldrand zu, als sie hört, wie sich das Schlosstor hinter ihr öffnet. Sie dreht sich um, und Darius steht darin, knapp hinter dem Türrahmen. »Merle!«

Sie befindet sich im hellen Sonnenschein und weiß, dass er sie nicht erreichen kann. »Ich muss gehen, Darius.«

»Nein, Merle, warte. Ich habe etwas für dich.« Er hält ein kleines, in Leinen gewickeltes Päckchen in der Hand. Sie schüttelt den Kopf, denn sie weiß, wenn sie jetzt zurück zum Schlosstor geht, kann er sie nach drinnen zerren. Angesichts seiner übersinnlichen Kräfte und seiner Stärke ist der Sonnenschein ihre einzige Waffe gegen ihn. Merle schüttelt noch einmal den Kopf, wendet sich von ihm ab und rennt los.

Merle hat kein Geld. Sie hat Trampen immer für gefährlich gehalten, aber jetzt, nachdem sie fast einen Monat in einem Vampirschloss zugebracht hat, ist es eine Kleinigkeit. Sie braucht ein paar Stunden bis nach London und noch einmal genauso lange, um nach Westminster zu kommen. Aber schließlich geht sie zutiefst verwirrt und kurz davor, vor Erschöpfung in Tränen auszubrechen, wieder durch die Gänge der Cobalt-Stiftung.

Als sie in der Tür steht, stürzt ihre Mutter auf sie zu, umarmt sie und murmelt die gleichen Banalitäten wie beim ersten Mal in ihr Haar hinein. Es sei kein Problem, dass sie es nicht ganz geschafft habe, dass Darius Cole dafür gesorgt habe, dass sie scheitern musste, und sie würden das Schloss stürmen, um ihn zu überwältigen.

Sie löst sich aus der Umarmung. »Nein, Mum. Deswegen bin ich nicht hier. Ich bin hergekommen, um mit dir zu reden. Weil ich Bescheid weiß. Er hat mir nämlich erzählt, was ihr getan habt.«

Das Gesicht ihrer Mutter wird kalkweiß. »Was immer er dir gesagt hat ...«

»Nein. Nicht. Hör mir einfach zu. Ich muss die Wahrheit wissen. Bitte.« So schnell sie kann, erklärt Merle ihr alles, was Darius ihr erzählt hat, und verblüfft ihre Mutter mit ihrem Wortschwall so, dass sie widerstrebend verstummt. Redet und redet, bis sie in Schluchzen und Tränen aufgelöst ist.

Ihre Mutter umfasst ihre Schultern und zieht sie in eine feste Umarmung. »Das ist nicht wahr, Liebling, nichts davon. So macht er das eben. Für ihn ist das ein Spiel.« Merles Mutter streichelt ihr Haar. »Wir sind's, mein Schatz. Deine Eltern. Das weißt du doch. Cole manipuliert dich auf schrecklichste Art. Er setzt seine Vampirkräfte gegen dich ein. Komm mit mir nach Hause. Ich kann dir deine Babybilder zeigen. Fotos von mir, als ich schwanger war. Das war erst zwei Jahre, nachdem Cole eingesperrt wurde.«

»Und nach Magdalena Wrights Tod?«

Ihre Mutter schaut ein wenig unbehaglich drein.

Merle löst sich von ihr, damit sie sie richtig ansehen kann. »Magdalena Wright. Gibt es sie wirklich?«

Ihre Mutter schluckt. »Ja. Jedenfalls gab es eine Frau. Sie hat ihm etwas bedeutet, und so haben wir ihn schließlich geschnappt. Aber ich habe keine Ahnung, wer sie war.«

»Habt ihr sie umgebracht?«

»Sie ist gestorben.«

»Hat man ihre Seele in ein Prisma gesperrt?«

»Was? Nein. So etwas machen wir hier nicht. Mit solchem Zeug spielen wir nicht herum. Cobalt wurde mit Vampirgeld gegründet. Mit Hexerei haben wir nichts zu tun. Siehst du nicht, was er tut? Das ist seine Rache. Wir wissen, dass er sich an deinem Vater und mir rächen will. Schau doch, was er bereits getan hat.« Ihre Mutter zeigt auf ihren bewusstlosen, aschfahlen Vater. »Und wie könnte er uns besser strafen, als dich uns wegzunehmen? Deine Liebe zu uns zu zerstören. Ach, ich hätte es wissen müssen. Schatz, erinnere dich doch daran, was du über ihn wusstest. Vorher. Er ist der Meister solcher Täuschungen. Denk darüber nach, wie er dir diese Geschichte plausibel gemacht hat. Durch Andeutungen und Geheimnistuerei. Ich wette, er hat es so aussehen lassen, als wärest du von allein auf die Wahrheit gekommen, während er die ganze Zeit jeden Teil des Lügennetzes, das er für dich gesponnen hat, kontrollierte.«

Merle starrt ihrer Mutter ins Gesicht. Ihre Gedanken überschlagen sich. Es könnte wahr sein. Vielleicht hat er wirklich diese ganze Geschichte konstruiert und sie Stück für Stück mit den Informationen gefüttert. Merle setzt sich auf den Stuhl. Sie hat das Gefühl, den Verstand zu verlieren.

Darius' Worte hallen in ihrem Kopf wider. Du bist zu verwundbar. Sie werden versuchen, dich zu verwirren.

»Ich bringe ihn selbst um.« Als Merle die vertraute, kräftige, dunkle Stimme hört, dreht sie sich um. Ihr Vater.

»Dad!« Merle springt auf. Er sitzt aufrecht im Bett. Ihr Vater sieht immer noch grau und schwach aus, hat aber einen

Teil seines alten, eindrucksvollen Charismas zurückgewonnen.

»Erin«, poltert er, »gib mir meine Sachen. Ich gehe und treibe dem Mistkerl selbst einen Pflock ins Herz.«

Ihre Mutter stürzt an sein Bett. »Charles! Nein! Bitte, du bist sehr krank.«

Doch Merles Vater schlägt schon die Klebepads, mit denen die Überwachungsgeräte an seinem Körper befestigt sind, weg wie lästige Insekten.

»Dad«, sagt Merle behutsam, »das kannst du nicht machen. Es geht hierbei um mich.«

»Nein, Merle. Es hat nichts mit dir zu tun. Er benutzt dich nur, weil er weiß, dass uns das am stärksten ...« Er erstarrt. Eine Sekunde lang sitzt er steif da, dann sackt er zurück aufs Bett und schlägt wild um sich.

»Herzstillstand«, schreit Merles Mutter, schnappt sich einen Schiebewagen, auf dem eine große Maschine steht, und stößt Merle auf dem Rückweg ans Bett beiseite. Sie drückt Merles Vater zwei große Metallplatten auf die Brust. Merle kann nur entsetzt zusehen.

Nachdem ihre Mutter das Herz ihres Vaters mit einem Schock wieder ins Leben zurückgeholt hat, dreht sie sich zu Merle um. »Ich gehe zurück«, erklärt Merle. »Sofort. Ich bringe Cole um und hole das Gegenmittel.«

Als sie kurz darauf auf die Straße läuft, trägt sie in einer Hand die Tasche ihrer Mutter und in der anderen einen der von Cobalt ausgegebenen hölzernen Pflöcke.

Kristina öffnet das Schlosstor. Merle schiebt sich ohne Umstände an ihr vorbei. »Wo ist er?«

»Ich weiß nicht, ob er Besucher empfängt«, wendet Kristina zaghaft ein.

Merle hebt ihren Pflock. Kristina reißt die Augen auf. »Wo – ist – er?«

»In seinem Arbeitszimmer.«

»Danke«, sagt Merle und steigt die Treppe hinauf. Auf halbem Weg nach oben dreht sie sich noch einmal um. »Und wagen Sie es bloß nicht, mir zu folgen.«

»Ja, Ma'am.«

Merle rennt durch Darius' Arbeitszimmer. Darius steht lächelnd auf und tritt um den Schreibtisch, um sie zu begrüßen. Er scheint ihren Zorn nicht zu bemerken; nicht einmal, als sie sich auf ihn stürzt, ihn gegen das Möbel zurückdrängt und ihm den Pflock aufs Herz drückt.

»Du bist gerannt«, flüstert er. »Du bist abgehetzt und aufgeregt. Ich sehe es an deiner Haut. Du bist so schön.« Er hebt eine Hand und will ihre Wange berühren.

»Fass mich nicht an«, faucht sie.

Darius' Hand hält knapp über ihrer Haut an. Er sieht auf den Pflock hinunter. »Willst du dieses Ding wirklich benutzen, Magdalena? Ist es das, was du willst? Warum schaffst du dann nicht meine Kleidung aus dem Weg? Lass es mich auf der Haut spüren.« Erregung pocht in seiner Stimme.

»Ich bringe dich um, du Bastard.«

»Ja«, seufzt Darius, tut das, was er sich von ihr gewünscht hat, und zieht seinen Pullover so weit hoch, dass sich der Pflock an seine nackte Brust drückt. Als das Holz ihn berührt, stößt er einen Laut wie ein unterdrücktes Stöhnen aus. »Darum habe ich sie früher angefleht.«

»Wen?«

»Den Clan des Schwarzen Smaragds. Für gewöhnlich haben sie mich gefoltert, bis ich sie angefleht habe, mir einen Pflock ins Herz zu stoßen.« Er hält inne und umfasst ihre zitternden Hände, mit denen sie den Pflock festhält. »Sie zwangen mich, ihn mir selbst an die Brust zu legen. So. Es belustigte sie, dass ich mich so verzweifelt nach dem Tod sehnte. Besonders amüsant fanden sie es, sich zu weigern, ihn einzuschlagen. Wie viel leichter wäre das zu ertragen gewesen, hätte ich gewusst, dass du es sein würdest, die mir endlich den Tod bringt.«

Merle sieht unverwandt in seine dunklen Augen und versucht, an ihren Vater zu denken, der sich in seinem von Maschinen umgebenen Bett in der Cobalt-Stiftung in Krämpfen windet. »Was du getan hast, war falsch. Ganz gleich, was man dir angetan hat. Nicht meine Eltern haben dich gefoltert, sondern der Clan des Schwarzen Smaragds. Warum hast du meine Eltern angegriffen und nicht sie?«

»Ich *habe* den Clan angegriffen. Sie sind alle tot, weißt du noch? Aber deine Eltern waren auf ihre Art ebenfalls verantwortlich dafür. Ich hatte keine andere Wahl, Magdalena. Um an dich heranzukommen, musste ich über deine Eltern gehen.« Er nimmt die Hände von dem Pflock und legt sie um ihr Gesicht. »Ich habe versprochen, dich holen zu kommen. Ich habe es *dir* versprochen.«

Sie sieht ihn an. Der Schmerz, der in seinen Augen steht, reicht tief, tief in ihn hinein. Vielleicht glaubt er wirklich, dass sie Magdalena ist. Vielleicht ist er ja verrückt. Nicht verwunderlich nach allem, was man ihm angetan hat. Sie lässt den Pflock sinken und weicht vor ihm zurück.

Er umfasst ihr Handgelenk. »Komm in mein Bett, Magdalena. Bitte. Komm in mein Bett und blute für mich.«

Merle reißt ihre Hand los und rennt davon.

Als sie ein Stockwerk tiefer ihr Zimmer erreicht, atmet sie immer noch schwer. Auf dem Tisch im Erker, auf dem normalerweise ihr Essen steht, liegt ein kleiner, in Leinen gewickelter Gegenstand. Sie erkennt das Päckchen, das Darius in der Hand gehalten hat, als sie das Schloss verließ und er ihr von der Tür aus nachrief.

Sie wickelt es aus.

Darin befindet sich eine kleine, verkorkte Flasche mit einer goldenen Flüssigkeit, die im Licht glitzert. *Gegenmittel für Charles Cobalt* steht auf dem Etikett.

Darius ist nicht in seinem Arbeitszimmer. Merle geht zu seinem Schlafzimmer.

Eine Sekunde lang steht sie in der Tür. Darius sitzt an einem kleinen Tisch am Fenster und schreibt in ein Tagebuch. Mit dem Fläschchen in der Hand geht sie auf ihn zu. »Das ist das Gegenmittel.«

»Ich weiß.«

»Du hast versucht, es mir zu geben, als ich fortgegangen bin.«

»Ja.«

»Aber wenn du es mir gegeben hättest, wäre ich vielleicht nicht zurückgekommen.«

»Ich weiß.«

Sie zieht scharf die Luft ein. Darius sitzt nahe genug vor ihr, dass sie ihn mit ausgestreckter Hand berühren könnte. »Ist das wahr, Darius? Kein Spiel? Sie haben mir gesagt, du würdest Spielchen mit meinem Verstand treiben.«

»Das ist kein Spiel.«

»Es ist real?«

»Ja.«

Sie sieht ihn an. Lange weiß sie nicht, was sie sagen soll. Und dann plötzlich ist sie sich sicher und findet genau die richtigen Worte. »Ich glaube, mir wäre es lieber, wenn du mich schneidest. Ich bin mir nicht sicher, ob ich es selbst tun könnte.«

Darius wird blass. Er schaut ihr tief in die Augen. »Jetzt musst du mir aber schwören, dass du kein Spiel mit mir treibst.«

»Nein, Darius. Da bin ich mir sicher. Vielleicht ist das die einzige Gewissheit, die ich im Moment habe. Aber ich weiß, dass ich für dich bluten möchte.« Kurz hält sie inne und fährt mit den Zähnen über ihre Unterlippe. »Ich möchte sehen, wie du kommst.«

Darius sagt nichts mehr. Er erhebt sich und zieht die kleine Schublade an seinem Nachttisch auf. Als er sich eine Sekunde später umdreht, hält er einen winzigen, silbrigen Gegenstand in der Hand. Eine Rasierklinge. Merle schluckt.

»Du willst, dass ich das Schneiden übernehme?«, fragte Darius leise.

»Ja.«

Darius stößt einen leisen, erregten Laut aus. »Mit der Rasierklinge? Die Entscheidung liegt bei dir. Wenn es dir lieber ist, könnte ich dich auch beißen.«

»Ist es anders, wenn du mich beißt? Für dich, meine ich.«

»Ein wenig. Meine Empfindungen sind dann stärker. Wenn wir es so machen.«

Sie nickt. »Vielleicht beim nächsten Mal. Im Moment glaube ich, dass ich die Klinge leichter akzeptieren kann.«

»Ich verstehe.« Die Klinge zwischen den Fingern, hebt Darius die Hand, als wolle er sie ihr zeigen. »Wo?«

»Was?«

»Wo darf ich dich schneiden?«

Sie schließt die Augen. »Dort, wo du sie früher geschnitten hast.« Dann sieht sie ihn eindringlich an. »*Mich.*«

Sie stehen eng beieinander, doch Darius bringt es fertig, noch dichter an sie heranzutreten, die Lücke zwischen ihnen noch enger zu schließen. »Es gab viele Stellen«, flüstert er. »Die Innenseite deines Schenkels. Kurz über der Brust. Und dann die hier. Ich glaube, das war deine Lieblingsstelle.« Darius zieht die Klinge über ihre Unterlippe. Kurz flammt der Schmerz auf und ist dann verschwunden. Fast gar kein Schmerz. Und dann bemerkt sie ein leicht feuchtes Gefühl auf ihrer Lippe und leckt darüber. Blut. Mit einem leisen Klirren fällt die Rasierklinge zu Boden, und sie sieht in Darius' Augen, dass er vor Erregung kaum noch ein oder aus weiß.

Ganz langsam, wie in einem Traum, in dem man sich unter Wasser bewegt, streckt er die Hand aus und fährt mit der Kuppe seines Ringfingers über ihre blutige Lippe. Dann zieht er die Hand weg, dreht sie und betrachtet seinen roten Finger. »Magdalena«, sagt er sehr, sehr leise.

Er schaut ihr tief in die Augen, steckt den Finger in den Mund und zieht ihn langsam wieder heraus. Allein bei dem Anblick beginnt es zwischen ihren Beinen zu glühen.

Darius hält inne, die Fingerspitze noch im Mund. Ihr wird klar, dass er wartet. Darauf wartet, dass sie ihm ein Zeichen gibt, ob es in Ordnung ist. Ob es okay ist, dass er ihr Blut in seinem Mund hat. Behutsam zieht sie ihm die Hand vom Mund weg und küsst ihn.

Er keucht auf und ist so überwältigt, dass er ihren Kuss einen Moment lang nicht erwidert. Sie macht einen Schritt zurück und zieht ihn mit sich; hält ihn in den Armen, bis sie die Bettkante hinter sich spürt. Dann lässt sie sich rückwärts fallen, sodass Darius auf ihr liegt.

Wieder stöhnt er und drückt sie mit seinem Gewicht tief in die Matratze. Dann nutzt er seine Lage aus, um ihre aufgeschnittene Lippe fester zu küssen. Er streicht mit der Zunge über die Wunde und öffnet sie so geschickt und präzise, wie es typisch für ihn ist. Jedes Mal, wenn seine Zunge sie erneut erforscht, fährt Schmerz durch ihren Mund. Sie stellt fest, dass sie unter ihm die Hüften aufbäumt. Die Empfindung beherrscht sie, sodass sie nicht mehr an viel denken kann.

Darius hebt den Kopf von ihrem Mund. »Jetzt werde ich dich beißen. Ich kann nicht anders.«

Als er vom Bett auf den Boden rutscht und zu ihren Füßen niederkniet, setzt sie sich auf. Er knöpft ihre Jeans auf und wartet, bis sie sie abgestreift hat. Dann zieht er auch ihre Unterwäsche und seinen Pullover aus und umfasst mit beiden kühlen Händen ihr Bein. Er dreht es ein wenig nach außen und schlägt die Zähne in die dünne Haut an der Innenseite ihres Oberschenkels, knapp unterhalb der angeschwollenen Lippen um ihre Spalte.

Allein, dass sein Mund *dort* liegt, ist überwältigend. Aber das Gefühl des Bisses, des Eindringens seiner Fangzähne in sie, ist intimer, als sie es je für möglich gehalten hätte, und übersteigt alles, was sie je in ihrem Leben empfunden hat. Es erhebt sich über jeden Schmerz und verwandelt ihn in kristallklare Ekstase.

Er zieht sich von der Bisswunde zurück und lächelt zu ihr auf. Der untere Teil seines Gesichts ist blutverschmiert und schön. »Magdalena«, sagt er wieder.

Erneut senkt er den Kopf. Abwechselnd leckt er über die Wunde und streicht dann mit der Zunge über ihre Klit. Vor ihrem inneren Auge sieht sie, wie er ihre Ritze mit Blut überzieht. Es mit ihren Düften mischt. Wenn sie daran denkt, wie die Mischung aus gleitender, moschusduftender Nässe und dem klebrigen, metallischen Scharlachrot seine Sinne überwältigen muss, fühlt es sich beinahe an, als könne sie *seine* Gedanken lesen.

Immer wieder bringt er sie mit der Zunge bis kurz vor den Höhepunkt, doch dieses Mal stoppt er ihren Orgasmus, indem er die Empfindungen mit scharfem Schmerz würzt und den Mund wegnimmt, um sie erneut zu beißen. Das tut er wieder und wieder, bis sie wie von Sinnen auf dem Bett liegt und völlig außer sich ist.

Dann erhebt sich Darius plötzlich und majestätisch vom Boden und legt sich auf sie. Er ist bereits nackt und gleitet in sie hinein. Sein kalter, harter Schwanz löst neue Empfindungen aus, die sich mit den Gefühlen von Hitze, Blut, Schmerz und Lust vermischen.

Als er beginnt, in sie hineinzustoßen, legt er die Hände um ihr Gesicht und neigt ihren Kopf sanft zur Seite. Einen winzigen Augenblick lang sieht sie in einer blitzartigen klaren Wahrnehmung inmitten all der überwältigenden Empfindungen seine Reißzähne, die weißer und länger wirken als je zuvor. Und dann liegt sein Mund an ihrem Hals, er versenkt die Zähne tief und noch tiefer ihn ihr, und dann kommt sie, und er auch.

Blutriten. Sich von ihm beißen zu lassen. Ihn zum Höhepunkt zu bringen. Ihn einzuladen. Es ist alles, wie sie es sich vorgestellt hat, da sie mit Vampiren – mit Darius Cole – als höchstem Tabu aufgewachsen ist.

Tag 23

Spät am nächsten Nachmittag, nachdem sie diese ersten Blutriten oft, sehr oft wiederholt haben, geht Merle schließlich in ihr Zimmer zurück. Sie schwankt und taumelt den Gang entlang, als befände sie sich auf einem Schiff auf hoher See.

Im Bad wäscht sie sich das Gesicht, und dann durchfährt sie vor dem Spiegel ein Schauer, als sie die vielen übereinander liegenden Bisswunden an ihrem Hals erblickt. Die Male liegen so tief in ihrer Halsbeuge, dass ein normales T-Shirt sie kaschiert. Sie probiert mehrere aus ihrem Koffer an, bis sie das am besten geeignete findet, und legt sich dann aufs Bett.

Sie schläft ein und hat das Gefühl, nur einen flüchtigen Moment lang ohne Bewusstsein gewesen zu sein. Doch als sie die Augen aufschlägt, weil es an der Tür klopft, ist ihr, als wäre Nacht.

»Hmmm? Ja?«

Die Tür öffnet sich, und Kristina erscheint. Sie trägt ein hoch mit Brot, Käse und Obst beladenes Tablett. Merle spürt, wie ihr Magen einen Freudensprung macht.

Kristina setzt das Tablett auf dem Bett ab und erwidert ihr Lächeln. »Und das ist noch nicht alles«, erklärt Kristina fröhlich. Sie verlässt das Zimmer und kehrt kurz darauf mit einem zweiten Tablett zurück, auf dem Teekanne, Milchkännchen, Zuckerschale und eine Tasse mit Untertasse stehen. »Darius hat gesagt, es sei überaus wichtig, dass ich lerne, richtig Tee zu kochen«, sagt Kristina, während sie auch das zweite Tablett aufs Bett stellt. »Er sagt, Tee sei für die Menschen das gleiche wie Blut für Vampire.«

Merle spürt, wie sie errötet. »Vielleicht nicht ganz.« Mit der Zunge fährt sie über den Schorf an ihrer Lippe.

Kristina lacht leise und schenkt Tee ein. »Nun ja, ich schätze, ich erinnere mich daran, ein Mensch gewesen zu sein. So gerade eben noch. Und an das Teetrinken und ... hmmm, nun ja ...« Kristina reicht Merle die warme Tasse. »Aber ich glaube, inzwischen habe ich es kapiert, sodass Sie wenigstens während Ihrer letzten beiden Tage hier einen schönen Tee trinken können.«

Merle hält mitten im Schluck inne. »Ach.« Sie hat vollkommen vergessen, dass ihre Zeit fast vorüber ist. »Vielleicht«, sagt sie langsam, »bleibe ich ja noch ein wenig.«

»Wie bitte? Warum?«

»Ich muss noch ein paar Dinge klären. Mit Darius.«

Kristina sieht Merle mit einem Gesichtsausdruck an, der ihr sofort verrät, dass sie auf der Hut sein muss. »Was hat er Ihnen erzählt, Merle? Sie wissen doch, dass Sie ihm nicht trauen dürfen.«

»Nein. So ist das nicht. Ich vertraue ihm.«

»Sie wissen aber, dass er über unglaubliche telepathische Kräfte verfügt, oder? Erinnern Sie sich daran, was er vor Ihren Augen mit mir gemacht hat. Er hat mir die Gedanken buchstäblich aus dem Kopf gerissen. Darius hat das Ganze inszeniert; hat mich dazu angestiftet, Sie töten zu wollen, damit er mich auf diese Art ›bestrafen‹ konnte. Wahrscheinlich hat er dieses Spiel nur für Sie aufgeführt. Sie haben überhaupt keine Vorstellung davon, wie sein Hirn arbeitet. Manche Leute behaupten, er sei nicht einmal ein Vampir. Oder höchstens eine Art Vampir mit Superkräften. Niemand weiß, was er wirklich ist und woher er kommt. Er *behauptet*, es ebenfalls nicht zu wissen. Aber warum sollte man ihm trauen? Mit Sicherheit wissen wir über ihn nur, dass er gefährlich ist. Und dass er alles kontrolliert, wirklich alles. Er hat Ihre Reaktionen schon geplant, bevor Sie überhaupt wissen, was Sie fühlen.« Kristina unterbricht sich, und ihr Blick richtet sich auf Merles Unterlippe. »Oh Gott, er war doch nicht mit Ihnen im Bett, oder? Und hat Sie bluten lassen? Er spielt mit Ihnen, Merle. Sie müssen ihm widerstehen. Halten Sie einfach aus, bis Sie das Gegenmittel haben, und verschwinden Sie dann.«

Merle schüttelt den Kopf. »Er hat mir das Gegengift schon gegeben.«

»Dann gehen Sie! Hören Sie, Merle, wenn Sie es schon nicht für sich selbst tun, dann tun Sie es für ihn. Sie sind nicht gut für ihn. Solange Sie hier sind, solange er die Blutriten mit Ihnen durchführt, steht er auf einer Todesliste. Der Clanrat wird ihm das Schloss wieder abnehmen und ihm einen Pflock ins Herz treiben. Falls Cobalt es nicht zuerst tut.«

Merle schluckt. »Das sagen Sie nur, weil Sie ihn für sich haben wollen.«

Kristina zuckt mit den Schultern. »Wenn Sie das glauben ... Okay, schön. Ich dachte mir, dass Sie das sagen würden, wissen Sie. Hören Sie, Merle, ich habe eine Idee. Ich habe etwas in meinem Zimmer, das ich Ihnen geben könnte. Einen Trank, der seine Kräfte eine Zeitlang abwehren kann. Ich habe ihn für Notfälle aufgespart. Er kann ihn nicht daran hindern, einen zu manipulieren, aber er kann seine telepathischen Kräfte blockieren. Auf diese Art können Sie ihn klarer sehen.«

»Ich sehe ihn klar.«

Kristina steht auf, und plötzlich blitzen ihre Augen. Sie weist auf ihre Stirn und schaut dann demonstrativ zur Decke auf. »Lassen Sie uns später weiterreden«, erklärt sie munter. »Vielleicht morgen Abend.«

Tag 24

Als Merle aufwacht, liegt sie wieder in Darius' Bett. Die Laken sind von ihrem Blut überall mit spinnwebartigen Spuren überzogen. Ihr ist schwindlig. Darius hockt nackt über ihr und hält einen Apfel in der Hand.

»Vorsichtig, Magdalena. Setzt dich noch nicht auf. Iss. Ich will dich nicht vollkommen entleeren.«

Dankbar greift sie nach dem Apfel und beißt ein großes Stück ab. Sie ist völlig ausgehungert. Doch noch während sie isst, muss sie einfach Darius' wunderschönen nackten Körper anstarren.

»Es ist doch nicht möglich, dass du immer noch mehr von mir willst, Magdalena«, sagt er. Aber seine Stimme klingt belegt und schwer vor Begehren.

Sie setzt sich auf und küsst ihn, obwohl sie den Mund noch voll Apfel hat. Aber er zieht sich zurück, wischt sich mit der Hand über den Mund und verzieht angewidert das Gesicht. »Du schmeckst nach Essen«, sagt er. »Lass mich dafür sorgen, dass du nach etwas weit Süßerem schmeckst.« Und schon durchwühlt er seine Schublade nach einer frischen Rasierklinge.

An diesem Abend entschuldigt Merle sich und zieht sich zurück.

Sie ist den ganzen Tag nackt gewesen, sodass sich die Kleidung auf ihrer Haut fremd anfühlt, als sie sie überzieht. Sie steigt eine Treppe tiefer und geht auf der Suche nach Kristinas Zimmer den Gang entlang. Drei Türen neben ihrer reagiert jemand auf ihr Klopfen. »Herein.«

Kristinas Zimmer ist ein einziges Chaos. Doch trotz des Durcheinanders aus Kleidern, Bettlaken und etwas, das nach zerfetzten Stofftieren aussieht, ist der Raum ebenso elegant und prächtig eingerichtet wie ihr eigenes Zimmer. Kristina sitzt auf dem Bett, hält ein Glas mit einer schwarzen Flüssigkeit in der Hand und grinst Merle zu.

Merle starrt den Inhalt des Glases an. »Ist er das? Ist das der Trank?«

Kristina nickt. »Mein Schlummertrunk ist es jedenfalls nicht.«

Merle tritt auf das Bett zu. »Und wenn ich es trinke ...«

»Wird es Ihnen leichterfallen, seine Lügen zu durchschauen. Der Trank hält ihn aus Ihren Gedanken fern. Was er durch Überredung erreicht hat, kann man zwar nicht rückgängig machen. Aber dort, wo er Sie absichtlich verwirrt hat, damit Sie seine Lügen glauben ... Das wird verschwinden.«

Merle streckt die Hand aus und nimmt das Glas. Sie hält inne. »Ich weiß nicht.«

Kristina hält ihrem Blick stand. »Wenn alles, was er sagt, die Wahrheit ist, dann gehören Sie ihm trotzdem noch, nachdem Sie es getrunken haben.«

Merle holt Luft und setzt das Glas an die Lippen. Doch als es sie berührt, erstarrt sie. Wie von selbst ruckt ihre Hand, und sie wirft das Glas quer durchs Zimmer, sodass es an der Wand zerschellt. Verwirrt fährt sie herum und sieht Darius in der Tür stehen. Bevor sie ihn richtig bemerkt, ist er schon durch den Raum geschnellt und aufs Bett gesprungen. Er hält Kristina nieder und zieht einen Holzpflock hervor. Blinzelnd schaut Merle wieder die schwarze Flüssigkeit an, die an der Wand herunter rinnt. Es verblüfft sie immer noch, mit welcher Leichtigkeit er die Kontrolle über ihren Körper übernommen hat. Noch nie hat sie erlebt, dass er etwas Derartiges getan hat. Was ist er? Seine Kräfte sind furchteinflößend.

Auf dem Bett schreit Kristina vor Entsetzen, als Darius den Pflock auf ihr Herz setzt. »Nein, nein, nein.«

Darius sieht zu Merle auf. »Du darfst ihr nicht trauen«, sagt er. »Sie entgleitet meiner Kontrolle.« Er wendet sich wieder an Kristina. »Nicht wahr?«

»Machen Sie, dass er aufhört, Merle«, kreischt Kristina. »Sagen Sie es ihm. Auf Sie hört er.«

»Nein«, zischt Darius, »sie wird *dir* zuhören. Sag es ihr. Erzähl ihr, was du ihr gerade geben wolltest.«

Kristina beginnt zu schluchzen und hebt wieder mit ihrem Singsang an. »Nein, nein, nein. Bitte, Darius. Ich habe dich vor ihnen gerettet, Darius. Ohne mich …«

»Sag es ihr«, faucht er und unterbricht sie. »Was wolltest du ihr eben zu trinken geben?«

»Den Tod«, schluchzt Kristina.

»Den Tod?«

»Ja, den Tod«, erklärt Darius. »Gift. Jedenfalls ist der Trank für Menschen giftig. Schwarze Smaragde wie Kristina und Oberon trinken ihn wie Likör. Sie finden das lustig. Oder?«

Kristina, die immer noch schluchzt, nickt.

Darius senkt den Kopf, sodass sein Mund sich an ihrem Ohr befindet. »Weißt du noch, was ich dir als nächste Bestrafung versprochen habe?«

Wieder nickt Kristina.

»Nun, darüber sind wir lange hinaus.« Er hebt den Pflock.

»Nein, Darius, nicht mich. Nicht mich. Ich liebe dich.«

Darius hebt den Pflock höher über Kristinas auf- und absinkende Brust und schickt sich zum Zustoßen an.

»Nein!« Merle zittert genauso heftig wie die beiden Vampire.

Darius hält inne, sieht sie jedoch mit vor Wut flammenden

Augen an. »Sie hat versucht, dich umzubringen, Merle. Zum zweiten Mal. Was soll ich denn machen? Ihr immer wieder verzeihen, bis sie irgendwann Erfolg hat?«

Merle betrachtet Kristinas angstverzerrtes Gesicht. »Ich will einfach wissen, warum. Was habe ich je getan, um ...?« Sie geht zum Bett und setzt sich neben Kristina, die von Darius' Schenkeln festgehalten wird. »Bitte, Kristina, warum?«

Kristina zieht die Augen zusammen. »Das wissen Sie doch.«

»Weil Sie ihn lieben? Aus Eifersucht?«

Kristina nickt.

»Aber Sie wissen, dass er Sie nicht liebt, oder?«

»Das sollte er aber«, sagt Kristina. Ihre Stimme bricht, und wieder fließen die Tränen. »Er ist bloß ein dreckiger Wilder, und ich habe ihn *gerettet*.«

»Wie haben Sie das gemacht?«

»Ich habe ihm Blut gebracht. Oberon hat ihn hungern lassen. Ihm nur eine begrenzte Menge Blut zu geben, half dabei, seine Kräfte zu kontrollieren. Aber er sah so elend aus. Also habe ich ihm ein paar Plasmapäckchen gebracht. Damals wusste ich nicht, was das bewirken würde. Aber so ist er ausgebrochen. Meinetwegen. Und hat alle getötet. Jetzt habe ich nichts und niemanden mehr – nur noch ihn. Und ich bin ihm vollkommen gleichgültig.«

Kristina verstummt und wendet das Gesicht ab. Merle sieht zu Darius auf. »Komm schon«, sagt sie zu ihm. »Lassen wir sie in Ruhe. Du brauchst sie nicht zu bestrafen. Das alles ist schon Strafe genug.«

»Nein«, erklärt Darius und stößt der schreienden Kristina den Pflock in die Brust.

»Wo ist eigentlich Oberon?«, fragte Merle später, als sie im Bett liegen.

»Im Verlies. Ich weiß, ich sollte ihn auch töten. Aber es fällt mir so schwer, ihm den Frieden zu schenken, den er mir verweigert hat.«

Die Kälte in Darius' Stimme lässt Merle erschauern. »Ist er schon lange da unten?«

»Ungefähr zehn Tage. Ich habe ihn eingesperrt, weil er Kristina dazu angestiftet hat, dich wieder in die Zelle zu stecken. Keine Ahnung, warum ich ihn immer wieder herauslasse. Manchmal bedrückt mich halt der Gedanke, dass er dort unten sitzt und genauso leidet wie ich damals ... Und dann lasse ich ihn laufen, bis er wieder etwas anstellt.« Darius seufzt und sieht merkwürdig verlegen aus.

»Wenn du ihn nicht töten kannst, Darius, tue ich es.«

»Ach, Magdalena«, sagt Darius, wälzt sich auf sie und senkt den Kopf, um eine der Wunden an ihrem Hals erneut aufzureißen.

Tag 25

Merle dreht sich in Darius' Armen um. Die Vorhänge sind wie immer zugezogen, aber sie hat das Gefühl, dass es Morgen ist.

Darius ist wach und sieht sie an. »Du kannst gehen, wann immer du willst. Du brauchst nicht bis sechs Uhr zu warten.«

»Muss ich denn gehen?«

Darius lächelt. »Nein. Das weißt du doch. Möchtest du bleiben?«

Merle erwidert sein Lächeln. »Vielleicht noch ein wenig. Außerdem habe ich dir versprochen, noch etwas für dich zu tun.«

»Natürlich.« Darius streicht mit einem kalten Finger über ihr Schlüsselbein. »Ich habe heute auch einiges zu erledigen. Am liebsten würde ich natürlich den ganzen Tag hier mit dir liegen, dich bluten lassen, dich schmecken und feststellen, ob es noch einen Teil meines untoten Körpers gibt, mit dem ich dich noch nicht zum Erröten und zum Orgasmus gebracht habe, aber ...« Er unterbricht sich und fährt mit den Zähnen über seine ausgeprägte Unterlippe.

Merle legt die Hand an seine Wange und rückt an ihn heran, um ihn zu küssen. »Vielleicht später.«

Kurz darauf späht Merle unten im Verlies durch das vergitterte Fenster in Oberons Zelle. Er ist angekettet, liegt auf dem Boden und starrt an die Decke.

Zehn Tage ohne Blut.

Merle entriegelt die Tür und tritt in die Zelle. Oberon hebt den Kopf. Lord Oberon vom Clan des Schwarzen Smaragds. Der Mann, der hinter all dem steckt.

Nachdem Merle die Tür hinter sich geschlossen hat, lehnt sie sich mit dem Rücken dagegen. Sie weiß ganz genau, wie lang Oberons Ketten sind. Hier kommt er nicht an sie heran.

»Was wollen Sie, Miss Cobalt?«

»Ich habe etwas für Sie, Oberon. Etwas zu essen.«

»Essen?«, schnaubt Oberon verächtlich.

Merle zieht eine von Darius' Rasierklingen aus der Tasche. »Na schön, wenn Sie keinen Hunger haben ...«

»Oh.« Oberon reißt die Augen auf. Er rappelt sich hoch.

»Sie dürfen vom Boden aufstehen«, erklärt Merle sanft, »aber ich will, dass Sie sich dann auf die Bank setzen. Sie wissen ja noch, wie die Regeln sind. Hier unten muss man sich sein Essen verdienen.«

»Sie wollen, dass ich Sie küsse?«, sagt er, während er sich setzt. Er grinst, wirkt beinahe high – und nur, weil sie ihm von ihrem Blut versprochen hat. Das wird beinahe zu einfach werden.

»Nein. Keine Küsse. Denken Sie an die andere Gelegenheit. Ich möchte, dass Sie meine Fragen beantworten. Ich will die Wahrheit wissen.«

Oberon lächelt. »Wissen Sie, letztendlich ist das oft das Einzige, was Menschen von Vampiren wollen. Schon komisch. Und dabei können wir euch auf so viele Arten verwirren, stimmt's?«

Merle hält ihre linke Hand hoch. Mit der Rasierklinge bringt sie einen kleinen Schnitt an der Daumenkuppe an und dreht die Hand ein Stück, damit Oberon die Wunde sehen kann. »Wissen Sie, ich bin mir sicher, dass irgendwo in diesem Schloss ein großer Blutvorrat liegt. Wie hat Kristina das noch genannt? Plasmapäckchen? Aber ich dachte, dass das hier vielleicht wirkungsvoller ist. Ihr Vampire mögt immer noch frisches Blut am liebsten, oder? Ich weiß noch, wie meine Mutter mir erzählt hat, dass Vampire manchmal Menschen entführen, um ihnen ein wenig von dem warmen Zeug abzuzapfen, und dann ihr Gedächtnis löschen, bevor sie sie zurückschicken. Doch gelegentlich funktioniert das nicht – und dann hören wir bei Cobalt davon.«

Merle neigt das Handgelenk, sodass das Blut von ihrem Daumen über ihren Arm zu rinnen beginnt. »Schon bereit zum Reden?«

»Sie glauben wirklich, ich werde Ihnen die Wahrheit sagen?«

»Allerdings. Man hat Sie hier unten hungern lassen, nicht wahr? Dadurch fällt es Ihnen schwerer, mir Märchen zu erzählen.«

»Klingt, als hätten Sie selbst ein paar übersinnliche Kräfte entwickelt, kleines Fräulein.«

»Sagen Sie mir jetzt die Wahrheit oder nicht?«

Oberon beugt sich vor und spuckt auf den Boden. Als er wieder aufsieht, wirkt seine Miene trotzig. »Wenn Sie die Wahrheit hören wollen, warum fragen Sie nicht Cole? Ihm scheint sehr daran gelegen zu sein, dass jeder seine Seite der Geschichte erfährt.«

»Ja, nicht wahr? Ich bin mir nur nicht sicher, ob er die Wahrheit wirklich kennt. Im Grunde weiß er nur, was Sie ihm erzählt haben, oder? Und warum sollten Sie ihm die Wahrheit sagen? Sie sind ein Vampir. Alle Informationen darüber, was aus Magdalena geworden ist, stammen von Ihnen. Wenn jemand die richtigen Antworten kennt, dann Sie.« Ein Tropfen von Merles Blut fällt zu Boden. Bei dem Anblick reißt Oberon die Augen auf. Merle wartet, bis er wieder sie anschaut. »Hat Cole tatsächlich an die Macht der Gerechten geglaubt?«

Kurz wirkt Oberon verdrossen. »Nein«, sagt er leise. »Nein. Er war nur ein Unruhestifter. Er hatte keine Abstammung und nichts zu verlieren. Cole erklärte, er wolle den Clanrat neu organisieren, mehr Kontakte zwischen Vampiren und Menschen schaffen, die Anführer der Clans durch Wahlen bestimmen, so etwas. Ich bezweifle, dass er überhaupt von der Macht der Gerechten wusste. Wahrscheinlich hat er nie davon gehört, der ungebildete Bursche. Aber dem Clanrat kann man das nicht erzählen. Sein Wort stünde gegen meines. Darius Cole ist eine Legende. Eine Legende, die ich geschaffen habe. Jeder einzelne Vampir, der ihn sprechen hörte, schlug sich auf seine Seite, aber sie alle wurden getötet. Es gibt niemanden mehr, der sagen könnte, worin seine Lehre wirklich bestanden hat, aber die Macht der Gerechten war es nicht.«

Merle nickt. »Hat er Blutriten mit Menschen durchgeführt?«

»Oh ja. Jedenfalls mit einem.«

»Magdalena. Der Frau, die Sie haben umbringen lassen. Die Frau, deren Seele Sie in ein Glasprisma gesperrt haben.«

Oberons Augen blitzen auf. Plötzlich wirkt er beinahe vergnügt. »Ach nein. Dieser Teil der Geschichte ist nicht wahr.«

Merle schluckt. Sie weiß, dass sie nahe daran ist. Nur woran? An der Wahrheit. Der Erkenntnis, dass sie doch nicht Magdalena ist? »Reden Sie mit mir, Oberon, sonst können Sie hier verrotten. Hungern, bis Sie den Verstand verlieren. Das ist mir ernst.« Ein weiterer roter Tropfen fällt auf den schmutzigen Boden.

»Das ist die Wahrheit«, sagt Oberon leise. »Sie haben recht, momentan kann ich Sie nicht manipulieren, weil ich zu schwach dazu bin. Ich kann Ihre Gedanken nicht lesen. Für mich sind Sie jetzt gerade nur ein Blutsack, also können Sie ebenso gut zuhören. Ich habe die Seele von Coles Schlampe in kein Prisma gesteckt. Natürlich nicht! Haben Sie eine Vorstellung, was das *kosten* würde? Wieso glaubt eigentlich jeder, dass alte Vampire über unbegrenzte Mittel verfügen? Es war schon teuer genug, den blöden Cobalt-Laden Ihrer Eltern am Laufen zu halten – und dann noch ein Gefängnis für eine Seele? Wenn ich das wirklich getan hätte, wäre ich ruiniert. Ich bin dreihundert Jahre alt. Heutzutage ist alles so verdammt teuer.«

»Ach, um Gottes willen. Es nennt sich Inflation, und bis jetzt habe ich euch Vampire noch nie darüber klagen gehört, wenn sie sich zu eurem Vorteil auswirkt. Ihr seid doch alle steinreich.«

Oberon spuckt wieder auf den Boden. Ihm muss wirklich das Wasser im Mund zusammenlaufen. »Ich brauchte gar keine Hexen hinzuzuziehen. Vampire und Hexerei vertragen sich nicht gut. Und ich hatte schon genug für Cole ausgegeben. Daher …«

»Oh«, sagt Merle. Ihr Magen überschlägt sich, als ihr klar wird, was Oberon gesagt hat. »Ich verstehe. Es war ein Trick. Ein typisches Vampirspielchen mit anderer Leute Verstand. Sie haben nur dafür gesorgt, dass er *glaubte*, Sie hätten ihre Seele. Damit er sich keine Hoffnungen machte, richtig? Darauf kam es an.«

Oberon nickt. »So ticken Vampire nun einmal. Alles ist ein Spiel. Alles ist Lüge. Es geht nicht so sehr darum, was man tut, sondern was man den Leuten über die eigenen Fähigkeiten vorspiegelt. Jeder glaubte, ich hätte Magdalena Wrights Seele in ein Glasprisma eingesperrt, und das hat Darius Coles Hoffnungen so endgültig zerstört, als hätte ich es wirklich getan.«

»Und warum haben Sie dann Ihren Plan geändert? Ich meine, warum haben Sie ihm erzählt, Sie hätten ihre Seele in mich verpflanzt?«

»Weil er immer noch ein verschlagener Bursche war, obwohl sein Hirn durch den Blutmangel ausgetrocknet war.

Obwohl er sich hier nackt, dreckig und geistesgestört auf dem Boden dieser Zelle wälzte, kam er darauf, was es mich gekostet hätte, diese Seele sicher festzuhalten. Ihm wurde klar, dass ich sie nicht für immer einsperren konnte, und er begann Hoffnung zu schöpfen. Fing an zu glauben, dass ich sie eines Tages würde freilassen müssen.«

»Und da haben Sie die Idee mit mir gehabt. Ihm zu sagen, Sie hätten ihre Seele in mich verpflanzt.«

»Nicht wirklich. Diese Idee kam von Cobalt. Ich dachte, wenn ich Cobalt schließe, würde Cole glauben, dass es mir ernst damit war, seine Freundin weiter festzuhalten. Aber als ich Ihren Eltern – ja, Ihrer Mummy und Ihrem Daddy – davon erzählte, haben sie mir ihr Erstgeborenes praktisch verkauft. Sie. Als Behältnis für Magdalenas Seele. Bevor dieses Problemchen auftauchte, wollten die beiden nicht einmal Kinder haben. Sie hatten viel zu viel mit Geldverdienen zu tun. Kein Wunder, dass sie sich so zu Vampiren hingezogen fühlten. Nette Leute. Aber es war ihre Idee, ein Kind zu zeugen, die Seele in ihm unterzubringen und es dann in Hass und Verachtung gegenüber Vampiren großzuziehen. Und vor allem dazu, Cole zu hassen und zu verachten.«

Merle legt eine Hand an die Zellentür hinter ihr, um sich zu stützen. »Meine Eltern haben das vorgeschlagen?«

»Können Sie ihnen nicht übelnehmen. Sie waren verzweifelt. Mit ihrer Stiftung haben die beiden eine ruhige Kugel geschoben, und das wussten sie. Sie waren praktisch mein Eigentum. Das hübsche Haus, in dem Sie aufgewachsen sind. Das schicke Bürogebäude ganz in der Nähe des Regierungsviertels. Was glauben Sie, wer dafür bezahlt? Ich. Nun ja, der Clan des Schwarzen Smaragds.« Er beugt sich auf der Bank nach vorn. »Wollen Sie etwas wirklich Komisches hören? Raten Sie mal, bei wem Cobalts ganze Spesenabrechnungen aus den letzten zwei Jahren, seit er diesen Laden hier übernommen hat, gelandet sind?« Demonstrativ sieht Oberon zur Decke.

»Nicht so wichtig.« Merle zittert. Sie hat richtig kalkuliert, dass Oberon zu schwach ist, um sie anzulügen, aber die Wahrheit schmettert sie nieder. »Dann haben Sie die Cobalts genauso zum Narren gehalten wie alle anderen. Sie glauben, dass das alles wahr ist. Meine Eltern glauben wirklich, dass Sie Magdalenas Seele in ihr Kind gesteckt haben. In mich!«

»Ja.« Oberon wirkt ungeduldig. »Ihre Eltern glauben es, Cole glaubt es. Die Einzigen, die wissen, dass es nicht so ist, befinden sich in dieser Zelle.«

»Und was ist wirklich aus Magdalenas Seele geworden?«

Oberon zuckt die Achseln. »Kommt darauf an, was Ihrem Glauben entsprechend nach dem Tod aus der Seele wird. Sie wurde erschossen. Ich weiß nur, dass sie tot ist. Wenn Sie ihm das erzählen, versucht er bestimmt, sie zu finden.«

»Oh.« Merle spürt, wie ihr das Herz bis in die Fußsohlen sinkt, als ihr klar wird, dass Oberon die Wahrheit sagt. Sie ist nicht Magdalena. Sie ist nicht die Frau, die Darius liebt.

Sie zieht den Pflock hervor, der hinter ihrem Rücken im Bund ihrer Jeans steckt, und treibt ihn Oberon ins Herz, bevor er damit fertig ist, sie auszulachen. Sie hat noch einen Vampir gepfählt, aber es ist erstaunlich einfach.

Als Merle die Zellentür verriegelt und sich umdreht, steht Darius gleich hinter ihr in dem schmalen Gang. Sie zuckt zusammen. »Geht es dir gut, Darius? Ich dachte, du hättest zu tun.«

»Hatte ich auch. Aber ich wollte nach dir sehen. Hast du es getan?«

»Ja.« Merle schluckt. Oberon ist tot, und damit ist sie jetzt die Einzige, die die Wahrheit kennt. »Du warst nicht in meinem Kopf, als ich da drin bei Oberon war?«

»Nein.« Darius lächelt ein wenig verwirrt. »Warum? Hast du etwas getan, was mir nicht gefallen würde, Magdalena?« Er umfasst Merles linkes Handgelenk und hebt ihre blutige Hand hoch.

»Darius, ich …« Merle verstummt. Sie ist nicht Magdalena. Doch das ist ihr Geheimnis. Sie braucht es ihm nicht zu sagen. Aber er kann ihre Gedanken lesen. Wie soll sie etwas vor ihm verbergen? In seinem Blick liegt etwas Dunkles und Tröstliches. Außer, es ist gar kein Geheimnis. Vielleicht hat er es die ganze Zeit gewusst. »Du weißt es, oder? Du weißt, dass ich nicht … nicht sie bin.«

»Ich weiß. Und ja, ich habe es immer gewusst. Oberon war nicht halb so schlau, wie er dachte.« Er streckt die Hand aus und berührt eine Haarsträhne, die auf ihrer Wange klebt. »Sie ist tot. Sie haben sie meinetwegen umgebracht. Und zu der Frage, wo ihre Seele jetzt ist, kann ich nur sagen, dass sie in den Äther eingegangen ist, um einen anderen Ort für sich zu finden. Wer weiß, vielleicht ist sie ja *wirklich* in dir wiedergeboren worden.«

»Das wäre aber eine Chance von einer Milliarde zu eins.«

»Aber sie hat mich zu dir geführt. Ihre Geschichte, meine Liebe zu ihr. Etwas an dem, was man mir angetan hat, an den Lügen, die mir erzählt wurden, hat mich zu dir gezogen. Nur zu dir. Und wenn ich dich ansehe, spürte ich etwas, das ich nur empfunden habe, wenn ich sie angeschaut habe. Vielleicht …« Er sieht sie eindringlich an. »Vielleicht ist ein Teil von ihr in dir. Irgendwie …«

»Darius …« Merle versagt die Stimme.

Darius zieht ihre blutige Hand an den Mund und leckt mit seiner kühlen Zunge über ihren Daumen. »Lass mich das sauber machen, Magdalena.«